그리고 죽음

그리고 죽음
Being Dead

짐 크레이스 장편소설 김석희 옮김

BEING DEAD
by JIM CRACE

Copyright (C) Jim Crace 1999
All rights reserved.
Korean Translation Copyright (C) 2002 by The Open Books, Co.
Korean edition published by arrangement with David Godwin Associates.
through Eric Yang Agency, Seoul.

이 책은 실로 꿰매어 제본하는 정통적인 사철 방식으로 만들어졌습니다.
사철 방식으로 제본된 책은 오랫동안 보관해도 손상되지 않습니다.

천국을 믿지 마오, 지옥도 믿지 마오.
당신은 죽는 거요. 그것뿐이오. 안녕히. 잘 가오.
영원이 기다리고 있다고? 물론 그렇겠지.
죽음은 부패이고 거름이고
가차 없이 썩어 가는 거요. 부패, 부패.
당신이 동물에서 식물로 되돌아가면
물론 나는 비탄에 잠기겠지.
그러나 죽어 가는 아내여,
슬픔은 이제껏 한 번도
삶을 연장해 준 적이 없었소.
죽음의 손길이 닿은 몸에서
단 한 번의 숨도 가외로 끌어낸 적이 없었소.
— 셔윈 스티븐스, 「아내에게 바치는 생물학자의 고별사」

그리고 죽음
9

죽음, 혹은 인간과 자연의 둔주곡
211

짐 크레이스 연보
221

ём # 1

옛 추억을 생각해서, 그들은 그 화요일 오후에 차를 몰고 도시를 떠났다. 바리톤 만에 있는 해변의 노래하는 모래 언덕을 마지막으로 찾기 위해. 그리고 유령을 물리치기 위해. 그러나 그들은 살아서 돌아오지 못했다. 아니, 하마터면 시신마저 돌아오지 못할 뻔했다.

그들은 해변을, 30년 전 학창 시절에 처음 만난 해변을 잠시 거닐며 추억에 잠길 작정이었다. 그 해변의 모래 언덕은 그들이 사랑을 처음 나눈 곳이기도 했다. 그리고 신문 기사처럼 〈화강암 돌멩이로 무장한 저승 사자가 키스에 열중해 있는 그들과 마주치지 않았다면,〉 그곳에서 또다시 사랑을 나누었을지도 모른다.

해변에서 사지를 벌린 채 널브러진 꼴로 죽은 조지프와 셀리스, 그들은 참으로 묘한 부부였다. 그들은 둘 다 동물학자에다 교사였다. 조수(潮水) 연구소 소장인 조지프는 직장에서 뛰어난 머리만큼이나 차가운 심장을 가진 것으로 유명했다. 셀리스는 대학의 시간 강사였다. 그들이 함께 있는 것을 보거나 그들의 집을 찾아간 동료는 거의 없었고, 하물며 그들이 신체적으로 접촉하는 것을 목격한 동료는 있을 턱이 없었다. 그런데 하고많은 부부들 중에 하필이면 그 두 사람이, 세상에 있을 법하지 않은 열정의, 세상에 있을 법하지 않은 희생자가 되어, 속옷도 입지 않은 채 두개골이 함몰된 그런 꼴로 발견되다니, 이 얼마나 놀라운 일인가. 그만한 나이에 그만한 학식을 가진, 볼품이라곤 없는 남녀가 야외에서 섹스와, 그리고 살인과 맞닥뜨리게 될 줄 어느 누가 생각이나 했겠는가?

그들은 추억 때문에 값비싼 대가를 치렀다.

2

 조지프와 셀리스가 그 화요일 오후가 아니라 한 백 년쯤 전에 살해되었다면, 그리고 시체가 곧바로 발견되어 집으로 옮겨졌다면 어떠했을까? 백 년 전이라면, 동물학 박사들의 죽음을 놓고 히스테리 환자처럼 공공연하게 애도해도 곤혹스러워할 필요가 없었고, 가족과 친지들은 고인들을 위해 한밤중의 〈흔들기〉 의식을 가졌을 것이다. 그들의 유해는 가장 좋은 옷과 구두로 단장되어 침대에 나란히 눕혀졌을 것이다. 상처는 감추어지고, 머리카락은 단정하게 빗어 넘겨지고, 눈은 감기고, 입도 다물리고, 조지프의 손은 셀리스의 손 위에 놓이고, 그들의 얼굴은 운이 맞는 시처럼 서로 호응했을 것이다. 방은 장뇌와 밀랍과 비누 냄새를 풍길 테고, 병원 대기실처럼 등받이가 딱딱한 의자와 기침소리로 가득 찰 것이다
 날이 저물자마자 조문객들이 — 여자들이 먼저 — 찾아와 고인에 대한 덕담을 늘어놓고, 어깨가 들썩이게 흐느껴 울고, 구두와 지팡이로 마룻바닥을 쿵쿵 두드리고, 팔찌와 소맷부리를 달그락거린다. 삐걱거리는 의자나 느슨해진 마루청에서 삑삑 소리가 나게 하거나 가장 요란하게 곡한 여자는 누구나 자기가 가장 비탄에 빠져 있다고 생각해도 좋다. 소리가 클수록 슬픔도 깊은 법이니까. 백 년 전만 해도 죽음이 방 안에 있을 때면 아무도 요즘의 우리처럼 조용히 입을 다물고 있지 않았다. 백 년 전 사람들은 슬픔에 재갈을 물리지도 않았고, 일상생활에서 슬픔을 몰아내지도 않았다. 그들은 죽음을 마치 나무처럼 물을 주고 돌보았다. 죽음 앞에서 낮은 소리로 속삭이거나 무언극을 연출할 필요는 전혀 없었다. 왁자지껄 소란을 피워 귀신들을 몰

아내자고 그들은 중얼거리곤 했다. 소동을 피우자. 소리를 지르자. 그들은 금속 막대에 달가닥거리는 나무 고리를 끼워 만든 막대기를 사와서 흔들어 대기까지 했다. 아이들은 이 막대기를 서로 차지하려고 다투곤 했다. 그들의 말다툼과 쟁탈전은 소란을 피우는 데 도움을 줄 뿐이었다. 〈흔들기〉는 집 전체를 뒤흔들어야 한다고들 했다. 온 동네가 밤새 깨어 있게 해야 한다. 수천 마리의 까마귀가 지붕을 쪼아 대고 있는 듯이 시끄러워야 한다. 하지만 그때는 낙천적인 시절이었다. 죽음은 그 너머의 더 큰 방으로 통하는 어두운 통로였다.

밤늦게 남자들이 도착하면, 조문객들은 모두 일어나 침대 주위에 원을 만들 것이다. 그러고는 매트리스와 그 밑에 깔린 얇은 판자를 움켜잡을 것이다. 살해당한 부부가 무사히 천국에 들어갈 수 있도록, 수많은 손이 그들을 〈흔들어〉 그들이 생전에 저지른 잘못을 키질하듯 까불러서 털어 낼 것이다. 그들의 모든 잘못과 악행의 잿빛 찌꺼기는 시가의 티끌처럼 촛불빛 속에 흩날릴 것이다. 그들의 기름진 죄악은 남자들의 깨끗한 셔츠를 더럽힐 것이다.

〈흔들기〉 의식이 끝나면 집안의 나이 많은 아이들은 밤새도록 커피나 술을 조문객들한테 돌릴 것이고, 거기에 기운을 얻은 이웃과 친척들은 고인들을 회상할 것이다. 맨 처음 나오는 이야기는 부부의 고통스러운 마지막 순간에 대해 어디선가 귀동냥한 이야기일 것이다. 그 다음에는 — 의자의 딱딱한 감촉 때문에 다른 무언가에 정신을 집중할 수도 없는 밤의 골짜기 속에서 꾸벅꾸벅 졸거나 눈치를 살피며 어색하게 침묵을 지키는 사람도 당연히 있게 마련이지만 — 회상이 세월을 거슬러 올라갈 것이다. 〈흔들기〉의 역행하는 시간 속에서 과거에 대한 회환은 미래에 대한 전망이 되고, 원망은 사랑이 되고, 경험은 희망이 된다. 그 과정에 드러난 조문객들의 추억은 셀리스와 조지프의 부부 생활이라는 모래시계를 거꾸로 뒤집어, 그들의 모래가 반대 방향으로 역류하게 할 것이다. 그렇게 위가 아래로 바뀌면, 죽은 사람이 일어나 앉고, 침대에서 내려오고, 점점 젊어져 죽음에 무관심해진다. 피부는 다시 팽팽해지고, 머리숱은 많아져 밤고양이처럼 윤기가 흐르고, 타격과 타박은 없던 것이 되고, 상처는 아물어 사라진다.

친구와 이웃들은 우선 조지프와 셀리스의 마지막 몇 달을 회고할 것이다.「너무 조용해서, 집에 있는지 없는지도 모를 정도였어요. 그러니까 내 말은 그들이 그만큼 사려가 깊었다는 뜻이에요.」 이어서 그들의 중년 시절, 부부 생활, 그들의 활동, 자녀 출산, 결혼식, 학창 시절을 거쳐 마침내 어린 시절에 도달할 것이다. 셀리스와 조지프는 어린 시절에 어떤 소녀와 소년이었을까. 여기에 대해 조문객들은 감상적인 추측들을 내놓고, 운동은 잘하지 못했겠지만 공부는 아주 잘했을 거라고 말할 것이다.

능숙한 시간 조절 덕분에, 살해된 부부를 위한 〈흔들기〉는 동이 틀 무렵에야 끝날 것이다. 새벽빛에 촛불이 희미해지고 방구석이 어두워지지 시작하면, 이모나 옛 친구들은 50여 년 전의 기억을 되살려, 부부의 탄생과 아기 시절을 침이 마르게 찬탄할 것이다. 그들이 얼마나 귀엽고 까다로운 아이였는지 모른다고, 얼마나 영리했는지 모른다고, 얼마나 사랑을 받았는지 모른다고.

〈흔들기〉는 죽은 이들의 부활이었다.

그러나 요즘은 그렇게 낙천적이거나 감상적인 시대가 아니다. 그리고 그 화요일 오후는 백 년 전이 아니었다. 가엾은 조지프와 셀리스는 발견되지도, 장례를 위해 집으로 옮겨지지도 않을 것이다. 적어도 당분간은. 그러니 그들의 얼굴은 침대 의에서 다정하게 호응하지도 않을 것이다. 그들의 상처를 감추거나 머리를 매만지러 오는 사람도 없을 것이다. 시체 썩는 냄새를 감추기 위한 장뇌도 밀랍도 비누도 없을 것이다. 수천 마리의 까마귀가 지붕을 쪼아 대지도 않을 것이다. 그들 주위에 있는 것은 그보다 훨씬 잔인한 새들과 훨씬 넓은 공간일 것이다. 조지프와 셀리스의 경우, 죽음 뒤에는 아무것도 없다.〈죽음과 그 후의 무(無)〉가 있을 뿐이다.

하지만 시시하나마 〈흔들기〉 정도는 있을 수 있다. 그들이 해변에서 사지를 벌리고 널브러진, 그 창피하고 터무니없는 꼴로 삶을 마감한 순간, 가장 추한 꼴을 보인 순간에 그들을 만나 본 다음, 과거로 되돌아가 그들을 죽음으로부터 되찾는 것이 적당하고 어쩌면 더 친절한 노릇인지도 모른다. 그들은 상륙하듯 여행을 떠나지만, 그들을 출발점으로 다시 데려오는 것은 영원에 대한 한 가지 설명을 제시하는 것이다. 조지프와 셀리스에게 마침내 새벽이 왔다. 시작되는 죽음. 그리고 그들 앞에는 그들의 한살이가 놓여 있다.

    동물학 박사들은 아마 시간이 다했겠지만, 추억은 그들을 모래 언덕에서 구조하여, 있어도 있는지 없는지 알 수 없는 조용한 방으로, 아침에 일어난 침대 속으로 그들을 다시 밀어 넣을 수 있다.

3

오후 3시 50분

　셀리스는 쉰다섯 살. 아직 죽음에 대한 두려움을 잃어버렸을 만큼 늙지는 않았다. 그것은 노인이나 정신병자한테만 들어맞는 말이다. 하지만 그녀의 죽음은 혼란스럽긴 해도 너무 갑작스러워서, 두려움을 느낄 겨를도 없었다. 그녀가 마지막 한 마디(「설마 그런……」)를 반쯤 끝내고 나서 마지막 숨을 내쉴 때까지는 50초밖에 시간이 없었다. 두려워할 틈도 없었고, 두려움을 인식하지도 못했다. 다만 그 혼란스러운 한순간에, 밤중에 자주 느끼곤 했던 기분, 비몽사몽 간에 높은 곳에서 몸서리치며 추락하는 듯한 기분을 어렴풋이 느꼈을 뿐이다. 숨이 차고, 몸에서 무게가 사라져 버린 듯한, 뭔가 배신당한 느낌. 심장이 갈비뼈에 부딪쳤다. 몸이 떨리고 활처럼 휘었다. 머리는 자유롭게 풀려나 가없는 공동(空洞) 속을 마구 돌진하고 있었다. 어떤 마법사가 땅을 증발시키고, 그녀가 야릇하게 고동치는 빛과 함께 추락하는 공간을 온통 아름답게 치장해 놓았다. 그녀의 마지막 순간은 역동적인 키네틱 아트, 추상 미술, 점묘 화법이었다.

　상처는 결코 작지 않은데도 출혈이 그리 심하지 않은 것으로 미루어, 셀리스의 심장은 머리를 얻어맞자마자 고동을 멈춰 버린 게 분명했다. 그녀의 두개골은 조지프의 그것만큼 두껍지 않았다. (남편의 두개골이 두껍다는 것은 셀리스도 진작부터 알고 있었다. 그녀의 남편은 까다롭고, 산만하고, 소심하고, 두개골이 두꺼웠다.)[1] 그녀의 두개골은 물론 화강암보다 약했다. 머리뼈가 조가비처럼 움푹 들어갔다. 그녀의 두뇌는 일단 파괴당해 찢어지자 벌집처럼 걸쭉해졌다. 꿀이 뚝뚝 떨어지는 1킬로그램짜리 벌집이 되었다. 누군가가 삽으로 통나무 껍질을 찢고 그 속에 있는 벌집을 노출시킨 것 같았다. 그녀의 벌집은 피를 흘렸고, 내용물이 쏟아져 나왔다.

그녀의 얼굴과 목에 가해진 타격은 혈액 공급을 차단했다. 그녀의 두뇌는 갑자기 줄어든 산소와 포도당을 벌충하기 위해 최선을 다했지만, 생명의 통로는 좁혀지고 납작하게 찌그러졌다. 두뇌가 보낸 조난 신호는 별이었다. 신화는 사실이었다. 대뇌 피질의 단절된 화학 작용 덕분에 그녀는 별들을 향해 돌진했다.

셀리스는 숨을 가쁘게 몰아쉬기 시작했다. 조금씩 숨을 들이마시고 헐떡거리며 한바탕 아우성을 치다가, 말을 더듬는 듯한 소리와 함께 마지막 고비에 이르렀다. 혈액 공급이 줄어들자 심장과 허파는 미친 듯이 피와 산소를 공급하다가 갑자기 멈춰 버렸다. 살아남기에는 너무 심하게 유린당한 그녀를 그녀의 심장과 허파가 포기해 버린 것이다. 흉근은 오르내리는 법을 잊어버렸다. 반사 능력도 사라졌다. 그녀는 기침을 할 수도 없었고, 피를 도로 삼킬 수도 없었다. 뇌세포막의 펌프가 멈춰 버렸다. 셀리스는 완전히 통제력을 잃어버렸다. 이제는 의술과 기적도 그녀를 도울 수 없었다. 호흡도 사라지고, 기억도 사라졌다.

전투는 여전히 계속되었지만, 그것은 사후(死後)에 일어나는 소리 없는 관성적 전쟁일 것이다. 파열된 세포의 파편들 속에서 화학 물질들이 타성적으로 그녀의 참호와 요새를 차지하려고 벌이는 전쟁일 뿐이다. 칼슘과 수분이 혈액과 산소의 자리를 빼앗자, 그녀의 죽은 두뇌는 당장 부풀어 올라 덮개를 찢고, 수액과 용액, 그리고 그 속에 잠겨 있던 열정과 기억과 의지를 그녀의 스카프와 재킷과 풀밭 위에 몽땅 쏟아 놓았다.

1분도 채 걸리지 않았다. 그녀는 운이 좋았다.

두꺼운 두개골을 가진 조지프[1]는 운이 더 좋았을까? 그는 이미 죽은 거나 마찬가지였지만, 위생병들이 구난용 헬리콥터를 타고 도착하여

---

1 우둔하다는 뜻.

그를 병원으로 데려갔다면(물론 꿈 같은 이야기지만), 의식을 되찾지는 못했다 해도 목숨만은 건질 수 있었을지 모른다. 그는 검소한 식사와 지긋한 나이와 그날의 유쾌한 자극 때문에, 그리고 이제는 외부에서 가해진 충격 때문에, 이미 혈압이 엄청나게 높아져 있었다. 그의 심장은 젖은 날개로 껍질을 때리며 알에서 깨어나는 곤충처럼 얇은 막을 찢기 위해 기를 쓰고 있었다. 하지만 그는 아직 숨을 쉬고 있었고, 고통을 느끼고 죽음을 체험할 수 있을 만큼 살아 있었다. 그는 셀리스가 죽은 뒤에도 30분이 넘게 살아 있었다.

처음에는 감각을 잃었다. 뇌진탕으로 인사불성이 되었다. 두뇌의 회색질은 포도당을 필요한 양의 절반밖에 대사시키지 못했다. 그래도 몸은 기능을 유지하고 있었다. 신장은 여전히 활동하면서 세포를 청소했다. 위는 아침에 먹은 망고와 치즈 빵, 그리고 20분 전에 점심으로 먹은 샌드위치를 아직도 소화하고 있었다. 혈액은 조직에 영양분을 공급하고, 상처를 틀어막는 덮개를 만들기 위해 백혈구를 파견했다. 골수는 이미 오래전에 그의 일부가 되어 헤아릴 수 없이 많은 시간을 보낸 수조 개의 세포에 다시 새로운 세포를 추가했다. 동공은 햇빛 속에서 확대되었다. 그는 이미 오줌을 지리고 있었지만, 방광은 여전히 모든 노폐물을 처리했다. 찝찔한 바다 냄새가 나는 끈적끈적한 여름 공기를 그는 아직도 들이마시고 있었다. 이따금 다리를 움직이거나 손가락을 펴기도 했다. 아무것도 모른 채 몸속을 도는 피와 햇빛 때문에 그의 몸은 여전히 따뜻했다. 그날 아침에 셀리스는 자외선 차단제를 바르라고 권했지만, 그는 아내의 말을 듣지 않았다. 드러난 피부가 햇볕에 타고 있었다. 오줌이 허벅지를 따라 흘러내렸다.

하지만 몇 분 뒤에 조지프는 어려움을 이겨내고 세상으로 되돌아왔다. 잠깐 혼수 상태에서 깨어난 것이다. 산소가 갑자기 공급되자, 레몬수의 탄산가스처럼 소용돌이치며 부글부글 끓어오른 거품이 뇌 속으로 쏟아져 들어가 폭발하면서 의식이 돌아왔다. 그는 그렇게 큰 바람 소리를 들어 본 적이 없었다. 흙에서 그렇게 많은 냄새가 나는 것을 알아차린 적도 없었고, 제 몸뚱이가 엇박자로 고동치는 것을 느껴 본 적도 없었다. 햇살에 눈이 부셔 아무것도 보이지 않았다. 은하계가 그를 짓누르고 있었다. 그는 고통을 무릅쓰고 햇빛에서 고개를 돌려, 풀밭에 뺨을 더 납작하게 눌러 댔다. 그러고는 다치지 않은 한쪽 눈을 떠 보았다. 아직도 쓰고 있는 안경은, 렌즈가 깨지지는 않았지만 피로 얼룩져 있었다.

처음에는 풀잎밖에 보이지 않았다. 렌즈에 묻은 얼룩 때문에 풀잎은 초록색이 아니었다. 이어서 50센티미터쯤 떨어진 곳에 아내가 누워 있는 것이 보였다. 아내의 다리는 그의 얼굴과 같은 높이에서 발가락과 무릎으로 힘껏 버티고 있었다. 그는 아내의 발목과 발을 알아보았다. 하지만 각도가 맞지 않고, 턱을 들어 올려 아내의 무릎 너머를 넘겨다볼 기력도 없어서, 아내의 얼굴은 볼 수 없었다. 아마 아내는 죽지 않았을 거야. 어쩌면 다치지도 않았을지 몰라. 그녀의 다리는 너무 차분하고 평온해 보였다. 발가락은 정성스럽게 다듬어져 있었다. 발톱에는 빨간 매니큐어가 칠해져 있었다. 말끔히 면도한 피부는 여느 때처럼 윤기가 흘렀고, 낯익은 굵은 장딴지에는 모래알이 잔뜩 묻어 있고, 복사뼈 뒤의 혈관은 불거졌고, 발바닥의 아치는 편평족처럼 낮게 내려앉았고, 발꿈치에는 황토빛 굳은살이 생겨 있었다.

아내의 다리가 움직인 것 같았다. 피부가 경련을 일으키고 근육이 꿈틀했을 뿐이지만, 장딴지에 묻은 모래 일부를 털어 내고 그녀의 발 밑에 있는 긴 풀을 흔들기에는 충분했다. 조지프는 아내의 이름을 소리쳐 부르려고 애썼다. 팔은 어깨에서 탈구되어 축 늘어진 채 아무 감각도 느낄 수 없었다. 공기는 살처럼 부드러운 것으로는 꿰뚫을 수 없을 만큼 걸쭉하게 느껴졌다. 하지만 자기 연민이 그의 기운을 북돋워 주었다. 어떻게든 아내 쪽으로 손을 뻗겠다는 의지와 아드레날린을 끌어낼 수 있었다. 아내에게 사과하고 싶었다. 팔의 구부러진 각도와는 반대쪽으로 손목을 틀어야 했다. 손가락이 끈적끈적한 공기를 뚫고 누비듯 나아갔다. 결혼 반지를 빼앗길 때 멍이 든 그의 손이 팽팽하게 잡아당겨진 아내의 다리 위로 떨어졌다. 발목의 오목한 부위에 있는 힘줄이 손가락에 닿았다. 다친 손가락 관절에서 흘러나온 피가 아내의 살에 묻었지만, 아교처럼 그의 손을 아내 발목에 찰싹 붙여 주지는 못했다. 그는 제 몸을 고정시키기 위해, 손가락을 뻗어 아내의 단단한 뼈를 움켜잡으려고 했다. 몸이 바람에, 시간에, 대륙 이동에, 별똥별에, 수치심에 휩쓸려 가는 것을 막아야 했다.

아내의 살갗은 따뜻했다. 따라서 조지프는 이것을 아내가 아직 살아 있다는 증거로, 아내가 당장이라도 풀밭에서 일어나 옷을 주워 입고 도움을 청하러 갈 수 있다는 증거로 받아들였을지도 모른다. 그러면 잠들어도 된다. 그는 꿈을 꾸기 시작했다. 어느 날 아침 테라스에서 아침을 먹고는 식탁에 일기장을 놓고 와서 걱정하는 꿈이었다. 부주의한 실수다. 비가 와서 잉크를, 그의 삶의 기록을 지워 버릴 수도 있다. 일기장은 걸쭉한 펄프가 되어 버릴 것이다. 혹은 낯선 사람이 발견해서 읽을지도 모른다.

생명, 까다롭고 산만하고 소심하고 우둔한 그의 생명은 정확히 언제 그에게서 빠져나갔을까? 조지프의 심장은 낚싯바늘에 꿰인 지렁이처럼 꿈틀거리며, 기다리고 있는 심연 속으로 들어가기를 거부했지만, 한 번 고동칠 때마다 조금씩 약해지고 있었다. 이제 곧 물고기가 떠올라 지렁이를 낚아챌 것이다. 〈몬다지의 유명한 물고기〉. 하지만 고통은 심장만 겪고 있는 게 아니었다. 그의 몸에 있는 모든 꼬투리와 구멍들이 각자 나름의 방식으로, 나름의 속도로 제 역할을 해냈다. 죽음이 조지프의 세포를 하나씩하나씩 거두어들이고 있었다. 조지프는 절반으로 줄어들었고, 다시 그 절반으로 줄어들었고, 곧이어 측정할 수도 없을 만큼 작은 파편이 되었다. 음악과 파괴 행위는 모두 사라졌다. 그에게 여분으로 주어진 30분도 어느새 다 지나갔다.

청각은 우리의 감각 가운데 맨 나중에 죽는다고 한다. 이미 죽은 시체도 침대보가 제 얼굴을 덮을 때의 바스락거리는 소리를 듣고, 흐느끼는 소리, 창문이 닫히는 소리, 나무 층계를 오르내리는 발소리, 악당이 떠나는 소리, 의사의 펜이 종이를 긁는 소리를 듣는다고 한다. 우리 세대가 죽음을 앞둔 사람이 있는 방에서 그렇게 조용조용히 이야기하는 것은 그 때문이다. 구세대의 〈흔들기〉 의식이 결코 쓸데없는 짓이 아니었던 것도 그 때문이다. 시체는 뒤에 남은 처자식의 목소리를 듣고, 굴뚝 꼭대기의 환풍기가 덜컹거리며 돌아가는 소리, 〈흔들기〉 막대기가 울리는 소리, 육신에서 풀려 난 생명이 밤의 어둠을 뚫고 뒷걸음치는 소리를 듣는다.

조지프가 마지막으로 들은 소리는 자신의 고함소리였다. 그의 얼굴은 창백하고 꺼칠하고 흐리멍덩했다. 아직도 땀을 흘리고 있었고, 성기가 곧추섰다. 혈액과 열정으로 가득 찼기 때문이 아니라 근육의 경련으로 뻣뻣해졌기 때문이다. 잔인한 운명. 그의 팔다리와 얼굴은 여전히 씰룩거리고 있었다. 혈액의 산성화에 대한 반사 작용이다. 후두가 경련을 일으켰다. 그가 내지른 소리는 가르랑거리는 소리나 올빼미 울음소리가 아니라 여우나 갈매기의 울음소리, 또는 오토바이 시동을 거는 데 실패한 소리와 더 비슷했다. 그 소리를 지른 한순간 ─ 그리고 그에 뒤이어 여우 새끼들이 굴로 들어가면서 몇 번 캥캥거리는 소리를 내는 동안 ─ 조지프는 퀭하고 무표정한 눈으로 해를 쳐다보았다. 또다시 호흡도 사라지고, 기억도 사라졌다.

조지프와 셀리스는 회복할 수 없었다. 속지 마라. 모래 언덕의 그들에게는 어떤 아름다움도 없었고, 하늘과 바다와 땅 ─ 바람만이 잔물결을 일으킬 뿐, 무엇에도 교란되지 않은 그 경건한 삼위일체 ─ 으로 둘러싸인 죽음에는 그림 같은 평온함이라고는 전혀 없었다. 그 속에서 두 사람은, 그들 자신을 본뜬 밀랍 인형처럼, 반듯이 누운 자세와 엎드린 자세를 취하고 있었다. 이것은 추한 광경이었다. 그들은 치욕을 당했다. 품위를 잃었다. 죽음이 너무나 갑작스럽고 천박해서 체면을 구겼다. 하지만 그들의 얼굴은 무표정했다. 그가 어떤 종류의 남자인지, 그녀가 어떤 타입의 여자였는지, 아무도 알 수 없었다. 그들의 인격은 피처럼 흘러나와 풀밭에 쏟아졌다. 세상은 조금도 신경 쓰지 않았다.

그들의 혼백이 떠나기를 기대해야 할까? 지옥의 마차와 하얀 말이 와서 그들의 추락하는 영혼을 지옥의 뜨거운 광산으로 데려가기를, 아름답게 치장한, 그러나 황금빛 날개를 달기에는 너무 멍청한 신의 사자(使者)가 그들을 날개에 태워 평안과 재회와 영원으로 데려가기를 기대해야 할까? 아니면 적어도 유령 정도는 마중을 나와 달라고 요구해도 좋을까? 아니면 팡파르와 정원과 솟을대문을? 아니면 구름으로 가득 찬 극적인 스카이라인을? 이것들은 명백하고 가차 없는 사실이었다. 셀리스와 조지프는 부드러운 과일이었다. 그들은 부드러운 몸속에서 살았다. 그들은 공격에 취약했다. 그들은 죽지 않을 힘을 갖고 있지 않았다. 그들은 살이었고, 우리는 살이다. 따라서 우리는 고기일 뿐이다.

셀리스의 다리를 움켜쥔 조지프의 손아귀 힘은 그가 죽자 약해졌다. 하지만 그의 손은 여전히 그녀에게, 입자가 굵은 파스텔화 같은 그녀의 살갗에 닿아 있었다. 그녀 발목의 솜털 사이에 그의 손가락 끝이 들어가 있었다. 그들의 몸은 숨을 거두었지만, 그들이 아직도 열렬히 사랑하고 있다는 것은 누구나 — 그들을 보기만 해도 — 알 수 있었다. 그의 손은 그녀의 정강이를 감싸쥐고 있었지만, 부부는 세상이 좀처럼 주지 않는 그 평화에 도달한 것처럼, 살인조차 거부하고 유예 기간을 얻은 것처럼 보였기 때문이다. 그곳에서 심하게 훼손된 그들을 발견한 사람은 세포가 죽었는데도 그들의 사랑이 다소나마 살아남았다는 것을 깨닫지 않을 수 없을 것이다. 시체는 비바람과 흙에 몸을 내맡겼지만, 그들은 여전히 남편과 아내였다. 살과 살을 맞댄 그들은 죽었지만, 아직 떠나지 않고 조용히 쉬고 있었다.

그들은 벼락을 맞은 것처럼 보였지만, 더 빠른 짝꿍인 번개에서 분리된 우레는 아직 오지 않은 것 같았다. 우레는 뒤늦게 와서 투덜투덜 불평을 늘어놓으며, 풀밭에 누워 있는 시체들을 흔들어 끝장을 낼 것 같았다. 시간은 빛과 소리로 나뉘었다. 번개와 우레 사이에 조지프와 셀리스가 도망쳐 들어갈 수 있는 성역이 있었다. 해변의 이 불운한 두 연인이 모래 언덕에 길게 드러누워 있었던 엿새는 그러했다.

누군가가 와서 그의 손을 그녀의 다리에서 치우지 않기를. 이것이 우리의 유일한 기도다. 우레가 영원히 제 목소리를 찾지 못하게 하자. 소리와 빛, 서로 싸우는 그 쌍둥이를 계속 떼어 놓자. 죽음의 차가운 문과 그 너머에서 넘실대는 무(無)를 갈라놓고 있는 초원이 있다. 우리의 조지프와 셀리스는 거기에 햇빛과 돌을 푹신한 담요처럼 깔고 누워 있다. 그들을 그 자리에 붙잡아 두고 있는 것은 결코 조지프의 손가락 끝보다 단단하지 않다.

4

 셀리스는 조지프보다 18개월 위였다. 키도 남편보다 훨씬 컸다. 1년에 한두 번 집으로 손님들을 초대하여 대접해야 할 때면 셀리스가 찬장 선반에 있는 술잔과 촛대를 꺼내야 했고, 봄에 이웃들의 시야에서 그들을 가려 주는 페산드라 덤불의 우듬지를 치는 일도 셀리스의 몫이었다. 셀리스는 발돋움을 하면 전구를 갈아 끼울 수도 있었다. 먼지떨이로 천장 구석의 거미집을 털어 회색 솜사탕을 만들 수도 있었다.
 〈그러기엔 키가 너무 작다〉— 이것이 아내가 부지런히 일하고 있을 때 빈둥거리며 게으름을 피우는 남편의 우스운 변명이었다. 창문을 닫아요, 조지프. 제발 저 책들 좀 정리해요. 뉴욕에 있는 동생한테 편지 좀 써요. 아내가 채근하면 남편이 하는 말. 〈그러기엔 키가 너무 작아.〉
 셀리스는 모든 면에서 남편보다 나았다. 한 가지 점만 빼고. 그들이 좀 더 사교적이었던 젊은 시절, 남편이 한두 잔 술을 마시면 셀리스는 남편에게 창피를 주어 노래를 시켰고, 그러면 남편은 사람들을 깜짝 놀라게 할 수 있었다. 그는 자기보다 몸집이 두 배나 되는 사람과 맞먹는 목청을 가지고 있었다. 대화할 때는 더듬더듬 조용히 이야기하고 강의실에서는 제대로 들리지도 않는 목소리를 지닌 그가 노래할 때만은 우렁차고 당당한 목소리를 냈다. 술기운과 노래 가사는 그를 자신만만한 웅변가로 만들어 주었다. 사람들한테서 뻔한 반응밖에 끌어내지 못하는 평소의 말투로는 도저히 불가능한 일이었다.
 조지프의 웅변은 시대에 뒤떨어지고 훈련되지 않았다 — 고 말할 수밖에 없다. 그가 아는 노래는 모두 부모한테 배운 것이었다. 그것은 경쾌한 멜로디의 춤곡, 감상적인 스탠더드,[2] 사랑의 발라드, 패터 송[3] 등, 전기가 나간 한밤중에나 어울리는 음악이다. 조지프는 어떤 자리에서나 그 흘러간 노래들의 가사를 다 외어 부를 수 있는 유일한 사람일 것이다. 대화를 나눌 때는 저녁 내내 입을 열지 않을 수도 있지만, 다른 사람들이 가사 한두 절을 엉터리로 부르고 입을 다물었을 때에도 그는 노래를 계속해서 부를 수 있었다 남들이 모두 입을 다물어 버리면 그는 더욱 목청을 높여 느긋하게 독창을 했고, 마지막 멜로디를 익살스러운 저음으로 끝낼 수 있도록 (음악이 허락한다면) 높은 음에서 낮은 음으로 갑자기 음역을 낮추곤 했다. 그는 가장 낮은 음에 도달하여 그 소리를 한참 끌기를 좋아했다

이것이 그가 파티에서 보여 주는 장기였다.

셀리스가 생각하기에 그것은 사교성이 부족하고 몸집이 작은 남편의 결점을 상쇄하고도 남는 장기였다. 조지프의 노래 솜씨는 다른 남자들을 무색하게 했다. 남편이 노래를 부르면 다른 남자들은 거북해하고 기가 죽고 활기를 잃었다. 아내들은 턱을 치켜들고 입을 헤벌리고 혀를 축 늘어뜨려, 갈망하는 듯한 표정을 짓곤 했다. 그들은 제 남편들이 왜 그렇게 과묵하고 바싹 졸아든 것처럼 보이는지 알 것 같다는 눈으로 셀리스의 남편인 작달막한 동물학 박사를 바라보았다. 조지프는 드넓은 바다 전체를 소리로 바꾸어 버리는 해저 동굴 — 이 말은 원래 러시아의 어느 발라드 가수를 묘사한 것인데, 셀리스는 제 남편에 대해서도 즐겨 그 표현을 썼다 — 처럼 노래할 수 있었다. 셀리스 자신은 술을 한 잔 마신 뒤에도 노래를 부르지 못했다. 하지만 다른 면에서는 그녀가 뭐든지 남편보다 나았다.

30년 전 바로 이 해변에서 두 사람이 처음 만나 서로의 역량을 저울질했을 때에도 분명히 그녀가 조지프보다 나았다. 무기력한 1970년대. 여섯 명의 젊은 생물학자와 해양학자들이 연수원에 머물고 있었다. 그들은 조수 연구소(조지프가 훗날 이 연구소 소장이 된 것은

---

[2] 누구나 좋아해서 명곡의 반열에 오른 곡목.
[3] 단순한 가락의 우스꽝스러운 노래.

그때 이미 예견된 바였다)에 딸린 칼리지와 센터들에서 각각 한 명씩 선발된 연수생들이었다. 연수원은 시내에서 20킬로미터, 바리톤 만의 모래 언덕에서 1킬로미터 이상 떨어진 해변 안쪽의 단단한 지층에 자리 잡고 있었다. 그들은 모두 침낭에서 잠을 잤다. 남자 넷은 조립식 2층 침대가 있는 뒤쪽 숙박실에서. 여자 둘은 베란다에 매트리스를 깔고.

조지프를 처음 만났을 때, 셀리스가 첫눈에 반한 것은 아니었다. 그때는 어떤 열정도 없었다. 서로 열정을 느끼기에는 너무 비슷했고, 공통점이 너무 많았다. 첫날 조지프는 거의 말을 하지 않았다. 실은 거의 움직이지도 않았다. 공항로에서 그리 멀지 않은 연수원까지 걸어오다가 발을 헛딛는 바람에 허리가 삐끗해서 근육을 다쳤기 때문이다. 그래서 남자 동료가 귀퉁이에 금속을 박고 우산처럼 살을 댄 그의 여행 가방을 대신 들어주어야 했다. 이 고물 가방이야말로 많은 문제의 원인이라는 데 그들은 모두 생각이 같았다. 연수원에 배낭이 아니라 여행 가방을 들고 온 사람은 조지프뿐이었다. 정말 그다운 짓이었다.

셀리스는 평소 유행의 신봉자도 아니고, 유행을 의식하지도 않았지만, 그 고물 여행 가방에는 짜증이 났다. 그것은 주인 자신이 그 가방처럼 멍청하고 볼품없는 고물이라고 선언하는 것 같았다. 셀리스에게 가장 불안하고 불행했던 그 몇 달 동안, 조지프 같은 머저리에게 신경을 쓰고 있을 여유는 전혀 없었다. 셀리스는 키가 크고 잘생기고 눈에 확 띄는 남자한테 구애를 받고 싶었다. 그녀가 선택할 수 있는 대상은 세 사람이었다.

다섯 명의 연수생들이 짐을 풀고, 더 좋은 침대와 매트리스를 차지하기 위해 잔꾀를 부리고, 어디에 옷을 넣어 둘 것인가를 협상하는 동안, 조지프는 휴게실 문간에 서서 아픈 등허리를 억지로 잡아늘이면서, 자기 〈잡동사니〉는 그 자리에 그대로 두라고 말했을 뿐 다른 말은 한 마디도 하지 않았다. 여행 가방은 가죽끈으로 묶여 있고 자물쇠까지 채워져 있었다. 셀리스는 그가 냉정하고 버릇없고 신사인 체하는 속물이라고 판단했다. 나머지 사람들이 커피를 마시면서 제 자랑을 늘어놓고 있을 때, 조지프는 남들이 다 고르고 남은 침대에 누워서 허리를 요양하러 갔지만, 셀리스는 조금도 개의치 않았다.

 첫날 오후, 그들은 모두 배후지와 잿빛 콩밭을 가로질러 판자촌(이 마을은 길을 내고 교외 주택을 짓기 위해 오래전에 철거되었다)까지 걸어갔다. 마을에는 화물 트럭 운전사들을 위한 술집과 가게가 하나씩 있었다. 거기서 일주일 동안 필요한 식량을 배낭에 가득 채우고, 맥주를 마시면서 친목을 도모할 생각이었다. 조지프만 빼고는 모두 그랬다. 다섯 동료가 외출 준비를 하고 있는 동안 조지프는 계속 침대에 누워 있었다. 동료들이 같이 나가자고 부르자, 조지프는 뒤에 남아서 물건 정리나 하는 게 나을 것 같다고 말했다. 그리고 허리를 쉬게 해야 한다고, 들판을 터벅터벅 걸을 수는 없다고, 이런 상태로는 오래 걷지도 못한다고, 그러기엔 키가 너무 작다고 말했다. 「저 친구는 키가 너무 작아서 제 신발에다 오줌을 눌 거야.」 한 남자가 속삭였다. 그들은 무슨 죄라도 지은 것처럼 숨죽여 웃었다. 그 웃음이 서먹서먹한 분위기를 누그러뜨렸다.

 셀리스는 조지프가 자기들과 어울리는 것을 견딜 수 없는 모양이라고 생각했다. 그리고 이 생각은 어느 정도 옳았다. 그는 그런 천박한 무리와 어울려 돌아다니거나, 그들의 들뜬 기분에 휩쓸리거나, 그들이 내뿜는 담배 연기를 쐬고 싶지 않았다. 그는 항상 담배를 싫어했다. 가게에 가는 데에도 흥미가 없었다. 음식은 그가 관심을 기울일 만한 가치가 없었다. 자기처럼 진지하고 괴팍한 인물이 하찮은 식사 따위에 신경을 쓸 수는 없는 노릇이었다. 셀리스는 음식이 남아 있는 그의 접시와 거의 입도 대지 않은 포도주 잔을 상상할 수 있었다. 시골 주막에 가서 술을 마시거나 그들의 대화를 참고 들어야 한다면, 조지프는 마음이 편치 않을 게 분명했다. 셀리스는 이미 그에게 독불장군이라는 낙인을 찍었다. 독불장군은 사교적인 행동 요령을 잊어버렸거나 아예 처음부터 알지 못한 사람, 모래에 한 줄로 찍힌 외로운 발자국이었다. 셀리스는 조지프에게 전혀 관심을 두지 않았다. 그녀 역시 독불장군이었다.

 셀리스는 조지프를 믿지도 않았다. 허리를 다친 것은 꾀병일 거라고 생각했다. 그것은 노인이나 게으름뱅이의 병이었다. 그가 발을 헛디뎌 비틀거리는 것을 실제로 본 사람은 아무도 없었다. 통증을 느끼는 것 같지도 않았다. 셀리스는 마을로 장을 보러 나가기 전에 연수원을 둘러보았다. 그리고 그들이 없는 동안에 조지프가 〈정리〉할 만한 물건을 모두 눈여겨보았다. 예를 들면 커피잔을 치울 수도 있을 것이고, 집 안에서 모래를 쓸어 낼 수도 있을 것이고, 등잔을 준비할 수도 있을 것이다. 아니면 셀리스와 동료인 페스타가 숙소로 쓸 베란다에 어지럽게 널려 있는 가방과 신발 따위를 정돈할 수도 있을 것이다. 셀리스와 페스타는 아직 베란다에 매트리스를 펴놓지 않았다. 따라서 하다못해 여자 동료들을 위해 매트리스를 깔아 줄 수도 있을 것이다. 안 그랬다가는, 마을에서 돌아왔을 때 조지프에게 한마디 쏘아 줄 작정이었다.

  셀리스는 잘 맞지 않는 서랍 두 개의 상태까지 점검했다. 그 서랍에는 그녀의 바지와 셔츠, 스커트, 공책과 책, 지갑과 일기장과 속옷이 들어 있었다. 윗서랍은 딱 맞았지만, 아랫서랍은 조정이 잘못되어 왼쪽이 1센티미터쯤 튀어나와 있었다. 돌아와서 확인해 보면, 조지프가 남의 서랍을 기웃거렸는지 어떤지 알 수 있을 것이다. 셀리스가 혼자 남겨진다면, 물론 남의 물건을 탐색할 것이다. 그 고물 가방에는 도대체 무엇이 들어 있을까? 탐색은 참으로 인간적인 행위였다.

  셀리스는 연수원을 떠나는 것이 기뻤다. 동료들은 벌써 밖에 나가서 보아란 듯이 물을 철벅거리며 늪지의 덤불을 지나가고 있었다. 그런 식으로 관심을 끌려고 애쓰는 그들은 대학원의 최고 우등생이라기보다 십대 청소년들 같았다. 이 산책은 재미있겠어. 그녀는 느긋한 남자들과 편안하게 어울리기를 좋아했다. 네 남자 가운데 가장 작달막하고 매력도 없는 남자가 뒤에 남기로 결정한 것은 문제가 되지 않았다. 좁은 연수원에 모인 여섯 명 가운데 여자는 둘뿐이었고, 그 중 하나가 자기라는 사실에 셀리스는 마음이 편해지고 더 활기 찬 기분을 느꼈다. 조지프가 없었다면 이 남녀 혼성 모임은 훨씬 농도가 짙었을 텐데, 조지프가 거기에 물을 타버렸다.

  페스타는 셀리스보다 얌전한 체했고, 버찌처럼 발그레한 얼굴에는 생기가 넘치고, 숱 많은 머리를 풀어서 늘어뜨리고, 남자들한테는 낮은 목소리로 공손하게 이야기해서 듣고 있으면 역정이 났다. 그녀는 들판을 산책하러 갈 때도 화장을 했고, 아리송한 웃음을 너무 남발했다.

배후지를 가로질러 마른 땅으로 나간 다음 다섯 명이 나란히 트랙터 바퀴 자국이 난 길을 걸을 수 있게 되자, 남자들은 페스타만 집적거렸다. 대화는 밋밋하고 뻔한 것뿐이었다. 그들에게 할당된 연구 프로젝트나 박사 학위를 딴 뒤 취직할 전망에 대한 이야기가 고작이었다. 남자들 가운데 해니와 빅터는 둘 다 버릇없이 자란 사업가의 아들이었는데, 해변의 갑각류를 연구하고 있어서 평생 직업으로 〈수산업 연구소〉에 고용되기를 기대할 수 있었다. 거기에 실패하면 아버지한테 무역 회사와 건설 회사를 물려받을 수도 있었다. 가장 매력적인 세 번째 남자는 조류학자여서, 바다도요새의 다리에 고리를 끼워 주고 생태를 기록하고 있었다. 〈나는 취직할 수 없어〉 하고 그는 말했지만, 집안이 부자니까 취직하지 않아도 상관없었다. 페스타는 해초를 의료용과 식용으로 이용하는 방법을 연구하는 생화학자였다. 세 남자는 그 연구 주제가 매력적이고 전망도 밝다고 생각하는 것 같았다. 그들은 페스타가 예정하고 있는 실험에 대해 간단한 질문을 하고, 표본을 모으는 일을 도와주겠다고 자청했다. 페스타는 현지에서 나는 모든 해초의 이름을 라틴어로 말해 주었지만, 두 번 실수한 것을 셀리스는 알아차렸다.

셀리스는 바다 낭파리(해안 근처에 표착한 해초의 부양성 기낭〔氣囊〕 속에 살면서 알을 낳는 곤충) 연구에 서둘러 몰두하거나 토론하고 싶지 않았지만, 그녀에게 물어보는 사람도 없었다. 셀리스는 페스타 같은 예쁜 여자들한테 익숙해져 있었고, 그런 여자와 남자가 처음 만났을 때 산소를 몽땅 태워 버리는 것에도 익숙해져 있었다. 그녀는 남자들에 관해서는 때를 기다리는 법을 배웠다. 셀리스는 페스타만큼 예쁘지는 않았지만, 자기가 원할 때는 페스타보다 훨씬 인상적인 여자가 되곤 했다. 셀리스는 키가 크고, 젖가슴이 작고, 남자처럼 셔츠와 청바지 차림에 등산화를 신었고, 체격이 (어머니의 표현에 따르면) 〈땅딸막〉했다. 이 말은 상체와 허리는 호리호리하지만 넓적다리와 엉덩이는 훨씬 굵고 펑퍼짐하다는 뜻이었다. 그래서 꼭 비둘기나 호리병박처럼 보였다. 셀리스는 넓은 보폭으로 성큼성큼 걸어다녔다. 술을 마시고, 담배도 피웠다. 걸핏하면 밤늦게까지 일어나 있었다. 그녀의 웃음소리는, 정말로 웃을 만해서 웃을 때는 요란하고 무례했다. 그녀는 바람둥이였다.

열 달 전만 해도 그녀는 바람둥이가 아니었다. 사실 그 차분하고 잊혀진 시절에는 남자한테 쓸 시간이 전혀 없었다. 어쨌거나 남자들은 셀리스에게 전혀 관심을 보이지 않았고, 그녀를 웃기려고 애쓰거나 그녀와 키스하려고 애쓴 적도 없었다. 그녀가 지나가도 남자들은 돌아보지 않았다. 그녀는 고상한 척 새침을 떨지도 않았다. 십대 소녀 시절에 잠깐씩 사귄 남자 친구가 셋이었고, 마지막 친구하고만 잠자리를 같이 했지만, 다른 두 아이와도 상당히 놀았기 때문에, 남자들의 갑작스러운 열정과 자신의 열정에 대해 그녀가 배우지 않은 것 — 그리고 좋아하지 않은 것 — 은 거의 없었다. 하지만 나중에 셀리스는 너무 덩치가 크고 못생기고 영리해졌고, 이제 결혼하기에는 너무 늦은 스물여섯 살이 되어 가고 있었다. 그녀는 거울이나 사진, 상점의 무자비한 쇼윈도에 비친 제 모습을 볼 때마다 풀이 죽었다. 남자들은 더 이상 그녀를 쳐다보지도 않는 것 같았다. 그녀는 고양이와 담배에 의지했다. 나는 평생 연구만 하다 죽을 거라고 생각했다. 성욕은 자위행위로 충족시킬 것이다. 남의 아기나 돌봐 줄 테고, 두꺼운 안경을 쓸 테고, 두꺼운 책을 읽을 테고, 조카가 생길 것이다.

그 무렵 느닷없이 그녀를 유혹하는 남자가 나타났다. 강의를 들으러 국립 수족관에 갈 때 같은 열차에 탄 남자였다. 그녀가 그와 공유한 것은 객차만이 아니었다. 택시도, 레스토랑 식탁도, 그의 비밀도 공유했고, 놀랍게도 그의 호텔 침대와 아침 식사까지 공유했다. 그는 셀리스가 예약한 여관이 위험하고 지저분한 지역에 있다고, 그녀를 돌보는 것은 자신의 의무라고 말했다. 그는 셀리스를 잘 돌봐 주었다. 셀리스는 그가 아마 한 번 이상 결혼한 경험이 있을 것이고, 그녀처럼 어중간한 상태에 있는 여자를 찾고 있으며, 그래서 여자를 다루는 데에는 숙달되어 있을 거라고 짐작했다. 그 남자의 관심 속에서 하루 저녁과 밤을 보낸 것은 셀리스에게 하나의 계시, 때로는 코믹한 계시였다. 그의 성적 취향에는 장난질도 포함되어 있었기 때문이다. 그녀는 속물적인 호텔 투숙객인 〈사모님〉 역할을 맡았고, 그는 그녀의 명령과 요구에 무조건 복종하는 〈룸서비스〉 역할을 맡았다. 셀리스는 척추와 목덜미를 안마해 달라고 요구했다. 그런데 그의 안마 솜씨가 너무나 능숙해서, 셀리스의 눈에는 놀라움이, 눈물이 아니라 놀라움이 넘쳤다.

이튿날 국립 수족관에서 쉬는 시간에 셀리스는 자부심을 가득 느꼈고, 마음이 좀 아프기도 했다. 두 남자가 그녀에게 달라붙었기 때문이다. 그들은 셀리스가 영리하고 재미있다고 생각하는 것 같았다. 한 남자는 그녀에게 포도주를 갖다 주고, 자기가 어떤 사람이며 장래에 얼마나 큰 성공이 약속되어 있는가를 장황하게 지껄였다. 또 한 남자는 그녀에게 주소를 알려 주고는, 자기가 사는 도시에 오게 되면 꼭 연락하라고 신신당부했다. 그는 그녀의 팔을 만졌다. 그러고는 손을 그녀의 등허리에 대고 많은 사람들 사이로 그녀를 안내했다.

아마 간밤에 지낸 놀이의 여운이 내 눈 속에 드러나 있는 모양이라고 그녀는 생각했다. 어쩌면 그 남자의 침대 시트와 애프터셰이브 로션의 냄새가 아직도 감돌고 있거나 그녀의 페로몬[4]이 시내에서도 여전히 분비되어 남자들의 관심을 끌었을지도 모른다. 그녀는 딱 한 번 강의실 밖의 벽거울로 얼굴과 머리를 점검했다. 거울에 비친 모습에 그녀는 만족하는 동시에 경악했다. 그녀의 입술은 남자들의 열렬한 키스 때문에 얼룩지고 부어 있었다. 그녀는 자신에게 만족한 것 같았고, 지나치게 자신만만해 보였다. 하지만 거울에 비친 것은 새로운 셀리스였다. 그녀는 쉽게 접근할 수 있고 쉽게 손에 넣을 수 있는 바람둥이처럼 보였다. 하룻밤 사이에 사람이 이렇게 달라질 수 있을까? 그녀가 변모하는 데 필요한 것은 척추 마사지뿐이었을까? 열차에서

---

[4] 일군의 호르몬 물질의 총칭. 한 개체가 분비하면 동종의 다른 개체가 자극을 받아 생리적 또는 행동적 반응을 일으킨다.

우연히 그 남자를 만난 뒤 그녀의 배포가 커진 것은 분명했다. 마음만 먹으면 그녀도 얼마든지 매력적인 여자가 될 수 있었다. 남자들의 눈길을 사로잡고, 남자들이 그녀를 돌아보게 할 수 있었다. 외모는 별로 중요하지 않았다. 중요한 것은 행동거지였다. 그녀는 더 이상 조카들에게 좋은 고모나 이모가 될 계획을 세우지 않았다. 그녀가 원하는 것은 택시와 레스토랑과 호텔 방이었다. 룸서비스와 넘치는 시선을 원했다. 이제 그것이 눈에 보였다.

그래서 지난 열 달 동안 셀리스는 남자 같은 태도로 짝을 찾는 전략을 개발했다. 마음에 드는 남자가 있으면 상대가 그녀의 숨소리를 들을 수 있을 만큼, 그리고 그녀의 입 냄새를 맡을 수 있을 만큼 바싹 다가섰고, 걸을 때는 어깨가 스치도록 바싹 붙어서 걸었다. 이야기를 나눌 때는 남자의 팔 위에 손을 올려놓거나 남자의 팔꿈치를 잡곤 했다. 입술이 좀 더 통통해 보이도록 입술을 문지르거나 깨물기도 했다. 그녀는 거울 속에서 발견했던 여자, 입술이 얼룩지고 부어오른 여자를 다시 발견하려고 애쓰고 있었다.

그녀는 잘 알지도 못하는 남자가 얼굴을 뚫어지게 바라보거나 몸을 위아래로 훑어보는 것을 자주 알아차리곤 했다. 열 달 전만 해도 그런 일을 당하면, 그 남자가 자기를 비난하는 거라고 생각하고 얼굴을 붉히며 외면했을 것이다. 저 사내는 내가 꼴사납고 매력도 없고 몸매와 옷차림도 웃긴다고 생각하고 있어 — 하고 지레짐작했을 것이다. 누군가가 대학 졸업 앨범에 실린 그녀의 얼굴 사진에 〈그저 그렇고 그런 애〉라고 써놓았다. 다른 여자 졸업생들은 〈올해 최고의 여학생〉이나 〈남성의 가장 좋은 친구〉나 〈에이스〉라는 평가를 받았다. 그녀는 제 눈꺼풀이 좀 무겁고 눈썹 윤곽이 너무 뚜렷하다는 것을 알고 있었다. 피부는 기름기가 많아서 때로는 얼굴에 생기를 주기도 했지만, 대개의 경우에는 저주스러운 것이었다. 그녀의 턱이 지저분해진 원인은 바로 피지였기 때문이다. 청소년 시절에 잔뜩 돋아난 여드름이 턱에 지저분한 얼룩을 남겼다. 용수철처럼 탄력 있는 머리카락은 갈수록 색깔이 탁해지고 있었다. 새치까지 생겨서 그걸 뽑느라 애를 먹어야 했다. 그러나 이제는 다소 자포자기한 심정으로, 그리고 열차에서 만난 애인이 〈현기증 나는〉 얼굴이라고 부른 얼굴의 도움을 얻어 남자들의 눈길을 정면으로 되받을 수 있었다. 셀리스는 마침내 〈그저 그렇고 그런〉 자신의 외모에 적당히 만족하게 되었다.

셀리스가 찍은 남자들은 대부분 그녀의 비정통적인 접근 방식에 당황하여 어쩔 줄 몰랐다고 말할 수밖에 없다. 그들은 그녀를 별난 여자로 생각했고, 그런 짓을 하면 다름 아닌 자기 자신을 바보로 만들 뿐이라고 생각했다. 저 여자가 저런 엉덩이로 대체 누구를 놀리고 있는 거야? 왜 내 얼굴에 입김을 내뿜는 거지? 미쳤나? 젊은 강사들은 그녀를 애써 피했다. 하지만 때로는 그런 수법이 먹혀들기도 했다. 최근에 그녀는 두어 번 남자를 집에 데려가 밤이나 오후를 단 둘이 보냈다. 한번은 전철역에서 아버지를 배웅한 뒤 개별 지도를 받기 위해 지도 교수를 만날 때까지 40분 동안 아무도 없는 연구실에서 잘 알지도 못하는 남학생 하나를 만족시켜 준 적도 있었다. 물론 그 남학생은 깜짝 놀랐다. 그것이 1973년의 시대 정신이었다. 사랑은 일회용이었다.

그녀는 섹스를 갈망하게 되었다. 그녀 자신도 그것을 스스럼없이 인정했다. 그게 어때서? 그녀는 자문했다. 죽으면 신체 상해 행위는 할 수 없고, 머리가 허옇게 세어도 — 이 생각은 잘못이었다 — 신체 상해 행위는 할 수 없다. 바리톤 만에서 보낸 일주일은 대담한 모험을 하기에 더없이 좋은 기회였다. 운이 좋으면 세 남자 전부는 아니더라도 그 중 하나 — 아마 그녀가 〈버디〉라는 별명을 붙여 준 겸손한 조류학자 — 와는 사랑을 나눌 수 있을 것이다. 그녀는 큰 소리로 웃음을 터뜨렸다. 한번 생각해 보라, 그 가능성을.

구혼자가 될 가능성이 있는 이 삼인조는 후보 자격이 없다는 것을 그녀는 알았다. 셀리스는 자기를 깜짝 놀라게 하는 남자를 좋아했다. 그런데 이 세 남자는 과학자들이 대개 그렇듯이 미숙하고 배타적이고 뻔하고 조금도 신비롭지 않았다. 하지만 그들과 한 집에 살고 바로 옆방에서 잔다는 사실 자체가 자극적이었고, 투지를 불러일으키는 하나의 도전이었다. 셀리스는 남자 친구나 남편감을 찾고 있는 게 아니라 — 그녀의 자신감은 그 정도로 높지는 않았다 — 남자와의 만남을 원하고 있었다. 정복과 만남. 그녀가 기대한 것은 하루나 이틀쯤 남자의 성적 요구와 지배를 받는 것뿐이었다. 결코 남자에게 사랑받기를 기대하지는 않았다.

그 성마르고 재미없는 동료들 가운데 하나를 슬리핑백 속으로 끌어들이는 데 성공했다 해도 연수 기간이 끝나면 그것으로 그만이고, 그 남자와 평생 친구가 되었다고 생각하지는 않을 것이다. 한 가지만은 확실하다는 것을 그녀는 깨달았다. 남자들은 뜻밖의 여자와 같이 자면 상대를 몹시 거북하게 여긴다는 사실이다. 우연한 상대는 우연한 친구가 되지 않는다. 편지도 쓰지 않고, 전화도 걸지 않는다. 길거리에서 마주치면 얼굴을 붉히지 않으려고 일부러 피해 간다. 그들이 결혼할 여자는 셀리스가 아니라 페스타 같은 부류의 여자였다. 페스타는 현모양처감이고 몸집이 작았다. 하지만 두 여자 중에 키가 더 크고 더 못생기고 더 특이한 쪽이 남자의 접근에 개방적이라는 사실을 깨닫게 되면, 해니와 빅터와 버디는 아무리 구애해도 성공할 것 같지 않은 페스타에게 매력을 잃고 자기한테 집중 공세를 펼 거라고 셀리스는 생각했다. 적어도 그 중 한 사람 정도는 그럴 것이다. 술집에 간 그날 오후, 그녀는 그저 남자와 눈길이 마주치거나 남자의 손을 슬쩍 건드리거나 얼굴을 붉히고 있는 남자의 허리를 팔로 감싸안을 기회를 잡기만 하면 되었다. 셀리스는 조류학자가 한밤중에 그녀의 잠자리로 슬며시 기어들려고 베란다를 발끝으로 살금살금 걸어오는 광경을 상상할 수 있었다. 그들은 슬리핑백 속에서, 벗은 옷을 맨발로 밀어서 침낭 구석에 처박을 것이다. 그녀는 앞으로 활기 찬 일주일을 보낼 기대에 부풀었다.

이미 어두워진 늦은 오후, 페스타와 단 둘이 연수원으로 돌아온 셀리스의 기분은 떠날 때만큼 밝지 않았다. 그녀가 그렇게 애를 썼는데도 남자들은 그녀가 생각한 것만큼 주의 깊은 상대가 아니었다. 세 남자는 들판을 지나 마을로 들어가자마자, 대문이나 헛간에서 그들을 지켜보는 농가 아낙네와 농장 노동자들에게 자신들이 어떻게 보일지에 신경을 쓰느라 모두 말수가 적어졌다. 그들의 주머니에 든 현금은 너무 무거워 보였다. 학생복과 배낭은 속물적이고 응석받이처럼 느

꺼졌다. 얼굴은 깨끗이 면도가 되어 있었다. 그들은 자기네 말투가 시골 사람들의 기분을 해치지나 않을까 두려워서 목소리를 낮추었다.

자신의 계층과 교육 수준을 맨 먼저 상쇄하기 시작한 것은 빅터였다. 그는 이런 시골 마을을 등쳐서, 그러니까 땅과 집을 사서 불도저로 밀어 버리고 새 건물을 지어서 재산을 모은 집안의 아들이 아니라, 징집병이나 시골 출신의 난폭하고 가난한 소년이나 농부의 아들처럼 굴었다. 빅터는 여태까지 한 번도 써본 적이 없는 말투로 지나가는 사람들에게 인사를 건넸다. 해니와 버디도 그를 흉내 냈다. 상말을 지껄이고 발을 굴렀다. 따분하고 무모한 시골 소년들처럼 앞길에 있는 것은 뭐든지 — 돌멩이, 말똥, 달팽이 — 걷어찼다. 그들은 페스타와 셀리스와 함께 가게에 들어가려 하지 않았다. 세상에 달걀과 빵을 사러 가는 농부의 아들이 어디 있냐? 하지만 여자들은 얼마든지 가게에 가서 빵과 달걀을 살 수 있다고 그들은 말했다. 여자들이 장을 보는 동안, 자기들은 술집에 자리를 맡아 두겠다는 것이다.「우리는 맥주를 맛보고 있을게.」거친 말투였다.

두 여자는 현지에서 생산된 콩과 신선한 우유, 딱딱한 치즈와 달걀, 쌀, 청어, 오이, 고기 통조림, 병에 든 물과 맥주 등으로 가득 찬 배낭을 메고 마침내 술집에 도착했다. 그러나 남자들은 여자끼리 알아서 즐기도록 내버려 두려는 것 같았다. 여자들은 남자들한테 방해가 되지 않도록 따로 떨어져 앉아서 자기 돈으로 술을 사 마시면 된다는 거였다. 세 남자는 높은 탁자 주위에 보조 의자 세 개를 갖다 놓고 앉아서 창녀들에게 술을 사주고 있었다. 그네들의 고객은 주로 농산물이나 그날 잡은 물고기를 시내로 싣고 오는 트럭 운전사였는데, 이들은 저녁때나 되어야 도착할 터였다. 그 젊고 억센 창녀들의 수법에 비하면, 지난 열 달 동안 셀리스가 남자를 꼬시기 위해 시도한 온갖 수법은 너무나 소극적인 것이었다. 창녀들은 손끝에서 발끝까지 온몸으로 남자를 유혹했다. 그네들한테서는 라벤더와 페퍼민트와 애프터셰이브 로션 냄새가 났다. 스타킹은 삑삑 소리를 냈고, 입술은 고추처럼 새빨갰다.

세 남자의 형편을 버디가 설명했다. 술집에 좀 더 있으면서 현지에서 빚은 술을 모두 맛보고, 현지인의 지혜를 빌리고, 시골 사람처럼 시큼한 빵과 요구르트를 곁들인 콩을 먹기로 했다는 것이다. 성가신 두 여자 동료를, 나중에라면 모를까 적어도 지금은 연수원까지 바래다줄 수 없으니, 아예 기대하지도 말라는 뜻이었다. 오늘 밤은 술집에 오랫동안 죽치고 앉아서 취하도록 마시게 될지도 모른다, 그러니 술 취한 남자들을 밤늦게까지 기다리기가 따분하면, 그리고 어둠이 겁나면, 페스타와 셀리스는 지금 당장 연수원으로 돌아가도 좋다는 거였다.

여자들이 연수원에 돌아왔을 때 조지프는 거기에 없었다. 불도 켜져 있지 않고, 석유를 넣은 등잔도 없었다. 커피잔은 여전히 씻지 않은 채였고, 매트리스는 펼쳐져 있지 않았고, 바람이 휴게실 바닥에 흩뿌려 놓은 모래는 그들이 없는 동안 더욱 깊어져 있었다.

셀리스가 보기에는 서랍에 손을 댄 흔적도 없었다. 어떤 점에서는 더욱 실망스러운 일이었다. 오후 내내 퇴짜만 맞았는데 또 한번 퇴짜를 맞은 꼴이었다. 네 남자 중에 가장 별 볼 일 없는 조지프만이라도 그녀의 소지품과 일기와 속옷에 관심을 보일 만한 아량과 호기심을 가져 주었다면 좋았을 것을.

5

오후 3시 10분

그 사내의 흉포한 팔이 내리친 화강암 돌멩이가 공기를 가르며 내려오는 것을 셀리스는 아마 보지 못했을 것이다. 사내는 뒤에서 살금살금 다가왔다. 사내는 해변의 오솔길을 가다가 조지프의 안경에 반사된 햇빛에 이끌려 그들의 모습을 보았고, 그러자 그들이 어떤 족속의 사람들인지, 그에게 어떤 취급을 받을 만한 사람들인지를 당장에 알아차렸을 것이다.

나한테 강도짓을 당할 임자들이 나타나셨군. 저들은 현금과 보석, 고급 손목시계, 쌍안경, 그리고 아마 카메라와 점심 식사와 담배도 갖고 있을 거야. 저들이 가진 물건은 무엇이든 내 것보다 좋을 거야. 그건 확실해. 구두끈조차 내 것보다 좋을 거야. 그 모든 것을 나는 맘대로 가질 수 있을 테고, 저항도 받지 않을 거야. 저들은 제 몸조차 지킬 수 없을 거야. 저들은 너무 연약하고, 최면술에라도 걸린 듯 달아나거나 숨지도 못하고, 맞서 싸우기에는 너무 힘이 없고, 뿌리라도 내린 것처럼 그 자리에 옴짝달싹 못하는 토끼 같아. 나는 협박하지도 않겠어. 입을 다문 채 아무 말도 않겠어. 저들은 나보다 훨씬 말을 잘하겠지. 나는 주먹을 쓰지도 않겠어. 주먹질로 살과 살을 직접 맞대는 것은 너무 친밀한 짓이야. 하지만 무장만 한다면 물건을 빼앗는 것쯤 너무 간단할 거야.

사내는 오솔길 근처의 덤불 속에서 단단하고 묵직한 것을 찾았다. 부러진 나뭇가지도 쓸모가 있을지 모른다. 파도에 밀려온 기다란 나무. 울타리 조각. 덤불 속에 건축업자가 흘리고 간 화강암 덩어리가 있었다. 분홍색, 회색, 흰색, 이산화규소가 연골처럼 박혀 있는, 딱딱한 송아지 고깃덩어리. 돌멩이는 그의 손아귀에 딱 들어맞았다. 완벽한 친구. 그는 돌멩이의 위력을 시험해 보고, 그것으로 그가 할 수 있는 일을 연습했다. 손바닥에 묵직하게 느껴지는 화강암을 쥐고 팔을 휘둘러 바람을 획획 가르면서, 실체 없는 유령 같은 적들 — 부자, 늙은이, 가방끈이 긴 녀석, 사랑받는 놈, 잘 먹고 잘 사는 놈, 말 많은 놈, 좋은 구두끈을 가진 놈 — 에게 저주를 퍼부었다. 그의 섀도복싱은 그 적들을 공기처럼 희박하고 무력하게 만들었다.

그는 자신감을 갖기 위해 역도 선수처럼 숨을 깊이 들이마셔 기운을 북돋웠다. 웅크리고 있다가 돌진해서 공격한다. 그는 공기를 주먹으로 후려갈기고 — 그는 이미 챔피언 자리에 오른 프로 권투 선수였고, 아직 만들어지지 않은 영화의 주인공이었다 — 돌멩이가 자신을 얼마나 위험하고 대담하게 만드는지를 느껴 보기 위해 돌멩이로 제 허벅지를 내리쳤다. 흘러나오는 피는 그 자신의 피일 것이다. 그는 고통의 정복자이자 전우였다. 자해 행위로 허벅지에 멍이 들었지만, 그래도 남자와 여자에게 더 가까이 가기 전에는 그들에게 정말로 분노를 느끼기가 쉽지는 않을 것이다. 가까이 가면 그들의 옷이나 얼굴의 어떤 요소가 그의 분노를 자극하여, 그들을 공격하고 제압하는 데 필요한 격정에 사로잡히게 될 것이다. 그는 여우나 떼까마귀처럼 자신의 폭력에 당황하지 않고 관대할 수 있었다(그는 지금까지 두 번이나 이런 짓을 했다). 사자. 그들은 자신의 잔인성을 거리낌 없이 즐겼다. 그도 그럴 것이다.

사내가 오솔길을 벗어나 그들에게 몰래 다가가기 시작했을 때쯤, 부부는 모래 언덕 사이로 사라져 보이지 않게 되었다. 남자의 백발도 더 이상 보이지 않았고, 여자의 펄럭이는 스카프도 눈에 띄지 않았다. 하지만 사내는 그들이 어디쯤에서 사라졌는지를 기억해 두었다. 그의 모든 사냥 감각이 맹렬하게 활동하기 시작했다. 그들을 찾아내기는 어렵지 않을 터였다. 사내는 우선 해변을 따라 달리면서 모래 언덕 사이로 쉽게 들어갈 수 있는 길을 찾았다.

바리톤 만은 지리학적인 의미에서는 만이 아니었다. 거기에 있는 것은 명예로운 이름 외에는 소금이 섞인 모래 언덕들뿐이었다. 바닷물이 해안에 들머리가 넓은 후미 — 바다 쪽으로 돌출한 두 개의 곶이 양쪽에서 보초를 서고 있고, 그 사이가 활 모양으로 구부러진 해변 — 를 파놓은 것이 아니라, 여기서는 오히려 거무스름한 회색 해안이 삼각주처럼 바다 쪽으로 튀어나가 있었다. 우리 같은 사람한테는 별로 매력이 없지만, 지구 과학을 공부하는 학생이라면 한번 찾아가 볼 만한 곳이었다. 바다로 돌출한 모래톱은 끝에서 끝까지 걷는 데 한 시간쯤 걸리고, 가장 먼 곳까지는 20분 거리였다. 해안에서 100미터쯤 떨어진 물속에 잠겨 있는 말편자 모양의 바위가 이 돌출부를 바다의 흡인력으로부터 보호해 주고 있었다. 이 바위가 파도의 힘을 약화시켜, 모래 언덕은 사나운 폭풍우를 빼고는 어떤 것의 영향도 받지 않았다. 바리톤 만의 해안은 순진하게도 물이 흙보다 세다는 것을 모른 채, 바다에 입구가 넓은 후미를 파냈다.

바리톤 만은 물론 바람의 지배를 받기로 유명했다. 해안을 따라 동서로 끊임없이 바람이 불어, 모래 언덕을 줄지어 누워 있는 바다표범처럼 새겨 놓았다. 바람이 만을 가로질러 가파른 비탈과 골짜기를 지나가면 모래 언덕은 콧노래를 부르곤 했다. 때로는 팀파니가 삐걱거리는 듯한 소리를 내거나, 개가시나무가 덜거덕거리는 소리를 내거나, 파도가 혀짤배기 소리로 반주도 없이 〈아 카펠라〉를 부르기도 했다. 하지만 아무것도 노래를 부르지는 않았다. 관광 안내서는 〈오페라 해안〉이라고 황홀하게 묘사하고 있지만, 감상적인 소리를 내는 바리톤 악기는 전혀 없었다. 모래 언덕들이 아리아를 부르려면 섭씨 16도에 가깝지만 그 아래로는 내려가지 않는 기온과 맑은 날씨, 눅눅하지만 단단하게 응축된 모래, 정확히 서쪽에서 한결같이 불어오는 서풍, 무언가 움직이고 있는 것의 촉매 작용 따위가 필요했다. 그날 오후는 날씨가 맑아서 상쾌하게 화창했고, 앞바다에는 해안을 따라 산들바람이 불고 있었지만, 기온이 계속 올라가고 있었고, 바람의 방향도 최소한 10도는 어긋나 있었다. 어떤 것도, 여기서 벌어지는 드라마의 오페라적 의미조차 바리톤 만이 음악을 연주하게 할 수는 없었다.

사내는 해안의 바깥쪽 굽이에 이르렀다. 사내도 노래를 부르고 있지는 않았다. 그는 먹잇감에 몰래 다가가는 고양이처럼 조용하고 조심스러웠다. 그는 고귀한 야수였다. 사냥감을 추적하여 기습하는 이 대목이 가장 즐거웠다. 그는 자신을 걱정하지 않았다. 주도권은 그가 쥐고 있었다. 그들한테서 물건을 빼앗는 것은, 어린애들이 즐겨 쓰는 말로, 땅 짚고 헤엄치는 것만큼 쉬울 것이다. 사내는 그들을 기습할 것이다. 그가 다가오는 것을 그들이 본다 해도, 손에 화강암 덩어리를 쥔 사람이 불운을 가져올 뿐이라고 생각하는 게 고작일 것이다. 그들이 달리 무엇을 할 수 있겠는가? 큰 소리로 도움을 청해 봤자 아무 소용도 없을 것이다. 아무도 그들을 구하러 오지 않을 것이다. 기적은 일어나지 않을 것이다. 지금은 일주일 중에서 가장 조용한 때이고, 이곳은 해안에서 가장 한갓진 지역이었다. 바리톤 만의 모래 언덕은, 사내가 지금 발견하고 있듯이, 오솔길에서 멀리 떨어져 있어서 가기가 힘들고, 다리 아픈 것을 즐기거나 신발 속에 모래가 들어가는 것을 좋아하는 사람을 빼고는 그렇게 멀리 돌아가는 우회로를 택할 가치는 전혀 없었다. 산책하는 사람들은 더 단단하고 안전한 길을 택했다. 모래 언덕에서 누가 죽더라도, 갈매기를 제외하고는 아무한테도 발견되지 못한 채 사라질 수도 있을 것이다.

사내가 부드러운 풀밭에 앉아 있는 부부를 발견하는 데에는 거의 30분이 걸렸다. 사내는 해안을 떠나 비탈을 올라가자마자 모래 언덕들 사이에서 길을 잃어버렸다. 빽빽이 늘어서 있는 모래 언덕들은 서로 비슷비슷해 보였다. 바람이 모래 언덕들을 서로 비슷하게 만들었다. 가파른 비탈과 골짜기는 한결같은 모양으로 조화를 이루고 있었다. 두 모래 언덕 사이로 들어갔는데 어찌된 셈인지 다시 해안으로 나와 버린 적도 두 번이나 있었다. 화강암 덩어리를 바다에 내던지고, 부부가 현금과 샌드위치를 계속 지니고 있게 내버려 둘까 하는 생각도 들었다. 날이 너무 뜨거워져 있었다. 바지는 계속 밀려오는 파도의 물보라로 흠뻑 젖어 있었다. 구두도 젖었다. 아까 돌멩이로 짐짓 내리친 허벅지는 멍이 들고 뻣뻣하게 굳어 있었다. 지금 떠나면, 넉넉잡고 한 시간만 걸으면 관광 센터 지하에 있는 주차장에 도착할 수 있었다.

거기에 가면 좀 더 쉬운 돈벌이를 찾을 수 있을지도 모른다. 자동차 창문을 깨고, 안에 있는 코트와 가방과 라디오를 슬쩍할 수도 있을 것이다. 하지만 바로 그 순간 사내는 언뜻 바람에 실려 온 목소리를 들었다. 여자 목소리였다. 이어서 웃음소리가 들렸다. 역시 여자의 웃음소리였다. 소리가 나는 쪽으로 걸어가기만 하면 그들의 발자국을 찾을 수 있고, 모래 언덕에서 모래가 미끄러져 내려간 부분을 찾을 수 있었다. 부부가 그 고상한 발로 모래를 흩뜨려 놓은 곳이다. 사내는 너무 기뻐서 속으로 콧노래를 불렀다. 콧노래를 부르는 고양이.

사내는 바람이 들이치지 않는 얕은 골짜기에서 조지프와 셀리스를 발견했다. 난바다에서는 이제 바람이 아까보다 더 사납게 몰아치고 있었다. 그들은 부드러운 풀이 가장 싱싱하고 빽빽이 돋아난 육지 쪽 비탈에 앉아 있었다. 바람은 그들한테서 사내 쪽으로 불고 있었다. 풀밭에 앉아 있는 두 연인.

사내는 등성이에 몸을 숨기고 그들 뒤에 웅크리고 앉았다. 그러나 잠시 그들을 지켜본 것은, 그들이 무방비 상태라는 것, 화강암 돌멩이가 제 손바닥에 단단히 쥐어져 있다는 것, 자기가 이 드라마를 끝낼 만한 힘과 의지만이 아니라 영감까지도 갖고 있다는 것을 확인하기 위해서였다. 영감은 결코 시시한 것이 아니었다. 도둑도 다른 장인들처럼 영감을 필요로 한다. 크게 부풀어오르는 웅대한 시적 영감, 화강암을 내리칠 수 있도록 도와주는 혐오감과 야망의 맹렬한 진동을 필요로 한다. 도둑은 모든 생물을 이어주는 격렬한 분노, 창조하기 위해 파괴할 수 있는 야생 동물을 자기 자신 속에서 찾아내야 한다. 그렇지 않다면 도둑질의 즐거움이 어디 있겠는가?

시의 여신이 그에게 은혜를 베풀었다. 사내는 그들의 등을 향해 성큼성큼 네 걸음을 내려갔다. 기다리는 위험은 무릅쓰지 않았다. 어쨌든 결심만 확고하다면 일을 해치우는 데에는 1분도 채 걸리지 않을 것이다.

처음에는 여자가 아랫도리를 발가벗었고 남자가 옷을 몽땅 벗어버린 것을 알아차리지 못했다. 무언가를 알아차리기에는 일이 너무나 순식간에 벌어졌다. 사내가 본 것은 머리를 적갈색으로 물들인 여자의 정수리와 머리털의 하얀 뿌리뿐이었다. 그의 타격을 받을 표적이다. 그가 자신의 분노를 한껏 부풀리기 위해 선택한 세부다. 머리털의 하얀 뿌리.

사내의 팔은 이미 공중으로 치켜들려 있었다. 그녀는 사내에게 등을 돌리고 있었다. 두 다리를 비탈진 풀밭에 쭉 뻗고 있어서, 몸이 약간 앞으로 기울어져 있었다. 남자는 아내의 두 다리 사이에 앉아 있었다. 그 모습은 십대 소년, 엄마의 무릎에 감싸인 아들 같았다. 여자의 몸이 남자의 등에 찰싹 닿아 있었다. 여자의 턱은 남자의 정수리에 얹혀 있었다. 그들의 팔은 칡뿌리처럼 뒤얽혀 있었다. 여자는 부유하고 교양 있는 목소리로, 적당한 말을 찾느라 머뭇거리며 말하고 있었다. 「설마 그런…….」 이어서 그녀의 머리 껍질이 물고기 입처럼 벌어졌다. 정수리에 난 머리털의 하얀 뿌리가 자동차 후미등처럼 빨개졌다.

그들이 발가벗고 있다는 것을 알아차렸을 때쯤, 그의 돌멩이는 여자의 머리를 이미 세 번이나 내리친 뒤였다. 화강암은 여자를 파괴했다. 셀리스는 당장 뒤로 넘어졌다. 화강암은 네 번 더 그녀를 타격했다. 코. 뺨. 입. 목. 팔이 피스톤처럼 일곱 번을 오르내리는 데 겨우 7초밖에 걸리지 않았다. 정말로 단호했다.

여자의 남편은 승산이 없었다. 남자는 우선 아내의 턱이 제 머리에 쾅 부딪치고 되튀는 반동을 느꼈다. 이어서 아내의 두개골이 쪼개지는 소리, 두개골의 진공에 구멍이 뚫리는 소리를 들었다. 그는 첫 번째 상처가 소금내 나는 공기를 물고기의 붉은 아가미처럼 갈라진 틈새로 빨아들이는 소리를 셀리스의 목소리로 잠깐 착각했다. 아내가 개미나 말벌에 쏘인 것처럼 놀라움과 통증으로 숨을 훅 들이마신 줄 알았다. 하지만 다음 순간, 그러나 너무 늦게, 그는 위아래로 힘차게 움직이는 팔을 보았고, 아내가 아닌 다른 사람의 용쓰는 소리를 들었다. 고개를 돌려 확인할 시간은 거의 없었다. 일어설 시간도 없었다. 소리를 지를 겨를도 없었다.

조지프는 50대 남자치고는 별로 민첩하지 못했다. 그는 운동을 하지 않았다. 몸을 건강하게 유지해야 할 의무를 게을리했다. 그의 몸을 이루고 있는 기어와 코일과 용수철은 탄력을 잃어버렸다. 순발력도 둔했다. 반사 신경은 마비되었다. 엉거주춤하게 쭈그려 앉은 채 공격을 피해 몸을 비틀었고, 아내와 돌멩이 사이로 몸을 던지기보다는 달아날 준비를 하고 있었다. 바로 그때 사내의 구둣발이 그의 턱을 걸어 찼다. 그의 머리가 뒤로 홱 젖혀졌다. 그는 우선 이마에 돌멩이의 공격을 받았고, 이어서 가슴과 복부에 더 거친 공격을 받았다. 머리가 아니라 몸통을 공격한 것은 별로 이치에 닿지 않았다. 돌멩이를 휘두르는 자는 아무래도 낯선 사람의 안경을 깨부술 마음이 내키지 않는 모양이었다. 지나친 존경심.

다음 순간, 눈을 한 번 깜박이는 것보다 더 짧은 순간, 두 남자는 서로의 눈을 들여다보았다.

조지프는 두 손을 가슴께로 들어 올려 화강암을 막아 냈다. 손가락 관절이 찢어졌다. 뼈가 드러나고 피가 튀었다. 이어서 그는 뒤로 벌렁 나자빠졌다. 이 궁지를 벗어나기에는 너무 숨이 찼고 너무 충격이 컸다. 아내 — 아직도 경련을 일으키고 있었지만, 아무 고통도 느낄 수 없었다 — 와는 달리 그는 의식을 잃지 않았다. 위에서 올라온 구토물의 시큼한 맛이 목구멍에 느껴졌다. 양쪽 귀 사이에서 오케스트라가 연주를 시작했다. 부러진 갈비뼈가 창자에 구멍을 냈다. 그는 자기가 빠져 있는 위험을 깨달았다. 앞으로 사태가 더 나빠지리라는 것도 알고 있었을 것이다. 그는 비명을 지르려고 애썼지만, 공포와 목의 수축 때문에 심한 변비에 걸린 사람 같은 소리가 났을 뿐이다.

사내는 애당초 그들의 목숨까지 앗아 갈 작정은 아니었다. 그것은 사내에게 아무래도 상관없는 일이었다. 조지프가 비명을 지르지 않았다면, 사내는 그저 그들의 물건만 빼앗고 그 자리를 떠났을 것이다. 사내는 조지프가 낸 소리가 마음에 들지 않았다. 그 소리는 사내를 불편하게 만들었다. 사내는 조지프의 입을 다물게 하려고 그의 어깨를 두 번 짓밟았다. 그리고 돌멩이로 조지프의 두개골 오른쪽을 내리쳤다. 사내는 눈에 거슬리는 것을 못 참고, 드러나 있는 부드러운 불알을 걷어찼다.

이제 부부는 사내가 원한 대로 꼼짝도 않은 채 조용히 침묵을 지키고 있었다. 그들의 옷과 몸과 셀리스의 배낭(10년 전 앙카라에서 학회가 열렸을 때 구입한 소풍용 가죽 배낭)을 뒤지려면 평화와 정적이 필요했지만, 사내는 숨이 가빴고, 두 손은 연금으로 살아가는 늙은이처럼 후들후들 떨리고 있었다. 조금 구역질이 나고, 금방이라도 울음이 터질 것 같았다. 사내는 손목을 너무 무리하게 사용했다. 두 손을 부부의 주머니에 집어넣고 그들의 시체를 들어 올리자 손목이 아팠다. 심장은 너무 빠르게 뛰고 있었다. 하지만 해변의 오솔길에서 이렇게 멀리 벗어난 것은 충분히 가치가 있었다. 그의 소득은 다음과 같았다 — 손목시계 두 개, 팔찌 하나, 자동차 열쇠, 반지 세 개, 일주일 동안 싸구려 호텔에 묵을 수 있는 돈, 바지, 양말과 구두, 고급 실크 스카프. 여자의 배낭에 든 내용물을 풀밭에 쏟아 놓자, 복숭아 한 개와 비스킷 두 개, 자외선 차단 크림, 은박지에 싸인 치즈 100그램, 사과, 『곤충학』한 부, 화장지 한 봉지, 주스가 반쯤 들어 있는 플라스틱 통, 진통제, 머리빗, 수첩, 치즈 나이프와 펜 세 자루가 나왔다. 잡지만 빼고는 모두 쓸모 있는 물건들이다. 잡지를 휙 던지자, 옆에 있는 모래 언덕으로 날아가 그 가파른 비탈에 착륙했다.

여자의 재킷 주머니를 뒤지려면 여자의 몸을 굴려야 했다. 여자는 키가 크고 둔하고 비협조적이고 축축했다. 그러나 주머니에는 구겨진 휴지 한 장과 단추 한 개와 휴대폰이 있을 뿐이었다. 끊어진 실이 붙어 있는 단추는 소매에서 떨어진 게 분명했고, 휴대폰은 전화를 걸 상대가 아무도 없는 사내에게는 아무 쓸모도 없었다. 사내는 제 셔츠와 팔에 묻은 셀리스의 피를 훔쳐 내고, 피문은 휴지와 화강암 돌멩이를 무성한 풀숲에 던졌다. 그리고 침을 뱉어서 셀리스의 냄새를 토해 냈다. 마지막으로 옆에 버려져 있는 조지프의 스웨터를 주워 걸쳤다. 셔츠에 묻은 핏자국을 감추기 위해서이기도 했지만, 오후의 높은 기온에도 불구하고 몸이 덜덜 떨리고 있었기 때문이기도 했다.

사내는 부부가 죽었는지 확인하지 않았다. 그의 일은 끝났다. 사내는 비스킷 두 개를 한꺼번에 입 속에 밀어 넣은 다음, 훔친 바지로 만든 가방에 — 셀리스의 배낭은 지나치게 여성적이었다 — 약탈물을 쑤셔 넣고, 부부의 승용차를 훔치기 위해 자동차 열쇠를 챙겨 들고 그 자리를 떠났다. 멈춰 서서 조지프나 셀리스를 쳐다보지도 않았다. 부부의 나이와 알몸이 사내를 당혹스럽게 했다. 그들이 옷을 입고 있었다면, 그렇게까지 심하게 때리지는 않았을 것이다. 이 불운은 그들이 자초한 것이었다.

6

 시체는 당장 발견되었다. 맨 처음 발견한 것은 딱정벌레였다. 〈클라우다투스 막시미〉. 수컷이었다. 뒤이어, 신선한 상처와 오줌 냄새에 이끌려 기동 타격대가 도착했다. 평소에는 쥐똥과 썩은 물고기 시체로 때워야 하는 저습지의 파리와 게들이다. 이어서 갈매기 한 마리가 도착했다. 신문에는 〈그 여름날 오후에 모래 언덕들 사이에 있었던 것은 오직 저승 사자뿐이었다〉고 나와 있지만, 천만의 말씀이다.
 시체를 처음 발견한 딱정벌레는 피를 좋아하지 않았다. 딱정벌레는 썩은 고기를 먹는 청소부가 아니었다. 녀석이 특히 좋아하는 먹이 — 녀석의 전문 요리 — 는 부드러운 풀뿌리였다. 모래에서도 충분히 살아갈 수 있는 개가시나무와 부싯깃나무를 제외하면 부드러운 풀이 모래 언덕의 유일한 식물이다. 셀리스가 뒤로 벌렁 넘어졌을 때, 딱정벌레는 모래 밖으로 노출된 풀뿌리 속에서 먹이를 먹고 있었다. 딱정벌레를 갑자기 덮친 그림자는 송골매였을 수도 있었다. 그러나 딱정벌레는 운이 좋았다. 여자의 몸은 딱정벌레를 뒤집어서 풀 속에 내리눌렀을 뿐이다. 인간과는 달리 딱정벌레는 등에 장갑판을 대고 있다. 딱정벌레는 부드러운 과일이 아니다. 딱정벌레는 타격을 견딜 수 있도록 설계되어 있다.
 딱정벌레는 갑자기 털지붕이 있는 따뜻한 동굴 속에 갇혀 버렸지만, 뒤집힌 몸을 홱 일으켜 세우고는 그 동굴 너머에 보이는 햇빛 쪽으로 서둘러 달려갔다. 셀리스의 검은 재킷의 접힌 부분에 녀석의 다리가 걸렸다. 털은 모래나 풀보다도 빠져나가기가 힘들었다. 털은 빽빽한 거미집처럼 딱정벌레의 다리에 엉겨붙었다. 하지만 녀석은 옷감과 예기치 않은 어둠에 끈질기게 저항했다. 모래 언덕에 사는 딱정벌레들은 밝은 햇빛 속에서 먹는 것을 좋아한다. 녀석에게 셸리스는 햇빛을 가린 일식이었다. 탁 트인 야외는 예로부터 눈이 날카로운 송골매와 갈매기, 개미 군단, 기생충, 유리병을 들고 곤충 채집을 하러 온 개구쟁이들을 비롯하여 온갖 위험으로 차 있지만, 딱정벌레는 그 위험을 무릅쓰고 여자의 몸무게와 그림자에서 도망쳤다. 녀석은 인간이라는 동물을 그처럼 거추장스럽게 간드는 부담 — 코를 내밀고 빠른 속도로 돌진해 오는 죽음이 언제라도 도착하여 웅덩이에 무턱대고 코를 들이박아 잔잔한 수면을 어지럽힐 수 있다는 확신 — 따위는 전혀 갖고 있지 않았다. 또다시 〈몬다지의 물고기〉. 사랑이나 예술에 몰두할 필요가 있는 것은 무시무시하고 끝이 없는 죽음의 통로를 언뜻 보는 사람들, 그것을 눈여겨보고 명상에 잠기기에는 너무 둔감한 사람들뿐이다. 딱정벌레라는 족속 중에는 시인이 없었다. 딱정벌레는 〈몬다지의 물고기〉를 두려워하지 않았다. 녀석은 우리처럼 죽음을 면할 수 없는 운명을 부인하는 체계를 만들어 내느라 평생을 보내지도 않았다. 죽음과 구덩이와 산사태에 대한 두려움에 사로잡혀 우울하게 나날을 보내지도 않았다. 죽음을 면할 수 없는 인간의 생명을 보상해 주는 놀라운 경이에 짓눌리지도 않았다. 딱정벌레는 계획도, 기억도, 죄의식이나 야심도, 사랑에 대한 욕망도, 망상도 전혀 갖고 있지 않았다. 여자가 딱정벌레의 햇빛을 망쳐 놓았다. 그래서 녀석은 여자한테서 달아나고 싶었고, 먹이를 뜯고 싶었다. 그것이 딱정벌레의 장기 계획이고 미래였다.

 기다리고 있는 갈매기는 딱정벌레보다 지능이 높았다. 갈매기는 모래 언덕의 시체 때문에 너무 신경이 곤두서서, 진열되어 있는 먹이 — 축축하고 너덜너덜한 상처, 허벅지의 부드러운 살, 눈알, 분홍빛 입술 — 를 마음대로 먹을 수 없었다. 갈매기는 날개를 뻣뻣이 쳐들고 목을 시체 쪽으로 쭉 뻗고는, 마치 목에 돌멩이가 걸린 것마냥 시끄럽게 짜증을 토해 내고 있었다. 시끄러운 소리에 짜증이 난 두 거인이, 쉬고 있는 바다표범처럼 벌떡 일어나, 자기를 쫓아 버리기를 기대하는 것 같았다.

몇 번 조심스럽게 돌격해 보아도 시체가 반격하지 않자, 갈매기는 좀 더 대담해졌다. 갈매기는 시체가 누워 있는 풀밭에서 조금 떨어진 곳에 내던져진 셀리스의 구두 한 짝을 부리로 쪼았다. 다음에는 조지프의 팬티를 부리로 물어 올렸다. 거기서 나는 냄새를 물고기 냄새로 착각한 것이다. 갈매기는 돌멩이를 휘두른 자의 입에서 떨어진 비스킷 한 조각을 찾아냈다. 게들은 벌써 시체를 향해 그 터무니없이 먼 길을 허덕허덕 나아가고 있었다. 갈매기는 이 예기치 않은 진수성찬을 발견하고, 게의 향연을 즐기기 시작했다. 더 많은 폭력적인 죽음. 위에서 갑자기 내리꽂히는 부리.

  바리톤 만의 모래 언덕에는 게와 파리가 너무 많아서 — 그리고 너무 순진해서 — 조심성이 없었다. 조지프와 셀리스는 수가 적어서 공격받기 쉬웠지만, 게와 파리는 수가 많아서 안전했다. 파리들은 강둑에 줄지어 앉은 낚시꾼들처럼 시체의 상처 언저리에 줄지어 앉아 있었다. 파리 떼는 주로 셀리스에게 몰렸다. 얼굴과 머리를 일곱 번이나 가격당한 셀리스의 시체는 조지프보다 더 심하게 훼손되어 있었다. 〈일곱 번 살해되었다〉고 사람들은 말할 것이다. 셀리스의 머리카락에는 피와 뇌수가 덕지덕지 엉겨붙어 있었다. 한쪽 뺨은 화강암에 맞은 충격으로 납작해져 있었다. 이빨 두 개는 세로로 쪼개져 있었다. 경동맥에서 아래턱을 타고 넘어 뺨에 홍조를 주고 뇌에 산소를 공급하는 중요한 생명선인 안면 동맥은 둘로 잘려 있었다. 피가 셀리스의 목과 어깨를 가로질러 여름 재킷 속으로 눈에 보이지 않게 스며들었다. 풀밭과 모래가 검게 물들었다. 피는 제 색깔을 오래 유지하지 못한다. 셀리스는 검어지고 있었다. 마치 당밀을 뒤집어쓴 것처럼 보였다. 색깔도 그렇지만 끈적거리는 느낌도 꼭 당밀 같았다. 셀리스의 시체는 포도당에 굶주린 파리들한테 좋은 먹이가 되었다.

  셀리스는 — 벌써 먼 옛날 — 얼굴로 한 손을 들어 올렸다. 상처를 가리거나 출혈을 막기 위해, 또는 뒤죽박죽인 용모 — 튀어나온 광대뼈, 약간 주름진 입술, 여드름 흉터로 자줏빛을 띤 턱, 피로 가득 찬 입가의 잔주름, 치아 — 를 보호하기 위해. 그 손은 피 때문에 얼굴에 달라붙었다.

셀리스는 한쪽 어깨가 먼저 땅바닥에 닿았고, 이어서 옆으로 비스듬히 쓰러졌다. 그녀의 얼굴 중에서 좀 더 심하게 손상된 반쪽은 이제 풀과 모래의 보호를 받고 있었지만, 그것이 그녀에게 조금이라도 도움이 되기에는 너무 늦었다. 그녀의 상반신은 아직도 외출복을 단정하게 입고 있었다. 검정 양모 재킷, 가슴에 깃털펜과 잉크병을 형상화한 책방 로고가 파란색으로 찍혀 있는 깔깔한 흰색 티셔츠, 패드를 댄 브래지어. 그리고 허리부터 발끝까지는 알몸이었다. 저습지의 파리들은 그녀의 머리카락에 엉겨붙은 피를 즐기거나, 목과 잇몸에 생긴 상처나 두 손에 난 상처에 자리를 잡는 것이 가장 편하다는 것을 알아차렸다. 파리 떼는 셀리스에게 수없이 들러붙어 마음껏 배를 채웠다. 엉겨붙은 핏덩이 사이에 떼지어 모여든 파리들은 날개와 더듬이로 이루어진 검은 공 같았다. 그 검은 공은 바람에 날리는 사막의 회전초(回轉草)처럼 가볍고 건조했다. 파리보다 건조한 동물은 없다. 그것은 성냥과 양초를 가진 소년이라면 누구나 입증할 수 있다. 셀리스의 발가벗은 아랫도리를 이리저리 헤매는 파리들도 있었다. 그곳을 정처 없이 헤매다가 사타구니의 거웃이나 항문에 자리를 잡기도 했지만, 거기서는 먹이를 거의 찾지 못했다. 재킷의 어깨보다 아래쪽에서는 피가 전혀 나오지 않았다. 그러나 셀리스의 머리카락은 그녀가 죽은 지 한 시간도 지나기 전에 살아 있을 때보다 더 활기 차 보이기 시작했다.

남편은 셀리스만큼 피투성이가 아니었고 얼굴에는 멍만 들었을 뿐이지만, 두개골 오른쪽이 갈라지고 부서진 데다 가슴과 배에 상처가 있었다. 입에는 붉은 침이 고여 있어서 즙이 많은 과일 같았다. 왼쪽 견갑골은 부러졌고, 팔은 어깨에서 탈구되어 있었다. 조지프는 몸을 보호해 줄 어떤 옷도 입고 있지 않았다. 그가 착용하고 있는 것은 시계와 안경, 그리고 결혼 반지뿐이었다. 따라서 두 다리를 벌린 채 벌렁 나자빠졌을 때 쭈글쭈글하고 통통한 불알이 그대로 노출되었다. 불알은 무거운 구둣발에 걷어차인 충격으로 찢어졌다. 저습지의 파리들은 조지프의 가슴을 대충 훑어보고 그의 가랑이로 떼지어 모여들었다. 그러고는 오줌을 빨아먹고 허벅지에 묻은 연유 같은 정액을

핥아먹었다.

겨우 시체에 도착하여 살과 옷의 비탈을 기어오른 게들은 피를 먹으려고 파리 떼와 경쟁하지는 않았다. 게들은 벗겨진 피부와 파편을 뜯어먹고, 갑자기 죽은 동물의 몸에서 나오는 배설물과 걸쭉한 분비물과 찌꺼기를 주워먹었다.

셀리스의 시체가 머리카락을 바람에 살랑살랑 날리며 널브러져 있고 남편은 그녀의 다리에 장식품처럼 매달려 있는 이 모래 언덕의 풍경은, 셀리스가 점잔 빼는 대학원 신입생들한테 보통 썩어 가는 바다표범 시체나 조수에 떠내려온 물고기 시체를 찍은 슬라이드를 이용하여 해마다 되풀이한 야외 연구 강의를 실물로 보여 주는 훌륭한 전시품이었다. 「자연을 연구하는 사람은 누구나 폭력에 익숙해져야 합니다. 여러분도 동물학자로 성공하고 싶으면 죽음과 친해져야 할 거예요.」 이 말은 과학자만이 아니라 설교자들 사이에서도 진부한 상투어구였지만, 요컨대 죽음을 두려워하는 것은 곧 생명을 두려워하는 것이라는 뜻이었다. 과학자와 설교자는 삶과 죽음이 존재의 이중 나선처럼 복잡하게 얽혀 있다는 것을 알고 있다. 과학자와 설교자가 생명에 의미를 부여하고 싶어하는 것은 단지 생명이 아무 의미도 없기 때문이다. 생명은 복제되고 분해되기 위해 존재할 뿐, 분명 아무 의미도 없다. 가혹한 진실.

「여러분은 긴 낱말 두 개를 이해해야 할 거예요.」 셀리스는 칠판에 〈SENESCENCE〉와 〈THANATOLOGY〉라는 낱말을 쓰곤 했다. 자연 노쇠. 그리고 죽음 연구. 「노쇠는 일종의 궤도입니다. 대부분의 생물은 이 궤도를 따라 자신의 생명을 몰고 가지요. 우리 인간도 그렇습니다. 물론 모든 생물이 다 그런 것은 아니에요. 아메바와 모노파일은 영원한 생명을 누립니다. 사고로 파괴되거나 포식자에게 먹히지 않는 한 영원히 죽지 않습니다. 영원한 생명을 〈누린다?〉 그게 적절한 표현일까요? 그보다는 영원을 〈경험한다〉가 적절하지 않을까요? 아니면 〈견딘다?〉 아니, 그 말조차 너무 많은 의식을 나타냅니다.」

학년 말이 되면 그녀의 강의를 듣는 학생들은 현미경 속에서 물에 뜬 기름처럼 분열하여 분체 생식으로 번식하는 모노파일을 만나곤 했다. 하나의 개체가 똑같은 크기의 두 개체가 되고, 다시 네 개, 여덟 개, 열여섯 개로 증식한다. 그 개체들의 DNA는 모두 똑같다. 죽음은 존재하지 않는다. 시체도 없다. 영원한 삶.

셀리스보다 더 관대하고 이론적인, 그러나 덜 단련된 강사라면, 그런 단세포적인 영생이 천국일지 지옥일지 생각해 보라고 학생들에게 요구할지도 모른다. 둘로 쪼개지고, 죽지 않는 것. 몇 배로 늘어나지만 영원히 우리 자신으로 남아 있는 것. 끝없는 세계. 발 디딜 곳이 없어서 남의 어깨를 딛고 올라설 수밖에 없을 때까지, 세상이 종기처럼 부어올라 금방이라도 터질 지경이 될 때까지 수가 늘어나 사방팔방으로 퍼지고 식민지를 만들고 건설하는 것. 「죽음은 우리가 다세포 동물이기 때문에 치러야 하는 대가입니다. 우리의 궤도는 결국 끝납니다……」 여기서 일단 말을 멈춘 다음, 셀리스는 슬라이드를 몇 장 더 보여 준다. 「이 반시류는 하루도 못 살고 죽습니다. 여러분도 잘 알다시피, 모든 반시류는 제 수명을 갖고 있으니까요. 아직도 모리셔스에 살고 있는 이 육지 거북의 그 등딱지에 한 선원의 이름과 날짜가 새겨져 있습니다. 〈니콜러스 서쿠프. 18C3년〉이라고. 따라서 이 거북의 나이는 최소한 2백 살은 되었을 겁니다. 그리고 이걸 보세요.」 1910년에 찍은 그 슬라이드에는 풀밭에 누워 있는 제복 차림의 남자와 그 남자를 쿠션 삼아 발을 올려놓고 벤치에 나란히 앉아 있는 젊은 네 여자의 사진이 담겨 있었다. 「이 사람들은 모두 죽었을 거예요. 거의 확실합니다. 여러분이나 나 같은 동물의 수명은 겨우 90년입니다. 거북보다 훨씬 짧지요. 우리는 거북보다 먼저 죽어야 합니다. 그건 틀림없습니다. 우리는 거북보다 먼저 죽도록 프로그램되어 있으니까요. 우리의 탄생은 죽음으로 들어가는 곤문일 뿐입니다. 갓난아기가 태어날 때 큰 소리로 우는 것은 바로 그 때문이지요. 이 말을 필기하지 마세요. 사람은 살기 시작하는 순간 죽기 시작합니다. 삶은 자궁에서 시작되는 내리막길, 정자가 난자를 만나 달라붙는 순간부터 시작되는 내리막길입니다.」

셀리스는 이 말과 함께 마지막 슬라이드를 환등기에서 빼내고, 학생들이 갑자기 스크린에 나타난 네모난 빛의 공간을 잠시 응시하고 나면, 〈여러분은 지금 죽어 가고 있습니다. 거기에 익숙해지세요!〉 하고 덧붙인 다음, 환등기 스위치를 꺼서 방을 갑자기 어둠 속으로 몰아넣곤 했다.

셀리스는 강의실을 돌아다니며 블라인드를 올려 햇빛을 다시 받아들이면서, 강의실에 모여 있는 허깨비 같은 학생들에게 말하곤 했다. 「여러분은 여기서 2년을 보낼 겁니다. 박사 과정에 진학한다면 아마 5년을 보내게 되겠지요. 이것은 자연 과학입니다. 죽음과 폭력에 대비하세요. 술집에 가거나 싸움을 걸거나 공동 묘지에 자주 가라는 뜻은 아니에요. 우리는 여러분을 숲이나 해변으로 데려갈 겁니다. 거기서 통나무나 돌멩이를 뒤집어 보기만 해도 수많은 폭력과 수많은 죽음을 볼 수 있을 겁니다. 여러분이 이 대학에서 백 년을 살아도 그렇게 많은 폭력과 죽음은 발견하지 못할 겁니다. 학생들이 논문을 제때에 제출하지 않으면 과중한 업무에 시달린 교수들은 폭력을 휘두르고 싶은 충동에 사로잡히지만요. 인생을 마음껏 즐기세요.」 그녀는 입에 익은 이 마지막 농담과 함께 탕 소리를 내며 책을 덮곤 했다. 「지금까지는 내 손에 죽은 학생이 없었어요. 적어도 아직까지는.」

아니야. 그건 사실이 아니야, 셀리스.

7

셀리스는 연수원 베란다에 길게 누워 있을 때 처음으로 조지프의 노랫소리를 들었다. 캠핑 매트리스에서 편한 잠을 이루기에는 키가 너무 크고 뼈대가 굵어서 그녀는 거의 잠을 이루지 못했다. 그녀는 평소에도 잠을 잘 이루지 못했다. 사춘기 때는 식구들이 모두 잠든 뒤에도 새벽까지 깨어 있곤 했다. 소화 불량에 걸린 수도관과 탁상시계, 매트리스 스프링의 끊임없는 움직임만이 그녀의 자장가였다. 꿈을 꾸는 게 두려워서 잠을 못 자는 거라고 어머니는 말했다. 하지만 이유는 그보다 더 단순했다. 바퀴가 빨리 돌아갈수록 멈추는 데에는 시간이 더 오래 걸리는 법이다. 바퀴 중에서도 가장 빠른 바퀴인 셀리스는 너무 머리 회전이 빠르고 진지하고 재치가 있어서 남을 화나게 하거나 남에게 화를 내지 못했고, 너무 활발하고 충동적이고 기운 차고 조급해서 쉽게 잠을 이루지 못했다. 연수원에서 보낸 그 첫날 밤에도 셀리스는 활력에 온통 사로잡혀 있어서 그것을 놓아줄 수가 없었다.

하지만 게으른 바퀴인 페스타는 매트리스에 눕자마자 쉽게 곯아떨어졌다. 페스타는 소음과 추위를 막기 위해 귀마개를 하고 침낭에 달린 두건 모양의 덮개를 덮고 있었다. 페스타의 거친 숨소리가 짜증스러웠다. 문을 덜컹거리는 바람 소리도 짜증스러웠다. 남자들도 셀리스를 화나게 했다. 네 남자 모두. 아니, 모든 남자가 그녀를 화나게 했다.

술꾼들은 예고한 대로 밤늦게야 술집에서 돌아왔다. 그들이 마침내 화려하게 장식된 무거운 문을 열고 불 꺼진 연수원으로 들어온 것은 자정이 훨씬 지나, 세상이 벌써 홈런을 치고 공중제비를 돌면서 동쪽으로 달려가고 있을 때였다. 바깥 계단과 문에 부딪혀 비틀거리는 그들은 맥아와 호프로 이루어진 어릿광대 같았다. 겨우 집 안으로 들어오자, 이번에는 서로 충돌하거나 가구에 부딪혀 요란한 소리를 냈다. 그들은 요란한 소리를 낼수록 더 크게 웃었고, 몸놀림은 더욱 서툴러졌다. 가장 키가 큰 해니는 등유를 엎지르고 성냥을 떨어뜨린 뒤에야 겨우 불을 켰는데, 처음에는 마루청 위에 파란 불을 피웠고, 다음에는 그 불을 밟아서 끄려고 어릿광대처럼 탭댄스를 추었으며, 마지막에 드디어 등불을 켰다.

〈살아 있는〉 맥주통(미생물, 효모균, 맥아 바구미, 파리)에 담겨 나오는 시골 주막의 싸구려 맥주는 그들을 여느 때보다 더 취하게 만들고 더 까다롭게 만들었다. 그들의 균형 감각은 완전히 파괴되었다. 그들의 위는 너무 가볍고 휘발성이 강해져서 헬륨 기체를 넣은 풍선처럼 목구멍으로 떠올라 왔고, 기회가 절반만이라도 주어지면 ― 가령 배를 누르거나 기침을 하거나 심지어 하품만 해도 ― 목구멍보다 더 높이 올라오려고 했다. 허리를 구부리거나 의자에 앉거나 머리를 기울이는 것조차 무모한 짓으로 여겨졌다. 이미 밤이 늦었는데도 그들은 감히 침대에 들어가지 못했다. 잠자는 것은 너무 위험했다. 조립식 침대는 유원지의 청룡 열차처럼 오르내리며 어지럽게 회전할 것이고, 저녁내 먹은 음식을 몽땅 토하지 않을 수 없을 것이고, 그러면 베개와 침낭이 온통 맥주에 잠길 것이다. 선택의 여지가 없었다. 잠자리에 들기 전에 술이 깰 가능성은 전혀 없으니까, 우선 커피를 조금 마신 다음, 셀리스와 페스타가 마을에서 사 온 병맥주를 마시면서 졸음과 싸워야 할 것이다. 좀 더 달콤하고 가스가 많이 함유된 병맥주는 그들을 진정시키고 아침까지 깨어 있게 해줄 것이다. 그들은 그렇게 생각했다.

셀리스는 커피 끓는 냄새를 맡을 수 있었고, 맥아 가스가 거품을 일으키는 소리를 들을 수 있었다. 남자들이 맥주병을 따고 마개를 방 건너편으로 탁 튀기는 소리가 났다. 셀리스는 일어나서 그들과 어울리고 싶은 유혹을 느꼈다. 잠을 잘 수는 없다 해도, 하다못해 제 돈을 보태서 산 맥주를 마실 수는 있을 것이다. 셀리스는 자리를 함께 한 상대가 그 세 남자처럼 울화를 돋우는 사람들이라 해도, 밤늦게 탁자에 팔꿈치를 괴고 있기를 좋아했다. 적어도 담배 한 개비 정도는 얻어 피울 수 있을 것이다. 술집에서 그렇게 무례하게 군 것을 변명해 보라고 요구할 수도 있을 것이다. 술집에서 무슨 일이 있었는지, 식사는 어땠는지, 그 지독한 여자들은 어떻게 했는지, 셀리스와 페스타를 먼저 돌려보낸 뒤의 이야기도 들을 수 있을 것이다.

셀리스는 슬리핑백에서 빠져나와 양말을 신고 스웨터를 걸친 다음, 달빛을 받으며 어두운 베란다를 더듬더듬 지나서 휴게실 문으로 다가갔다. 종아리와 부수수한 머리를 남자들한테 보여 주고 잠자리 냄새를 풍기는 것은 아무렇지도 않았다. 이것은 그들에게 두 번째 기회였다.

남자들은 기숙 학교의 남학생들처럼 소곤소곤 이야기를 나누면서 웃고 있었다. 문의 경첩이 삐걱거리는 소리에 그들은 당장 입을 다물었다. 탁자 위에 놓인 등잔 불빛을 받으며 어색하게 셀리스를 돌아보는 세 얼굴은 겁에 질려 있었다. 웃음기라고는 전혀 없었다. 아마 유령이 나타난 줄 알았을 것이다. 아니면 연수원을 관리하는 여자 감독인 줄 알았거나. 그들의 눈빛은 험악했다. 셀리스의 얼굴이 등불 속에 나타나자, 그녀를 알아본 버디와 해니는 손으로 입을 가렸다. 빅터가 낄낄 웃으면서 말했다. 「무슨 일이야?」

「그런 댁들은 무슨 일이야?」 셀리스가 되물었다. 그녀는 입씨름을 벌일 각오도, 즐거운 시간을 보낼 준비도 되어 있었다. 그런데 저 사내들은 왜 히죽히죽 웃고 있을까.

셀리스는 전에도 그렇게 히죽거리며 웃는 얼굴과 마주친 적이 있었다. 세 남자의 표정은 그녀의 사촌 동생들이 아버지의 담배를 훔쳐 피우거나 〈블루 잡지〉(셀리스는 〈외설 잡지〉를 가리키는 말로는 〈핑크 잡지〉가 더 정확하다고 생각했다)를 뒤적이고 있을 때 보인 수줍음과 허세가 뒤섞인 표정과 똑같았다. 셀리스는 대마초 냄새를 맡으려고 코를 킁킁거렸다. 찌르는 듯한 냄새가 공기 속에 감돌고 있었지만, 대마초를 피운 흔적은 전혀 없었다. 담배와 등유 냄새가 날 뿐이었다. 탁자 위에 그녀가 보아서는 안 될 물건은 하나도 없었다. 맥주

병과 커피잔과 팔꿈치가 있을 뿐이었다. 남자들이 무언가를 감추고 있는 것 같지도 않았다. 그들이 감추고 있는 것은 그들 자신이었다. 세 남자가 모두 불빛이 닿지 않는 어둠 속으로 물러나 있었다.

「도대체 왜들 그러는 거야?」 그녀는 이렇게 물으면서 냄새의 정체를 알아차렸다. 술집에서 야한 색깔의 옷을 입고 하이힐을 신고 높은 의자에 앉아 있던 그 여자들의 냄새, 라벤더와 페퍼민트와 애프터셰이브 로션 냄새가 뒤섞인 냄새였다. 하지만 그 모든 냄새를 압도하는 것은 효모와 금속 냄새가 뒤섞인 희미한 섹스 냄새였다.

「알았어.」 셀리스가 말했다. 그들이 얼굴을 붉힌 채 아무 말도 못하고 히죽히죽 웃으면서 어둠 속으로 물러날 이유는 충분했다. 그 젊은 대학원생들은 양심의 가책을 느끼고 있었다. 그들은 〈순무로 산울타리를 쑤셔 대고〉 있었던 것이다. 그것은 돈 많은 젊은이들이 시골 처녀와 염소한테 하는 짓이다. 그들은 트럭 운전사를 상대하는 매춘부들과 함께 공항로 연변에 있는 판잣집으로 가기 위해 돈을 치렀다. 그들의 곁눈질, 입을 가린 손, 그리고 냄새가 그것을 폭로했다. 셀리스는 그들을 술집에 남겨 두고 돌아왔을 때 그런 일이 일어나리라고는 생각지 않았다. 여자들 앞에서 뻐기고 시시덕거리고 술을 마실 거라고는 예상했지만, 설마 여자들을 살 줄은 몰랐다. 그것은 너무 야만스러운 탈선 행위였다. 셀리스는 제 몸을 가리려고 스웨터를 아래로 잡아 내렸다. 어쨌든 남자들이 셀리스에게, 그녀의 머리와 종아리와 잠자리 냄새에 관심을 갖기에는 너무 일렀다. 이 녀석들은 매춘부에게 자신을 쏟아 버렸다.

셀리스는 자기가 너무 순진했다는 것을 알았다. 〈남자들〉이 일단 감시의 눈길에서 벗어나면 무슨 계획을 꾸밀지를 제대로 짐작했어야 했는데. 그런 목적이 없다면 무엇 때문에 술집의 높은 탁자 주위에 모여서, 페스타와 셀리스를 그처럼 쌀쌀하게 대했겠는가? 십대 소녀 같은 멋쟁이 여자들을 돈으로 살 수 있는데, 그런 여자를 사면 가격 말고는 아무것도 협상할 필요가 없는데, 무엇 때문에 영리한 여자 대학원생과 같이 자려고 하겠는가? 무엇 때문에 여자 대학원생을 집적거리려 하겠는가? 돈으로 여자를 사면, 박사 논문에 대해 토론하면서 시간을 낭비할 필요도 없다. 척추를 안마해 줄 필요도 없다. 키스조차 필요 없다. 그리고 넘어서는 안 될 경계선도 없다. 코르넬리우스의 말을 인용하자면, 돈이 곧 뚜쟁이다. 현금은 열려 있는 어떤 지갑과도 사통한다.

셀리스는 프랑스 영화를 충분히 보았다. 그래서 희미한 불이 켜진 우중충한 방, 활기라곤 없는 우중충한 여자들, 걷어 올린 치맛자락, 야한 속옷, 흐트러진 침대를 충분히 상상할 수 있었다. 이들 세 남자가 너무 술에 취하고 위압감에 짓눌려 느긋하게 즐기지도 못했으리라는 것도 상상할 수 있었다. 아마 그들은 시간을 오래 끄는 법도 배우지 못했을 것이다. 셀리스는 아슬아슬하게 위기를 벗어났다. 어쩌면 그들 가운데 하나와 잠자리를 같이 했을지도 모르지만, 이제 그 노력의 흔적을 보여 주는 것은 전혀 남지 않았다. 그녀는 등잔 불빛이 닿지 않는 곳으로 물러났다. 종아리가 차가워져 있었다. 「좀 조용히 해줘. 자고 싶으니까.」 그녀는 이렇게 말하고 문을 닫았다.

「조용히 하라고!」 그녀는 자신의 잠자리로 돌아가면서 다시 소리쳐 문장을 끝냈다. 구두를 건너편 벽으로 걷어차거나, 슬리핑백에서 튀어나온 페스타의 손을 밟거나, 꽥 소리를 지르고 싶은 유혹을 견디면서, 그녀는 아랫입술을 깨물고 손바닥에 손톱을 박았다. 이제 잠을 자야지. 꿈을 꿀 거야. 혼자 먹고 혼자 공부할 거야. 그 녀석들한테 시간을 낭비하지 않을 거야. 그들을 경멸할 거야. 조용한 일주일이 될 것이다. 그들에 비하면 그녀는 너무 크고 자유로웠다. 너무 다부지고 기묘했다. 너무 추하고도 아름다웠다. 「입 닥쳐.」 그녀는 베란다에서 소리쳤다. 남자들 가운데 하나가 — 아마 잘난 체하는 빅터일 거라고 셀리스는 생각했다 — 웃음을 참으려고 애쓰다가 실패했다. 「입 닥쳐. 닥치라고. 우리는 여기서 자고 있어.」 지난 1년 동안에 그렇게 비참한 해방감을 맛본 적이 없었다. 나보다 창녀를 더 좋아하다니, 정말 기가 막혀서!

1시가 막 지났을 때였다. 셀리스가 아직도 잠을 이루지 못하고 있을 때, 조지프 — 그녀는 조지프를 까맣게 잊고 있었다 — 가 문이나 가구와 부딪치지도 않고 연수원으로 돌아왔다. 그녀가 처음 들은 소리는 조지프의 작은 목소리였다. 세 남자가 물었다. 어디 갔다 왔느냐고. 그들은 이제 술이 좀 깼는지, 아까보다 기분이 차분해져 있었다. 횃불은 왜 가져간 거야? 그리고 ― 여기서 목소리가 소년처럼 약간 쾌활해졌다 ― 왜 무릎이 진흙투성이지?

조지프가 대답했다. 별을 관찰하러, 또 어떤 야행성 동물이 있는지 보려고, 해변 오솔길을 따라 모래 언덕까지 갔다 왔을 뿐이라고. 그러자 세 남자는 조지프를 놀려 댔다.

「야행성 동물?」해니가 말했다.「그래, 그 야행성 동물이 치마 속에 있던? 털 난 엉덩이를 갖고 있던?」

「털 난 여우야.」조지프의 목소리는 조심스럽고 방어적이었다. 머리 좋은 젊은이는 신체에 대한 농담에 익숙지 않았다.「그리고 바위올빼미와 나방과 멋진 박쥐를 보았어. 박쥐는 크기가 이래.」그는 손을 한아름 벌려 보였다.

「유방이 그만큼 컸겠지.」조류학자가 말했다.「이봐! 넌 해변을 돌아다니지 않았어. 넌 분명 귀여운 시골 처녀를 찾아서······.」

「게다가 지독한 근시인 시골 처녀······.」해니가 실눈으로 방구석을 곁눈질하면서, 얼굴을 찌푸리고 입술을 오므리며, 조지프가 꼬드길 만한 반(半)장님에 얼뜨기인 시골 처녀를 흉내 냈다.

「박쥐라니까. 정말로 이만큼 컸어.」조지프는 고집스럽게 말했다. 그들이 술에 취해 있는데도 당황하지 않고, 자신의 괴팍함을 즐기고 있는 것 같았다.「나는 여자를 사귀지 못해. 그러기엔 키가 너무 작아.」

「박쥐를 사냥하러 가는 놈은 정말이지 어떤 녀석일까?」

「동물학자지.」조지프가 대답했다. 그러고는 좀 더 쾌활하게 덧붙였다.「너희들도 동물을 발견한 모양이구나.」

「그래. 야생 동물을 발견했지. 우리는 여태 야생 동물을 타다 왔어.」

「그건 바보 같은 짓이야.」조지프가 말했다.「엄청난 위험을 무릅쓴 거라고. 빛은 모두 나빠.」그러고는 느닷없이 노래를 부르기 시작했다. 노란 공 모양의 등잔 불빛 너머에서는 아무도 그의 익살스러운 수수께끼와 그 암시를 듣지 못하게 하려는 듯 목청을 거의 높이지 않았다. 셀리스에게 들려주려고 부른 노래는 물론 아니었다.

빛이 아직 동쪽에 있을 때
짐승을 타는 것은 위험해.
달이 하늘을 완전히 건너가기 전에
짐승을 타는 사람은 모두 죽을 거야.

짐승 같은 빛이 짐승 같은 동쪽에 있을 때는 꼼짝 마.
짐승 같은 인간에게 너의 가장 좋은 짐승을 줘.
짐승 같은 별이 짐승 같은 하늘에 걸터앉으면
짐승 같은 달은 분발하고 짐승은 죽을 테니까.

누가 죽는다고? 짐승이? 하늘이? 달이?
빛이? 인간이?
우리 모두 곧 알게 될 거야.

그들은 조지프를 침대로 보내 주려 하지 않았다. 「다시 불러 봐. 좀 빨리 불러. 어서. 어서.」 작달막한 조지프는 그들이 기대한 것보다 더 재미있었다. 조지프는 박쥐와 나방들하고만 술을 마셨다 해도, 아마 그들 중에서 가장 많이 취했을 것이다. 그들은 조지프에게 맥주 한 병을 마시고 휴게실 탁자에 그들과 함께 앉아서 흔들리는 등잔 불빛을 바라보라고 요구했다. 그리고 그 세련된 난센스를 더 듣고 싶다고 졸라 댔다.

셀리스는 이제 절망하고 울화통이 터졌다. 옆방에서는 조지프와 술 취한 녀석들이 해롱거리고, 룸메이트는 거친 숨소리를 내면서 깊이 잠들어 있고, 한밤중의 바람은 지붕의 목재들 사이를 지나가면서 헐떡거리는 소리를 내고, 멀리서는 모래가 휘파람 소리를 내고, 그날 맛본 낙담은 아직도 그녀에게 휴식을 허락하려 들지 않았다. 셀리스는 밤의 열정에서 배제되었고, 휴게실에서 들려오는 웃음소리 때문에 꿈에 의지할 수도 없었다. 그렇다고 그들에게 다시금 얼굴을 내보일 만큼 바보는 아니었다. 기쁨과 속삭임은 끝날 테고, 그녀의 혀와 기분은 예측할 수 없으니까 아마 외침소리가 시작될 것이다. 셀리스는 그들이 성병에라도 걸렸으면 좋겠다고 생각했다. 그들의 성기가 썩어 문드러진다면 얼마나 고소할까.

「조용히 해!」 그녀는 다시 한 번 시도해 보았다. 하지만 아무 효과도 없었다. 그들은 듣지 못했다. 술 취한 세 녀석은 노래를 부르기 시작했다. 처음에는 팝송이었다. 발라드의 황제들. 하지만 아무도 가사를 모르는 것 같았다. 다음은 실내 음악이었다. 그들은 로맨스와 한물간 코미디 대신에 운도 잘 맞지 않는 상스러운 가사를 번갈아 덧붙였다. 셀리스는 남자들한테 신물이 났지만, 한편으로는 아직 미련이 남아 있었다. 남자들을 사로잡고 싶기도 했고, 그들로부터 벗어나고 싶기도 했고, 그들의 일부가 되고 싶기도 했다.

빠르게 돌아가는 바퀴를 늦추고 잠을 불러오기 위해서 그녀가 할 수 있는 일이 아직 남아 있었다. 그녀는 분노를 가라앉히고 자신을 달래는 법을 알고 있었다. 셀리스는 몸을 굴려 짧은 매트리스에 반듯이 드러누웠다. 두 다리를 바싹 조이고 눈을 감았다. 그러고는 상상했다. 남자들 가운데 하나가 베란다로 나와서, 쿨쿨 자고 있는 새침데기 페스타 옆을 살금살금 지나서, 내 슬리핑백을 가만히 끌어내리고, 맥주 냄새가 나는 입을 내 젖가슴에 눌러 대면 어떻게 될까. 그리고 자신을 화려한 술집에서 어떤 남자라도 손에 넣을 수 있는 싸구려 창녀라고 상상했다. 비행기가 착륙하기 위해 상공을 지나갈 때마다 부르르 진동하는 뒷방의 침대 위에서 낯선 남자들에게 내 몸을 빌려 주고, 그들을 위해 가랑이를 벌리는 건 어떤 기분일까? 손에 지폐를 쥔 남자들이 내 치마를 걷어 올리고 척추를 문지르면 어떤 기분이 들까?

그녀는 팬티 속으로 한 손을 집어넣고 몸을 오므렸다. 손바닥과 손가락이 차가웠다. 그녀는 늘 손이 찼다. 어머니는 말했다. 「손이 찬 사람은 가슴도 차가운 법이야. 너는 그렇게 손이 차니까 절대로 남편을 얻지 못할 거다. 하지만 파이 같은 건 잘 만들겠지.」 하지만 지금 그녀의 손은 잠시 낯선 사람의 손, 옆방에 있는 남자들 가운데 하나, 어쩌면 버디의 손이 될 수도 있었다. 열차에서 만났을 누군가의 손이 될 수도. 그 남자의 얼굴을 상상하거나 음성을 들을 수는 없었다. 그의 손가락과 그녀의 손가락이 그녀의 터럭을 갈랐다. 심장이 두근거리고 있었다. 그녀는 차가운 손가락으로 맛있는 파이를 만들었다.

그때 심장의 두근거림에 반주를 하듯, 휴게실에서 마침내 적절한 음악이 큰 소리로 들려왔다. 술에 취하지 않은 누군가가 달콤한 발라드를 감상적으로 부르고 있었다. 삼촌이 아직 어린 그녀를 안고 흔들면서 잠재울 때 부르곤 하던 노래였다. 지금 그 노래를 부르고 있는 사람은 그 노래만큼이나 감상적인 목소리를 갖고 있었다. 그 목소리는 셀리스가 슬리핑백 속에서 오르내리는 것과 박자를 맞추어 오르내리곤 했다. 그 목소리는 술병과 커피잔을 흔들었다. 목소리는 바순을 연주했다. 목소리가 파이프와 목재의 나뭇결과 들보를 휙 빠져나갔다. 다행히 가수는 운도 맞지 않는 새로운 가사를 멋대로 덧붙이거나 가사를 손상시키려 하지 않았다. 끝까지 가사에 충실했다.

> 오늘 밤 그대의 창가에 서서
> 밀려왔다 밀려가는 내 흐름을 지켜봐 주오.
> 그리고 그대의 빛으로 항구를 알려 주오.
> 나는 그대의 침대에서
> 그리 멀지 않은 곳에 있으리니.
> 내 길잡이가 되어 주는 별이여,
> 달빛처럼 하얀 옷을 입은
> 내 한밤의 신부여.
> 그대가 밝혀 놓은 촛불을 따라
> 나는 여울을 건너 그대에게 가리라.

그는 친숙하고 감상적이고 서서히 낮아지는 코러스로 노래를 끝맺었다. 그가 코러스를 독창 부분보다 더 부드럽게 부른 것은 다른 남자들이 끼어드는 것을 막기 위해서였을 것이다. 그 목소리는 기묘하게 낭랑하고 여성스러워서 셀리스는 가사를 알아들으려고 숨을 죽여야 했다. 현기증이 나는 것을 막기 위해 두툼한 침낭을 움켜잡고 가쁘게 숨을 몰아쉬어야 했다. 이윽고 그녀는 모든 것에 무관심해졌다.

8

오후 2시 20분

　야외에서 섹스를 하고 싶다는 남편의 요구를 셀리스는 체념하는 기분으로 받아들였다. 이만큼 나이를 먹으면 상대의 감정을 해치는 것보다 양보하는 편이 낫다. 그날 아침 잠에서 깨어났을 때, 그녀는 남편이 제 손을 손가락이 으스러질 만큼 꼭 쥐고 있는 것을 알아차렸다. 그 순간부터 셀리스는 남편이 무엇을 기대하고 있는지 알 수 있었다. 그의 속셈이 빤히 들여다보이는 것 같아서 우습기도 하고 애처롭기도 했다. 블라인드가 조금 열려 있어서, 그 틈새로 들어온 햇살이 그녀의 머리와 베개를 가로질러 길게 뻗어 있었다. 실눈을 뜨고 살펴보니, 남편이 그녀를 지켜보고 있었다. 남편은 마음을 굳혔고, 그의 거미집은 이미 짜여졌다. 그들이 오늘 할 일은 이미 정해졌고, 남편의 얼굴은 유난히 환하게 빛나고 있었다. 남편이 말했다. 날씨가 너무 좋아서 그냥 보내기 아깝다. 이렇게 좋은 날씨는 최대한 이용해야 한다. 어서 일어나. 일어나서 나갑시다. 남편은 그녀를 설득하려고 쟁반에다 일상적인 아침 식사를 차려 왔다. 참으로 형편없는 구애 선물. 과일 몇 조각을 침대에서 받아먹는 대가치고는 너무 비싸다.

　셀리스가 침대에 일어나 앉아 과일 몇 조각으로 아침을 때우고 차를 홀짝거리는 동안, 남편은 그녀의 침대 옆에 놓인 등의자에 기묘한 각도로 걸터앉아 있었다.

　「해변으로 드라이브를 갑시다. 오늘이야말로 더없이 좋은 기회요. 학교엔 벌써 전화해서, 아파서 못 나간다고 말해 뒀소.」 전적으로 사실은 아니다. 「거의 30년이야. 지금 못하면 영원히 못할 거요.」 이 말은 마침내 그녀의 유령을 물리치기 위해 연수원을 찾아가자는 암시로 들렸다. 바리톤 만이나 모래 언덕에 관한 언급은 아직 나오지 않았다. 하지만 조지프가 〈하루를 즐겁게 보냅시다〉 하고 말하면서 점심 도시락을 자진해서 준비하기 시작하자, 셀리스는 남편이 유령을 물리치는 것만이 아니라 다른 꿍꿍이도 갖고 있다는 것을 알아차렸다. 셀리스가 동의만 한다면, 남편은 그들의 과거를 다시 부풀릴 작정이었다. 하나의 〈흔들기〉.

셀리스가 옷을 입는 동안, 그는 의자에 앉아서 그녀를 지켜보았다. 남편은 유리알처럼 속이 투명할 수도 있었고, 유리창보다 두 배나 더 러울 수도 있었다. 셀리스는 지나치게 주저하는 것처럼 보이지 않으려고 애썼다. 만약에 대비하여, 단지 남편을 기쁘게 해주려고, 언젠가 남편이 그녀더러 잘 어울린다고 말한 적이 있는 여름 재킷과 티셔츠를 입기까지 했다. 남편은 흑백 영화를 좋아했다. 인쇄된 책에 대해서도 남편은 같은 말을 했다. 그래도 그녀는 기꺼이 그 취향에 따랐다.

그러나 남편의 주장에 따라 바리톤 만에 도착했을 때쯤에는 너무 더웠고 — 그날 덥지 않은 사람이 어디 있었겠는가? — 연수원의 폐허를 방문한 뒤에는 너무 우울해서 섹스할 마음이 별로 내키지 않았다. 그들은 모래 언덕 아래 해변에서 톡토기를 잡으러 다녔지만, 한 마리도 찾지 못했다. 거기서 보낸 시간은 조지프가 기대한 만큼 과거를 되살려 주지도 않았고 낭만적이지도 않았다. 파도가 무릎에 입을 맞추듯 가볍게 휘감기지도 않았다. 옷이나 입이 바닷물에 흠뻑 젖지도 않았다. 절박한 기분도 없었다. 셀리스의 손바닥에 축축한 입김을 불어넣지도 않았다. 셀리스는 우선 점심을 먹고 좀 쉬고 싶었다. 그 전에는 남편이 제 몸에 손가락 하나 대지 못하게 했다. 그러고 나면 마음이 풀릴지도 모른다. 그럴 것 같지는 않다고 생각하지만, 시간은 변하게 마련이다.

셀리스는 바다 건너 바리톤 만이 바라보이는 바위 위에 앉아 도요새와 제비갈매기를 관찰하면서 새들과 함께 점심을 먹자고 제의했다. 남편을 굶겨 주고 싶은 마음도 있었지만, 피크닉 장소로 그렇게 트인 곳을 고르면 집에 돌아가 닫힌 방에 단둘이 있게 될 때까지 남편의 구애를 좌절시키는 데 도움이 될지도 모른다고 생각했기 때문이다. 점심을 먹고 나면 흐르는 바닷물 속으로 다시 메뚜기를 잡으러 갈 수도 있을 것이다. 톡토기는 요즘 가장 잡기 어려운 곤충으로 여겨지고 있었다. 톡토기 사냥은 틀림없이 즐거울 것이다. 그것으로 충분히 기분 전환이 될 게 분명하다.

「이곳이 얼마나 놀라웠는지 까맣게 잊고 있었어요.」 그녀는 어깨와 손목에 류마티스 관절염을 앓고 있으면서도 햇볕에 뜨겁게 달구어진 바위 시렁으로 올라가면서 말했다. 여기서는 바다와 해안이 한눈에 바라보였다. 그녀는 배낭끈을 머리 위로 들어 올리다가 관절이 뻣뻣하고 아파서 주춤했다. 그녀는 배낭에서 은박지에 싼 샌드위치와 과일, 치즈, 보온병과 칼을 꺼내면서 남편에게 말했다. 「자, 어서 올라오세요.」

조지프가 고개를 저었다. 「거긴 바람받이요.」

「바람은 거의 없어요.」

「거긴 안 돼. 내가 적당한 곳을 찾아보리다.」

조지프는 〈적당한 곳〉이 아니라 〈그곳〉을 찾아보겠다고 말했어야 했다. 셀리스도 잘 알고 있듯이, 뒤쪽 모래 언덕으로 쉰 걸음만 들어가면 바위도 없고 바다도 보이지 않는 곳에 그들이 오래전에 처음 섹스를 가진 풀밭이 있었기 때문이다. 그때는 셀리스가 일을 꾸몄고, 조지프는 주저하면서 마지못해 응했다. 그런데 지금은 형세가 — 적어도 아직까지는 — 역전되어 있었다. 셀리스는 시계를 1970년대로 되돌려 그 첫 만남을 재현하고 싶어하는 남편의 고통스러운 욕망을 어떻게 생각해야 할지, 기뻐해야 할 일인지, 교묘한 속임수인지, 아니면 단순히 몰지각한 짓인지, 알 수가 없었다. 이건 낭만적인 일일까, 아니면 곤혹스런 일일까? 꼭 해야 한다면, 조지프한테 유리하게 해석할 것이다. 기회가 지나가 버린다 해도 안타깝게 여기지는 않을 것이다.

「난 여기서 기다릴 테니까, 당신이 적당한 곳을 찾아봐요.」

「뭘 찾으라고?」

「당신이 잘 알잖아요. 바람이 불지 않는 곳. 어서 가요. 당신 생각대로 해요. 나는 여기서 기다리고 있을 테니까.」

셀리스는 구두를 벗어서 모래를 털어 내고 배낭 옆에 엎어 놓았다. 그리고 남편이 돌아오기를 기다리면서 샌드위치를 먹었다. 그녀는 음식을 먹을 때 혼자 있기를 좋아했다. 사람들과 어울려 식사하기보다는 혼자 상념에 잠기면서 식사하기를 좋아했다. 대학에서도 점심시간에는 구석 자리에 벽을 마주보고 앉아서, 다른 사람들에게 등을 돌리고 식사를 했다. 휴일에는 조지프가 일하고 있을 때 베란다에서 혼자 아침을 먹었고, 저녁 식사는 침대로 가져가서 먹었다. 한때는 이런 식사 시간이 찌푸린 얼굴로 불만을 나타내는 남편의 눈치를 보지 않고 담배를 피울 수 있는 기회이기도 했지만, 셀리스는 벌써 17주 동안이나 담배를 한 개비도 피우지 않았다. 아침 식사를 할 때마다 터져 나오는 기침, 냄새, 금연 운동, 그리고 결코 잊혀지지 않는 페스타의 기억 때문에 마침내 담배를 끊기는 했지만, 어쨌든 그녀는 기껏해야 일주일에 〈도르트문다스〉 한 갑을 피우는 어설픈 아마추어 흡연자일 뿐이었다. 밤늦게 탁자에 팔꿈치를 괴고 앉아 담배와 술과 대화를 즐기던 시절은 지난 지 오래였다. 그녀는 젊은 시절의 자신을 거의 기억하지도 못했다. 과거의 그녀는 거의 다 사라졌다. 검은 머리도 사라졌고, 움푹 들어간 아래턱, 근육, 성욕, 열차와 호텔방을 좋아하는 취향도 사라졌다. 모래 언덕은 시시각각 모양이 변한다. 그녀는 과거의 생활 태도를 얼마간 후회할 수 있을 뿐이었다. 섹스와 정열로 가득 찼던 그 이상한 해가 끝날 무렵 조지프를 처음 만났을 때, 그녀는 아무한테나 몸을 내주는 헤픈 여자로 보였을 게 분명하다.

조지프를 처음 만난 그 시절은 힘들었다. 그를 사랑하기가 힘들었던 것은 아니다. 〈사랑의 일부일처제〉는 그녀에게 알맞았다. 하지만 〈육체의 일부일처제〉는 견디기 어려웠다. 그 울타리 밖으로 뛰쳐나가고 싶은 유혹에 얼마나 자주 시달렸던가. 하지만 요즘은 상대가 누구든 섹스에 무관심해졌다. 척추를 피아노 치는 안마사나 룸서비스의 친절도 이제는 달갑지 않을 것이다. 하룻밤만이라도 중간에 깨지 않고 푹 잠들어 봤으면 원이 없을 터였다. 이제 그녀가 가장 좋아하는 안마는 류머티즘과 편두통을 완화시켜 주는 마사지였다. 그런 마사지는 그녀를 자극하는 것이 아니라 진정시켜 줄 터였다. 그녀는 이제 20대가 아니었다. 육체의 쾌락은 마멸과 반복으로 말미암아 크게 줄어들었다. 어깨도 아팠다. 그녀의 몸은 전보다 약해졌고, 생산력은 줄어들었다. 게다가 조지프는 그녀가 이미 정복한 상대여서, 또다시 정복할 필요가 없었다. 적어도 자주 정복해야 할 필요는 없었다. 다른 여자한테 남편을 빼앗길까 봐 걱정할 필요도 없었다. 이렇게 단둘이 오붓한 시간을 보낼 때면 조지프가 늘 말했듯이, 셀리스는 그의 〈유일한 여자〉였다. 그럼, 조지프는 그녀의 무엇이었을까? 다섯 번째, 여섯 번째 연인이자 마지막 연인.

여섯 명이 맞나? 아니면 더 많았던가? 그녀는 한 손을 펴서, 손가락을 꼽으며 헤아려 보았다. 그녀의 축복받은 묵주. 열일곱 살 때 만난 소년. 그게 첫 번째다. 그는 그녀의 새끼손가락이었다. 그녀는 다른 손으로 가만히 그를 쥐었다. 이제는 이름조차 기억나지 않는다. 검은 머리를 갖고 있었고, 아버지의 차를 몰고 다녔지만 주차할 줄도 몰랐고, 여자를 어떻게 유혹해야 하는지도 전혀 몰랐다. 다음은 〈룸서비스 씨〉, 척추 피아노 연주의 대가였다. 다음은 어쩌다 알게 되어 잠자리를 같이 한 남자들. 하지만 모두 한 번으로 끝났고, 두 번 이상 관계를 가진 남자는 없다. 그 무렵 자기가 어떻게 처신했는지, 그렇게 적은 대가를 위해 얼마나 큰 위험을 무릅썼는지, 생각만 해도 그녀는 얼굴이 붉어졌다. 아내가 떠나 버렸다고(겨우 오후 한나절 동안) 주장한 시립 대학의 젊은 교수. 셀리스는 그의 목에 생채기를 냈다. 플로리델 호텔의 테라스에서 그녀의 시중을 든 뒤 — 그리고 요금을 깎아 준 뒤 — 어느 날 저녁 그녀의 방으로 찾아온 웨이터. 대단한 미남이었지만, 특별히 멋지거나 열정적인 남자는 아니었다. 다음 — 그녀의 엄지손가락 — 은 어느 날 빈 연구실에서 그녀가 깜짝 놀라게 해준 남학생. 그 학생은 그녀와 섹스하고 싶어하지 않았다. 언제 누가 찾아올지 모른다면서. 하지만 그녀가 고집을 부렸다. 그 무모함이라니. 그의 바지 앞섶을 툭 치기만 하면 되었다. 그것으로 그만. 그는 그녀의 것이 되었다. 그는 적어도 2분 동안 곧추서 있었다. 여섯 번째 남자 — 그녀는 다시 새끼손가락을 꼽았다 — 보다는 1분이 길었다. 이 여섯 번째 남자는 술에 취한(하지만 잘생긴) 독일인 관광객이었다. 마지막 남자 — 복도 건너편에 살았고, 슬리퍼를 끌고 다닌 남자 — 는 한 달 동안 그녀와 잘 지냈다. 그는 영화를 좋아했다. 일주일에 다섯 번. 하지만 침대는 좋아하지 않았다.

조지프를 셈에 넣지 않으면 〈일곱〉이다. 조지프는 셈에 넣지 않았다. 과거의 모험을 돌이킬 때면 조지프의 이름은 명단에 올리지 않기 때문이다. 남편은 모험 상대가 아니다. 남편은 일회용 연애 상대도 아니다. 남편은 단골이고, 공식 규격품이다.

사실 분별 있는 나이에 이른 셀리스는 옛날의 생리적 욕망을 되찾기보다는 차라리 끊은 담배를 다시 피울 것이다. 과거의 강렬한 욕구보다는 차라리 책이나 오페라 CD나 정원수의 부드러움을 택할 것이다. 정욕은 그녀를 떠났다. 그녀는 정욕에 절망했고, 짜증이 그녀가 느끼는 유일한 열정일 때도 있었다. 요즘 그녀를 자극하는 것은 남편의 달콤한 목소리 — 남편은 이따금 흘러간 옛 노래로 아내의 마음을 되찾으려고 애썼다 — 나 그녀의 목덜미를 어루만지는 남편의 다정한 손길이 아니라, 남편의 라디오, 남편이 집 구석구석에 어질러 놓은 잡동사니, 위산과다를 지나치게 걱정하는 남편의 심기증, 남편의 화장품, 자신도 모르는 사이에 같은 말을 되풀이하는 버릇 등이었다.

아침부터 지금까지 모래 언덕에서 다시 조지프와 사랑을 나눌 것을 생각하면서도 별로 자극을 받지 않았던 그녀가 남편이 없는 동안 다른 일곱 남자를 마음속에 되살리자 겨우 5분 만에 오히려 더 많이 흥분한 것은 아마 그 때문일 것이다. 그녀는 두 주먹을 쥐고, 그 남자들의 입맞춤과 자유 분방한 행위를 다시 한 번 돌이키면서 한 번에 하나씩 손가락을 펴서 곧추세웠다. 사실상 전혀 모르는 남자에게 몸을 내맡기는 것, 오후에 서둘러 욕정을 발산하는 것, 탁자 위에 〈도르트문다스〉 한 갑을 올려놓고 호텔 침대에 알몸으로 드러누워 〈룸서비스〉의 척추 마사지를 받는 것은 얼마나 짜릿한 일인가. 젊었을 때는 언제 어디서나 깊은 만족감을 얻을 수 있었다. 그녀는 그저 팔을 뻗기만 하면 되었다. 입술, 손가락, 담배. 남편이 아닌 다른 남자가 딱 한 번만 나를 원한다면 — 현실에서는 좀 늦었고, 그 남자에게는 슬프게도 너무 늦었지만 — 얼마나 짜릿할까. 한 남자가 있었다. 그러나 그에게, 음악회에도 함께 갔던, 최근에 저 세상으로 떠난 대학 동료에게 이름과 얼굴을 부여하고 싶지 않았다. 하지만 그것은 지난 몇 년 동안 그녀를 즐겁게 해준 해롭지 않은 공상이었다. 어쩌면 그는 여덟 번째 남자가 될 수도 있었을 텐데.

조지프가 숨을 헐떡이며 돌아와, 자못 실망한 표정으로 〈우리 자리〉를 찾지 못했다고, 어디가 〈우리 자리〉인지 기억해 낼 수가 없었다고 보고했지만, 셀리스는 더 이상 개의치 않았다.

「이유는 분명해.」 조지프가 설명하고 있었다. 「우리가 여기 온 게 30년 전이니까, 그동안 모래 언덕이 이동해서……」 조지프는 정말로 짜증스러운 남자였다.

「그냥 아무 데나 찾읍시다.」 셀리스의 이 말에 조지프는 깜짝 놀란 모양이었다. 어쩌면 불안을 느꼈을지도 모른다. 셀리스는 배낭을 어깨에 메고 구두를 집어들고 두 개의 모래 언덕 사이로 걸어갔다. 조지프가 가슴을 두근거리며 그 뒤를 따라갔다. 심장 고동소리가 들리는 것 같았다. 셀리스는 알몸으로 또는 옷을 입고 살갗과 옷감을 탁 튀기거나 획휙 나부끼면서 무대를 걸어가는 패션모델처럼, 끈적끈적 달라붙는 남편의 눈길을 느꼈다. 그녀는 결국 남편의 욕망을 기꺼이 만족시켜 줄 수 있고, 자신도 남편의 욕망에 어울리는 기분을 어느 정도 가질 수 있게 된 것을 깨닫고 마음이 편해졌다. 그것은 커다란 구원이었다. 지난 몇 년 동안 그녀는 섹스하고 싶은 마음이 거의 들지 않았다. 그런데 과거로 돌아가, 기억을 통해 옛날의 자신을 되찾은 것이다. 옛 연인들의 〈흔들기〉. 북처럼 울려 퍼지는 손가락 묵주.

이것은 야외에서 섹스할 때 필요한 장치들이다. 우선 날씨가 좋아야 하고, 개나 말벌한테서 멀리 떨어져 있고 길게 드러누울 수 있는 메마른 곳이 있어야 하고, 우스꽝스러운 느낌이 없어야 한다. 셀리스는 행인들의 눈에 띄지 않는 은밀한 곳을 원했지만, 이곳에서는 남들의 엿보기나 훼방에 노출될 염려는 없어 보였다. 바리톤 해안에 대한 건축 제한 조치가 〈해제〉되었기 때문에, 요즘에는 이곳을 찾아오는 사람이 거의 없었다. 셀리스는 매트리스 대용으로 쓸 부드러운 풀밭을 찾고 있었다. 바람이 불어 가는 쪽에 있는 모래 비탈에는 아직도 부드러운 풀이 무성하게 자라고 있었다. 셀리스는 1분도 지나기 전에 적당한 풀밭을 찾아냈다. 평평하지 않고 한쪽 끝이 베개처럼 높은 데다 모래가 좀 많았지만, 그 정도면 충분할 터였다. 그녀는 서두르고 있었지만, 무분별했던 젊은 시절과는 달리 수줍어했다. 그 시절이 까마득한 선사 시대처럼 느껴졌다. 그녀는 옷을 다 벗고 싶지 않았다. 강렬한 햇빛 속에 쉰여섯 살의 몸을 고스란히 드러내고 싶지는 않았다. 그녀는 바지와 팬티를 벗어서 구두 위에 개켜 놓았다. 여전히 날씬한 몸매, 잘록한 허리, 단정한 매무새. 비둘기 같은 넓적다리. 배꼽 주위에 발코니처럼 덧붙어 있는 지방. 혈관이 돋아난 튼튼한 종아리. 하지만 그녀는 남편이 발가벗기를 원했다. 그녀는 조지프가 옷 벗는 것을 유심히 지켜보았다. 그의 성기는 충혈되어 있었지만, 아직 꼿꼿이 서지는 않았다. 하지만 그가 입을 벌리고 가쁜 숨을 몰아쉬는 것을 보고, 그녀는 남편이 얼마나 진지하게 이 일에 열중하게 되었는가를 알 수 있었다.

  셀리스는 남편과 마주앉아 한 손을 그의 어깨에 걸치고, 다른 손 — 그녀의 다섯 연인 — 으로 그의 가슴과 배를 훑어 내려갔다. 오그라든 불알은 호두처럼 주름이 잡혀 있었다. 만져 보니 축축하고 따뜻했다. 하마터면 남편한테 살 좀 빼라고, 운동을 해야겠다고 말할 뻔했다. 하지만 목구멍까지 넘어온 그 말을 꿀꺽 삼켰다. 그만한 분별은 갖고 있었다. 지금은 미묘한 순간이라, 사소한 일로도 당장 분위기가 깨질 수 있었다. 사실 분위기는 너무 빨리 깨졌다. 그녀가 불알을 만지자마자 조지프가 사정을 해버렸기 때문이다. 불쾌했다. 아마 그녀의 차가운 손이 갑자기 닿은 충격 때문일 것이다. 엉성하게 만들어진 파이. 그 나이 또래의 남자들한테서 흔히 들을 수 있는 불만 섞인 신음소리, 낙담과 쾌감이 뒤섞인 소리가 났다. 잘 짜인 계획은 허망하게 끝났다.

  「괜찮아요.」 셀리스가 말했다. 정말로 상관없었다. 그가 이번만은 자신을 억제하지 못한 것, 이 어릿광대의 비극적인 커튼콜, 섹스라고 불리는 이 팬터마임은 너무나 우스꽝스러웠다. 그녀의 남편은 노상

어리석은 짓을 하는 놀라운 재능을 부인하고, 어리석은 짓을 저지를까 봐 두려워하면서 사는 남자였다. 그녀는 그것을 사랑스럽게 생각했다. 그것을 남자답다고 할 수는 없을 것이다. 적어도 그의 경우에는 전혀 남자답지 않았다. 하지만 사랑스러웠다.

셀리스는 남편을 무릎 사이에 앉히고, 둘 다 비스듬히 내리쬐는 태양을 향해 앉았다. 그녀는 남편에게 점심을 먹게 했다. 「기운을 차릴 필요가 있을 거예요.」 서두를 필요는 없었다. 날이 저물 때까지 오후 내내 다시 시도해 볼 시간은 충분했다. 그녀는 남편 쪽으로 몸을 기울여, 남편의 가슴을 한 팔로 감싸안았다. 열정에 앞서 부드러움을 원했다면, 이제 그녀는 그 부드러움을 맘껏 맛보고 있었다. 조지프가 열정과 부드러움을 동시에 줄 수는 없었다. 그럴 수 있는 남자는 거의 없다. 열정은 몇 초로 끝난다. 당신이 가장 절실히 원하는 것을 신으로 생각하기만 하면 된다. 하지만 더 부드러운 쾌감은 수십 년에 걸쳐 서서히 만들어진다. 그녀는 남편의 척추를 문질렀다.

「바리톤 만이 다시 노래를 부를지 궁금해요.」 그녀가 말했다. 「기억나요?」

그들은 기다렸다. 조지프는 언짢은 얼굴로 샌드위치를 씹고 있었다. 말은 거의 하지 않았다. 그들은 바리톤의 소리를 들으려고 귀를 기울이면서 육체가 다시 조립되기를 기다렸다. 담배를 끊지 않았다면, 이럴 때 그녀는 담배를 피우고 싶었을 것이다. 성교 전의 담배 한 모금. 하지만 그녀는 담배 대신 남편의 두피와 목덜미와 귀에 입을 맞추었다. 남편의 듬성해진 머리에 코와 입술을 눌러 댔다. 남편의 가슴을 어루만지고, 거기에 묻은 샌드위치 부스러기를 털어 냈다. 남편의 사타구니로 손을 뻗어 거웃을 잡아당겼다.

「들어 봐.」 조지프가 말했다. 모래가 움직이는 소리, 콧노래를 부르는 소리, 몸이 움직이는 소리, 바람 속의 불협화음이 들린 것 같았다. 운이 좋으면 그것은 모래 언덕일 것이다.

「설마 그런…….」 셀리스가 말하기 시작했다.

9

 그들 세대 가운데 그들이 맨 먼저 죽은 것은 물론 아니다. 하지만 일찍 죽은 것은 사실이다. 중년에다 조심성이 많은 것은 결코 〈몬다지의 물고기〉에 대한 방어책이 아니다. 그것은 무엇이든 닥치는 대로 물어뜯는다. 나이가 젊다고 해서 죽이지 않는 법은 없다.
 일곱 달 전, 조지프의 많은 사촌들 가운데 하나가 캐나다 오타와로 출장을 갔다가 택시를 불렀다. 그런데 너무 서둘러 인도에 내려서는 바람에, 그의 부름을 받고 방향을 바꾼 택시에 슬개골을 부딪쳤다. 온타리오 주 택시 조합은 정중한 사과와 함께 그의 시체를 〈냉동 항공 화물기〉에 실어서 집으로 보냈다. 조지드가 20년 동안 만나지 않은, 그래서 별로 좋아할 것도 없는 또 다른 사촌도 지난 봄에 죽었다. 셀리스와 동갑인 이웃집 아들도 지난 봄에 죽었다. 노총각 사이클 선수인 그는 야외 훈련을 하다가 심장 마비를 일으켰다. 그는 십대 이후로는 담배도 술도 입에 댄 적이 없었다. 몸은 자작나무처럼 호리호리하고 근육질이었다. 절대 죽을 만한 사람이 아니었다. 그의 모친은 아들이 너무 일찍 죽었다고 말했다. 죽음이 마치 일정한 나이가 되어야 받을 수 있는 연금이라도 되는 것처럼, 너무 일찍 신청하면 당연히 퇴짜를 맞아야 하는 것처럼.
 최악의 죽음, 그러니까 가장 어긋난 죽음은 셀리스의 혀짤배기 동료인 자연 과학부 학부장의 죽음이었다. 그는 50대인 셀리스가 좋아하는 타입의 남자였다. 그는 미혼에다 독신이고, 책과 연주회를 좋아하고, 그들이 연구하는 학문 너머의 세계와 뉴스와 예술에 대해 그녀와 토론하기를 좋아했다. 그는 사소한 읕에서 혼자만의 기쁨을 얻는 법을 배웠다. 셀리스는 비판하지 않는 그 고독한 기쁨과 그의 열의에 탄복했고, 작고 활기 찬 그의 목소리를 좋아했다. 그가 이름을 부르면, 그녀는 늘 짜릿한 흥분을 느꼈다. 그가 어떤 사람이냐고 누가 묻는다면, 그녀는 그가 자신에게 만족하는 남자라고 대답했을 것이다. 그런데 3주 전 토요일, 그는 브로드캐스트 힐(자살자들이 가장 좋아하는 언덕)로 차를 몰고 가서 잿빛 해송(海松) 밑에 차를 세웠다. 해송의 무성한 가지와 잎새가 차양처럼 비를 가려 주었다. 해송들은 항구에서도 거미집 같은 실루엣으로 볼 수 있었다. 해송들은 도시의 비탈진 이마를 덮은 고수머리였다. 그는 생물학과 실험실에서 빌려 온 호스를 배기관에 고정시키고 차 안으로 끌어들였다. 이튿날 아침, 일요일의 첫 번째 조깅객이 그를 발견했을 때, 와이퍼는 라디오에서 흘러나오는 재즈 음악에 맞추어 아직도 손을 흔들고 있었다.

셀리스는 그렇게 충격을 받거나 또는 그의 자살을 그렇게 개인적으로 받아들이지 말았어야 했다. 학부장의 자살은 세상이나 인생이나 그녀에 대한 비판이 아니었다. 그것은 단지 화학 작용과 유전자 문제에 불과했을지도 모른다. 아마 그는 자살 성향을 갖고 있었을 것이다. 그의 자살은 사전에 계획된 죽음이었다. 셀리스는 그의 자살에 절망하면서도, 자기가 바라고 있는 죽음 — 날마다 집 쪽으로 한 걸음씩 다가가 그곳에 천막을 다시 치듯, 노화를 통해 아주 조금씩 죽어 가는 것 — 보다는 그런 자살이 낫다고 생각했다. 자살은 그를 노년에서 구해 주었다. 그는 옷이 너덜너덜 닳아 해지는 것을 미리 막았다. 마지막 열병이 찾아와 질질 끌던 목숨이 끝나기 전에, 눈이 내리거나 화창한 마지막 주말을 맞기 전에, 피가 점점 묽어지기 전에, 낯선 이들의 떨리는 손길이 그의 눈을 감기기 전에, 아직 망가지지 않은 모습으로 이 지구를 떠난 것이다. 그는 자신의 미래를 모두 제자리에 둔 채 죽었다. 그의 〈의지〉를. 그의 〈소망〉을. 그의 〈능력〉을. 그의 벽난로 선반에는 음악회 입장권이 놓여 있었다. 겨울 휴가도 예정되어 있었다. 아직 빛도 남아 있었다. 그의 자살은 신(新)진화론적이라고 셀리스는 자신을 납득시킬 수 있었다.

그러나 친구가 갑자기 죽으면, 특히 그 친구가 그녀가 사랑할 수 있었을지도 모르는 상대라면, 그 갑작스러운 죽음을 과학적인 관점에서 냉정하게 바라보기는 어려웠다. 장례식에서 셀리스는 학부장의 누이에게 말했다.「정말 지독한 불운이네요.」운은 행운이든 불운이든 자연사(自然史)에 속하지 않았고, 자살은 운에 좌우되는 게임이 아니었지만, 그녀는 그렇게 말했다.

그래도 누군가는 장례식을 주재한 목사에게 미리 귀띔해 주었어야 했다. 장례식에 모인 이들이 대부분 생물학자니까 천국이니 영원이니 신이니 하는 말은 피해야 한다고.「죽은 형제는 해송 밑에 차를 세워 놓고 비를 피했습니다. 여러분은 해송의 영적인 평판을 생각해야 합니다.」목사의 말을 듣고 있는 조객들 중에는 나무 분류법에 대해 권위 있는 연구서를 쓴 저자와 〈체체 상〉을 받은 식물학자도 포함되어 있었다. 「해송은 〈잠나무〉로 알려져 있습니다. 성경에서는 해송을 〈죽음의 사다리〉라고 불렀습니다. 해송의 씨앗에 독이 들어 있기 때문이지요. 하지만 해송 가지가 하늘에 닿고 뿌리가 깊기 때문이기도 합니다. 해송 뿌리는 저승까지 뻗습니다. 따라서 해송은 선택의 나무입니다. 죄악이냐 미덕이냐, 하나를 선택하라. 영원한 어둠 속으로 내려갈 것이냐, 아니면 전능하신 하느님께로 올라갈 것이냐. 우리는 지금 죽은 형제를 추도하고 기리기 위해 이 자리에 모였습니다. 그 형제를 아는 분은 누구나 그가 평생 동안 어떤 선택을 했는지도 알고 있습니다. 그는 해송의 가장 높은 가지에 올라갔습니다.」

셀리스는 목사의 엉터리 말 — 소나무는 뿌리가 얕고 독이 없으며, 저승 따위는 존재하지 않는다 — 에 짜증이 나면서도 한편으로는 흥미를 느꼈다. 그래서 그날 밤 딸 실비가 아버지의 생일 선물로 보낸 책을 펼쳐 보았다. 읽고 화를 내면서 즐기라고 보낸 책이었다.『염소치기의 오랜 지혜』. 68페이지.〈나무들의 마법〉. 셀리스는 소나무에 대해 자신이 알고 있는 지식이 일부 잘못되었다는 것을 알고 깜짝 놀랐다.

염소치기의 지혜는〈숙소를 얻을 돈이 없어서 야외에서 밤을 보내야 하는 나그네들은 어떤 나무보다도 가시나무를 담요로 선택해야 한다. 그래야 해를 입지 않는다〉는 것이었다. 올리브 가지 밑에서 잠을 잔 〈얼간이들〉은 아침에 일어나면 두통을 느끼고, 그 두통은 〈일주일 동안〉 지속된다. 무화과나무 밑에서 선잠을 자면 자극적인 꿈을 꿀 우려가 있다. 참나무 뿌리 틈에서 웅크리고 자면 설사가 난다. 그리고 목사의 편견 — 소나무 밑에 누우면 영원히 잠들게 된다.

셀리스는 이 대목을 조지프에게 읽어 주었다. 그러나 조지프는 학부장의 죽음에 셀리스만큼 영향을 받지 않았다. 그 덤덤한 반응을 보고 셀리스는 학자의 죽음을 무시하는 태도라고 말했다. 그러자 조지프는 이렇게 말했을 뿐이다. 「염소치기들은 그런 걸 알아야겠지. 나무 그늘에서 잠을 자는 것 말고는 온종일 할 일이 없을 테니까.」 그러나 셀리스가 그날 밤 침대에서 그 책을 계속 읽다가 발견했듯이, 민간 전승에는 재미있는 과학이 묻혀 있었다. 『염소치기』의 편집자는 덧붙인 주석을 통해, 고대의 편견이 터무니없거나 무의미하지만은 않다는 것을 보여 주었다. 〈가시나무는 산성을 띠고 있어서 균류가 살기에 부적당하다. 하지만 버섯 따는 사람은 다른 나무를 조심해야 한다.〉 편두통과 꿈, 영원한 잠과 설사는 올리브나무와 무화과나무와 참나무 밑에서 자라면서 그 나무들과 공생 관계에 있는 균류, 또는 소나무 밑에 사는 관(棺) 버섯의 고리가 원인인 것 같았다. 편집자는 이런 말을 인용했다. 〈솔숲에 가는 것은 자살 행위다. 그리고 땅에 돋아난 그 작은 회색 버섯을 먹으면, 버섯이 그대를 관에 넣어 땅에 묻어 버릴 것이다……. 피가 흐른 곳에서는 새로운 소나무가 자라날 것이다. 그 피가 인간의 피든 동물의 피든, 또는 서로 충돌한 하늘의 상처에서 흐른 피든, 그 버섯들의 갈증은 결코 채워지지 않는다.〉

엄밀히 말하면 이것은 사실이 아니다. 전체적으로 과학적인 것도 아니다. 하지만 셀리스에게 위안을 주었다는 점에서 지극히 훌륭한 지혜였다. 셀리스가 짐작했듯이, 거기에는 호스도 자동차도 없었다. 거기에 있는 것은 반듯이 누워서 그녀를 기다리고 있는 학부장, 머리 위를 차양처럼 덮고 있는 소나무 가지와 잎새, 땅에 돋아난 작은 독버섯, 그의 저승과 그녀의 저승으로 이어지는 사다리, 그리고 영원한 죄악뿐이었다.

바리톤 만의 소금기 섞인 모래 언덕 사이에 부드러운 풀을 깔고 누운 조지프와 셀리스는, 염소치기의 지혜대로라면 완전히 안전했어야 한다. 가장 가까운 소나무도 1킬로미터나 떨어져 있었고, 잠자는 그들이 〈해를 입지 않게〉 해줄 개가시나무는 주위에 널려 있었다. 셀리스가 염소치기의 의견을 좀 더 뒷부분(121페이지, 〈초록빛 은총〉)까지 읽었다면, 부드러운 풀에 대해 좋은 소식을 발견했을 것이다. 염소치기는 부드러운 풀의 속칭 — 달콤한 엄지손가락, 천사의 침대, 뾰족한 혀, 베개풀, 모래털, 평안한 휴식 — 을 모두 나열하고, 어부나 연인들이 그 풀을 한 줌 뜯어서 모자나 그물에 묶어 두면 행운을 얻을 수 있다고 말했다. 부드러운 풀만 있으면 많은 물고기를 잡는 것은 따 놓은 당상이었다. 고대의 지혜는 부드러운 풀 위에서 쉬는 〈얼간이〉에게 어떤 불운도 예고하지 않았고, 거기에는 지옥으로 내려가거나 천국으로 올라가는 사다리, 그러니까 유예 기간 이틀째부터 셀리스와 조지프를 유혹할 사다리도 없었다.

날이 어두워지자, 그들의 몸뚱이를 차지하고 있던 게들은 사방으로 흩어졌다. 파리 떼는 그대로 남아서, 시시한 폭풍우가 해안을 따라 불어와 별빛 총총한 하늘을 몰아내고 밤의 온기를 빼앗은 수요일 새벽까지 축축하고 후미진 상처 속에 머물렀다. 폭풍우는 별로 극적이지 않았다. 요란한 소리도, 갑작스러운 돌풍도, 번개도 없었다. 바다를 더럽히는 무자비한 물이 육지까지 들어오고 꾸준한 바람이 불 뿐이었다. 모래 언덕을 넘어 인간 시체라는 흔치 않은 진수성찬을 먹으러 온 쥐들조차 세찬 빗줄기와 하늘에서 비를 짜내는 차가운 공기 덩어리를 참지 못했다. 쥐들은 다시 굴 속으로 달아났다. 해변 오솔길에서 모래 언덕들 쪽으로 이어지는 세 줄기의 발자국과 모래 언덕에서 밖으로 이어지는 한 줄기 발자국은 순식간에 지워졌다. 『곤충학』 잡지는 물에 흠뻑 젖었다. 그들의 발에 밟혀 납작해진 풀은 비를 맞고 기운을 되찾아 다시금 꼿꼿이 일어섰다.

폭풍우는 그들의 몸을 깨끗이 씻어 주었다. 상처 주위에 엉겨 붙어 있던 피는 이제 대부분 다시 액화하여, 불그스름한 회색으로 묽어졌다. 빗물은 이 희미해진 얼룩을 거의 다 씻어 냈고, 응고된 핏덩어리를 제거하고 용해했다. 셀리스의 재킷은 비에 흠뻑 젖었다. 셔츠는 비에 젖어 검게 변색되었다. 하지만 빗물과 찬바람은 좋은 일도 했다. 시체의 부패를 밤사이에 한두 시간 지연시킨 것이다. 시체는 건조하고 따뜻할 때, 곤충이 활동하여 부산물을 가져갈 때 가장 빨리 부패한다. 하지만 날씨와 밤도 죽음의 진행을 그렇게 많이 늦출 수는 없었다. 손톱과 머리카락은 주인이 죽은 뒤에도 낙천적으로 생산 활동을 계속하여 몇 밀리미터가 더 자랐지만, 그들의 생명은 이제 돌이킬 수 없었다. 평소에 좀스러울 만큼 몸단장에 신경을 썼던 조지프의 얼굴에는 거뭇거뭇한 수염이 돋아나 있었다.

조지프와 그의 아내는 물에 잠겼다. 물에 잠긴 두 개의 방, 가죽으로 만든 두 개의 물 주머니 같았다. 이제 세상 어느 것도 그들과는 관계가 없었다. 그들은 두 번 다시 노래도, 담배도, 성교도 원하지 않을 것이다. 적어도 그들은 죽음을 함께했다. 사랑하는 사람을 저세상에 먼저 보내고 혼자 살아남는 것보다 더 쓸쓸한 것은 없다. 그들에게 결혼이라는 희극은 죽음이라는 비극으로 바뀌지 않을 것이다. 두 사람 가운데 하나만 살아남아 남편이나 아내의 부재에 익숙해져야 할 필요도 없을 테고, 새로 만난 사람에게 적응할 필요도 없을 것이다. 자신의 생활 방식을 바꿀 필요도 없을 것이다.

죽음은 더 좋은 곳으로 옮아가는 것, 평온한 여생을 지나 본능과 욕망의 영역으로 여행하는 것이라고 선전되었지만, 조지프와 셀리스의 죽음은 그런 죽음이 아니었다. 그들은 이 세상이 아닌 다른 곳으로 가지 않았다. 이 세계와는 전혀 다른 곳 — 비현실 — 에 가서 눈을 깜박이며 깨어나고 잠을 자면서 침을 흘리지는 않았다. 그들은 보이지 않는 바람에 갇혀 돌멩이처럼 무감각했다. 이 세상은 한때 동물학 박사였던 존재가 둘 줄어들었을 뿐, 여느 때와 다름이 없었다.

날씨가 음침했던 수요일 정오 무렵에는 그들의 시체가 나무토막처럼 딱딱해져 있었다. 죽은 지 꼬박 하루가 지났다. 색깔도 변했다. 살갗은 검은색과 흰색을 띠었다. 위쪽은 창백했고, 땅에 닿은 아래쪽은 거무스름했다. 피가 중력 작용 때문에 아래쪽으로 쏠려 내려가, 아래쪽 혈관을 노폐물로 가득 채웠다. 아직도 풀밭에 코를 박고 있는 셀리스의 얼굴은 자줏빛이었다. 아래로 구부러진 그녀의 무릎과 넓적다리는 포도처럼 검었고, 엉덩이는 돼지기름처럼 희멀겠다.

반듯이 누운 채 죽어 있는 조지프는 얼굴이 새하얗고 어깨는 자줏빛이었다. 하지만 일그러진 입술은 푸르스름했고, 잇몸이 오그라들어서 이가 하룻밤 사이에 1센티미터나 자란 것처럼 보였다. 코는 얼굴 속으로 파고 들어가 있었다. 혀도 푸르스름해서, 어린애처럼 펜을 입에 넣고 빤 것 같았다. 그는 이미 형태를 잃고 있었지만, 아직 짐승이나 외계인처럼 보일 정도는 아니었다. 누군가가 우연히 모래 언덕을 지나가다가 거기에 누워 있는 시체를 언뜻 보았다 해도, 부부가 — 연인들이 흔히 그렇듯이 — 잠을 자고 있을 뿐이라고 생각했을 것이다. 그리고 그런 은밀한 장면을 엿보고 싶지 않아서 걸음을 재촉했을지도 모른다.

낮에는 빗줄기가 가늘어졌지만, 오후까지 거의 쉬지 않고 이슬비가 내렸다. 폭풍우는 밤사이에 모래를 이동시켜, 시체 한쪽에 높은 둑을 쌓아 올렸다. 시체들은 벌써 모래 속으로 가라앉고 있었다. 셀리스의 버려진 구두와 조지프의 남은 옷가지는 비에 흠뻑 젖고 모래에 거의 파묻혀 있었다. 바람은 조지프의 셔츠를 들어 올려 모래 언덕 사이의 골짜기를 따라 운반하다가 쭉 뻗친 개가시나무 가지 속에 처박았다. 조지프의 셔츠는 개가시나무의 깃발이었다.

네 시에는 비가 멎었지만, 하늘은 여전히 우중충하고 음산했다. 게와 쥐들은 어두워지기 전에 다시 일하러 가서 조지프와 셀리스를 무례하게 훑어보고, 그들의 몸 위를 신나게 돌아다니며 수분과 먹이를 찾고, 한바탕 잔치를 벌이기 위해 그들의 동굴과 우묵한 곳으로 파고들었다. 그들에게 거의 경의를 표하지 않았다. 암소들이 순무의 어린 잎에 경의를 표하지 않는 거나 마찬가지였다.

그때까지는 아무도 조지프와 셀리스가 없어진 것을 알아차리지 못했다. 그들은 목요일에나 출근할 예정이었다. 그들의 딸인 실비는, 잊어버리지 않는다면 주말에 안부 전화를 하겠지만, 그 이전에는 전화하지 않을 것이다. 이웃들은 박사네 집이 조용한 데 익숙해져 있었다. 따라서 그들의 시체는 그들의 죽음과 마찬가지로 아직 비밀이었다.

아직은 아무도 슬퍼하지 않았다. 아무도 〈정말 지독한 불운이에요〉 하고 말하지 않았다. 그들은 격식도 차리지 않고 죽었다. 그들의 몸이 뻣뻣해졌을 때, 그들의 살갗에 기름을 바르거나 목욕을 시키고 옷을 입혀 준 사람은 아무도 없었다. 모래 언덕에서 아무도 모르게 죽지 않았다면, 장의사의 향기로운 스펀지가 그들을 부드럽게 어루만지고 알코올에 적신 탈지면이 열린 구멍을 모두 막아 주었을 것이다. 하지만 아무도 대변이 줄줄 새어 나오는 그들의 항문을 솜 뭉치로 틀어막지 않았고, 그들의 눈꺼풀에 테이프를 붙여 눈을 감기지도 않았고, 그들이 입을 다물도록 턱을 위쪽으로 잡아당기지도 않았다. 아무도 그들의 이를 닦아 주거나 머리를 빗겨 주지 않았다. 하지만 살인자 — 그 훌륭한 장의사 — 는 한 가지 의무만은 충실히 수행했다. 그들의 손목시계와 장신구를 몸에서 제거한 것이다. 바람과 모래 때문에 그들의 뼈조차 발견되지 않을 가능성도 있었다. 그들의 뼈가 관례적인 의식과 고별식, 추도식, 장례식, 묘비와 사망 기사를 영원히 받지 못할 수도 있었다. 그러면 그들은 사망자 명단에도 오르지 않을 테고, 그들의 기억과 유산은 줄어들 것이다. 그들은 해명되지 않은 〈행방불명자〉, 단순한 〈무단 결근자〉로 처리될 것이다. 조지프의 손은 영원히 셀리스의 다리를 붙잡고 있을 수 있을 것이다.

10

연수원에서 보낸 첫날 아침, 조지프는 새벽 3시에야 겨우 잠자리에 들었는데도 일찍 일어났다. 그는 밤에 네댓 시간만 자고도 그럭저럭 버틸 수 있었다. 낮에 수면 부족을 벌충하는 데 익숙해져 있었기 때문이다. 주말 오후에 신문을 읽으면서 꾸벅꾸벅 졸거나, 다른 학생들이 술집에서 점심을 먹는 동안 낮잠을 잘 때가 많았다. 그는 술집에 가면 마음이 편치 않았다.

그는 완만하게 비탈진 해변에서 밀물을 포착할 작정이었다. 그러려면 서둘러야 했다. 만조 시각은 8시였다. 그는 세수도 대충 해치웠다. 부엌 싱크대에서 찬물과 주방용 세제로 얼굴만 씻었다. 그리고 — 행운을 얻기 위해 — 가슴과 등에 돌베어의 공식(벌레 울음소리의 주파수로 기온을 측정하는 공식)이 인쇄된 야외 연구용 티셔츠를 입었다. $T=\frac{(50n-40)}{4}$. 그는 집게손가락으로 이를 닦고, 어젯밤에 마시다 남긴 차가운 커피를 마시고, 소리 없이 밖으로 나갔다. 밖은 아직 어스름했다. 그가 밤도둑처럼 은밀하게 행동한 데에는 그럴 만한 이유가 있었다.

마름돌이 깔린 길을 가로질러 지름길로 연수원 마당에 있는 쪽문까지만 가면 해변 오솔길로 통하는 계단과 샛길을 찾을 수 있었고, 그러면 발소리로 잠자는 사람들을 깨우지 않고 연수원을 빠져나갈 수 있었다. 이 지름길은 기껏해야 10미터밖에 안 되었다. 하지만 조지프는 더 먼 길을 택하고 싶은 유혹에 사로잡혔다. 한때는 멋진 해안 정원이었지만 아무도 돌보지 않아서 야생 상태로 변한 곳을 지나 뒤쪽에서 건물 주위를 도는 길이 그를 유혹했다. 잠자는 여자들의 모습이 궁금했던 것이다.

페스타는 그의 관심을 끌지 못했다. 그녀는 싸구려 장신구처럼 시시했다. 앞으로 일주일 동안 그와 같은 방을 쓰게 될 그 우둔하고 사진발이 잘 받는 남자들한테나 어울리는 여자였다. 그들이 첫날 밤처럼 술과 시골 생활에 탐닉하지 않고 그 욕망을 억제할 수 있다면, 페스타는 그들을 즐겁게 해줄 것이다. 하지만 키 큰 여자 — 이름이 뭐였더라? 세실? 셀리스? 세리스? 어쨌든 프랑스 이름이었어 — 는 그들과 부류가 달랐다. 그들은 그녀를 이상한 여자로 생각할 테고, 그녀는 아마 그들을 따분하게 생각할 것이다. 하지만 조지프와는 타고난 동맹자처럼 딱 맞을 게 분명하다. 그녀도 그와 마찬가지로 변종이었다. 다른 변종들과 한 묶음으로 되어 있는 변종.

조지프는 이제껏 한 번도 여자와 연애를 해본 적이 없었다. 단 한 번도. 「나는 연애를 하기에는 키가 너무 작아.」 그래서 그는, 어제 처음 만난 지 불과 몇 분 만에 그녀한테 완전히 마음을 빼앗긴 것을 깨닫고 깜짝 놀랐다. 그는 그녀의 옷차림, 부츠, 청바지, 색다른 헤어스타일에 감탄했다. 그녀의 얼굴, 화장기 없는 피부, 뽑지 않은 눈썹, 싸움에 열중하여 눈살을 찌푸리며 불쾌한 표정을 짓거나 움츠러드는 모습까지도 마음에 들었다. 그녀의 그런 표정은 그와 은밀한 대화를 나누고 있는 것 같았다. 그가 별로 다치지도 않은 허리를 가지고 야단법석을 떨어서 휴게실 문간에 기대 있었던 것은, 그녀가 옷과 책을 꺼내고 팔을 뻗어 코트를 걸거나 허리를 구부려 서랍을 닫는 모습을 거기에 서서 지켜볼 구실을 만들고 싶어서였다. 튼튼하고 미끈한 그녀의 허벅지가 그의 허리에서 불과 몇 센티미터 떨어진 곳에 있었다. 그녀는 아름답지는 않았지만 자극적이었다. 그녀야말로 유일한 기회라는 것을 그는 본능적으로 알아차렸다.

조지프는 당장 자신을 소개했어야 했다. 그녀는 그가 말을 걸면 기꺼이 받아 줄 준비가 되어 있는 것 같았다. 그가 무례하게 입을 다물고 있는 것처럼 보이면, 그녀는 차분하게 — 그녀처럼 표정 변화가 풍부한 얼굴을 〈차분하다〉고 표현할 수 있다면 — 그를 바라보면서, 뭐라고 말 좀 해보라고, 그 눈빛만으로 몇 번이나 그에게 요구하곤 했다. 하지만 그는 그렇게 자유 분방하고 수다스러운 동료들과 경쟁하려 하지 않았다. 아니, 경쟁할 수도 없었다. 그는 자신의 약점 — 볼품없는 외모, 미숙한 사교술, 성급한 성격 — 을 잘 알고 있었다. 또한 자신의 장점도 잘 알고 있었다. 그는 때를 기다릴 것이다. 그리고 결정적인 순간에 그녀의 허를 찔러 깜짝 놀라게 해줄 것이다.

그는 누구보다도 강한 허영심을 갖고 있었다. 눈앞에 얼씬거리지 않으면 셀리스가 자기한테 더욱 매력을 느낄 거라고 생각했다. 그녀에게 무관심한 체하면, 그녀는 그것을 도전으로 여겨, 자석에라도 끌린 듯이 그에게 끌려들 것이다. 그래서 그는 그 첫날 오후 그녀에게 말을 걸지 않았다. 침대에 누워서 계속 선잠을 잤다. 그들과 함께 마을로 쇼핑을 가지도 않았고, 술집에도 동행하지 않았다. 술집에 따라가기를 포기하는 것은 간단했다. 그날 밤 여자들이 연수원에 돌아왔을 때, 그는 연수원에 없었다. 추위와 어둠을 무릅쓰고, 그 시간에는 죽은 듯이 활기가 없는 해안까지 억지로 걸어갔다가 돌아와서는, 그 기묘한 밤 소풍을 둘러대기 위해 나방과 여우와 올빼미와 박쥐 이야기를 꾸며 냈다. 그리고 오늘도 다섯 동료들이 아침에 일어나 보면 그는 연수원에 없을 것이다. 그렇게 하면 그는 신비에 싸인 인물이 될 테고, 그녀는 그 신비를 풀고 싶은 욕구에 사로잡힐 것이다.

조지프가 야외 관찰용 노트를 들고 연구소에서 지급한 해안용 장화를 신고 어두운 베란다 끝에 도착하여 건물 골조 뒤에 숨어서 바깥벽에 몸을 찰싹 붙이고, 오래되어 황톳빛으로 퇴색한 유리창 너머로 여자들을 엿보았을 때, 페스타와 셀리스는 자고 있지 않았다. 둘 다 깨어 있었다. 첫째는 희붐한 새벽빛 때문이고, 두 번째는 부엌 수도꼭지에서 물 떨어지는 소리 — 조지프가 세수하는 소리 — 때문이었다. 베란다에는 차양도 커튼도 없었고, 그 지붕은 대부분 목골조의 유리로 되어 있었다. 페스타는 자기가 누웠던 매트리스와 슬리핑백을 셀리스 쪽으로 질질 끌어왔다. 그들은 판자를 댄 벽에 기대앉아서 담배 한 개비를 나누어 피우며, 담배 연기로 얼굴을 따뜻하게 데웠다. 몸이 너무 뻣뻣하고 잠이 덜 깨서 이야기를 나눌 마음도 나지 않았다.

조지프에게는 그들의 얼굴이 잘 보이지 않았다. 이따금 한 여자가 담배를 빨면, 코나 턱에 잠깐 빨간 불빛이 퍼질 뿐이었다. 그렇지 않을 때는 검은 실루엣으로 윤곽만 보였지만, 셀리스의 넓은 머리 윤곽은 분명히 알아볼 수 있었다. 유리를 문질러 검댕과 이끼를 닦아 낼 용기는 나지 않았다. 염탐꾼이 유리를 건드리면 유리는 속삭인다. 하지만 눈을 유리창에 좀 더 가까이 눌러 대자 셀리스의 가슴과 어깨가 보였다. 하반신은 슬리핑백을 치마처럼 두르고 있었지만, 상반신은 발가벗었을 수도 있고, 셔츠와 잠옷을 여러 벌 껴입어 몸을 완전히 감싸고 있을지도 모른다. 어느 쪽인지는 너무 어두워서 분간할 수가 없었다. 그는 담뱃불이 밝아져서 비밀이 드러나기를 기다렸다. 어쩌면 여자들이 성냥을 켤지도 모른다. 셀리스의 현란한 목과 불타는 듯한 젖가슴을 볼 수 있다면 얼마나 좋을까. 하지만 그의 기대는 어긋났다. 코와 턱이 보였을 뿐, 그가 보아서는 안 될 것은 하나도 보이지 않았다. 하지만 지금이 바로 기회였다. 그가 그녀에게 자신을 드러낼 기회. 베란다 계단 아래쪽 오솔길을 천진난만하게 걸어가면서, 지나가는 길에 잠자리에 있는 여자들한테 손을 흔들자.

과거를 돌이켜볼 때마다(그렇게 자주는 아니지만), 또는 처음에 어떻게 만났는가를 서로에게 상기시킬 때마다(전적으로 즐거운 기억은 아니지만), 그는 그 단 한 번의 손 흔들기로 그녀를 사로잡았다고 말할 것이다. 손을 흔드는 것은 공작의 꼬리 깃털처럼 노골적인 과시이고 저항할 수 없는 매력이다. 유리창 너머에서 손을 한 번 들기만 하면, 셀리스는 일어나서 그를 따라올 것이다. 전날 밤 휴게실에 앉아 있을 때, 그는 남자들이나 페스타를 위해서가 아니라 오로지 셀리스만을 위해서 노래를 불렀다. 그녀는 조용히 하라고 외쳤지만, 그 다음에는 그의 노래를 엿듣느라 잠잠해졌다. 그는 첫 구절을 큰 소리로 부른 다음, 그녀가 숨을 죽이고 귀를 기울이도록 일부러 목소리를 낮추었다. 노래는 그가 가장 능숙하게 해낼 수 있는 웅변이었다. 노래는 벽을 뚫고 낭랑하게 울려 퍼졌다. 다른 남자들이 어떻게 그런 목소리와 경쟁할 수 있겠는가? 사이에 나무 벽이 가로막혀 있거나 캄캄한 밤중에는 어떤 미남도 여자들의 찬탄을 받을 수 없는데, 아무리 키가 크고 잘생겨 봤자 무슨 도움이 되겠는가? 「내 흐름을 지켜봐 주오.」

그는 그녀를 향해 노래를 불렀다. 「나는 그대의 침대에서 그리 멀지 않은 곳에 있으리니.」 그는 셸리스가 해안으로 자기를 만나러 오리라는 것을 알았다. 그것은 결코 오만이 아니었다. 자기중심적인 젊은이의 낙천적인 생각이었을 뿐이다. 이것은 인생 설계였다. 밀물은 그들의 장화 주위에서 하얀 갈매기 무늬를 이룰 것이다.

그래서 조지프는 숨어 있던 곳에서 나와 베란다 앞의 트인 마당으로 걸어 나간 다음, 걸음을 멈추고 유리창 너머로 여자들을 바라보았다. 그러고는 헛기침을 하고 발을 질질 끌면서 걸었다. 이윽고 여자들의 머리가 그의 머리와 평행을 이루는 곳까지 오자 약간 어색하게 손을 흔든 다음, 무너진 정원 담장을 타고 넘어 여자들의 시야에서 사라졌다.

셸리스는 그에게 손을 흔들지 않았다. 그녀는 앞으로 남은 엿새 동안 동료들과 어울리지 않고 무뚝뚝하게 굴기로 결심했다. 남자들은 밤새 떠들다가 새벽에야 겨우 잠자리에 들었지만, 연수원의 목조 건물이 밤과 낮의 온도 차이로 너무 심하게 삐걱거렸기 때문에 얼핏 선잠이 든 셸리스는 가라앉는 배에 혼자 남겨진 듯한 기분이 들었다.

물론 그녀는 조지프에게 손을 흔들었어야 했다. 밤새 잠을 제대로 이루지 못한 것을 조지프 탓으로 돌릴 수는 없었다. 조지프는 룸메이트처럼 술에 취하지도 않았고, 몸속에서 성병 세균을 키우고 있지도 않았다. 그녀는 조지프가 세상에서 따돌림당한 냉정한 독불장군일 거라고 상상했지만, 그 상상이 맞다는 증거도 없었다. 사실 그는 재미있는 남자였다. 셸리스는 휴게실에서 나는 웃음소리를 들었다. 게다가 조지프는 노래를 부를 수 있었다 가사가 뭐였더라?

> 그대의 빛으로 항구를 알려 주오…….
> 그대가 밝혀 놓은 촛불을 따라
> 나는 여울을 건너 그대에게 가리라.

남자란 족속이 이 노래처럼 감상적이기만 하다면.
그녀는 정말로 손을 흔들었어야 했다.

이젠 정말로 연구에 착수해야 한다. 그러면 적어도 잠자리에서 벌떡 일어나 반쯤 피운 담배를 비벼 끄고 조지프에게 달려갈 구실은 생길 것이다. 그녀에게는 해야 할 연구가 있었다.
  셀리스는 세수도 하지 않고 재빨리 옷을 차려입었다. 싱크대에서 입술과 눈에 물을 끼얹지도 않았다. 그녀는 수첩과 해안용 장화를 챙기고, 야외 연구용 장비와 채집한 표본을 담아 넣을 봉지도 챙겼다. 조지프가 연수원 부지를 떠날 때 마당에 있는 쪽문을 이용하지 않고 왜 정원 담장을 넘어갔는지는 이해할 수 없었지만, 그녀도 연수원 건물을 빙 돌아서 정원 담장을 넘어 조지프를 따라갔다. 다른 남자들이 비틀거리며 침대에서 기어 나왔을 때 적어도 셀리스는 그 자리에 없을 것이다. 그들의 냄새나는 트림을 참을 필요도 없을 테고, 두통에 시달리는 그들을 보살필 필요도 없을 것이다. 페스타와 그녀의 화장 가방을 목격할 필요도 없을 것이다.
  덤불숲에는 조지프가 지나간 길을 따라 나뭇가지가 부러져 있었고 좀 더 나중에는 진흙과 모래에 발자국이 찍혀 있어서, 그를 추적하기는 어렵지 않았다. 그의 커다란 장화가 남긴 증거를 찾고 해안의 지층과 지형을 스스로 발견하면서 조지프를 뒤쫓는 것은 흥미진진한 일이었다. 그는 콩깍지가 흩어져 있는 울퉁불퉁한 농로로 내려갔다. 농로는 한 줄로 늘어서 있는 민물 웅덩이 가장자리를 따라 배후지 옆으로 뻗어 있었다. 바람에 찢긴 채 겨우 살아남아 주로 낚시꾼들이 이용하는 여름 별장 몇 채가 이 길을 통로로 이용했다. 이어서 조지프는 안내 표지판이 있는 길을 따라 솔숲과 염습지를 가로질러 해안 쪽으로 가다가, 소금기가 없는 내륙 쪽 모래 언덕 등성이를 넘었다. 그제서야 비로소 바다가 보이고, 바리톤 만의 돌출부가 시야에 들어왔다.
  셀리스는 이제 조지프를 볼 수 있었다. 그는 평평한 여울과 덤불숲을 지나는 해변 오솔길을 따라 동쪽의 만을 향해 걸어가고 있었다. 그녀는 조지프의 등을 향해 손을 흔들었다. 뒤늦은 응답이었다. 조지프는 오솔길을 벗어나 해안의 관목숲을 가로질러 해변으로 걸어갔다. 해변은 아직도 밤의 여운 속에서 제 색깔을 찾지 못하고 나뭇결 같은 무늬를 만들고 있었다. 새벽빛은 희미한 우윳빛이었다. 아직까지는 푸른색이나 초록색을 전혀 찾아볼 수 없었다. 얼마 안 되는 빛이 퍼져 있는 동녘 하늘은 물에 잠겨 있는 것처럼 보였다.

셀리스는 모래 언덕 등성이에서 잠시 쉬었다. 빈 인산 비료 포대를 깔고 앉아, 과일과 커피와 담배를 가져오지 않은 것을 후회했다. 모래를 기어오르는 것은 힘든 일이어서, 그녀는 가쁜 숨을 몰아쉬고 있었다. 조지프는 분명히 — 그리고 놀랍게도 — 그녀보다 건강 상태가 좋았다. 조지프는 벌써 무릎까지 잠기는 물속에 들어가 물가를 걷고 있었다. 쌍안경이 있었다면 좋았을걸 하고 그녀는 생각했다.

셀리스는 마침내 해변의 조지프한테로 이어지는 모래 언덕 골짜기에 이르렀지만, 침낭 속에서 상상했던 것처럼 곧장 조지프와 합류하지는 않았다. 아마 속으로는 조지프 곁으로 가고 싶었겠지만, 계속 오솔길을 따라 바리톤 만 쪽으로 걸어갔다. 계면쩍었을까? 또 퇴짜를 맞을까 봐 겁이 났을까? 아니면 조지프를 경계했을까? 여학생처럼 그의 발자국을 졸졸 따라가는 것은 분별 있는 짓이 아니라고 생각했다. 조지프를 깜짝 놀라게 해주자. 수면 부족과 서둘러 걸어온 피로에서 회복된 뒤에 우연히 마주친 것처럼 하는 편이 더 교묘하고 섹시할 거야. 게다가 혼자 등성이에서 쉬면서 눈앞에 펼쳐진 전망과 그 지역의 세부적인 지형을 보고, 비릿한 바다 냄새를 맡고, 젊지만 그렇게 생기에 넘치는 것도 아니고 아직 임자도 없다는 우울한 드라마를 생각하는 동안, 그 풍경을 혼자 독점할 수 있다면 얼마나 즐거울까 하는 생각이 들었다. 그녀는 자기가 본 모든 식물과 새를 라틴어 학명과 속명으로 불러 주었다. 가족 게임이다. 그들의 이름을 불러 주는 방법으로 그녀는 그들의 존재와 자신의 존재를 겹쳤다. 탁 트인 하늘 아래 표본 봉지를 든 외로운 여주인공이 되는 것, 이것이야말로 동물학의 즐거움이었다. 과학, 로맨스, 산소. 독한 술 한 잔.

물론 그녀는 자신에게 당황했다. 새벽에 잠자리에서 뛰쳐나와 저 까다로운 녀석을 정신없이 따라오다니, 내가 도대체 무슨 생각을 한 거지? 다른 녀석들이 나보다 시골 여자를 더 좋아했기 때문이야. 조지프한테 손을 흔들어 주지 않았기 때문이야. 그게 어떻다는 거지? 조지프가 내 서랍을 탐색하지 않았기 때문이야. 그의 목소리가 너무

멋있고, 끝에 가서 최고조에 이르렀기 때문이야. 내 가슴과 몸이 이렇게 하라고 시켰기 때문이야. 1950년대의 어느 젊고 유망한 여배우처럼 부서지는 파도를 뚫고 그에게 달려가는 것을 변명해 줄 수 있는 설득력 있는 논거, 단계적으로 차츰 강화되는 논거가 있기 때문이야. 나는 반했어. 조지프와 함께 늙어 가는 것을 상상할 수 있어. 내 잠든 얼굴은 그의 거야. 하지만 안 돼. 지금 당장 해변으로 가서 조지프를 만나는 것은 현명하지 않아. 어쨌든 그건 서투른 짓이야. 조지프한테 뭐라고 말할 거지? 나한테 아직 말도 걸지 않은 남자가 도대체 무슨 대답을 할 수 있겠어?

조지프와 반대 방향으로 최대한 빨리 걸으면서 불안을 가라앉혔을 때쯤, 셀리스는 바리톤 만의 동쪽 가장자리에 이르러 있었다. 밋밋한 해안선에서 반원형으로 돌출한 부분이다. 모래 발코니. 그녀는 사진과 책을 통해 바리톤 만의 유명한 돌출부와 곶, 삐죽삐죽한 봉우리가 있는 모래톱을 알고 있었다. 그 모래톱은 적어도 해변 오솔길에서 보면, 그리고 어슴푸레한 빛 속에서 보면, 언제 〈그만!〉을 외쳐야 할지도 모른 채 강박관념에 사로잡혀 작업을 계속한 건축가의 작품처럼 보였다. 모래 언덕 너머에서는 파도가 바위를 때려 물보라를 일으키고 있었다. 이곳은 연구하기에 안성맞춤인 곳일지도 몰라. 바위와 해류가 있다면, 해초도 있을 거야.

모래 언덕 가장자리에는 흔한 가시나무, 부싯깃나무 몇 그루, 향나무 한 그루, 바람에 갈라진 〈보미토리아〉 덤불이 뒤틀린 가지를 깃발처럼 흔들고 있었다. 하지만 셀리스가 모래톱으로 들어가자, 모래를 비옥하게 해주는 부식토나 흙은 전혀 보이지 않았다. 눈에 보이는 식물은 대부분 제대로 자라지 못하고 있었다. 발육이 저지된 채 땅바닥에 드러눕거나 움츠리고 있는 식물들은 끊임없이 움직이는 모래 언덕을 끌어안아 안정시켰다. 이것은 바람이 만들고 이동시킨 풍경이었다. 바람은 가파른 낭떠러지 위로 모래를 밀어 올려, 그 너머의 바람이 닿지 않는 비탈로 떨어뜨렸다.

셀리스는 벌써 일을 시작했다. 수첩을 꺼내 표본 목록을 만들고 있었다. 비교적 바람이 약한 육지 쪽 비탈에서 그녀는 향부자(香附子)

와 스파티나, 레드스템, 파이어셀, 코르도니를 발견했다. 하지만 만 쪽으로 계속 걸어가자, 다른 식물이 전혀 없는 것은 아니지만 부드러운 풀밭이 차츰 주종을 이루게 되었다. ゴ의 1년 내내 초록색을 유지하는 교외 주택가의 잔디밭, 이끼처럼 부드럽고 푹신한 그 잔디밭이 엉뚱하게도 바닷가 모래 언덕에 잘못 놓여 있는 것 같았다. 그 라틴어 학명이 뭐였더라? 〈페스투카 몰리스〉. 군데군데 모래가 쓸려 나가 풀 뿌리가 드러나 있었다. 그녀는 소금과 바람, 척박한 모래톱의 껄끄러운 영양분을 먹고 땅속 50센티미터 깊이에서 통통하게 살찐 뿌리줄기와 뒤얽힌 풀뿌리를 볼 수 있었다.

셀리스는 모래 언덕을 애써 넘으려고 하지 않았다. 그것은 힘든 일이었다. 더구나 해안용 장화를 신고 있을 때는 여간 어려운 일이 아니었다. 게다가 모래 언덕 자체가 여자들에게는 두려움의 대상이다. 비밀 통로와 막다른 골목이 너무나 많이 숨어 있다. 셀리스는 모래 언덕 가장자리를 따라 가까운 만 끝에 노출되어 있는 비스듬한 바위 쪽으로 걸어갔다. 반은 바닷물에 가려져 있고 반은 드러나 있는 그 바위에서 셀리스는 해초의 흔적을 볼 수 있었다. 그렇다면 그녀가 연구하고 채집해야 할 낭파리도 틀림없이 있을 것이다. 미덥지 않은 태양이 우유 같은 새벽빛을 응고시키고, 안개와 구름은 새벽빛을 확산시켰다. 이제 그 새벽빛은 자주색을 띤 잿빛으로 변하고 있었다. 조금 전만 해도 무색했던 바다는 녹주석 같은 초록빛을 띠고 있었다. 이 세상의 것 같지 않은 색깔들은 오래 지속되지 못하고, 5분도 지나기 전에 날아가 버렸다.

셀리스는 해안에 표착한 붉은말을 건져 올려 가위로 부양성 기낭(氣囊)을 잘라 내면서 한 시간쯤 보냈다. 그녀는 해초의 엽상체 하나에서 각각 세 개씩 기낭을 채취했다. 하나는 해초를 바위에 단단히 고착시키고 있는 밑동 부위에서, 또 하나는 해초의 폭이 가장 넓은 줄기 부위에서, 그리고 또 하나는 끝 부위에서 잘라 냈다. 이렇게 잘라 낸 표본들을 바닷물과 공기와 함께 라벨을 붙인 봉지에 넣었다. 해초의 끈끈한 수액 때문에 손이 차갑고 미끈거려서 표본을 봉지에 넣기가 힘들었지만, 그래도 최선을 다했다. 오후에 깨어 있을 수 있다면, 채

집한 기낭을 터뜨려 낭파리의 분포를 조사할 작정이었다. 일주일을 무사히 견디고 연구소로 돌아가면, 기낭 속에서 발견한 낭파리나 알을 작은 알코올 병에 넣어 확대경으로 들여다볼 것이다. 그러나 지금은 두 손을 바닷물에 담가 해초를 건져 올리기만 하면 되었다. 이곳은 위안을 주는 소우주 속의 세계였다. 동물학은 우주론보다 훨씬 친절한 동반자였다. 위대한 신처럼 낭파리 포획을 계획하고 실행하는 것이야말로 광활하고 아득히 먼 하늘의 줄무늬를 바라보는 것보다 훨씬 기운을 북돋워 준다. 이 습기 찬 우주, 모래 알갱이와 맑은 피막, 눈에 보이지도 않을 만큼 작지만, 온갖 생명으로 가득 찬 축도(縮圖) 속에서 헤엄치고 먹고 죽고 숨 쉬는 응애와 벌레들이야말로 별들의 죽음보다 얼마나 더 위대한가. 밀물이 만든 이 웅덩이들은 마음을 차분하게 가라앉혀 주기도 했다. 셀리스는 색깔들이 분명해지는 얕은 웅덩이를 뚫어지게 들여다보면서, 자신이 침착하고 대담해진 데 놀랐다. 게다가 배도 고팠다. 이제 그녀가 원하는 것은 (그녀는 자신을 속였다) 샤워와 아침 식사와 담배 열 개비뿐이었다.

당연히 셀리스는 또 다른 축도, 즉 조류 속에 있는 형상을 지나쳐, 해안을 따라 연수원으로 돌아가야 할 것이다. 그도 그녀처럼 혼자 노래를 부르고 있을까? 그녀가 그에게 손을 흔들고 말을 걸 수 있을 만큼 가까이 다가갔을 때, 노래를 부르고 있는 것은 해오라기와 갈매기뿐이었다. 조지프는 얕은 여울에서 철벅거리며 어린애처럼 물을 걸어차고 있을 뿐, 힘든 노력이 필요한 일은 아무것도 하고 있지 않았다. 그는 허리를 꼿꼿이 펴고 또다시 어색한 표정을 지은 다음, 또 한 번 물을 바다 쪽으로 걸어차 긴 포물선을 그렸다. 그녀에게 보여 주기 위한 몸짓이다.

조지프의 박사 학위 논문 주제는 바다귀뚜라미였다. 하지만 바다귀뚜라미는, 셀리스가 해초 표본을 보여 주자마자 그가 설명했듯이, 바닷속에 사는 것도 아니고 진짜 귀뚜라미도 아니었다. 바다귀뚜라미보다는 오히려 비과학적인 속칭, 즉 톡토기가 훨씬 정확했다. 조지프는 과학자들이 이름에 좀 더 관심을 가졌으면 좋겠다고 말했다.

그는 제 주장이 옳다는 것을 보여 주려고 부서지는 파도 옆의 부드러운 모래 속으로 걸어 들어갔다. 수백 마리의 바다귀뚜라미가 그의 다리에 덤벼들면서 찰칵찰칵 소리를 냈다. 조지프는 장화에 부딪친 바다귀뚜라미 한 마리를 잡아서 컵 모양으로 오므린 손바닥에 올려놓고 그녀에게 보여 주었다.

「〈프슈도그릴리두스 펠라기쿠스〉.」 셀리스는 바다귀뚜라미의 라틴어 학명을 말했지만, 그가 놀라는 것 같지 않아서 실망했다.

「아름답지는 않습니다.」 조지프가 말했다. 그의 톡토기는 화강암 같은 회색으로 완벽하게 위장하고, 뒷다리를 구부려 몸 아래에 감추고는 꼼짝도 하지 않았다. 「하지만 이것 좀 보세요, 세실.」

조지프는 곤충의 다리에 축축한 입김을 불면서 휘파람 같은 소리를 냈다. 그러자 곤충이 순식간에 사라졌다.

「저 녀석의 유일한 재주지요. 내 유일한 재주이기도 하고요.」 조지프가 말했다. 그러고는 마침내 그녀를 정면으로 바라보았다. 수줍어하면서도 우쭐한 미소. 책벌레치고는 꽤 잘생긴 얼굴이었다. 「그것 말고는 아무 재주도 없는 흐리멍덩한 녀석이지요. 나처럼.」 그는 바짓가랑이에서 또 다른 톡토기 한 마리를 잡아서 셀리스에게 건네주었다. 「한번 해봐요. 아마 못할걸요.」 그는 톡토기를 셀리스의 손바닥에 떨어뜨렸다. 그녀는 입김을 불었지만, 톡토기는 사라지지 않았다. 손가락 끝으로 건드리고는 다시 한번 불었다. 톡토기는 꼼짝도 하지 않았다.

「죽었어요.」

「입김에 침이 섞이지 않아서 그런 겁니다. 이걸 잘 봐요.」

조지프는 셀리스의 손바닥에 축축한 입김을 불면서 휘파람 같은 소리를 냈다. 그의 입김은 축축했다. 톡토기는 자기가 가장 잘하는 일을 했다. 셀리스의 뺨을 날개로 스치고는, 해변에서 5미터 떨어진 모래에 내려앉은 것이다.

「저 녀석은 걱정하지 말아요.」 조지프는 손바닥에 묻은 침을 바짓가랑이에 닦고 있는 셀리스에게 말했다. 「톡토기는 절대로 다치지 않으니까. 37미터 높이의 연구소 옥상에서 떨어뜨려도 살아남을걸요. 내가 한번 해봤어요. 하지만 날지는 못해요. 딱지날개는 가짜예요. 이 녀석들은 아주 다부지죠.」 그는 말을 끊고 소리 내어 웃었다. 그러고는 목소리를 낮추었다. 「거의 사랑스러울 정도랍니다. 당신 생각은 어때요, 세실?」

「귀여운데요.」

「정말 그렇습니다.」

사랑스럽다. 귀엽다. 이 낱말들이 피부로 느껴졌다. 조지프는 그것을 바탕 삼아 앞으로 나갔어야 했다. 그러나 연애질에 익숙지 않은 그는 얼굴을 붉히며 다시금 동물학으로 허둥지둥 뒷걸음질쳤다. 어제는 그렇게 조용했던 그가 지금은 셀리스를 떠나지 못하게 하려고 좋아하는 화제에 집착하는 어린애처럼 지껄이고 있었다.

그가 사랑해 마지않는 딱정벌레는 완전히 자랐을 때의 몸 길이가 1센티미터도 안 되지만, 〈수렴 진화의 작용〉을 통해 비정상적으로 길고 예각으로 구부러진 뒷다리를 발달시켰고, 귀뚜라미과의 특징인 이 뒷다리 덕에 톡토기는 〈뒷다리를 갑자기 펴서〉 높이 뛰어올라 시야에서 사라지고 위험에서 벗어날 수 있게 되었다고 그는 설명했다. 조지프는 또 다른 표본을 잡아서 엄지와 집게손가락 사이에 끼우고 배가 위로 가도록 뒤집었다. 톡토기는 자전거 페달을 밟듯 다리를 버둥거렸다.

「보이지요? 뒷다리가 몸길이의 두 배가 넘습니다. 그래야 돼요. 이 녀석이 어디서 먹이를 먹는지 보세요.」

그는 바닷물이 가장 안쪽까지 들어오는 선을 따라 줄지어 앉아서 바닷물이 들어오기를 기다리고 있는 톡토기들을 셀리스에게 보여 주었다. 밀려왔다 나가는 바닷물은 해변을 따라 길게 물거품을 남겼다. 다음 물결이 밀려오면, 공기 저항과 물보라에 자극을 받은 톡토기들은 바닷물에 실려 온 먹이 — 물벼룩과 알 — 를 짧은 집게발로 잡고 다리를 구부린 다음, 아무리 높은 파도도 닿지 않는 5미터 높이까지 펄쩍 뛰어올랐다. 그들은 어리석었다.

「물론 가장 좋은 생활 방식은 아니지요.」 조지프가 말했다. 「고속도로 옆의 도랑에서 빠르게 달리는 자동차의 타이어에서 떨어진 응애를 얻어먹고 사는 거나 마찬가지예요.」

「고속도로보다는 해안이 훨씬 낫죠. 여긴 아름다워요. 정말로 아름다운 곳이에요.」 셀리스가 대답했다. 사실 이보다 아름다운 곳은 이제껏 본 적이 없었다. 전에는 이런 식으로 무언가에 사로잡혀 본 적도 없었다.

조지프는 고개를 저었다. 셀리스가 공상에 잠기면 그는 늘 고개를 젓곤 했다. 그는 앞으로 30년 동안이나 그녀한테 고개를 저을 것이다. 「우리한테는 아름답지요. 재미보는 것은 모두 동물학자들 차지고. 이 작은 녀석들은 아무것도 몰라요. 그저 먹고 뛰고 죽을 뿐이지요. 어두워진 뒤에도 그렇습니다. 만조가 될 때마다 물에 빠져 죽습니다. 이 녀석들은 대부분 하루나 이틀밖에 못 살아요. 하루나 이틀 뒤에는 끝장이 나죠! 용케 파도를 피해도 갈매기나 망둥이한테 잡아먹히고 맙니다. 살아남은 녀석들은 뛰고, 뛰고, 또 뛰고, 바닷물에 섞여 있는 물벼룩을 잡아먹느라 바빠요. 풍경 따위를 감상하고 있을 수는 없을 겁니다.」 그는 옷에 달라붙은 바다귀뚜라미들을 떼어서 모래 위에 떨어뜨렸다. 「이 녀석들이 도대체 무엇 때문에 사는지 궁금할 때가 많아요. 아무 목적도 없으니까요.」

「그래도 당신을 계속 즐겁게 해주는 것 같은데요.」

「아, 예. 그게 바로 진화의 목적이죠. 동물학자들을 즐겁게 해주는 게.」

조지프는 몸을 기울여 그녀의 옷깃에서 바다귀뚜라미 두 마리를 떼어 내고, 그녀의 머리카락에서도 한 마리 떼어 냈다. 그들의 인생에서 최초의 낭만적인 순간이었다. 그는 그녀의 옷에 걸려 있는 마지막 귀뚜라미를 찾아서 손바닥 위에 올려놓았다. 「자, 한번 더 해봐요, 세실. 침을 섞어서 불어 봐요.」

그 후 30년 동안, 셀리스는 조지프가 자기를 유혹한 이 최초의 말을 들먹이며 그를 놀리곤 했다. 「침을 섞어서 불어 봐요, 세실.」 그녀는 조지프를 놀려 먹기 위해 이것을 아주 우스꽝스러운 일화로 각색하곤 했다. 그의 목소리를 흉내 내고, 그가 들려준 간단한 강의, 달갑지 않은 그의 침(그들이 처음 나눈 체액), 그녀의 이름을 세실이라고 계속 잘못 부른 무례함 따위를 재현했다. 조지프는 그날 저녁 페스타에게 핀잔을 먹을 때까지 그녀를 계속 세실이라고 불렀다.

먼 훗날 딸애가 — 그때 딸은 여덟 살이었다 — 엄마 아빠는 어떻게 만났느냐고 처음 물었을 때, 셀리스는 이렇게 말할 것이다. 「나는 그때까지 네 아빠와 톡토기만큼 비낭만적인 동물을 만나 본 적이 없단다. 그 자리에서 당장 네 아빠를 물에 빠뜨려 버렸어야 하는 건데. 마음만 있었다면 네 아빠는 나한테 키스할 수도 있었을 거야. 그런데 내가 받은 건 키스가 아니라……」 이제는 조지프의 말투를 우스꽝스럽게 흉내 낼 차례였다. 「……〈바다귀뚜라미는 사실 딱정벌레입니다. 필요한 것을 완전히 갖추고 있지요. 두 쌍의 퇴화한 날개, 더듬이, 그리고 체절로 나누어진 배가 보이시죠? 혹시 지루한 건 아니겠죠? 이건 실제로는 귀뚜라미가 아닙니다. 과학자들이 이름에 좀 더 관심을 가졌으면 좋겠어요, 세실.〉」 딸은 이 이야기를 무척 좋아했다.

사실 셀리스는 그때 조지프가 〈프슈도그릴리두스 펠라기쿠스〉에 대해 알려 준 새로운 사실에 묘하게 매료되었고, 비록 틀리게나마 그녀의 이름을 기억해 준 데 감동했다. 그가 자신의 연구에 대해 이야기해 준 것도 그녀를 우쭐하게 했다. 조지프와 단둘이 친밀감을 나누고 있는 듯한 기분이 들었기 때문이다.

하지만 그녀가 가장 좋아한 것은 톡토기가 얼마나 제 마음대로 뛰어오를 수 있는가를 보여 준 조지프의 재미있는 재주였다. 이것은 참으로 조지프다운 것이었고, 그의 매력이었다. 그는 숨어 있는 마술사였다. 그가 소매에서 비둘기와 토끼를 꺼낼 때까지는, 노래로 모든 사람을 깜짝 놀라게 하거나 수수께끼로 사람들에게 도전하거나 죽은 듯이 꼼짝도 않는 곤충을 입김 한 번으로 공중으로 날려 보낼 때까지는, 그를 두 번 쳐다볼 가치도 없는 하찮은 인간으로 생각했을 것이다.

셀리스와 함께 발목까지 오른 물속을 걷기 시작했을 때도, 조지프는 여전히 톡토기의 괴팍함을 곰곰 생각하고 있었다. 그들은 해안을 따라 연체동물과 사이펀 같은 살아 있는 여과 장치 사이를 지나 연수원으로 점심을 먹으러 돌아갔다. 밀물에 잠긴 바닷가는 차갑고 가래처럼 끈적거렸다. 물에 흠뻑 젖은 바닷가 모래밭은 온통 공중으로 펄쩍펄쩍 뛰어오르는 바다귀뚜라미로 가득했다.

11

오후 1시 20분

 휴가를 얻어 연수원 폐허를 찾은 조지프와 셀리스는 예전처럼 정원 담장을 타고 넘어 그곳을 떠나려 하지는 않았다. 담장을 타고 오르기에는 너무 나이가 들고 몸이 뻣뻣해져 있었다. 30년 전 조지프가 (그리고 나중에 셀리스가 그를 뒤따라) 헤치고 지나간 담장 아래의 덤불숲은 이제 너무 무성해서 도저히 뚫고 들어갈 수가 없었다. 게다가 그들은 사학자들의 주문(呪文) — 과거를 다시 방문할 수는 있지만, 과거를 되풀이하는 것은 바보들뿐이다 — 을 너무나 잘 이해하고 있었다. 조금이라도 기회가 주어졌다면 조지프가 그날 오후 그런 바보짓을 하려 한 것은 사실이다. 바보 같은 역사가가 되려 한 게 아니라면 무엇 때문에 셀리스와 함께 모래 언덕 쪽으로 걸어갔겠는가? 하지만 그는 정원 담장을 넘고 덤불숲을 가로질러 그들의 과거를 향해 가는 강행군을 아내에게 강요하려 하지 않았다. 그것은 감상적이고 속이 뻔히 들여다보일 뿐 아니라 몸을 상처투성이로 만드는 짓이기도 했다. 그는 젊은 시절을 그 모든 세부까지 그렇게 쉽사리 재경험할 수 있다고 생각할 만큼 바보는 아니었다. 그리고 아내의 내면에서 소용돌이치는 감정의 동요를 모르지도 않았다. 연수원은 그녀에게 편안한 곳이 아니었다. 그녀는 금방이라도 울음을 터뜨릴 만큼 기분이 우울해져 있었다.
 그래서 그들은 마당의 쪽문이었던 곳을 지나는 비낭만적인 길을 택했다. 쪽문은 1920년대에 연철로 만들어진 홍예문으로 귀중한 가치를 지니고 있었지만, 몇 년 전에 돌쩌귀가 빠져 도둑맞고 말았다. 마당에 깔려 있던 화강암 마름돌들도 거의 다 사라졌다. 하지만 나무 그늘의 풀숲을 지나는 계단은 군데군데 무너지고 풀과 이끼로 뒤덮여 미끄럽긴 했어도 아직 제자리에 남아 있었다. 옛날 농로를 향해 이 계단을 내려갈 때, 셸리스는 앞서 내려가는 조지프의 어깨를 잡고 매달렸다. 그녀가 그날 자진해서 그와 접촉한 것은 그때가 처음이었다.

물론 어떤 동물학 박사도 해안의 변화를 전혀 각오하지 않을 수는 없을 것이다. 이 두 명의 동물학 박사도 신문 기사를 읽었고 택지 개발 계획안을 보았다. 그들은 〈소중한 공공 용지 난개발〉에 항의하는 청원서에 서명했다. 하지만 건축가와 건설업자들이 끼어들지 않더라도, 갯벌과 그 배후지가 옛날 그대로 남아 있으리라고는 기대하지 않았을 것이다. 동물학자들은 자신들의 주문을 갖고 있었다. 변화는 유일한 상수(常數)다. 우주에서 안정되거나 불변하는 것은 아무것도 없다. 소멸과 성장은 동의어다. 모래알 하나가 바위보다 더 강하고 지속적이다. 겉으로는 영구해 보이는 도시조차 세월의 풍상으로 마멸되고 취향이 바뀜에 따라 변화할 수 있다면, 풍경처럼 무력하고 덧없는 것은 폭풍우가 한 번 지나가기만 해도 하룻밤 사이에 쑥대밭이 되고 다시 만들어질 수 있다.

그래서 그들은 옛 농로가 30년 동안 폭풍우를 겪은 뒤에도 변함없이 남아 있으리라고는 기대하지 않았다. 이제 농로는 콩깍지나 쇠똥으로 덮여 있지 않을 것이다. 인근에는 이제 더 이상 농가도 농경지도 없었다. 요즘 이곳에서 나는 수확물은 저당권과 잡초뿐이었다. 길은 동화에 나오는 방치된 마법의 길처럼 좁아지고 우거진 잡초에 뒤덮여 있을 가능성이 컸다. 길 위로 뻗어 나온 소나무 가지와 짙은 나무 그늘이 길을 덮고 있을 것이다. 저승으로 내려가는 죽음의 사다리. 썩어 가는 나무줄기와 덤불이 그들의 앞길을 가로막고 있을지도 모른다. 그런데 뜻밖에도 나무들 사이를 빠져나오자, 눈부신 햇살이 쨍쨍 내리쬐는 빈 터가 나왔다. 너무 높고 푸르고 가혹한 하늘 아래 통로처럼 길게 뻗어 있는 빈 터를 보고 그들은 충격을 받았다. 벌써 건축 공사가 시작된 것이다. 평평하게 고른 땅에 자동차 바퀴 자국이 마맛자국처럼 얼금숨숨 찍혀 있고, 20미터 너비로 길게 뻗은 그 땅은 나무를 모두 빼앗겨 벌거숭이가 되어 있었다. 커다란 돌과 나무뿌리가 빙퇴석처럼 잘려서 옆으로 밀려나 있었다. 마치 흙으로 이루어진 빙하가 그곳에 통로를 새겨 놓은 듯했다. 무자비하게 땅을 파헤쳐 찻길을 만들기 시작한 참이었다. 이 찻길이 뚫리면 트럭과 건설업자들이 현장에 쉽게 접근할 수 있을 것이다. 그리고 이 찻길은 나중에 〈솔트 파인스〉의 700가구가 이용할 자동차 전용 도로로 승격될 것이다. 아름답게 조경되고 울타리를 둘러칠 (〈공항도 시내도 가까운〉) 〈솔트 파인스〉에는 1년도 지나기 전에 이 지역에서 가장 부유하고 신경이 과민한 사업가들이 입주하기 시작할 것이다.

셀리스와 조지프는 고개를 저었다. 인간의 기적은 그런 것이었다. 그들은 손상되지 않은 통로 가장자리를 따라 몇 미터쯤 걷다가, 작은 산처럼 쌓아올린 파편에 가로막혀 왔던 길을 되짚어 갈 수밖에 없었다. 어디로 넘어가지? 샛길이 어디 있었지?「누군가가 항의를 제기해야 돼.」조지프는 그 누군가가 자기는 아니리라는 것을 알면서 말했다.「어디로 가야 하지?」

그들은 빈 터 건너편에 오솔길의 흔적이나 해안으로 나갈 수 있는 방법을 알려 주는 단서가 없는지 찾아보았다. 햇살이 너무 눈부셔서 손바닥 차양을 만들어야 했다. 한때 농로를 따라 늘어서 있던 여름 별장은 흔적도 없이 사라졌다. 민물 웅덩이들도 불도저에 돌파당하고 구멍이 숭숭 뚫려 물이 다 빠져 버렸거나 흙 속에 묻혀 버렸다. 이따금 공항로 쪽에서, 새 간선 도로에 필요한 용재나 자갈, 또는 물 위에 뜬 〈솔트 파인스〉를 뗏목처럼 떠받칠 건조물을 짓기 위한 화강암을 실어 나르는 덤프트럭들의 요란한 소리가 들려왔다. 모래만으로는 그 모든 취향과 돈의 무게를 견뎌 내지 못할 터였다.

길을 알려 주는 화살표를 발견한 것은 남편보다 시력이 좋은 셀리스였다. 소나무 줄기에 붙어 있는 그 표지판은 막힌 오솔길에서 해안으로 가는 통로를 알려 주었다. 하지만 셀리스와 조지프는 신경이 곤두서서, 개활지를 가로지를 마음이 내키지 않았다. 남의 땅에 들어온 불법 침입자 같은 기분이 들었다. 빈 터는 그들의 젊은 시절과 그들을 가로막고 있는 경계선. 게다가 분쟁 대상이 되고 있는 경계선처럼 위협적이었다. 탈주자가 들어오거나 나가는 것을 막기 위해 은폐물이 될 만한 것을 모조리 불태워 버린 DMZ(비무장 지대). 동과 서, 남과 북을 분리하는 무인 지대. 독일과 한국. 베트남. 회전식 포탑과 지뢰, 셰퍼드 군견과 트립와이어[5]가 있을 것처럼 보였다. 실제로 솔숲 위에는 비행기 두 대가 떠 있었다. 하나는 높은 상공에서 선회하는 여객기였고, 또 하나는 500미터 상공에서 언제라도 폭탄이나 공수 부대를 투하할 것처럼 바로 머리 위에서 아래를 기웃거리고 있는 단발 훈련기였다. 비행기가 조지프와 셀리스를 탐지하지 못한다 해도, 그들이 덤불숲에서 빈 터로 걸어 나가는 정신 나간 짓을 하면 저격병의 표적이 될 것이다. 안전한 것은 동물뿐이었다. 숲까마귀와 새끼 새들은 드러난 흙 위를 팔짝팔짝 뛰어다녔다. 쥐들은 물이 고여 있는 트럭 바퀴 자국을 따라 달리면서 나무뿌리와 구근을 갉아먹었다. 탁 트인 자동차 도로를 좋아하는 말똥가리 두 마리가 소나무 꼭대기에 앉아서 이제 곧 벌어질 살육을 기다리고 있었다. 셀리스는 그 빈 터를 은유로 — 그들의 미래와 그들의 과거 사이에 그어진 현실적인 굵은 선으로 — 생각지 않았다. 그녀는 단지 눈앞에 펼쳐진 광경에 우울해졌을 뿐이다. 그녀에게 선택권이 있었다면, 발길을 돌려 집으로 돌아갔을 것이다. 남편이 해안에 가기를 그렇게 간절히 바라지 않았더라면, 그녀는 좀 더 오래 살다가 침대에서 편안히 죽었을 것이다.

조지프와 셀리스는 불법 침입을 시작했다. 발목까지 빠지는 진흙 표면은 바람과 햇볕에 말라서 단단해져 있었지만, 그 표층은 파이 껍질처럼 얇고 부서지기 쉬웠다. 무거운 포유류 두 마리를 지탱하기에는 너무 얇았다. 그들은 흙바닥에 깊은 발자국을 남겼고, 흙도 그들의 구두와 바짓부리에 자국을 남겼다. 「이제 또 뭐가 있을까?」 셀리스가 중얼거렸다. 앞길은 더 험할 수도 있다는 뜻이었다. 어쩌면 오후 내내 끝없는 건축 부지의 진창 속을 걸어다녀야 할지도 모른다. 그들의 산책 — 연수원 시절 〈이후〉의 산책 — 은 처음부터 순조롭지 않았다.

---

[5] 닿으면 폭탄이 터지도록 되어 있는 철조망.

하지만 일단 끊기지 않은 오솔길에 이르러 아직 남아 있는 솔숲과 염습지와 석호(골프장을 설계하기에는 안성맞춤인 곳이었다. 골프공은 소금기가 있는 물에 가장 잘 뜨니까)를 뚫고 나가 첫 번째 모래 언덕의 푸석푸석한 모래를 기어오르면서 구두에 묻은 진흙을 깨끗이 씻어 내자, 거기에 〈솔트 파인스〉가 있다는 증거는 말끔히 사라져 버렸다. 모래 언덕 꼭대기에서 돌아보니, 〈솔트 파인스〉의 상처와 흉터는 나무에 가려 보이지 않았다. 덤프트럭들의 덜컹거리는 소리조차 나무에 흡수되었다. 훈련기도 어디론가 가버렸다. 여기서 그들은 처음으로 해안을 보았다. 포도주처럼 진하고 슬프고 취하게 하는 바다.

그들은 모래 비탈을 미끄러져 내려가 해안의 관목숲 쪽으로 기울어진 평야에 이르렀다. 그 너머에는 바리톤 만의 모래 언덕이 있었다. 들판은 아직 개발이나 〈조경〉에 거의 영향을 받지 않았다. 조만간 거기에도 휴양촌이 생기리라는 것을 그들은 알고 있었다. 모터보트나 요트용 항구도 생길 테고, 바닷가 레스토랑과 자전거 도로도 생길 것이다. 하지만 이런 시설들이 착공되려면, 1단계로 집들이 완공되고 좀 더 감상적인 관리들의 건축 규제를 뒤엎을 만큼 유력한 주민들이 입주할 때까지 기다려야 할 것이다. 누군가가 돌로 작은 잔교(棧橋)를 짓고, 그 위에 보트 권양기를 설치해 놓았다. 잔교는 해변 오솔길에서 해안을 가로질러 간조 때의 가장 낮은 수위를 표시한 저조위표(低潮位標)까지 뻗어 있었다. 그것은 조지프와 셀리스가 마지막으로 이곳을 함께 찾은 이후 새로 생긴 것이었다. 그리고 전에는 바닷가의 풀밭과 키 작은 식물로 이루어진 초원 지대를 가르는 천연 장벽이 있었던 곳에 지금은 해변을 안전하게 보호하기 위한 모래 울타리가 생겼고, 바닷물의 침식작용으로 해안선이 후퇴하는 것을 막기 위해 침식 방지용 모래 자루들이 갈매기 모양으로 배열되어 있었다. 조류의 흐름으로 보아 난바다의 모래톱과 사주, 여울과 물길의 배열도 달라진 것처럼 보였다. 충돌과 증대, 범람, 침수, 퇴적의 패턴이 모두 새로워져 있었다. 바다는 수많은 기술을 갖고 있다.

해안에서 50미터쯤 떨어진 난바다에 길쭉한 모래톱이 새로 생겨나 파도를 부수고, 돌진해 오는 파도 — 파도의 물마루는 브랜디 맛을

낸 생강 과자처럼 원통 모양의 공기 튜브를 감싸고 있었다 — 의 극적인 에너지를 빼앗았다. 모래톱에 부딪쳐 부서진 파도는 힘을 잃고 덜 예각적인 각도로 해안에 도착했다.

옛날 조지프가 침을 뱉어 바다귀뚜라미들을 날려 보낸 구석진 해안은 30년 동안 넘치고 무너지는 바다에 침식되어 얕은 비탈을 잃어 버렸다. 파도는 모래를 해변으로 더 높이 밀어 올리고 자갈과 조가비를 털썩 부려 놓아, 가파른 아치 모양의 모래톱을 만들었다.

「톡토기는 저걸 좋아하지 않을 텐데.」 조지프가 말했다.

이것은 기대에 어긋나는 광경일 수도 있었다. 그들은 서쪽 끝에서 동쪽 끝까지 해변을 따라 거의 달리다시피 하면서 부서지는 파도의 가장자리를 살피며 파도가 남긴 거품 속에서 톡토기를 찾고, 살아 있는 도망자를 나오게 하려고 구두로 조가비 더미를 뒤집었다. 하지만 딱 알맞은 시간에 도착했는데도 그들을 맞으러 뛰어나온 것은 아무 것도 없었다. 만조 때여서 밀물이 밀려들고 있었다. 당연히 그들은 바다귀뚜라미 속에 발목까지 빠져 있어야 할 것이다.

「한 마리도 없네요.」 셀리스가 말했다.

「한 마리로는 충분치 않아. 한 마리로는 오래 버티지 못해.」

조지프는 별로 놀라지 않았다. 해안이 가팔라진 것을 보자마자 그는 〈프슈도그릴리두스 펠라기쿠스〉가 살기에 좋은 조건이 아니라는 것을 알았다. 그는 오래전에 잊어버린 박사 학위 논문(「인내와 맹목적인 기회: 톡토기의 자연사(自然史)」라는 거창한 제목의 논문)에서 이미 그것을 예언했었다. 톡토기는 너무 특수하게 분화되고 특이해서, 파도의 변덕스러운 성질에 재빨리 적응하지 못할 것이다. 맹목적인 기회는 불운을 가져왔다. 「톡토기한테는 너무 가팔라. 톡토기는 밀물이 들어오는 평탄한 해변이 있어야 살 수 있는데. 별수 없지.」

정말 별수 없다. 하지만 그는 언제나 귀뚜라미와 메뚜기와 딱정벌레가 삶이 그들에게 던질 수 있는 어떤 것도 꿋꿋이 견뎌 낼 거라는 공상적인 생각을 품고 있었다. 이들은 자연계의 위대한 생존자였다. 이들은 모든 곤충 가운데 가장 재빨랐다. 이들은 어떤 동물보다도 극단적인 상황을 견뎌 낼 수 있는 장비를 갖추고 있었다. 『곤충학』 잡지에 실린 보고서만 읽어도 그 사실을 알 수 있었다. 이글이글 타는 석탄에도 끄떡없는 난로 딱정벌레도 있었고, 북극의 동토대에서 살고 있는 북극 귀뚜라미도 있었고, 석회로 뒤덮인 지하 웅덩이 물가에서 번성하면서 무릎에 달려 있는 네 귀를 통해 작은 먹잇감이 내는 소리를 듣는 눈먼 동굴 메뚜기도 있었다. 화덕 뒤에서 뜨겁고 끈적끈적한 콜타르를 즐겨 먹거나 하수관을 항해하거나 전기 케이블을 갉아먹는 반시류도 있었다.

남아메리카에는 디젤 엔진 속에서 먹이를 먹고 번식하는 특수한 매미까지 있었다(『곤충학』 제121권/27). 이 매미는 유화(乳化)한 디젤 연료를 먹고 살았다. 속명이 뭐였더라? 아, 그래. 그리스 몽키. 이 매미는 1970년대에 에콰도르에서 처음 확인되었다. 날개가 없고, 기동성이 아니라 찰싹 달라붙기에 적합하도록 설계된 짤막한 다리를 갖고 있었다. 하지만 디젤 트럭과 디젤 열차를 이용하여 남북을 여행하면서, 20년도 안 되는 기간에 3천2백 킬로미터를 돌아다녔다. 기계를 이용한 이동이다. 지금은 멕시코시티와 브라질에서 흔히 볼 수 있었다. 댈러스의 폐차장에 쌓여 있는 엔진들의 실린더 블록 속에서 단일 표본이 우연히 발견되기도 했다. 자연 이야기가 최고라고 조지프는 자주 말하곤 했다. 그러면 아내는 대꾸했다. 「당신이 이야기할 때는 빼고.」

학교에서 한 여학생이 지구상의 작은 존재들을 지나치게 멸시하자, 조지프는 보기 드물게 과학적 열정을 드러내면서 말한 적이 있었다. 「우리가 어떤 철학적 주장을 하든지 간에 인류는 주변적인 존재에 불과해. 동물계의 자연 질서에서 우리 인류는 별로 중요하지 않아. 우리가 없어도 자연계는 전혀 아쉬워하지 않을 거야. 작은 동물들은 우리처럼 자의식을 갖고 있지는 않을 거야. 기억도, 희망도, 양심도, 죽음에 대한 공포도 없겠지. 자기가 얼마나 강하고 멋진지도 모를 거야. 하지만 이 세상의 인간이 모두 죽고 우리 하수관과 가스 레인지와 디젤 엔진이 모두 화석이 되어도 곤충은 여전히 살아남을 거야. 틀림없어. 번성하고 진화하고 분화하는 곤충은 우리보다 오래 살아남을 거야.」 여기서 그는 박사 학위 논문 중에서 가장 멋진 구절을 되살렸다. 「톡토기는 여전히 존재할 거야……. 파도의 집게발에서 영양분을 낚아채면서.」

톡토기가 전혀 보이지 않는 지금도 박사는 제 주장이 일반적으로 옳다는 것을 전혀 의심치 않았다. 헤아릴 수 없이 많은 다른 해변, 좀 더 경사가 완만한 해변에서는 수많은 톡토기가 활동하고 있을 것이다. 그는 최근 몇 년 동안 무어 해안과 타이거 크랩 만에서 여러 번 톡토기를 보았다. 오늘도 거기에 갔다면 녀석들을 목격하거나 그들도 의식을 갖고 있다고 생각할 수 있겠지만(「이 작은 녀석들은 풍경 따위에는 조금도 신경을 쓰지 않을 거요」), 그러지 못한 것은 중요한 문제가 아니었다. 하지만 어쨌든 이 해변에서 〈프슈도그릴리두스 펠라기쿠스〉가 사라져 버린 것은 역시 실망스러웠다.

조지프는 오랫동안 톡토기를 좋아했고, 그들과 공모하여 박사 학위를 받았지만, 그의 실망이 전적으로 과학적인 것만은 아니었다. 그날 아침 침대에 누워 있는 셀리스를 보았을 때부터 그가 품은 공상을 실현시키려면 톡토기가 필요했다. 녀석들은 그의 발렌타인, 그의 장미꽃, 춘화였다. 언젠가 바리톤 만의 모래 언덕에서 셀리스와 나눈 사랑은 너무나 인상적이었고, 좀처럼 잊을 수 없고, 너무나 서툴렀다. 이제 그 추억의 모래 언덕으로 셀리스를 다시 데려가려면 우선 해변으로 그녀를 꾀어내야 했다. 지금까지는 계획대로 잘 되었다. 여기까지 오는 길은 힘들고 괴로웠지만. 불탄 잔해를 보고 우울한 기분에 빠져 있는 셀리스를 자기 품안으로 끌어들여 기분을 들뜨게 하려면 좀 더 음흉하고 교활한 전략이 필요했다. 비너스의 교활한 사다리를 한 계단씩 차근차근 올라가야 한다. 셀리스에게 입을 맞추거나 그녀가 좋아하는 그 흘러간 옛 노래 ― 그는 가사를 거의 기억하지 못했다 ― 를 느닷없이 부르는 것보다 더 신중한 전략이 필요했다. 그는 톡토기가 다시 한번 협력자가 되어 줄 거라고 생각했다. 그는 셀리스의 하얀 티셔츠와 머리카락에서 톡토기를 떼어 주고, 다시 한 번 그녀의 손바닥에 입김을 불어 그 작은 곤충을 공중으로 날려 보내고, 아마 (음흉한 속셈 따위는 전혀 없는 것처럼 지극히 자연스럽게) 그녀의 손바닥을 스패니얼 개처럼 날름 핥을 수도 있을 것이다. (「자, 한번 더 해봐요. 입김에 침을 섞어서.」) 그러면 셀리스는 그녀의 검은 코트 속에 그가 손을 집어넣는 것을 허락해 줄까?

 하지만 무정한 자연은 해변을 그의 발렌타인들이 살기에는 너무 가파르게 만들어 버렸다. 이 비너스의 사다리는 중간의 가로대를 빼앗겨 버렸다. 하지만 세월도 햇빛을 파괴하지는 못했다. 우주는 그렇게 빨리 팽창하지 않았다. 부서져 흩어지는 파도의 마법을 빼앗지도 않았다. 그의 앞에서 바지를 무릎까지 걷어 올리고 종아리까지 올라오는 물속을 걸어가는 아내는, 바닷물에 부딪쳐 튀어 오르는 햇빛을 받아 반짝반짝 빛나고 더 날씬하고 젊어 보였다. 금빛이 은빛을 더욱 돋보이게 해주었다. 그녀의 머리카락은 머리띠처럼 얼굴에 늘어져 있고, 음모를 꾸미고 있는 산들바람이 그 머리 타래를 들어 올렸다가 떨어뜨렸다. 그녀의 목덜미. 허리를 돋보이게 해주는 배낭. 눈길을 끄는 하얀 속옷. 바닷물에 젖은 바짓부리. 검은색과 하얀색으로 차려입은 여자. 파란색으로 차려입은 풍경. 조지프가 한껏 기분이 들뜬 것도 놀랄 일은 아니었다. 셀리스가 고개를 돌려 무엇이 뒤따라오고 있는가를 보았다면, 여느 때처럼 〈호모 에렉투스〉나 〈호모 세멘스〉라는 라틴어 학명을 말했을 것이다. 그 동물의 속명은 〈타고난 노예〉, 또는 〈미친 사랑〉, 또는 〈사로잡힌 노예〉다.

 「갑시다. 바리톤으로.」 해변을 끝에서 끝까지 걸은 뒤, 그녀가 온 길을 되짚어가려고 돌아서자 남편이 말했다. 그는 아내의 앞길을 막아서면서 최대한 쾌활하게 말했다. 그러고는 아내의 옷깃을 잡아당겼다.

 「뭣 하려요?」 셀리스가 한쪽 눈썹을 치켜올렸다. 남편은 숨을 헐떡이고 있었고, 지나치게 정중했다. 손바닥에 바다귀뚜라미가 놓여 있지 않아도 셀리스는 남편의 속셈을 읽을 수 있었다.

 「거기는 조류가 좀 약할지도 모른다는 생각이 들어서 말이오. 이왕 차를 몰고 멀리까지 나왔으니까, 우리는 톡토기를 적어도 한 마리는 봐야 하지 않겠소. 바리톤에는 톡토기가 살고 있을 거요. 틀림없어.」

 「우리가 봐야 한다고요? 왜 우리죠? 가려면 당신 혼자 가요. 어쨌든 바리톤은 바위투성이예요. 그곳은 여기보다 톡토기를 발견할 가능성이 적다고요.」 셀리스는 발과 허리가 아팠다. 어깨와 손목도 뻣뻣해져 있었다. 마음은 페스타에 대한 생각으로 가득 차 있었다. 야외에서 섹스를 하는 엉뚱한 짓을 감행하기보다는 조가비와 자갈로 이루어진 모래톱에 앉아서 부서지는 파도를 바라보며 오후를 보내고 싶었다. 하지만 조지프는 그녀의 소매를 잡아당겼다. 그녀는 그것이 싫었다. 「갑시다.」 조지프가 졸라 댔다. 「거기 가서 식사를 합시다. 바람이 불지 않는 곳에서. 혹시 모르잖소? 모래 언덕들이 노래를 불러 줄지.」

「여기도 바람은 전혀 없어요.」

지금은 만의 공기가 수정처럼 맑았고, 불평할 구름 한 점도 없었다. 대개는 바다와 하늘의 거래로 회색 안개가 발생하는 수평선조차 아이라이너처럼 파란색으로 모습을 드러냈다. 누구나 알고 있듯이, 좋은 날씨는 불운을 가져온다. 불운은 시계(視界)가 좋을 때 우리를 기습할 가능성이 가장 큰 송골매다. 죽음은 푸른 하늘을 좋아한다. 좋은 날씨는 장례식을 좋아한다. 현명하고 비과학적인 사람들은 그런 날에는 밖에 나오려 하지 않는다. 하다못해 나무 그늘에라도 숨으려 하고, 그 보호막을 벗어나 해안을 따라 걷는 따위의 어리석은 짓은 절대로 하지 않는다. 동물학 박사들은 그것을 잘 알지 못했다. 자연계의 가혹함을 깨닫지 못했다. 톡토기도 해안의 변화를 견뎌 내지 못했는데, 어떻게 그들이 살아남겠는가? 톡토기가 살아남지 못했다면, 무엇 때문에 그들이 살아남아야 하는가?

12

 목요일 오전 11시, 셀리스의 재킷 주머니에서 휴대폰이 울렸다. 휴대폰이 시체에 깔려 있어서 벨소리는 거의 들리지 않았다. 차라리 벌레들이 더 크고 끈질기게 울 수 있을 것이다. 배터리가 다 떨어져 가고 있었다. 먹이를 먹고 있던 갈매기 한 마리가 벨소리에 놀라 공중으로 날아올랐다. 갈매기는 날개를 아래쪽으로 늘어뜨려 식사를 방해한 데 항의하면서, 통통한 매미 같은 진미를 찾을 수 있을지도 모른다는 희미한 기대를 품고 잠시 공중에 떠 있었다. 갈매기가 시체 위에서 날개를 퍼덕이며 허둥댄 것은 잠깐뿐이었다. 네 번째 벨소리가 울렸을 때쯤 갈매기는 다시 셀리스의 배 위에 내려앉아, 이미 부리로 쪼아서 레이스처럼 너덜너덜해진 피부를 잡아당기고 있었다. 셀리스의 피부는 질겼다. 지난 이틀 동안 수분과 탄력성을 잃어버렸기 때문이다.
 전화를 건 사람은 조지프의 비서였다. 작은 일에도 세심하게 신경을 쓰는 꼼꼼한 여자답게 그녀는 휴대폰 벨을 열 번 울린 다음 다시 열 번 더 울리고 나서야 수화기를 내려놓았다. 그녀는 무척이나 난감하고 당혹스러웠다. 아침 10시에 연구소에서 커리큘럼 조정 회의가 열릴 예정인데, 회의를 소집한 당사자가 나타나지 않았기 때문이다. 벌써 조지프의 집에도 전화를 걸어 봤지만 응답이 없었다. 대학으로 조지프의 아내 — 신비로운 셀리스 — 에게 연락을 취해 보았지만, 셀리스도 생물학과 상급생들을 위한 세미나에 나타나지 않았다는 것이다. 조지프의 비서는 〈긴급한 일〉이 아니면 휴대폰으로 연락해서는 안 된다는 것을 알고 있었다. 그것은 조지프의 명백한 지시였다. 하지만 지금은 긴급 사태였다. 그리고 놀랄 만한 일이었다. 커리큘럼 조정 위원회 위원들 — 초조해 하는 교수 두 명, 이사 한 명, 바쁜 척하면서 안달하고 있는 교육 위원회 관리 한 명 — 은 짜증을 내는 데에는 하나같이 경쟁심이 강해서, 1분마다 〈최신〉 정보와 설명을 요구하고 있었다. 휴대폰으로도 연락이 되지 않았기 때문에, 회의실에서 초조하게 박사를 기다리는 동안 차츰 태도가 험악해지고 침착성을 잃어버린 손님들에게 비서가 제공할 수 있는 것은 커피와 변명뿐이었다. 회의에 늦거나 결석하는 것은 소장님답지 않다고 그녀는 말했다. 그건 무례한 짓이다(물론 비서가 그렇게 말하지는 않았다). 소장님은 냉정하고 주의가 산만하지만, 약속 시간에 늦은 적은 한 번도 없었다. 회의가 있을 때면 소장님은 언제나 정시에 나타나 사무적이고 무표정한 얼굴로 앉아 있었다. 소장님이 시간을 잘 지킨다는 것은 믿어도 좋다. 위원회는 10시 반에 비서의 제의로 해산했다. 위원들은 비서실을 지나 코트와 우산을 가지러 가면서 비서에게 얼굴을 찌푸리며 한껏 불쾌한 표정을 지었다. 이것은 희귀한 사건이었다. 소장의 단호한 반응을 두려워하지 않고 소장에 대해 불만을 나타낼 수 있는 기회는 별로 없었다.

비서는 일상적으로 해야 할 일이 있었기 때문에, 그날의 혼란에서 업무 쪽으로 주의를 돌렸다. 각 부서의 일지도 정리해야 했고, 메모를 타이프해서 보내야 했고, 서류를 정리하여 보관하거나 전송해야 했고, 여분의 서류를 준비해야 했다. 평소에는 점심때까지 사무실 전화를 꺼놓았다. 그래야 서류 작업에 정신을 집중할 수 있고, 또 아무도 자기와 연락할 수 없다는 데 잔인한 만족감을 느낄 수 있었기 때문이다. 하지만 이날만은 전화를 꺼놓는 것이 현명하지 않다는 생각이 들었다. 자칫하면 무단 결근한 상사를 타박하는 것으로 받아들여질 수도 있기 때문이었다.

상사에게 전화로 연락을 취하려고 애썼을 때, 빈 방에서 전화벨이 울리는 느낌은 없었다. 그녀는 오랫동안 수많은 전화를 걸어 보았기 때문에, 전화선 저쪽에서 울리는 벨소리의 반향으로 누군가가 방에 있으면서도 전화벨 소리를 무시하고 받지 않는지 어떤지를 분간하는 직관력이 발달했다. 박사의 휴대폰으로 전화를 걸었을 때는 누군가가 가까이에 있으면서도 전화를 받지 않는 듯한 느낌이 들었다. 아르페지오로 이루어진 벨소리는 결코 먹통이 아니었다. 누군가가 벨소리를 들었지만, 욕실에 있거나 아직 침대에 있거나 화장실 변기에 앉아 있어서 전화를 받지 못했을 것이다. 그렇다면 나중에 그녀에게 전화를 걸어올 것이다.

이제 비서는 자신의 전화가 울릴 때마다 박사일 거라고 생각했지만, 마음 한구석에서는 한 달 전에 대흐에 있는 그녀의 동료가 받은 것과 같은 전화일지도 모른다는 불길한 예감을 느끼고 있었다. 그 동료가 모시는 학부장은 비서에게 시킨 서류 타이핑과 전화 통화 때문에 겸연쩍어서라도 두 번 다시 비서의 책상 앞에 나타나지 않을 것이다. 그는 자살했다. 조지프의 비서는 차 속의 시체, 호스, 비, 라디오 등, 사무실 직원들끼리 수없이 이야기흔 이미지를 머리에서 떨쳐 버릴 수가 없었다.

그녀는 정오에, 그리고 점심을 먹고 돌아와서 오후 2시에 박사의 집과 휴대폰으로 다시 한번 전화를 걸었다. 처음에는 스무 번 벨을 울렸고, 두 번째에는 좀 더 단호하게 서른 번을 울렸다. 응답은 여전히 없었고, 조지프와 셀리스는 오후 내내 시간표가 꽉 차 있었지만 출근하지 못하는 사유를 해명하거나 사과하는 메시지가 비서의 자동 응답기에 남아 있지도 않았다. 비서는 허둥대며 소동을 일으키려 하지는 않았다. 이제 곧 사정을 알게 되겠지. 아마 곡절이 있을 거야. 메시지가 전달되는 과정에 혼선이 일어났거나 내가 실수를 저질렀거나 ─ 어쨌든 책임은 항상 내가 진다니까. 뒤섞이거나 잘못 배달된 팩스. 불가피한 통화 차단. 날짜에 대한 착각. 어쨌든 박사는 이틀 동안 휴가를 얻었다. 〈야외 연구〉를 하러 간다고 말했다. 몇 시간쯤 늦어지는 것은 결코 놀라운 일이 아니야. 뭔가 사고가 있었을 거야. 박사는 손재주가 없고 매사에 서투르니까. 아마 차가 고장났겠지. 병원에 전화를 거는 건 분별없는 짓이야. 그러면 박사가 난처해질 테니까. 그런 사소한 이유로 경찰에 신고하는 것도 우스워. 네 시간? 그건 아무것도 아니야. 이렇게 화창하고 날씨 좋은 주에 네 시간쯤 연락이 두절된

걸 가지고 소란을 피울 건 없어. 무단 결근한 사람을 검거하는 건 경찰의 임무가 아니라고 경찰은 말하겠지.

그날 저녁 6시 10분 전, 조지프의 비서는 좋아하지도 않는 남자의 안부가 터무니없이 걱정되어 그의 딸 실비의 아파트로 전화를 걸었다. 실비는 해안에서 6백 킬로미터나 떨어진 곳에 살고 있었다. 자동 응답기가 전화를 받았다. 그 집 식구들은 모두 사라졌나? 비서는 최대한 침착한 목소리로 메시지를 남겼다. 「혹시 부모님이 거기에 가 계신가요? 오늘은 출근하실 줄 알았는데.」 그러고는 이렇게 말을 맺었다. 「아무 일도 아닐 거예요. 어디 여행이라도 가셨다가 아직 귀가 하지 않은 거겠죠. 하지만 부모님 소식을 알게 되면, 내일 아침 9시 이후에 이쪽으로 전화해 주세요. 아니면 내가 다시 전화할게요.」

실비는 어느 레스토랑에서 종업원으로 일하고 있었다. 연주회장 옆에 있는 〈메트로놈〉 레스토랑이다. 실비는 〈대담하고 불안정한 여자〉였다. 대부분 음악가인 고객과 동료들은 그녀에게 호감과 두려움이 뒤섞인 감정을 품고 있었다. 그녀는 고객들이 지나치게 많은 팁을 주고 건방지다고 야단을 친 다음 데이트를 하려고 애쓸 것 같은 타입이었다.

자정이 넘어서 일을 마치고 돌아온 실비는 포도주를 너무 많이 마셔서 아침까지 전화를 미룰 수 없었기 때문에 한밤중에 부모님께 전화를 걸었다. 사실 실비는 포도주나 맥주로 기분을 돋운 뒤가 아니면 결코 부모에게 전화하려 하지 않았다. 코카인을 흡입했거나 〈에덴〉을 복용했다면 감히 부모에게 전화하지 않을 것이다. 입이 가벼워져서 위험하다. 하지만 술은 항상 그녀를 기분좋게 해주었다. 부모의 걱정 어린 잔소리를 참아 내려면 기분이 좋아야 했다. 그녀는 카펫 바닥에 수화기를 던져 놓고, 부모에게 잠에서 깨어나 침대에서 나올 시간 여유를 주기 위해 몇 분 동안 전화벨을 계속 울렸다. 이 늦은 시간에도 아버지는 대개 자지 않고 책을 읽고 있을 것이다. 어머니는 잠꾸러기였다. 실비는 아버지가 읽고 있던 페이지를 끝까지 읽고, 실내화를 찾아 신고, 복도까지 걸어 나올 만한 시간 여유를 충분히 주었다. 실비는 집게손가락 위에 가운뎃손가락을 겹치고, 아버지가 전화를 받지 않기를 빌었다. 아버지는 언제나 자정이 지난 뒤에 가장 까다로워졌기 때문이다. 왜 이렇게 밤늦게 전화했니? 술 마셨냐? (예, 마셨어요. 술 마시는 게 뭐가 어때서요?) 요즘 무슨 책을 읽고 있니? 네 인생을 어떻게 할 거냐? (내 인생을 책에다 낭비하지는 않을 거예요. 죽은 것처럼 무기력한 도시에서 녹슬지도 않을 거예요.) 벌써 여섯 달이 지났어. 언제쯤이면 네 얼굴을 볼 수 있겠냐? (묻지 마세요. 저를 못살게 굴지 마세요. 저는 바닷가가 싫어요.)

하지만 아버지도 어머니도 전화를 받지 않자 실비는 안심하기보다 왠지 짜증이 났다. 아버지의 비서가 자동 응답기에 남겨 둔 건방진 메시지(〈내일 아침 9시 이후에 이쪽으로 전화해 주세요〉)는 초대도 안 했는데 멋대로 그녀의 삶에 들어와, 그녀를 팔꿈치로 쿡쿡 찔렀다. 그녀는 비틀거렸다. 물론 부모는 그녀를 찾아오지 않았다. 그녀가 초대하지도 않았다. 부모는 그녀의 아파트에 온 적이 없었다. 부모가 간섭하러 나타난다 해도, 딸이 살고 있는 꼴을 보면 되려 속상할 것이다. 웨이트리스라는 직업도, 박박 밀어 버린 머리도, 흐트러진 침대도, 딸이 매사에 심드렁한 것도, 딸의 옷차림도 못마땅할 테고, 특히 남자에 대한 욕망은 부모 마음에 영 들지 않을 게 뻔하다. 조금이라도 기회가 주어지면 애인을 만드는 게 뭐가 나쁜가? 현악기를 다 섭렵하고 나서 금관 악기로 넘어가는 게 뭐가 나쁜가? 죽어 버리면 신체 상해 행위도 할 수 없다.

그래서 실비는 부모와 연락이 되지 않은 것이 찜찜했다. 그녀는 집에서 6백 킬로미터나 떨어져 있는데, 아버지의 비서와 연구소의 똑똑한 동료들이 풀지 못한 문제를 책임지라는 요구를 받았다. 부모님이 출근하지 않았다고? 그래서? 이렇게 멀리 떨어져 있는 나더러 한밤중에 뭘 어쩌라는 거지? 마법의 바늘과 지도로 부모님이 어디 계신지 점이라도 쳐보라는 거야?

하지만 실비의 짜증은 직관적인 불안감을 완전히 감추지는 못했다. 그녀는 파멸이 문지방에 다가온 것을 느꼈다. 그녀는 체면을 생각지 않고, 동료들을 실망시키고, 밤늦게까지 밖을 나돌아다니고, 친구와 빚에 대해 거짓말을 하고, 혼자만의 비밀을 간직하고, 전화가 혼자

울리게 내버려 두는 타입이었지만, 부모는 달랐다. 그들은 밤에는 아예 밖에 나가지 않았다. 이제껏 한 번도 그런 적이 없었다. 그들은 낮에 활동하는 새, 어두워지면 꼬꼬댁거리며 둥지로 돌아오는 암탉이었고, 유능하고 규칙적이고 소심하고 재미없는 분들이었다. 그들은 우유처럼 건전했다. 그들과 한 시간만 같이 있으면 끓어오르는 분노에 굴복하지 않을 수 없었다.

실비는 다시 다이얼을 돌렸다. 부모님은 당연히 집에 있을 테고, 분명히 전화를 받을 것이다. 실비는 전화벨이 울리게 내버려 둔 채 마실 것과 먹을 것을 찾았다. 아직은 부모의 안부를 걱정하지 않았다. 그녀가 걱정한 것은 주로 자기 자신, 그토록 힘겹게 싸워서 얻은 그녀의 자유였다. 집에서 그렇게 멀리 떨어진 곳으로 도망쳐 내키는 대로 교양 없이 살아가는 자유 — 그것은 결코 쉽게 얻어진 것이 아니었다. 그녀는 부모의 엄격하고 학자다운 삶, 지나치게 가까운 바다 냄새로 다시 끌려 들어가고 싶지 않았고, 부모의 집을 다시 보고 싶지도 않았다. 예나 지금이나 아무 변화도 없는 그 낡은 방들, 변함없는 그 책들, 날마다 똑같은 그 식사를 보고 싶은 마음은 추호도 없었다. 부모가 지금 전화를 받으면 실비는 안전하다. 전화를 받지 않으면, 실비는 모래시계를 뒤집어 모래가 그녀의 과거 쪽으로 다시 흘러내리게 해야 할 것이다.

실비는 부모의 휴대폰에 전화를 걸어 보았다. 화장실 문을 열어 놓은 채 변기 위에 앉아서 한 손에는 셰브론 캔맥주를 들고, 전화기는 두 발 사이에 놓았다. 흘러내린 헐렁한 반바지에 깔린 전화기는 화장실까지 길게 뻗은 코드 끝에서 벌레 울음소리를 냈다. 전화선 반대쪽 끝에는 달빛을 받은 작은 만이 있었다. 올빼미와 박쥐가 전화를 받을 수만 있다면 얼마나 좋을까.

실비는 한 시간이나 기다렸다가(그동안 난폭한 록음악 12곡이 녹음된 CD 한 장을 다 들었고, 시끄러운 음악 소리에 잠이 깬 옆방 남자가 화를 내며 벽을 열 번 두드렸다) 다시 전화를 걸었다. 처음에는 집으로, 다음에는 모래 언덕에 있는 휴대폰으로. 마침내 휴대폰의 신호음이 끊기고 사람 목소리가 들렸을 때, 실은 놀라면서도 안도의 한

숨을 내쉬었다. 여자 목소리였다. 하지간 실비의 안도감은 오래가지 않았다. 그것은 전화 회사의 녹음된 메시지에 불과했다.「고객의 전화기는 전원이 꺼져 있습니다. 나중에 다시 걸어 주십시오.」이틀이 넘도록 대기 상태에 있느라 지치고 축축해진 휴대폰 배터리가 마침내 작동을 멈춘 것이다. 그들의 딸이 아무리 애써도 다시는 휴대폰을 울리게 할 수 없었다. 그것은 정말로 부아가 치미는 일이었다 — 감정적으로는 당연하지만. 〈이야기가 통하지 않는다〉는 것은 실비가 집을 떠난 뒤 그녀와 부모의 관계를 요약하는 말이었다. 그녀가 수천 번 전화를 걸어도 부모의 침묵을 깨뜨릴 수는 없었다.

실비는 메트로놈으로 전화를 걸었다. 물론 레스토랑 주인들은 집에 갔지만, 그게 차라리 나았다. 실비는 그때까지 마신 포도주와 맥주의 도움으로 메시지를 남겼다. 웨이트리스를 그만두겠다. 그러니 다른 사람을 찾아보라. 더 이상 테이블에서 노예처럼 일하고 싶지 않다. 그보다 나은 일을 할 작정이다. 당신네 음식은 형편없다. 손님들도 마찬가지다. 메트로놈은 정말 바보 같은 이름이다. 이어서 실비는 무의미하게 덧붙였다. 「전화하지 마세요. 나는 여기 있지도 않을 테니까. 여기서 떠날 거예요…….」〈집으로……〉라는 말은 덧붙이고 싶지 않았다.

그날 밤 실비가 꾼 꿈은 사납고 정확했다. 맥주 꿈이다. 꿈에는 죽음과 알몸까지 나타났다 — 빈민의 프로이트. 부모의 시체가 자동차 안에 똑바로 앉은 자세로 발견되었다. 둘 다 심장 마비였다. 어떤 꿈에서는 부모가 운전을 하다가 죽음을 맞았고, 차는 도로를 벗어나 공중을 날다가 폭발하여 화염에 휩싸였다. 정지 화면. 할리우드에 의한 죽음. 다른 꿈에서는 부모가 차를 운전하다가 장님이 되었다. 그들이 발견되었을 때는 재와 연기밖에 남아 있지 않았다. 그들은 차에서 10미터나 떨어진 곳에 내던져진 상태로 발견되었다. 손에는 딸에게 보내는 메시지를 쥐고 있었다.「우리는 너의 삶에 너무 실망했다.」부모는 안전띠로 좌석에 묶인 채 발견되었다. 옷을 하나도 걸치지 않은 알몸이었고, 상처도 전혀 없었다. 그들은 폭풍에 흔들리며 어쩔 줄 모르는 바다표범, 얕은 바닷물 속에서 오도 가도 못하고 파도와 차량의 굉음에 갇혀 버린 바다표범 같았다.

실비는 몸을 흔들어 잠에서 깨어나야 했다. 그리고 10분 뒤에 다시 잠들었지만, 역시 되풀이되는 악몽에 시달렸다. 하늘을 날아가는 자동차, 휘발유의 불길, 앞 유리창과 벽돌과 바닷물에 덮인 발가벗은 부부. 잠을 잘수록 부모의 공공연한 알몸은 더욱 우스꽝스럽고 무자비한 역할을 하곤 했다.

그러나 정말로 실비를 괴롭힌 것은 전화였다. 이 악몽 속에서 전화기는 자동차 뒷좌석이나 어머니의 가방 밑바닥처럼 부모의 손이 닿는 범위를 살짝 벗어나 있었다. 또는 부모가 전화기를 손에 쥐고 힘껏 버튼을 누르는데도 전화기가 부모의 손가락에 반응을 보이지 않았다. 부모가 무슨 짓을 해도 전화벨은 계속 울렸고, 전화는 연결되지 않았다. 또는 전화기가 열기로 녹거나 20미터 깊이의 바닷속으로 가라앉았다.

또 다른 꿈에서는 실비의 전화기가 울렸다. 전화벨 소리가 그녀를 깨우는 것 같았지만, 전화기 쪽으로 손을 뻗으면 더 이상 벨이 울리지 않았다. 하지만 그녀가 다시 잠들자마자 또 전화벨이 울렸다. 또는 그녀가 어렸을 때 쓰던 침실 밖 복도에서 전화벨이 울렸다. 제시간에 전화기까지 갈 수만 있다면. 수화기를 집어 들 수 있을 만큼 키가 크고 용감하기만 하다면, 부모님이 휴대폰으로 도움을 청하는 소리를 들을 수 있을 텐데. 「어디 계신지 말씀하세요.」 실비가 말했다. 하지만 그녀의 귀에 들리는 소리는 〈다시 해봐. 어서 다시 해봐〉라는 말뿐이었다. 부모가 보내던 전파가 사라졌다. 배터리가 떨어진 것이다. 실비가 아무리 호출해도 전화는 연결되지 않았다.

새벽빛이 비스듬히 비쳐 들어왔을 때, 실비는 마지막 꿈을 꾸었다. 아버지가 생애의 마지막 순간에 딸에게 전화를 걸었다. 술을 마시고 있었느냐고 아버지가 물었다. 네 인생을 어떻게 할 작정이냐? 무슨 책을 읽고 있지? 무슨 계획을 세우고 있지? 언제쯤이면 네 얼굴을 볼 수 있지? 아버지는 당신이 어디에 있는지를 정확하게 말하지 못했다.

13

 금요일 새벽에 다시 비가 내리기 시작했다. 수요일처럼 핏물을 졸졸 흐르게 하는 이슬비가 아니라, 채찍질하듯 내리퍼붓는 폭우였다. 빗물은 끊임없이 움직이고 어디에든 교묘히 뚫고 들어가, 이 도시에서 가장 단단하게 조여진 지갑 속에까지 들어가서 지폐를 적셨다. 이 비는 치열하고 세차고 소금기를 머금고 있었다. 비는 모든 차량을 녹으로 뒤덮었고, 조지프와 셀리스를 은빛으로 만들었다.
 사실 그들의 학창 시절에 관광지였던 이 도시의 별명은 〈러스티 시티〉[6]였다. 또는 〈웨트로폴리스〉[7]라고 부르기도 했다. 도시를 둘러싸고 있는 사화산의 테두리 속에 갇힌 여름의 열기는 바닷물을 빨아올려(더 이상 아무도 바다를 보러 오지 않는 지금도 마찬가지다) 도로 전체에 얇게 깔아 놓았다. 겨울에도 안개가 끼었고 녹이 슬었다. 안개는 해 질 녘까지 걷히지 않았고, 때로는 몇 주 동안 계속될 때도 있었다. 이곳에는 해마다 1천5백 밀리미터의 비가 내렸고, 지금도 마찬가지다. 셀리스의 턱까지, 그리고 조지프의 눈까지 잠길 만한 양이다. 게다가 바람이 바다에서 끊임없이 물보라를 가져왔다. 이 도시와 해안이 관광객을 끌어들일 수 있을 만큼 야생적이었던 시절, 몬다지는 〈비가 전혀 내리지 않을 때에도 와이퍼는 흐느껴 울고 있는 우리 자동차의 앞 유리창을 애도하는 마음으로 계속 어루만져야 한다〉는 글을 썼다(자연 과학부 학부장의 묘비명으로 더없이 좋은 글이다). 관

---

[6] Rustry City. 〈녹슨 도시〉라는 뜻.
[7] Wetropolis. wet와 metropolis의 합성어.

광객들은 비 내리는 거리 풍경과 그 아래쪽에 몬다지의 글귀가 인쇄된 그림 엽서를 살 수 있었다.

지금처럼 바닷물이 밀려와 홍수가 날 때도 있었다. 하지만 당시에는 바닷물을 막을 콘크리트 방조제나 방벽이 전혀 없었다. 홍수는 도시의 저지대를 따라 달리면서 온갖 표착물과 거머리말과 게를 거리에 배달했다. 시민들은 자랑하곤 했다. 우리한테는 지느러미가 있다고. 우리 딸들은 머리에 해초 리본을 달고 아가미로 장식한다고.

죽음조차 (역시 몬다지가 되살린 이 도시의 민담에 따르면) 물과 관련되어 있었다. 몬다지는 30여 년 전에 출판된 회고록에서 이렇게 말했다. 〈우리는 죽음을 《물고기》라고 부른다. 죽음은 헤엄을 친다고 우리는 말한다. 죽음은 밤중에 바다에서 나와 얕고 저항력이 약한 거리의 물속으로 재빨리 들어가는 조용하고 무자비한 포식자다. 《물고기》는 소리 없이 헤엄쳐 와서, 당신의 아버지와 어머니를 침대에서 데려간다. 영혼이 육신을 떠나 차갑고 눅눅한 공기 속을 나선형으로 이동할 때 당신 귀에 들리는 소리는 지느러미가 떨리는 소리뿐일 것이다.〉 몬다지의 〈물고기〉는 때로는 시체를 가로지르는 은빛이나 냄새로만 자신을 드러내기도 한다고 몬다지의 미신적인 독자와 추종자들은 말하곤 했다. 죽음은 거의 눈에 보이지 않았다. 하지만 죽음은 이미 방 안에 들어와 있었다. 그리고 떠나면서 침대보에 비늘과 점액을 남기곤 했다.

한동안 이 도시에서 일어난 모든 죽음은 〈물고기〉 탓으로 돌려졌다. 〈물고기〉는 지붕에 내린 빗물과 함께 헤엄을 쳐서, 간호사와 의약을 무력하게 만든 암과 심장 마비, 노화와 뇌졸중 환자가 누워 있는 침실이나 병실로 들어오곤 했다. 〈물고기〉는 잠옷 속에 빠져 가구라는 모래톱과 산호 틈에 누워 있는 사람들을 찾아갔다. 하루에도 열 번씩 〈물고기〉는 죽어 가는 천식 환자들의 녹슨 목에서 가르랑거리는 소리를 듣거나, 갑자기 도로를 뒤덮은 짙은 안개 때문에 앞이 보이지 않아서 차에 친 어린아이를 급히 돌보러 가거나, 병실에 남아서 의사들이 어떤 연금 생활자의 사망 진단서를 쓰는 것을 지켜보았다. 그 노인의 사인이 〈물고기〉라는 것은 누구나 알고 있는데도, 의사들은 폐가 물 주머니처럼 되어 버린 축축한 노인의 사인을 〈폐렴〉이라고 적었다.

〈물고기〉는 많은 뱃사람들을 바다에 빠뜨려 죽였다고 자랑할 수는 없었다. 당시 〈러스티 시티〉는 어업 도시가 아니라 관광 도시였다(지금은 어업 도시도 관광 도시도 아니다) 해산물을 먹는 사람은 관광객뿐이었기 때문에, 어부나 생선 〈운반자〉는 별로 필요하지 않았다. 하지만 해마다 몇몇 사람은 파도에 휩쓸려 죽을 운명이었다. 폭풍우 속에서 만조 때 맹렬히 덤벼드는 바다를 사진에 담으려고 해변 산책길을 따라 달리고 싶어하는 무모한 사람이 늘 있게 마련이었다. 또는 지금은 파괴된 방파제를 달려가 그 끝에 서 있는 깃대를 짚고 다음 파도가 밀려오기 전에 친구들한테로 돌아올 수 있는지를 시험해 보고 싶어하는 사람도 있었다. 셀리스와 조지프가 연수원에서 일주일을 지내기 두 달 전, 어떤 부부가 해변에서 거센 파도에 휩쓸린 애완견을 구하려고 했다. 여자가 옷을 다 입은 채 물속으로 들어가서 개의 목줄 쪽으로 손을 뻗었다. 몇 시간 뒤 〈물고기〉가 해안에서 그녀를 발견했을 때, 그녀는 옷을 바다에 다 빼앗기고 거의 알몸이 되어 있었다. 몸에 걸치고 있는 것은 구두뿐이었다. 그녀의 손가락에는 개의 빨간 목줄이 감겨 있었다. 그때는 여자도 개도 아직 숨이 붙어 있었다. 〈물고기〉는 지느러미로 그들의 눈꺼풀을 스쳐서 재빨리 끝장을 내기 위해 물거품이 이는 바위를 펄떡거리고 꿈틀거리며 넘어가야 했다.

나이가 들어서 죽을 준비를 갖출 때까지 죽고 싶지 않은 〈웨트로폴리스〉의 현명한 사람들은 침대 머리맡에 그물을 펼쳐 놓거나 목에 낚싯바늘을 매단 목걸이를 둘렀다. 몬다지가 〈물고기〉를 되살린 지 오래인 오늘날에도 이 도시에는 물고기를 전혀 먹지 않거나 집 안에 물고기를 들여놓으려 하지 않는 사람들이 남아 있다. 그들은 고양이에게 먹일 통조림 생선조차 집 안에 들여놓지 않는다. 그들은 1968년에 항구의 〈쌍어궁〉 레스토랑에서 일어난 일을 기억하고 있다. 결혼 피로연에 참석한 아홉 사람과 웨이터 한 명이 죽었다. 〈물고기〉가 와서 그들을 독살한 것이다. 그것은 대학살이었다. 신부는 남편과 함께 신혼여행을 떠나지 못했다.

〈웨트로폴리스〉의 이 현명한 사람들은 조지프와 셀리스가 모래 언덕에서 부패하기 시작한 지 나흘째 되는 날 그들의 시체에서 〈물고기〉의 증거를 많이 찾아낼지도 모른다. 그들의 죽음은 물과 관련되어 있는 것처럼 보였다. 그들은 해변에 있다가 부서지는 파도에 휩쓸려 모래 언덕에 떨어진 것 같았다. 그들은 둘 다 해체되고 경직되어 있었다. 일부는 반유동체의 덩어리가 되어 가고 있었고, 일부는 소금에 절여진 표류물이 되어 가고 있었다. 그것은 바다에서 볼 수 있는 것들이다. 그들에게서는 바다 냄새까지 났다. 썩어 가는 갈조류나 생선 비료처럼 고약하고 정액 같은 냄새였다.

그들이 은빛으로 뒤덮인 것은 물론 〈물고기〉가 있었다는 또 다른 증거였다. 그것은 물고기의 〈수위표(水位標)〉였다. 그 새벽빛과 그 세찬 빗줄기 속에서, 그리고 그 먼 거리에서 그들의 시체는 요정 은세공사가 만들어 거인들이 거기에 떨어뜨린 반짝이는 인간 귀고리처럼 보였을 것이다. 떨어진 얼음 조각 두 개, 금속박(箔) 두 개, 주석을 비늘처럼 얇게 두들기고 곰팡이와 사상균으로 녹청을 입힌 조각품 두 개.

햇빛이 차단되어도 그들의 시체는 여전히 보석으로 장식되어 있는 것처럼 보일 것이다. 그들의 시체에서는 생명의 연분홍색과 죽음의 암회색이 공모하여 중간색인 은색을 찾아냈다. 그리고 달팽이와 민달팽이가 살 위를 기어다니면서 끈적끈적한 침으로 마치 에나멜로 그린 듯한 무늬를 만들어 놓은 곳에는 여전히 반짝이는 흰색의 그물 무늬가 남아 있을 것이다. 그것은 분명 몬다지가 묘사한 무늬 — 〈물고기〉가 그들의 피부에 닿기 위해 헐떡거리고 꿈틀거리며 지느러미로 모래 언덕을 가로지르면서 남긴 비늘과 점액의 흔적 — 일 것이다.

좀 더 가까이 다가가서 보면, 조지프와 셀리스에게는 〈물고기〉가 절대로 남길 수 없는 색깔과 무늬가 있었다. 푸르스름한 갈색을 띤 모세 혈관의 눈부신 선세공(線細工)이 피부에 나뭇가지 무늬를 그리고 있었다. 피부에는 물집이 꽃을 피웠고, 나팔꽃 모양의 빨간 꽃부리와 노란 씨방이 물푸레나무 꽃처럼 현란했다. 입을 벌리고 있는 따뜻한 동굴 — 갈비뼈 아래, 살갗 아래, 두개골 아래 — 의 테두리는 찢기고 부풀어 올라, 푸른색과 빨간색과 초록색으로 화려하게 채색되어

111

있었다. 이제 그들은 너무 많이 썩었고, 고약한 냄새가 코를 찔러 갈매기나 게들을 끌어들일 만한 매력은 별로 없었다. 그들은 수많은 강(綱)과 목(目)과 종(種)을 거쳐, 마침내 줄의 맨 끝에서 기다리던 하등 동물 — 부랑 생활자 무리, 땅벌레, 자벌레, 노래기, 이, 관벌레, 벼룩, 빈대처럼 다리가 너무 많거나 하나도 없는 동물 — 한테 넘겨졌다.

이 나흘째 되는 날 늪파리 구더기들이 꼬투리 모양의 알주머니에서 나오기 시작했다. 늪파리가 조지프와 셀리스의 내장 속에 깐 알들이 창자가 부패할 때 생기는 열기로 부화한 것이다. 죽은 지 오래인데도 아직 에너지를 만들어 내고 있다니! 구더기만큼 크고 구더기보다 쉰 배나 무거운 빗방울들이 운석처럼 떨어져 구더기가 우글거리는 동굴과 골짜기를 때리고 뒤흔들자, 구더기들은 썩은 살 속에서 이리저리 뒹굴면서도 게걸스럽게 먹어 댔다. 죽음은 우리를 포식하기 위해 살찌운다. 구더기들은 죽음의 잔치에 참석한 음유 시인이다.

동물학자들이 대부분 그렇듯이 조지프도 배타적인 속물이었고, 식물학을 싫어했다. 그는 식물학자의 생활이 동물학자보다 하찮다고 생각했다. 식물학자가 채집가라면 동물학자는 사냥꾼이다. 식물학자의 무기는 비닐 봉지와 꽃삽뿐이다. 하지만 이제 조지프는 과거 어느 때보다도 식물과 가까워져 있었다. 그를 먹이로 삼고 있던 살아 있는 포식자들 가운데 덩치가 큰 녀석들은 떠났지만, 긴 풀잎은 햇빛을 찾아 헐떡거리며 간호사들처럼 그 위로 허리를 굽히고 있었다. 그의 몸은 껍질과 펄프와 섬유질로 이루어진 식물이었다. 그의 뼈는 목재였다. 아무도 도와주러 오지 않으면 이제 곧 구더기들이 그를 해체할 것이다. 그러면 그의 몸은 꽃삽으로 그러모아 비닐 봉지에 담겨질 수밖에 없을 것이다.

인간이 다른 동물들보다 오래간다고 믿으면 물론 위안이 될 것이다. 어떤 기적(분명 자연 과학의 기적) 덕분에 조지프의 손과 셀리스의 종아리가 손상되지 않고 고스란히 남았다고, 그의 손가락 하나가 아직도 셀리스의 솜털 속에 묻혀 있다고, 셀리스의 발목 피부가 단단하고 부드러운 파스텔 색조를 띠고 있다고, 그녀의 발톱이 아직도 딸기처럼 빨갛고 잘 다듬어져 있다고 생각하면 위안이 될 것이다. 하지만 죽음은 차별하지 않는다. 살은 모두 살일 뿐이다. 조지프와 셀리스는 온몸이 손상되었다. 조지프의 손톱은 갈라지고 헐거워져 있었다. 그의 손은 뼈만 앙상하고 속이 텅 비어 있어서, 풀 먹인 빈 장갑처럼 보였다. 셀리스의 종아리는 껍데기밖에 남지 않았다.

하지만 비와 바람, 별똥별, 구더기와 수치심도 아직은 그들을 완전히 휩쓸어 가지 못했고, 그들의 유예 기간을 끝내지도 못했다. 아직까지는 청천벽력이 없었다. 조지프의 손은 셀리스에게 닿아 있었다. 살 위의 살. 힘줄을 가로지른 손가락. 그는 여전히 아내를 붙잡고 있었다. 셀리스는 여전히 그에게 붙잡혀 있었다.

몬다지는 죽던 해에 이런 글을 썼다. 〈우리는《물고기》가 언젠가는 우리 모두를 해치리라는 것을 알고 있다. 우리는《물고기》가 우리 집과 우리 방의 한구석에 코를 들이밀 때를 기다린다. 움직이지도 못할 만큼 쇠약해진 우리는《물고기》가 곰팡이 슨 서까래와 기둥을 대충 훑어보고, 우리 침대 옆 창틀을 따라 조개삿갓처럼 검게 자라는 이끼를 뜯어먹다가 마침내 고개를 돌려 우리를 곁눈질할 때까지 지켜볼 것이다. 우리 도시는 썩어 무너지고 있다. 우리는 바람과 소금과 비에 침식되고 있다. 우리는 물과 죽음을 두려워하면서 살고 있다.〉

14

 페스타를 죽인 것은 〈물고기〉가 아니라 〈불〉이었다. 물이 조금만 있었다면 그녀는 목숨을 구할 수 있었을지도 모른다.
 연수원에서 지낸 지 닷새째 되는 날 다침, 연수원은 거의 보이지 않았다. 바다에서 피어오른 눅눅한 안개가 여느 때보다 더 깊숙이 육지로 파고들어 왔다. 안쪽 모래 언덕의 높은 마루들이 습기를 빨아들였지만, 안개는 그 높은 마루를 넘어 민물 웅덩이에 약간 짭짤한 이슬을 떨어뜨리고 연수원 베란다의 진득거리는 유리창에 회색 입김을 내뿜었다.
 아침 7시, 희망에 찬 예비 박사들은 모두 연수원 안에서 잠들어 있었다. 셀리스조차 잠을 자고 있었다. 전날 저녁에 논문 지도 교수가 찾아와서 함께 저녁을 먹었는데, 그들의 요리는 칭찬하지 않았지만 그들의 현장 연구에 대해서는 명백한 만족감을 나타냈다. 그날 밤 지도 교수가 연구소로 돌아간 뒤, 그들은 〈반 파냐〉 네 병으로 축하 파티를 열고, 술에 취해 제스처 게임을 즐겼다. 동물을 흉내 내면 그 몸짓으로 동물 이름을 알아맞히는 놀이였다. 셀리스가 키스 시늉처럼 손바닥에 입김을 훅 불자마자 조지프는 톡토기를 알아맞혔다. 조지프와 셀리스는 서로 손끝 하나 대지 않았고, 지나친 관심을 보이지도 않았지만, 다른 사람들은 그들이 친해지는 것을 우주의 섭리로 여기는 듯했다. 외톨이는 같은 외톨이한테 달라붙게 마련이다. 그것은 정해진 공식이었다. 세 남자는 페스타만 집적거렸다. 실제로 다른 사람들이 모두 잠자리에 든 새벽 2시에도 페스타와 조류학자는 여전히 휴게실에 남아서 요란하게 키스를 하고 있었다.

좀 더 낭만적인 분위기를 내기 위해 등잔을 탁자 밑에 내려놓고 불꽃도 최대한으로 낮춘 다음 밤새 타도록 내버려 둔 것은 그들 두 사람 가운데 하나가 분명하다고 조지프는 생각했다. 그게 자신의 착상이었지는 조지프도 확신하지 못했다. 그가 7시 반에 일어났을 때, 휴게실은 자연광으로 거의 밝아져 있었다. 희미한 등불은 별로 눈에 띄지 않았을 것이다. 사실은 벌써 꺼졌을지도 모른다. 조지프는 연수원 건물을 한 바퀴 돌아 베란다 밖의 탁 트인 곳에서 셀리스를 기다리기 위해 밖으로 달려나가기 전에 등잔을 언뜻 보았을 뿐이다. 나무 타는 냄새가 났는지 어떤지도 조지프는 확신하지 못했다. 연수원을 떠나기 전에 등잔을 확인하고, 켜져 있으면 끄거나, 목재에서 멀리 떨어진 안전한 곳으로 옮겨 놓았어야 했다는 것은 조지프도 알고 있었다. 「불꽃을 분명히 보았다 해도, 나는 아마 등불을 끄지 않았을 거요.」 몇 년 뒤, 조지프는 셀리스를 위로하기 위해 자신의 실수를 인정했다. 그는 남의 일에 간섭하는 사람이 아니었다. 그리고 그때는 다른 일에 마음을 빼앗기고 있었다. 〈나는 불장난을 하기에는 키가 너무 작다〉고 말하지 않은 게 그나마 다행이었다.

셀리스는 아무것도 보지 못했다. 불빛도, 등잔도 보지 못했다. 셀리스가 본 것은 그녀가 부탁한 대로(조지프는 〈부탁〉보다 〈명령〉이 더 정확한 표현이라고 말할 것이다) 베란다 밖에서 그녀를 기다리고 있는 〈톡토기 맨〉뿐이었다. 조지프는 안개에 반쯤 삼켜진 데다 유리창이 흙빛으로 더러워져 있어서 잘 보이지 않았다.

전날 밤, 조지프는 베란다 창문으로 그녀를 — 술을 마시면서 — 엿본 것을 솔직히 인정했다. 그것은 무례한 짓이지만 굉장히 자극적이라고 셀리스는 생각했다. 그녀는 그것을 다시 한 번 경험하고 싶었다. 그래서 조지프와 헤어져 잠자리로 돌아갈 때, 〈아침에 나한테 와줘요〉 하고 말했다. 그날 밤 조지프는 꿈속에서 수십 번이나 그녀를 찾아오고, 그녀 속으로 들어오고, 그녀와 함께 머물렀다. 그리고 그녀를 위해 노래를 불렀다. 그녀의 척추를 건반 삼아 피아노를 치기도 했다. 손으로 그녀를 움켜잡고 그녀에게 입김을 내뿜었다. 그녀는 그를 위해 끝없이 긴 다리를 구부렸다가 용수철처럼 튀어 올라 공중제비를 돌았다.

그래서 정원에 서 있는 조지프를 유리창 너머로 보았을 때, 셀리스는 사랑받고 싶은 갈망에 사로잡혔다. 그녀는 제 모습을 감추려 하지도 않았고, 일부러 드러내려고 하지도 않았다. 그녀는 잠옷의 어깨 부분을 머리 위로 높이 끌어당기는 광경을 조지프에게 보여 주기 위해 그를 일부러 창밖에 세워 둔 것을 까맣게 잊어버린 것처럼, 슬리핑백을 아래쪽으로 끌어내리고 매트리스 위에 서서 알몸이 되었다. 몇 초 동안 잠옷이 셀리스의 눈을 가렸고, 조지프는 그녀의 몸이 어떻게 생겼는지 알게 되었다. 배. 비둘기. 그리고 그것의 실상. 탐스럽게 숲을 이룬 거웃. 그녀의 어깨와 아담한 젖가슴. 펑퍼짐한 엉덩이. 그녀의 장점과 결점. 그녀의 머리와 머리털이 다시 햇빛 속으로 튀어나왔을 때, 셀리스는 유리창에 코를 눌러 대고 있는 조지프를 보게 될 줄 알았다. 그런데 그는 원래 있던 자리에 그대로 — 안개 속에서 윤곽이 희미해진 형체로 — 서 있었다. 이것은 감동적이었고, 묘하게 자극적이기도 했다. 셀리스는 그를 위해 옷을 입었다. 브래지어는 하지 않았다. 셔츠. 속옷. 점퍼. 바지. 양말. 산책용 등산화. 옷을 다 입은 다음, 셀리스는 인어 공주의 빗인 손가락으로 머리를 빗고 조지프에게 손을 흔들었다. 셀리스에게는 이 순간이 그들의 사랑의 최고 정점이었다.

페스타는 언제부터 깨어나 그녀를 지켜보고 있었을까? (셀리스는 그것을 물어볼 기회를 끝내 갖지 못했다.) 하지만 셀리스가 매트리스 위에 앉아서 신발끈을 매고 있을 때, 룸메이트가 슬리핑백 속에서 벌떡 일어나 앉더니, 흐릿한 눈과 파이 껍질 같은 푸석한 얼굴로 담배 한 대만 달라고 말했다. 「기분이 끔찍해.」 페스타는 이렇게 말하고는 짜증스러운 웃음소리를 냈다. 「입이 꼭 새장 같아.」

「놀라운 일도 아니지.」 셀리스는 담배 두 대에 불을 붙여 하나를 페스타에게 건네주면서 말했다. 「더 자. 나는 조지프와 함께 해변으로 내려갈 거야.」

「너는 너무 열심이야.」 다행히 페스타는 정원의 염탐꾼을 알아차리지 못한 것 같았다. 「커피 끓일 거니?」

「지금 나갈 거야. 밀물이 들어오는 순간을 잡고 싶어.」 셀리스는 거짓말을 했다. 「커피 물을 불에 올려놓을게.」

바로 그것이 셀리스가 한 일이었다. 나중에 그녀는 등잔이 휴게실 탁자 밑이나 위에 놓여 있는 것을 어렴풋이 알아차렸다고 말할 것이다. 정말로 등잔을 보았는지는 확실치 않았다. 그녀는 휴게실에 들어갈 때 아직 타고 있는 담배를 손에 들고 있었다고 생각했다. 그 담배를 베란다 바닥에 거꾸로 세워 두었을 가능성도 있다. 다른 일을 하느라 바쁠 때면, 연기로 성긴 스카프를 짜고 있는 가는 담배를 아슬아슬하게 세워 두는 것이 그녀의 버릇이었다. 아니면 ― 부주의로 인한 실수가 너무 많고, 실수할 길도 너무 많다 ― 싱크대에서 얼굴에 물을 끼얹고 페스타의 커피 물을 냄비에 담는 동안 담배를 싱크대 옆 탁자 위에 세워 두었는지도 모른다. 또는 싱크대에 담뱃불을 비벼 껐는지도 모른다. 그녀는 너무 서두르고 있어서 별로 주의를 기울이지 않았다. 두 가지만은 확실했다. 셀리스의 인생에서 가장 잔인한 이날, 그녀가 연수원을 떠날 때, 페스타는 아직 잠이 덜 깬 상태로 잠자리에서 담배를 피우고 있었다. 그리고 아무도 주의를 기울이지 않는 화덕 위에는 냄비가 놓여 있고, 그 밑에서는 무방비 상태인 불이 타고 있었다.

그렇다면 가능성은 여러 가지였다. 실제로 어떤 일이 일어났다고 확실하게 말할 수 있는 증거는 전혀 없었다. 연수원 ― 목재와 유리로만 이루어진 건물 ― 은 너무 심하게 불에 타서 현장 검증을 할 수가 없었다. 불이 꺼지지 않은 등잔, 밤새도록 타게 내버려 둔 등잔, 그날 아침 조지프가 밖으로 나갈 때도 끄지 않고 내버려 둔 등잔이 마침내 휴게실 탁자 밑바닥에 옮겨 붙어 확고한 발판을 마련했다. 나무 탁자가 까맣게 그을리다가 결국 활활 타오르기 시작한 것이다. 불길은 거꾸로 뒤집힌 상태였으니까, 탁자가 현대 가구 제조의 안전 규칙에 따라 광택제와 도료의 가연성을 약화시킨 현대식 탁자였다면 오래지 않아 불길이 꺼졌을 것이다. 그런데 이 탁자는 불붙기 쉬운 가연성 니스를 바른 목재로 되어 있었다. 오래된 니스는 열을 받자 녹지 않고 바싹 말라서 비늘처럼 벗겨졌다. 목재에서 떨어져 나온 니스 파편들은 펄펄 날려서 모래 언덕을 이루고, 불길이 탁자 밑바닥 전체로 번져

갔는지도 모른다.

아니면 모두 잠든 집 안에서 아무도 지켜보지 않은 화덕이 냄비의 커피 물을 다 증발시키고 냄비 자체를 가열하기 시작했을지도 모른다. 냄비 바닥은 처음에는 선명한 회색과 푸른색의 에나멜로 아름답게 채색되어 있었을 것이다. 그러다가 이윽고 가스 불꽃이 퍼지기 시작했을 것이다. 불꽃은 냄비 옆구리를 훑고, 플라스틱 손잡이까지 혀를 날름거렸을 것이다. 냄비의 플라스틱은 녹지 않고 타오른다. 열기를 견딜 수 없게 되면 플라스틱은 자제할 수 없는 에너지를 폭발 쪽으로 돌려 버리고, 냄비는 폭죽처럼 터져서 불꽃과 함께 튀어 오른다. 어쩌면 물이 다 증발하여 불안정해진 냄비가 화덕에서 떨어져 녹은 금속을 마룻바닥에 퍼뜨렸을 수도 있다.

아니면 멋지게 균형을 잡고 서 있던 담배 — 셀리스가 불을 붙인 채 싱크대 옆 탁자나 베란다 바닥에 세워 둔 담배 — 가 이윽고 쓰러져 갈라진 목재 위에서 연기를 냈을지도 모른다. 아니면 페스타가 담배를 피우다가 다시 잠들어, 그날의 첫 담배인 킹사이즈 궐련을 매트리스 위에 떨어뜨렸을지도 모른다. 그리고 불꽃을 내며 타오르는 화학 섬유 속에서 몸을 태웠는지도 모른다. 아니면 페스타가 끓는 물로 커피를 타서 비틀거리며 잠자리로 돌아오다가 탁자 밑에 놓인 등잔을 발끝으로 걷어찼는지도 모른다. 쏟아진 등유는 마룻바닥을 따라 흐를 것이고, 등불이 그 뒤를 따라올 것이다. 아니면…… 어떤 일도 일어날 수 있다. 아니면 실상은 전혀 달랐을지도 모른다. 죽은 사람은 말이 없다. 화재의 원인은 수천 가지나 될 스 있다.

최초의 원인이 무엇이든, 누구의 실수였든, 누가 자진해서 책임을 졌든, 불길이 그보다 더 바싹 마른 목재를 바랄 수는 없을 것이다.

잠자고 있던 세 남자는 운이 좋았다. 그들의 방문은 닫혀 있었기 때문에, 첫 번째 불길이 연료와 산소를 찾아 모이를 쪼아먹는 주황색 병아리처럼 목을 길게 잡아늘였을 때, 그들은 옆방에서 마루널이 뒤틀리는 소리도 듣지 못했고, 목재가 그을리는 냄새도 맡지 못했고, 도료가 녹는 냄새도 맡지 못했다. 바닥에 등유가 조금 남아 있던 등잔이 폭발하는 소리에도 그들은 잠을 깨지 않았고, 불붙은 목재가 마침내 타오르기 시작하여 산탄총처럼 딱딱거리는 폭음을 내기 시작했을 때도 그들은 놀라 일어나지 않았다.

불은 2단 변속 장치를 가진 것 같았다. 1단은 철저하고 조직적인 주행이고, 2단은 고속 주행이다. 처음에는 목재가 노릇하게 구워지고 사람들의 코트가 횃불처럼 타오르고 장화가 녹다가 갑자기 부싯깃처럼 불길이 확 번졌다. 부엌 바닥에는 시리얼 상자가 놓여 있었고, 그들의 책과 노트와 잡지 따위가 쌓여 있었다. 혀처럼 날름거리던 불꽃은 침대보처럼 넓게 퍼졌다가 이윽고 장벽이 되었다.

그러나 불길은 휴게실 바닥을 가로질러 남자들의 방문에 이르렀을 때도, 방 안으로 미끄러져 들어가 바닥에 깔린 매트와 그들이 거기에 벗어 던진 옷가지를 가로질러 침대에서 자고 있는 남자들을 깨우지는 못했다. 문틀이 테두리와 너무나 잘 맞았기 때문이다. 목재는 열을 받으면 부풀어 오른다. 불길은 방문 바깥쪽을 타고 오르면서 페인트 칠한 표면을 조금 태우고 물집을 만들 수 있었을 뿐이다. 그런 다음 불길은 만만한 들보와 천장널과 지붕의 목재를 태우는 일에 열중하기 시작했다.

하지만 불과 연기는 공간을 좋아하기 때문에, 천장이 아니라 햇빛 쪽으로 끌려갔다. 페스타가 자고 있는 베란다의 열린 문 쪽으로 끌려간 것이다. 불과 연기는 뜨거운 상승 기류와 난로에서 나오는 모래 바람을 무방비 상태인 문을 통해 베란다로 보내, 베란다의 시원한 공기를 자극적인 탄내로 오염시켰다. 불길이 닿거나 연기에 질식하기 전에 페스타가 깨어난다면, 포동포동하고 생기에 가득 찬 몸으로 작은 창틀을 비집고 빠져나가거나 불길을 뚫고 휴게실로 들어간 다음 마당으로 탈출해야 할 것이다. 그러나 페스타는 휴게실을 빠져나오지 못했다. 담배가 쓰러졌거나 냄비가 과열되었거나 등유가 쏟아졌거나 한 지 5분도 지나기 전에 휴게실은 지옥으로 변했고, 불타는 목재에서 부산물로 나온 온갖 가스를 함유한 푸르스름한 불바다가 되어 있었기 때문이다. 뜨거운 벽. 뜨거운 바다. 난로 천장은 백열을 자신에게 돌려보내다가 결국 지붕을 뚫고 그 너머의 탁 트인 공간으로 나가, 불덩어리를 하늘로 쏘아 보냈다. 불덩어리는 산소를 실컷 먹으면서 축제 소동을 벌였다. 연수원 건물 안에서 자멸하고 있던 푸른 불꽃은 이제 5미터 높이의 지붕 위로 뛰어올라, 빨간 불꽃과 노란 불꽃을 해 방시켰다.

세 남자가 깨어난 것은 이때, 난로가 꽝 소리를 내며 폭발했을 때였다. 그들의 방문은 가운데 머름이 날아갔고, 숙박실은 이미 연기로 가득 차 있었다. 집 전체가 좌초한 배 같은 소리를 냈다. 삐걱거리며 항의하는 목재, 무너지는 들보, 파도처럼 넘실거리는 불길. 남자들이 탈출로를 찾는 데에는 별로 오랜 시간이 걸리지 않았다. 하나는 의자로 숙박실 유리창을 박살 낸 다음, 창문의 가운데 버팀목을 부수어서 그들이 비집고 나갈 수 있을 만큼 커다란 구멍을 냈다. 손과 가슴을 유리에 베는 것쯤은 문제가 아니었다. 옷을 입거나 들고 나올 여유는 없었다. 불길은 그들을 바싹 따라잡으며 두 개의 2층 침대와 침구를 태우고 있었다. 산소가 다 사라졌다. 그들의 허파와 다리가 불에 그을렸다.

바깥은 따뜻하지 않았다. 드러난 어깨가 시렸다. 불길이 오히려 고마웠다. 그들은 마당에 서서 연수원이 불꽃을 내며 활활 타올라 숯으로 변하는 것을 지켜보았다. 금속 파이프, 식기 건조대, 문 손잡이와 자물쇠가 녹는 것을 지켜보았다. 건물과 베란다에서 창틀이 폭발하는 소리를 들었다. 불길이 한때 아름다웠던 정원의 남은 부분을 가로질러 바깥 담장까지 기어가서 덤불숲에서 자유를 얻으려고 애쓰는 것 — 그리고 실패하는 것 — 도 지켜보았다.

오래지 않아 연수원은 까맣게 타고 낙인이 찍힌 뼈대만 앙상하게 남았다. 그 안에는 꺼져 가는 불과 뜬숯, 타고 남은 덩어리, 뼛가루가 수북했다. 남은 것은 (페스타의 가족들이 연구소의 태만과 부주의를 이유로 오랫동안 연구소에 손해 배상을 청구한 것은 별도로 하고) 콘크리트 계단, 건물의 토대를 이루고 있던 벽돌, 싱크대, 불타고 녹은 냉장고, 까맣게 타서 씨근거리는 목재, 조지프의 성가신 여행 가방 모서리에 박힌 까맣게 탄 금속, 향신료 냄새를 풍기며 서서히 이동하는 연기 장막, 소년들과 모닥불의 향수를 자아내는 독한 냄새뿐이었다.

페스타가 언제 훈제되고 화장되었는지는 아무도 정확히 말할 수 없었다. 그녀가 제 목숨을 구하려고 애써 볼 기회라도 있었는지조차 알 수 없었다. 남자들은, 그 불길 속에서 사람이 죽었을지도 모른다는 생각은 아예 하지도 않았다. 그들 자신이 평소보다 너무 늦잠을 잤기 때문이다. 세상 사람들은 벌써 아침을 먹고 일하러 갔을 것이다. 사라진 세 동료도 아침 그 시간이면 늘 있는 곳에 가 있겠지. 해안에서 불길을 삼키는 바닷물 속에 무릎까지 잠긴 채 박사 학위를 쫓아다니고 있겠지.

15

 실비는 금요일에 해안으로 가는 열차를 탔다. 잠을 자거나 들판을 내다보며 일곱 시간을 달렸다. 여행은 늦은 오후에 억수같이 내리는 폭우 속에서 끝났다. 다음에는 언덕 비탈에 있는 동네까지, 값싼 요금으로 무면허 택시 영업을 하는 아르바이트 학생의 차를 타고 차량의 홍수 속을 빠져나왔다. 당신이 내는 불법 요금은 건축가 한 사람을 양성하는 데 도움이 될 거라고 아르바이트 학생이 말했다.「팁은 한 푼도 없어.」실비는 속으로 중얼거렸다.
 집에 도착했을 때는 어스름이 깔리고 있었다. 딜리버런스 공원 위의 비포장 샛길에는 집이 세 채뿐이었고, 실비네 집은 그중 하나였다. 밖에서 보니 집은 어둡고 조용했다. 불빛도 없고, 라디오 소리도 음악 소리도 들리지 않았다. 창문에는 덧문이 내려져 있지 않았지만, 등나무로 덮인 간이 차고에는 부모님의 차가 보이지 않았다. 실비는 안심했다. 차도 없고, 어쨌든 집 안에는 시체도 없다. 부모님이 집에 없다면, 아직은 야외 연구 여행에서 무사히 돌아올 가능성이 있다. 예정보다 늦는 것은 부모님답지 않은 일이지만, 늦게나마 돌아와서 딸과 쓸데없는 말다툼을 벌일 가능성은 아직 남아 있다.
 그래도 실비는 빈 집에 들어가기가 왠지 겁이 났다. 가족이 사는 집은 항상 사람을 깜짝 놀라게 하는 구석과 불길한 문, 너무 겁이 나서 지나갈 수 없거나 쳐다볼 수도 없는 장소로 가득 차 있게 마련이다. 실비는 건축학도에 대한 경멸감을 억눌러야 했다. 그녀는 택시 운전사 — 그는 이름이 〈조〉이고, 급한 일은 전혀 없다고 말했다 — 에게 자기와 함께 들어가서 집 안을 조사해 달라고 부탁했다. 그리고 시간이 있으면 같이 커피나 맥주를 마시자고 권했다. 집 안에 뭐가 있을지 누가 알겠는가? 무슨 일이 일어나든, 실비는 그것을 혼자 발견하고 싶지 않았다. 조가 없으면 혼자 문을 열어야 할 테고. 여느 때와는 달리 기분을 달랠 거리도 없이 불안한 마음으로 혼자서 밤을 보내야 할 것이다. 조는 편리한 존재였을 뿐 아니라 그렇게 못생기지도 않았고, 벌써 그녀에게 반한 데다 (그녀는 당장 알아차렸지만) 더없이 고분고분했다. 이 사내를 최대한 이용하자. 밤새 함께 있어 달라고 부탁할 수도 있어. 알고 보면 따분한 남자일 수도 있겠지. 두툼한 아랫입술, 드라이스톤 목걸이, 〈조〉라는 짧은 애칭이 그 증거야. 하지만 적어도 이 남자의 차는 쓸모가 있을 거야.

그들은 정원 계단 밑에 차를 세우고, 빗물을 첨벙거리며 현관으로 뛰어 올라갔다. 실비는 제 손이 떨리고 있는 것을 보고 깜짝 놀랐다. 여행으로 긴장한 데다 간밤에 술을 마시고 악몽을 꾸었기 때문일 거라고 생각했다. 자기가 부모에게 애정을 갖고 있다고는 믿을 수 없었지만, 손이 너무 떨려서 열쇠를 꽂을 수가 없었다. 결국 조가 대신 문을 열어야 했다. 조도 긴장하여 떨고 있었지만, 그 이유는 실비보다 중요하지 않았다.

실비는 숨을 깊이 들이마셨다. 내가 어떻게 된 거지? 어제까지만 해도 나는 어떤 일에도 흔들리지 않는 굳센 여자였는데, 그 여자는 어디로 가버렸지? 화를 내면서 메트로놈의 일자리를 내팽개친 게 겨우 어제였잖아? 그런데 지금은 살갗이 너무 팽팽하게 당겨져서 금방이라도 찢어지거나 터져 버릴 것 같은 기분이야. 이것은 익숙한 감각이었다. 그녀는 이 현관에서, 그리고 이 현관문 앞에서 곧잘 몸을 떨곤 했다. 열쇠 구멍에 열쇠를 제대로 꽂지 못한 적도 많았다. 현관은 사춘기 때 그녀가 늘 술을 깨야 했던 바깥방이었다. 여기서 머리와 매무시를 가다듬고, 행복감에 젖어 팽창한 눈동자를 문질러 방탕함과 화학 작용의 흔적을 닦아 내고, 밖에서 산 물건과 습관성 약물을 감추고, 아버지가 책을 들고 방에서 내다보면서 〈늦었구나〉 하고 말하거나 화난 얼굴로 〈재미있는 저녁〉을 보냈느냐고 묻기 전에 재빨리 제 침대에 가도록 애써야 했다. 이 문지방을 넘는 것은 곧 스틱스[8]를 건너는 것이었다. 죄악은 거기에서 들통 났고, 질문이 날아왔다. 그녀는 심판을 받을 것이다. 더 이상 청소년이 아닌 지금, 잠시 비를 피하고 있는 이 피난처에서 스틱스의 이미지는 그때보다 오히려 두 배나 적절하고 무서웠다. 오래되고 직관적인 무언가가 그녀에게 말하고 있었다. 그녀가 지금 들어가려고 하는 곳은 죽은 자들의 방이라고. 그럼 이 현관은 저승으로 내려가는 관문이겠군. 조는 나를 스틱스 건너편으로 실어다 주는 나룻배 사공이겠고. 앞으로는 조를 〈카론〉이라고 불러야겠네.

문지방은 부풀어 있었다. 현관문은 여느 때처럼 빡빡해서 꼼짝도 하지 않았다. 실비는 택시 운전사에게 어디를 밀면 문이 쉽게 열리는지를 알려 주어야 했다. 집 안의 어둠이 거리의 어둠 속으로 쏟아져 나왔다. 실비는 열린 문간에서 쾌활하게 부모를 부르면서 현관과 층계참과 계단의 불을 차례로 켰다. 공포에 사로잡혀 허둥대지는 않았다. 그들은 아무도 — 특히 그들 자신 — 놀라게 하고 싶지 않았다. 누군가가 집에 있다가 불쑥 마주치면 양쪽 다 놀랄 것이다. 실비는 눈앞의 빈 공간을 실내복 차림의 아버지 모습과 머리를 수건으로 감싸고 위쪽 층계참을 가로지르는 어머니의 모습으로 가득 채웠다. 〈늦었구나〉 하고 말하는 아버지와 어머니의 목소리가 들리기를 바라기까지 했다.

하지만 아무 소리도 들리지 않았다. 지붕을 두드리는 빗소리와 집에 불이 켜지면 항상 들리는 소리 — 집이 불만스러운 듯 웅얼거리는 소리 — 가 들릴 뿐이었다.

그 밖에는 모든 것이 여느 때와 똑같아 보였다. 책의 곰팡내, 계단 난간에 걸쳐져 있는 재킷, 마룻바닥에 줄지어 깔려 있는 투박한 깔개(그녀는 어렸을 때 이 작은 깔개를 타고 미끄럼 타기를 좋아했다), 무더기로 쌓여 있는 구두들, 잡지더미, 어머니가 한 번도 타지 않은 실내 자전거, 그늘을 좋아하는 고사리 화분, 액자에 든 가족 사진, 평온

---

8 저승의 강. 사람이 죽으면 나루터 사공 카론의 배를 타고 이 강을 건너 황천으로 갔다고 한다.

한 생활에서 나는 깨끗한 냄새와 음식 냄새. 실비는 마룻바닥에 흩어져 있는 우편물을 모아서 계단 아랫단에 쌓아 놓았다. 그런 다음 어린애처럼 조의 재킷을 움켜잡고 방들을 들여다보기 시작했다. 우선 아래층부터 둘러보았다. 거실. 부엌. 잡동사니를 넣어 두는 다용도실. 정원 작업실. 식량을 저장해 두는 반침. 어디에도 생명의 흔적은 없었다. 나방이나 생쥐 한 마리도 없었다. 다음은 위층.

닫혀 있는 어머니 침실 문에 이르렀을 때가 가장 무서웠다. 닫힌 문은 항상 불길했지만, 어머니의 방문이 닫혀 있을 때는 〈방해하지 마라, 나는 편두통에 시달리고 있으니까. 나는 자고 있으니까. 네 아버지를 품에 안고 어둠 속에 누워 있으니까. 나는 화가 났으니까. 그러니 나를 건드리지 말고 내버려 둬. 나는 고치 속에 틀어박혀 있어〉 하는 뜻이었다.

실비는 망설였다. 문을 두드리기까지 했다. 하지만 결국 택시 운전사를 앞세워 방으로 들어갔다. 조가 스탠드를 찾아 불을 켤 때까지, 그래서 방이 갑자기 활기를 띨 때까지 몇 초 동안, 실비는 뒤틀린 그림자를 사람으로 착각하고 침대 위의 회색 형체를 오해했다.

최근까지 거기에 사람이 살고 있었다는 증거가 마침내 나타났다. 침대 탁자에 비어 있는 유리 찻잔과 받침 접시, 개미와 파리들이 차지한 과일 껍질이 놓여 있었다. 어머니의 면잠옷은 베개 위에 놓여 있었다. 침대는 아직 정리가 되어 있지 않았다. 창문 하나는 활짝 열려 있어서, 이틀 동안 간헐적으로 내린 비가 블라인드에서 떨어져 마룻바닥과 깔개를 적셨다. 이부자리와 침대보도 축축했다. 마룻바닥에 책 — 칼비노의 『반의어』 — 이 한 권 떨어져 있었다. 실비가 아버지를 괴롭히기 위해 생일 선물로 보낸 『염소치기의 오랜 지혜』는 화장대 위에 놓여 있는 오렌지색 대극(大戟) 화분 밑에 깔려 있었다.

벽에는 부모님의 결혼 사진이 걸려 있었다. 실비는 그 사진을 수천 번이나 보았다. 사진 속의 부모는 20대였는데도 너무 늙어 보였다. 지금의 실비와 비슷한 나이였다. 결혼 예복도, 강렬한 플래시 불빛도 부모를 실물보다 나아 보이게 해주지 않았다. 실비는 사진 속의 부모 얼굴에 무슨 실마리가 숨어 있기라도 한 것처럼 사진을 뚫어지게 쳐다보았다. 사람이 죽으면 사진 속의 얼굴이 변형될까? 지금은 부모의 미소가 전보다 좀 더 안정되고 희미해졌을까? 입이 더 이상 나아갈 수 없는 한계점에 도달한 것처럼?

아버지 방에 있는 소파 겸용 침대도 정리되어 있지 않았다.

실비는 부모의 책상과 전화 탁자를 조사했지만, 집을 비운 이유를 설명하는 쪽지는 남아 있지 않았다. 왜 그런 쪽지를 남기겠는가? 비망록에도 부모가 어디 갔는지를 암시해 주는 이름이나 날짜나 숫자 따위는 전혀 없었다. 휴대폰도 보이지 않았다. 휴대폰이 대개 숨어 있는 쿠션 밑도 모두 살펴보았지만 끝내 찾을 수 없었다. 부모님이 어디 갔는지는 모르지만, 휴대폰을 가져간 게 분명했다. 실비는 부모가 여행 가방을 꾸려서 가져갔는지를 확인하러 갔다. 여행 가방은 그대로 남아 있었다. 실비는 우편물을 모두 뜯어서 보았다. 실마리는 전혀 없었다. 광고물과 청구서뿐이었다.

마지막으로 남은 곳은 정원이었다. 조가 커피를 끓이는 동안, 실비는 정원 작업실을 통해 밖으로 나가서 미끄러운 나무 계단을 내려갔다. 정원에 내리는 비는 거리에 내리는 비보다 반갑고 따뜻했다. 실비는 데크와 마당을 환하게 밝히기 위해 집 안의 전등을 모두 켜놓았다. 아버지가 먹다 남긴 마지막 아침 식사가 아직도 쟁반에 담긴 채 정원용 의자 옆에 놓여 있었다. 아버지의 찻잔과 받침 접시에는 빗물이 그득했다. 쟁반 위에 덧댄 합판은 갈라지고 들떠 있었다. 뻣뻣해진 망고 껍질과 씨가 식탁에 흩어져 있었다. 과도는 날이 녹슬었고, 작은 거미들이 칼집 속에 둥지를 틀고 있었다. 치즈 빵은 포장지에 달라붙은 반죽만 조금 남아 있었다. 나머지는 새들이 다 먹어 치웠다.

실비가 쟁반에 고인 물을 쏟아 내고 있을 때 조가 불렀다. 그녀의 커피가 찻잔에 담겨 있었다.

「뭐 좀 찾았어요?」 조가 데크를 내려다보면서 물었다.

실비는 고개를 저었다.

「저게 뭐죠? 의자 밑에 있는 거.」

아버지의 장부였다. 그것도 비에 흠뻑 젖어 있었다. 종이는 물먹어 쭈글쭈글해지고, 잉크는 묽어져서 파리한 분홍색과 푸른색이 되어 버렸다. 중국산 자기처럼 복숭앗빛을 띤 푸른색이다.
「아버지의 일기장.」책이 비에 젖게 내버려 두다니, 아버지답지 않았다. 더구나 일기장을.
「마지막으로 적힌 날짜가 며칠입니까?」보기보다 똑똑한 건축학도였다.
실비는 종이를 넘겨 보려고 했지만 솜처럼 찢어져 버렸다. 「너무 젖어서 읽을 수가 없어요.」
「이제 어떡할 건데요?」
「건조실에 갖다 놓고 말려야겠어요.」
「그게 아니라…… 부모님이 어디 가셨는지를 어떻게 알아낼 작정이냐고요?」
「나도 모르겠어요. 어떻게 해야 되죠? 나는 경찰이 아니에요. 당신이라면 어떻게 하겠어요?」대답하지 않아도 된다는 뜻을 말투로 분명히 전달했다고 그녀는 생각했다.
「우선 이웃 사람들한테 물어봐야 할 겁니다. 뭐 알고 있는 게 없는지. 그게 가장 먼저 할 일이라고요. 그런 다음 친척들한테 전화하세요. 형제는 없어요?」
「없어요. 가까운 친척은 삼촌 한 분밖에 안 남았어요. 그리고 육촌이 한 백 명쯤 될 거예요. 좋아요. 이 문제는 내가 알아서……」
「삼촌한테 전화하세요. 부모님한테 무슨 소식을 들었을지도 모르니까.」
「삼촌은 뉴욕에 있어요. 내가 여섯 살 때 보고, 그 후로는 본 적이 없어요. 아버지와 삼촌은 연락을 끊은 지 오래됐거든요. 또 무슨 영감이 떠오른 건 없어요?」
「부모님 친구들한테 전화해 봐요.」
실비는 어깨를 으쓱했다. 그녀는 부모님 친구들의 이름을 하나도 알지 못했다. 실비는 자신의 인생을 살았지 부모의 인생을 산 것은 아니었다.
「그렇다면 병원을 조사해 봐야 할 거예요. 이런 얘기 해서 미안하지만, 시체 공시소도 확인해 봐야 할 거고요. 그리고 경찰서에 가서 행방불명된 자동차를 찾아 달라고 부탁하세요. 뭐가 잘못됐나요?」

실비는 그에게 인상을 썼다. 그가 나열한 목록이 마음에 들지 않았다. 그녀는 〈해야 할 일들〉을 싫어했다. 그 많은 곳을 일일이 찾아다니려면 며칠이나 걸릴까? 불법 택시 요금은 또 얼마나 나올까?

「당신의 고견을 따르려면 택시가 필요하겠군요.」

「밖에 택시가 한 대 있잖습니까.」

「나는 빈털터리예요.」

「괜찮아요. 내가 항상 요금을 받는 건 아니라고요. 친구들한테는 안 받아요. 내일은 토요일이니까 내 마음대로 보낼 수 있어요.」 그는 커피잔에 눈길을 쏟았다. 그녀의 삭발한 머리에 빗물이 번지고 비에 젖은 셔츠가 젖가슴에 찰싹 달라붙은 것은 얼마든지 바라보겠지만, 그녀와 눈을 마주치고 싶지는 않았다.

「그거 잘됐군요. 나의 카론. 나의 페로몬.」 조를 여기 머물게 해주자. 조는 남의 일에 나서기를 좋아하고, 내가 시키는 대로 할 사람이야. 여기 또 다른 삶 속에서 환상이 실현되겠군. 명령하는 대로 움직이는 자가용 운전사, 하인, 머슴.

「나와 함께 밤을 보내고 싶은 마음은 얼마나 되죠? 난 이 집이 싫어요.」

그들은 그녀의 침실 — 아니, 한때 그녀의 침실이었던 방 — 에서 밤을 보냈다. 매트리스가 좁은 데다 이불도 1인용이라서 서로 바싹 붙어서 잘 수밖에 없었다. 그녀가 떠난 두 부모는 이 방을 새로 꾸몄고, 그녀가 천장에 붙여 놓은 야광 은하계도 떼어 버렸다. 푸른색이었던 〈밤하늘〉은 이제 하얀색으로 바뀌었고, 별 하나 없이 휑뎅그렁했다. 서랍과 벽장, 소설이 가득 들어 있던 소녀 시절의 책꽂이는 텅 비어 있고, 싸구려 하숙방처럼 소독되어 있었다.

실비는 잠을 이룰 수가 없었다. 너무 피곤하고 불편했다. 제 아파트에 있다면 포도주의 도움으로 불안을 달랠 수 있겠지만, 그녀의 부모는 술꾼이 아니었다. 이 집에 있는 술이라고는 꿀을 탄 〈럼주〉 한 병뿐이었고, 그나마도 너무 오래되어서 병이 끈적거렸다. 알코올은 전혀 없었다. 술을 마시지 않아서 맨송맨송했지만, 성욕에 불타는 것처럼 운전사를 속일 필요는 없었다. 여러 번 경험했듯이, 스트레스와 불안은 뜻밖에 효과적인 최음제였다. 순종적인, 그러나 약간 모자란 남자들도 성욕을 자극하는 최음제였다. 그녀는 스무 번쯤 — 그를 〈카론〉이라고 부를 때만이 아니라 — 조에게 충격을 주고, 그를 당황하게 만들었다. 그녀는 밑동만 남은 까칠까칠한 머리털로 조의 성기를 스쳤다. 그리고 조의 입술 밑에 돋아난 뻣뻣한 수염을 활용했다. 그의 손목과 손가락을 아프게 했다. 그를 기다리게 했다. 그녀는 부모의 집을 요란한 소리로 가득 채울 기회를 잡았다. 하지만 일이 끝나고 조가 잠들자, 섹스가 그녀를 변화시키고 마음을 차분하게 가라앉혀 준 듯한 느낌이 들었다. 부모를 찾는 일이 더 이상 절박하게 여겨지지 않았다. 그림자들은 더 이상 지옥의 형상이 아니었다. 죽음은 아무런 신비도 갖고 있지 않았다. 걱정은 이제 성적 능력을 잃어버렸다. 지금은 그저 집에 있는 것이 괴로울 뿐이었다. 이것은 분명 실패였다. 이 나이에 결국 어렸을 때 쓰던 방으로 돌아오다니.

집의 어둠은 마음을 달래 주었다. 그녀의 등허리에 팔을 두르고 찰싹 붙어 있는 조와 함께 좁은 침대에 누워 있으려니까, 불안에 사로잡혀 허둥지둥 해안으로 달려온 거나 자신의 삶과 직장을 서둘러 내동댕이쳐 버린 것이 너무 미련하고 성급하게 느껴졌다. 6백 킬로미터가 넘는 길을 달려 그녀가 싫어하는 도시로 돌아온 것은 단지 아버지의 비서가 호루라기를 불었기 때문이다. 〈박사님들이 며칠 동안 야외 연구를 떠나셨는데 — 정확히 어디로 가셨는지는〉 비서도 알지 못했다 — 아직도 출근하지 않았다는 거였다. 그래서 어쨌다는 거지? 사실은 만세를 불러야 돼. 드디어 부모님이 장난기를 발동시킨 거야! 실비는 옛날부터 부모가 일을 지나치게 좋아한다고 생각했다. 그런데 이번만은 부모가 일에서 도망친 것이다.

셀리스와 조지프는 아마 생각이 모자랐을 것이다. 하지만 그들이 딸이나 동료들한테 알리지 않고 여행을 떠난 게 이번이 처음이었을 리는 없다. 아마 차를 몰고 어딘가로 휴가를 갔다가 예정보다 오래 머물게 되었을 것이다. 그것은 조금도 이상할 게 없었다. 이 모든 혼란은 간단히 설명할 수 있었다. 그녀의 부모는 지나치게 중년답고 재미

없는 사람들이라서, 등산가나 시인처럼 사고를 당하거나 천수를 누리지 못하고 일찍 죽을 가능성은 전혀 없었다.

부모님은 지금 당장이라도 돌아올지 모른다. 길에서 부모님의 고물 자동차소리가 들리고, 전조등 불빛이 별 하나 없는 그녀의 방 천장에서 너울거리고, 현관문 열쇠가 열쇠 구멍 속에서 돌아가는 소리가 들리고, 부모님이 집 안으로 들어와 계단을 올라오고, 발가벗은 택시 운전사와 함께 침대에 누워 있는 딸을 발견할지도 모른다. 그것은 아버지의 귀찮은 질문 —「언제쯤이면 네 얼굴을 다시 볼 수 있냐?」— 에 대한 희극적인 대답이 될 것이다.

실비는 마음이 평온했지만 용기는 없었다. 그녀는 잠자는 운전사를 침대에 남겨 두고 어머니 방으로 갔다. 거기에 있으면 마음이 좀 편해질 테고, 잠을 잘 수도 있을 것이다. 그녀는 어머니의 잠옷을 입고, 시트와 이불이 젖지 않은 쪽에 드러누웠다. 부모가 돌아오면, 여기서 맞이하는 것이 더 나을 것이다. 부모는 어머니 침대에서 자고 있는 얌전한 딸을 발견할 테고, 죽음은 30년 뒤에나 찾아올 것이다.

「우리에게 이런 영광을 가져다 준 게 도대체 뭐지?」 부모는 빈정거리면서도 기쁨을 감추지 못하고 그렇게 말할 것이다. 너무 수줍어서 딸을 끌어안지도 못할 것이다. 「네가 집에 오다니, 도대체 무슨 바람이 분 거냐? 무슨 일이 있니?」 아무 일도 없다고 대답해야 할 것이다. 그건 사실이었다. 실비는 왜 왔을까? 침실 창문을 닫고 쟁반을 말리고 비에 젖은 아버지의 일기장을 구하기 위해? 부모의 재미없고 기하학적인 삶이 낳은 청구서와 광고물 더미를 계단 밑에 쌓아 올리기 위해?

16

 이튿날 아침, 운전사는 필요 이상으로 일찍 그녀의 팔을 잡아 흔들며 그녀를 깨웠다. 기분이 떨떠름해 보였다. 그는 한밤중에 깨어나 그녀가 자기를 혼자 내버려 두고 가버린 것을 알았다고 투덜거렸다.
 「왜 그랬죠?」 그는 어린애처럼 토라져서 셀리스의 침대 발치에 알몸으로 서 있었다. 「당신이 도망친 줄 알았잖아요.」 실비는 소리 내어 웃었다. 「나는 당신 말을 곧이곧대로 믿고 그 이야기가 모두 사실인 줄 알았는데, 어떻게 그런 농담을 할 수가 있죠?」
 「맞아요. 내가 다 지어 낸 이야기예요. 이 집은 우리 부모님 집이 아니에요. 부모님은 행방불명되지 않았어요. 당신을 침대로 꼬시려고, 택시 요금을 아끼려고 그런 이야기를 꾸며 냈을 뿐이에요. 당신을 만나서 나는 봉을 잡은 거라고요.」 그녀는 팔을 뻗어 라디오를 켰다. 뉴스로 채널을 돌린 다음, 나룻배 사공에게 그만 가보라고 손짓했다. 조는 이불을 들치려다가, 실비가 이불을 잡아당기자 그녀의 손목을 움켜잡았다. 「안 돼요. 여기엔 당신이 누울 자리가 없어요. 아침은 먹었나요? 먹을 게 뭐가 있는지, 가서 찾아봐요. 어서.」
 그가 나가자 — 그는 침실 문을 〈거의〉 쾅 하고 닫았다 — 실비는 지방에서 일어난 사고와 사망 소식을 전하는 라디오 뉴스에 귀를 기울였다. 사고는 몇 건 있었지만 — 트럭이 굴러 떨어진 사고 한 건, 자동차를 타고 가던 세 학생의 교통사고 한 건, 자동차 수리공의 충돌 사고 한 건 — 부모한테 들어맞는 것은 하나도 없었다. 동물학 박사는 하나도 죽지 않았다. 그녀의 부모와 비슷한 나이에 비슷한 학식을 가진 매력 없는 사람은 아무도 죽지 않았다.

실비는 옷을 입고 아래층으로 살금살금 내려갔다. 그녀는 밟아서는 안 될 두 계단을 알고 있었다. 그것을 밟으면 난간 동자기둥이 삐걱거리는 소리를 낸다. 조가 부엌에 무릎을 꿇고 찬장에서 먹을 만한 빵을 찾고 있는 게 보였다. 실비는 아버지의 비옷을 입고 이슬비가 내리는 밖으로 나갔다. 이웃집 두 곳을 찾아가 볼 작정이었다. 왼쪽 집에서는 개가 짖을 뿐 응답이 없었다. 하지만 오른쪽 집에서는 실비가 모르는 초로의 여자가 대답해 주었다. 「그들을 못 본 지가 나흘이나 닷새는 됐어요. 당신 부모님을 마지막으로 본 게 아마 지난 일요일일 거예요. 그 후로는 한 번도 마당에 나오지 않더군요. 그동안 침실 창문은 줄곧 열려 있었어요. 요전 날 밤에는 창문이 바람에 흔들려서 계속 탕탕 소리를 내고 있었는데, 지금은 닫혀 있는 걸 보니까 당신이 닫은 모양이군요.」 부모님의 자동차가 없어진 지는 얼마나 됐을까? 여자는 모른다고 말했다. 「부모님 차를 보아도 나는 알아보지 못할 거예요. 차가 무슨 색이죠?」

그것은 실비도 알 수 없었다. 「빵 남은 게 있으면 좀 나누어 주시겠어요?」

빵 반 덩어리를 얻어서 집으로 돌아오자, 실비는 조의 엉덩이를 장난치듯 찰싹 때려서 그의 기분을 조금 달래 준 다음, 의자를 전화기 쪽으로 끌고 갔다. 다시 한번 부모의 휴대폰에 전화를 걸어 보았다. 역시 지난번과 마찬가지로 연결이 되지 않았다. 실비는 아버지의 비서에게 전화를 걸었다. 자동 응답기가 전화를 받았다. 연구소는 휴일이었다. 이어서 그녀는 병원에 전화를 걸기 시작했다. 토요일에는 병원의 전화 교환대에 직원이 배치되어 있지 않았다. 실비는 〈환자의 병동 번호를 누르세요〉라든가 〈월요일에 다시 전화해 주세요〉라든가 〈문의하실 일이 있으면 7777로 전화하세요〉라는 대답밖에 듣지 못했고, 전화가 연결되기를 기다리는 사람들의 긴 줄에 끼어들어, 인내심을 시험하는 오스발도 보세의 딱딱거리는 음악을 들어야 했다.

당장 조를 쫓아내고 싶은 마음이 굴뚝같았다. 벌써 그는 실비의 신경을 건드리고 있었다. 그는 걸핏하면 징징거리고 부담스럽게 굴었다. 아침에는 어머니 침대에서 자고 있는 실비를 찾아내어 팔을 움켜잡았다. 실비는 그게 영 마음에 들지 않았다. 이불을 들치고 그녀 옆에 누우려 한 것도 못마땅했다. 실비가 빵을 얻어 오자, 그는 그녀가 아침 식사를 차려 줄 의무가 있다고 생각한 모양이었다. 「나는 웨이트리스 일을 그만두었어요.」 그러자 조는 부루퉁해졌다. 실비는 적어도 저녁때까지는 자신의 태도를 바꾸는 게 좋겠다고 판단했다. 전화로 병원에 연락을 취하기가 아무래도 어려울 것 같았고, 그러면 운전사와 자동차가 절대로 필요할 것이기 때문이었다.

그 일이 끝나면 조를 내쫓아 버리자. (「다른 여자를 찾아봐요. 당신의 섹스는 형편없었어요. 조라니, 정말이지 바보 같은 이름이에요. 전화하지 말아요.」)

실비가 화해하러 가보니, 조는 부엌에 없었다. 그녀는 정원 작업실에서 그를 찾아냈다. 조는 아버지 의자에 앉아서 커피를 마시고 사과를 먹으면서 낡은 신문을 읽고 있었다. 손수 빵을 굽느니 차라리 죽겠다고 그가 말했다. 그는 손님인 데다 그녀를 집까지 공짜로 태워다 주었으니까, 그녀한테 당연히 융숭한 대접을 받을 자격이 있었다.

「미안해요, 카론.」

「괜찮아요.」

「너무 걱정이 돼서 그래요. 이해하죠?」 그녀는 그의 어깨를 두 팔로 끌어안았다. 「갈까요?」

「어디로?」

「병원에 가봐야 할 것 같아요. 그 다음에는 악귀와 시체가 있는 지하 감옥에. 묘지와 무덤에도 가고, 장례장에도 가고.」 실비는 조를 즐겁게 해주려고 애썼다. 그녀는 그의 셔츠 속에 손을 집어넣었다.

「오케이.」 조는 최대한 단조롭게 말했다.

하지만 실비는 우선 위층으로 올라가서 샤워를 하고 어머니 침대를 정돈했다. 아침 식사에 사용한 컵과 접시도 씻어야 했고, 부모가 남기고 간 음식 찌꺼기도 치워야 했다. 실비는 어머니 침실에서 비에 흠뻑 젖은 깔개와 이불을 갖고 나와 건조실에 걸어 놓았다. 아버지의 일기장은 벌써 다 말라서 **빳빳해져** 있었다. 실비는 일기장을 읽기가 망설여졌다. 일기장은 아버지의 사적인 공간이다. 아버지의 내밀한 세계를 들여다보고 싶어하는 자식은 아무도 없다. 내키지는 않았지만, 실비는 햇빛이 들어오는 창문 쪽으로 일기장을 들어 올리고, 내용이 적힌 마지막 페이지가 나올 때까지 일기장을 넘겼다. 종이는 부풀었고 잉크는 희미해져 있었다. 처음에는 빗물이, 이제는 열기가 잉크의 색소를 빼앗아 버렸다. 일기장에서는 박물관이나 서류 가방 같은 냄새가 났다. 아버지가 마지막으로 쓴 문장은 쭈글쭈글 주름이 져 있었지만, 아직도 충분히 읽을 수 있을 만큼 선명했다. 너무나 즐겁고 낙천적인 말이라고 실비는 생각했다. 그리고 실비를 안심시키는 말이었다. 아버지는 이렇게 썼다. 〈화요일 일을 하기에는 너무 좋은 날씨. (톡토기를 찾아서!)〉

그래서 실비는 그 토요일 날, 그녀에게 자상하게 마음을 써주고 참을성 많은 조를 데리고 야릇하기 짝이 없는 도시 유람을 시작했다. 병상에 누운 채 포도를 먹으며 잡지를 읽고 있는 부모를 찾아낼 수 있을지도 모른다는 기대를 품고, 조의 차에서 유일하게 작동하는 와이퍼 하나를 켠 채, 〈물고기〉가 지나간 자국을 따라 이 병원에서 저 병원으로 비에 젖어 축 늘어진 거리를 달렸다. 특실 병동만이 아니라 일반 병동도 찾아갔다. 그들은 계단을 뛰어 올라가고, 침대가 들어갈 수 있을 만큼 넓은 승강기를 타고, 스크린과 등록부에서 부모 이름을 찾아보기 위해 접수 창구 앞에 줄을 섰다. 조지프나 셀리스일 가능성이 있는 무연고 환자들이 수용되어 있는 병동에도 찾아가서 커튼을 젖히고, 자동차나 칼이나 심장 마비나 약물 과용이 인간에게 입힐 수 있는 온갖 손상을 확인했다. 하지만 모두 낯선 사람들이었다.

마지막으로 그들은 중앙 경찰서를 찾아갔다. 실비는 부모가 평소에 얼마나 성실하고 시간을 잘 지키는 분들인지를 누누이 설명하여, 이것이 심상찮은 사태라는 인상을 당직 경찰관에게 심어 주려고 애썼다. 「부모들은 항상 자식들을 실망시키죠.」 경찰관은 이렇게 말하면서 조지프와 셀리스의 인상 착의와 자동차 등록 번호를 기록했다. 그러고는 책상 위의 〈VDU〉(영상 표시 장치)를 검색해 보았지만, 거기에는 어떤 보고도 올라와 있지 않았다.

「이제 곧 나타나실 겁니다.」 경찰관은 장담했다. 하지만 그가 덧붙인 말은 그 장담과는 완전히 모순되는 것이었다. 「혹시 시체 공시소에 있는 게 아닌지 확인해 보세요.」

17

 버디는 페스타와 조지프와 셀리스가 정말로 무사한지 확인하고, 연수원에 불이 나서 건물 안에 있던 물건이 몽땅 타버렸다는 것을 알려 주기 위해 자진해서 해변으로 달려갔다. 그들의 옷가지와 가방, 공책과 책이 모두 재가 되었을 뿐 아니라, 박사 학위를 딸 가망도 사라져 버렸다. 버디는 그 임무를 거부할 수 없었다. 세 남자 중에서는 그가 가장 건강했고, 구두를 신고 있는 것은 사실상 그 혼자였기 때문이다. 그는 불타는 건물에서 탈출하기 위해 숙박실 유리창을 깰 때 구두 뒷굽을 사용했다.
 해니와 빅터는 맨발로 콩밭을 가로질러 판자촌까지 가야 할 것이다. 영웅들의 당당한 행군이라고는 할 수 없었다. 처음 판자촌을 방문했을 때만큼 의기양양하지 않은 이 두 번째 방문에서는 옷과 신발을 빌리고, 전화를 빌려서 연구소와 공항과 소방서에 전화를 걸어야 할 것이다. 이 바람이 기세를 되찾으면, 연수원의 꺼져 가는 불도 기세를 되찾을지 모른다. 그러면 숲이나 관목숲에 옮겨 붙은 불길을 잡아야 할 테고, 마을의 집들까지도 불에 타버릴지 모른다. 생각만 해도 온몸이 떨렸다.
 그들의 친구 버디는 초라한 허수아비 같았다. 그는 한 번에 두 단씩 계단을 뛰어내려 덤불숲을 지나 농로와 웅덩이에 이르렀다. 그는 하얀 티셔츠와 파자마밖에 입고 있지 않았다. 그가 달려가자 파자마 앞에 뚫린 구멍으로 성기가 툭 튀어나와 손가락 인형처럼 까딱거렸다. 발에는 발목까지 올라오는 검은 장화를 신었고, 양말은 신지 않았다. 그의 몸에서는 연기 냄새와 땀내가 났다. 머리카락은 까치집처럼 뒤

엉켜 있었다. 그는 영화 주인공이 된 듯한 기분이었다. 그렇게 익살맞은 기분을 느낀 것은 난생처음이었다. 그는 해변 어디에서 세 동료를 찾을 수 있는지를 알고 있었다. 어느 날 오후 페스타가 해초 속에서 의료용과 식용으로 연구할 해초를 찾고 있을 때 그가 도와준 적이 있었다. 페스타는 어젯밤에 키스로 보답했지만, 그가 여러 차례 시도했는데도 그녀는 아직 그의 혀가 입술을 뚫고 들어오거나 그의 손이 옷 속으로 들어오는 것을 허락할 준비가 되어 있지 않았다. 그리고 버디는 멀리 떨어진 해안의 여울을 지나 바다 쪽으로 튀어 나간 갯벌을 향해 걸어가는 조지프와 셀리스를 두 번 본 적이 있었다.

길은 단순했고 대부분 내리막이었다. 소나무, 저습지와 모래 언덕, 해변 오솔길, 넓게 펼쳐진 모래톱. 얕은 바닷물 속에 있는 사람들을 향해 해안을 따라 첨벙거리며 달리기, 멀리서 바람에 허리를 굽힌 채 깃털처럼 피어오르는 재. 양말을 신지 않은 발목이 장화에 스쳐서 아팠고, 연기 때문에 아직도 골치가 아팠지만, 컨디션이 그렇게 좋은 것은 몇 달 만에 처음이었다. 충격으로 가슴이 두근거리는 화학 반응이 그에게 생기를 불어넣었다. 그는 달리면서 그것을 절감했다. 하마터면 죽을 뻔했다. 정말 운이 좋았다. 그는 이제까지 그렇게 빨랐던 적이 없었고, 그렇게 원기 왕성했던 적도 없었다. 구역질과 기쁨을 이상할 만큼 가깝게 느낀 것도 난생처음이었다. 페스타를 부르는 내 모습은 얼마나 멋져 보일까. 반쯤 벌거숭이의 반쯤 영화배우, 엄청난 소식을 가지고 화재 현장에서 바다를 향해 달려가는 특사.

18

 실비의 부모가 없었더라도 저승사자에게는 바쁜 일주일이었을 것이다. 시체 공시소 직원이 점심을 먹으러 나가기 전에 무려 127구의 시체가 시체 공시소에 새로 등록되었다. 그리고 그날 오후에 직원이 — 토요일의 그 시간에는 으레 그렇듯이 — 바르비투르산염 때문에 숨을 헐떡이며 일터로 돌아오면, 〈물고기〉는 다시 17구의 시체를 더 보낼 것이다. 직원은 점심때 맥주와 함께 삼킨 〈에덴〉 두 알 때문에 이미 심리적 스트레스에서 벗어나 행복감에 사로잡히는 제4단계에 이르러 있었다. 지금 그는 양파와 담배와 술 냄새를 없애려고 껌을 씹고 있었다. 시체와 점심은 사이가 나쁘다. 직원은 당직 의사한테 이 말을 골백번은 들었다. 시체 공시소에서 일하는 사람은 치과의사나 매춘부처럼 입에서 좋은 냄새가 나야 한다. 트림하는 직원은 고인과 유족을 상대하면 안 된다. 과부나 홀아비, 그리고 같은 날 부모를 둘 다 잃은 딸들에게 건네는 위로의 말이 음식 냄새나 니코틴 냄새로 얼룩져 있으면 진지하게 들릴 턱이 없다.
 하지만 그 직원은 입에서 달콤한 냄새가 날 때도 진지해 보일 타입이 아니었다. 그는 시체 공시소에서 일하는 신세를 원망했다. 그런 심사가 겉으로 드러났다. 그는 낯선 이들에게 동정을 베풀어야 하는 것을 싫어했다. 젊은이들이 대부분 그렇듯이, 그는 죽음이나 비탄에 할애할 시간이 전혀 없었다. 시체는 시적 감흥을 전혀 갖고 있지 않았다. 그는 시체에 인생을 낭비하기에는 자기가 너무 영리하고 재미를 좋아한다고 생각했다. 점심과 시체는 사이가 나쁘다고, 트림하는 직원은 고인과 유족을 상대해서는 안 된다고 생각하는 당직 의사들은 머저리였다. 당직 의사들은 시체에 손가락 하나 댄 적이 없다고, 당신은 그렇게 생각할 것이다. 죽은 자는 말이 없다. 하지만 시체는 죽은 뒤에도 몇 시간 동안이나 트림을 한다. 과부는 죽은 남편에게 허리를 굽혀 마지막 키스를 한다. 과부는 시체 공시소 직원 — 입에서 좋은 냄새가 나든 아니든 — 의 경고에도 아랑곳없이 죽은 남편의 가슴을 누르고, 그녀가 지난 40년 동안 남편을 위해 요리한 모든 음식의 악취를 그 대가로 받는다. 시체 공시소에서는 이따금 시체를 먹는 악귀들의 성가대가 튜바와 비슷 같은 관악기 합주단의 반주에 맞춰 발성 연습을 하고 있는 듯한 소리가 날 수 있다. 시체 공시소에서는 미용실처럼 물때가 끼고 머리카락이 눈는 듯한 냄새, 코를 찌르는 자극적인 냄새가 날 수 있다. 이 차가운 성가대원들의 입내는 점심때 양파를 먹은 직원들의 입내보다 훨씬 고약했다. 하지만 시체가 진지하지 않다고는 아무도 말하지 않았다. 죽음보다 더 진지한 것은 아무것도 없다. 죽은 자의 말은 모두 진지하다.

시체 공시소 직원은 여느 때처럼 등록부를 손가락으로 더듬어 내려갔다. 거기에서 부딪치게 될지도 모르는 것을 두려워하기는커녕, 자기가 아는 이름을 찾게 되기를 기대하고 바라기까지 했다. 〈물고기〉가 이웃집 사람을 보내 줄지도 모른다. 아니면 학창 시절에 친했던 젊은이나 오랫동안 격조했던 친척 아주머니 하나를 그에게 보내 줄지도 모른다. 일의 지루함을 깨뜨려 줄 무언가를 보내 줄지도 모른다. 언젠가는 그 명부에서 자신의 이름이나 그에게 경고한 당직 의사의 이름을 발견하게 될 것이다. 〈마침내〉 그의 심장을 멎게 하는 이름. 드디어 진지해질 수 있는 이름.

고인의 성명과 출생지, 사망 날짜, 사인, 의사의 서명, 기록 담당자의 스탬프, 작업 번호, 표찰을 기록한 다음, 보관 장소를 할당할 수 있도록 차트에 기록된 시신 배치 상태를 조사하는 것이 직원의 일이었다. 실비가 부모를 찾으러 — 부모보다 먼저 — 시체 공시소에 왔을 때, 시체 공시소는 그 주말의 〈음악회〉로 만원이었다. 기술자들이 수리하거나 청소하고 있는 냉동 서랍을 빼고는 모든 서랍이 차 있었다. 오후 2시에는 연고자가 고인의 신원을 확인하고 규정된 종이 관(棺)

을 사서 시신을 집으로 옮길 수 있으니까, 2시 이후에는 다시 서랍 몇 개가 빌 터였다.

실비와 조는 점심 시간이 지난 뒤에 첫 번째로 시신을 확인하러 온 사람들이었다. 여자는 부모가 사라졌다고 설명했다. 행방불명된 가족을 찾으러 온 사람들이 으레 그렇듯이, 여자의 얼굴에는 두려움과 불안이 가득했다. 행방불명된 가족을 찾으러 온 사람들이 으레 그렇듯이, 그녀도 가능하다면 시신을 일일이 확인하고 싶다고 말했다. 「경찰이 여기로 가보라고 하더군요.」 이런 정보를 알려 주면 무언가가 달라지기라도 하는 것처럼 남자가 덧붙였다. 직원은 다시 죽은 자들의 명단을 손가락으로 더듬어 내려갔다. 조지프도 셀리스도 없었다. 시체 공시소에 신원이 확인되지 않은 시신은 없나요?

「잔뜩 있지요.」 직원이 말했다. 「보고 싶으세요? 저기서 기다리세요.」 그는 껌을 또 하나 입안에 던져 넣고, 실비에게도 하나를 권했다. 〈경찰이 보낸〉 남자한테는 주지 않았다. 직원은 방금 풀을 베어 낸 목초지 같은 여자의 머리와 야생적인 얼굴에 매료되었다. 강력한 조합이다. 방탕한 논다니, 또는 정숙한 수녀. 그것은 한계를 모르는 얼굴이었다. 어떻게든 시간을 내서 저 여자와 함께 냉동실로 갈 기회를 잡아야지. 물론 남자는 떼어 놓고.

실비와 조는 앉아서 말없이 기다렸다. 30분 남짓 기다렸을 때, 60대 여자가 두 아들과 함께 들어왔다. 여자는 창구 바깥쪽 선반 위에 놓여 있는 종을 울렸다. 직원이 유리창을 열자 여자가 말했다. 「우리 언니가 죽었어요. 그런데 부검을 해야 한다면서 시신을 가져갔지 뭐예요.」

직원은 여자가 가져온 서류에 적혀 있는 번호와 차트를 대조했다.

「아, 여기 있군요. 위층에.」

「차를 어디로 가져가면 되죠?」

직원은 어디로 어떻게 가면 시체 공시소의 지하층 입구를 찾을 수 있는지, 그 방법을 두 형제에게 일러 준 다음, 나이 든 여자와 실비에게 자기를 따라오라고 말했다. 그러고는 조에게 말했다. 「죄송하지만 시신을 확인하려면 피를 나눈 혈육이어야 합니다.」 이것은 물론 거짓

말이다.「오래 걸리지는 않을 겁니다.」직원은 두 여자를 데리고 앞장서서 계단을 올라가, 말없이 시체 보관실로 걸어갔다. 그는 60대 여자의 언니 이름을 일람표에서 다시 발견했지만, 서랍 번호를 아무도 적어 두지 않았다.「언니를 알아보실 수 있겠어요? 시신을 보면……」

「그럼요. 언니인걸요.」

「그럼 됐습니다. 부인께서 틀림없는 언니라고 확신할 수만 있으면 됩니다. 때로는 착오가 생기는 경우도 있거든요.」그는 실비를 돌아보면서 공모자처럼 윙크를 보냈다. 젊은이 대 늙은이.「그리고 아가씨는 알아볼 수 있는 분이 있는지 어떤지 확인해 보세요. 됐지요?」

시체 공시소 직원 — 〈물고기〉의 방탕한 부하, 〈물고기〉의 지상 대리인 — 은 따분한 일에도 불구하고 기분이 최고로 좋았다. 바르비투르산염과 맥주. 그는 냉동실 방문을 무척 좋아했다. 시신을 확인하기 위해 대표로 파견된 사람과 동행하는 것은 언제나 흥미로웠고, 즐거울 때도 많았다. 결코 쉬운 일은 아니다. 아내나 딸이 충격을 받지 않도록, 먼 친척이나 심한 근시인 이웃집 사람이 대리로 오는 경우도 종종 있다. 먼 친척이나 이웃은 사실상 모르는 사람일 수 있다. 길거리에서 마주쳐도 알아보지 못하고 지나칠 수도 있다. 그래서 시체 공시소 직원이 경고했듯이 실제로 착오가 일어나, 엉뚱한 시신을 가져가는 경우도 있다. 죽음은 심한 변장이다. 시신의 눈꺼풀에 테이프를 붙일 수도 있고, 머리를 스카프로 둘둘 감아서 입을 꽉 다물게 할 수도 있다. 또는 뇌졸중이나 심장 마비로 죽은 뒤, 누군가가 그의 틀니를 빼내는 실수를 저지를 수도 있다. 이어서 사후 경직이 일어나 그의 입은 모양이 완전히 달라져 버린다. 평생 뚱뚱이였던 남자가 기도와 단식으로 비쩍 마르고 볼이 움푹 들어간 수도승처럼 변해 버리는 것이다. 그의 안면 근육은 완전히 망가져서 틀니를 원래 자리에 다시 끼울 수가 없게 된다. 시체 공시소 기술자들은 비닐 봉지에 틀니를 넣어 시체의 엄지손가락에 묶어 두거나 또는 고인의 잇몸에 그냥 걸쳐 놓고 입술을 가린다. 먼 친척이나 이웃은 피카소에게 바쳐진 이 비닐의 진상품을 보고 신원을 확인해야 한다.

또는 입안에 솜뭉치를 넣지 않아도 시체의 얼굴이 부어오르는 경우도 있다. 60년 동안 수척했던 남자가 죽으면 호박처럼 통통하고 반들반들해진다.

또는 따분해진 기술자가 고인의 특이한 콧수염을 그저 재미 삼아 면도로 밀어 버리거나 립스틱으로 가짜 점을 그려 넣을 수도 있다.

대리로 파견된 친척과 친구들이 대면한 시체의 얼굴은 그들이 알고 있거나 사랑했던 사람의 얼굴이 아니다. 시체 공시소에 전시된 사람은 사실 누구일 수도 있다. 인간은 죽으면 표정이 비슷해진다. 사촌들은 죽으면 모두 똑같아 보인다. 그래서 그들은 실눈을 뜨고 최대한 빨리 시체를 알아보려고 애쓰곤 한다. 그들은 저 사람이 맞다고 고개를 끄덕인다. 그러고는 얼른 돌아선다. 언뜻 보는 것만으로도 충분하다. 그들은 직원이 내놓은 서류에 서명하고, 변장하고 종이 관 속에 숨겨진 엉뚱한 시체를 시체 공시소에서 가져간다. 그들은 자기가 본 것이 틀림없이 친척이나 친구나 이웃이라고 거의 확신한다.

「생판 모르는 사람의 시체를 가져다가 묻어 버린 경우도 있어.」 직원은 친구들에게 말해 주었다. 그는 시체를 잘못 가져가서 희극적인 장례를 치른 괴기 소설 같은 사례를 적어도 백 건은 알고 있었다. 충격적이고 유쾌한 이야기이긴 하지만, 세상에 널리 알릴 수 있는 성질의 이야기는 아니다. 직원은 재미있게 꾸며진 이런 황당한 이야기들을 안줏감으로 아껴 두어야 했다. 한번은 어느 노처녀의 장례식에 참석한 조문객들이 관을 들여다보고 기겁을 했다. 마흔 살이 될까 말까 한 여자가 누워 있을 줄 알았는데 웬 할아버지가 누워 있었던 것이다. 10년 전에는 어떤 기술자가 정원용 노란색 끈과 콘돔을 임기응변으로 사용했다가 잘못되는 바람에 대가를 톡톡히 치렀다. 친척들이 시체 공시소를 고소했기 때문이다. 7일 동안 밤마다 코를 곤 시체 이야기도 있다.

그래서 직원은 옷을 갈아입는 방으로 두 여자를 데려가면서 즐거운 일이 일어나기를 기대하고 있었다. 실비가 재킷을 벗고 그가 내민 무릎 길이의 가운을 입는 동안, 그는 실비의 어깨와 머리를 유심히 살펴보았다. 평소에는 결코 알랑거리지 않는 그이지만, 실비에게는 저항할 수 없는 매력을 느꼈다. 이어서 그는 두 여자를 시체 공시소 대기실로 데려갔다. 30미터 길이의 냉동실. 팔꿈치처럼 구부러진 수도 꼭지와 선반이 달려 있고, 그 위에 갖가지 액체와 가루와 화장품이 놓여 있는 이중 싱크대. 마대. 금속 탱크. 갈고리와 옷걸이. 물방울이 뚝뚝 떨어지는 시트를 널어놓은 빨랫줄. 그 너머에서 고무 문을 통해 사람들의 목소리가 들려오고, 라디오에서는 경쾌한 음악이 흘러나오고 있었다.

「이쪽입니다.」 직원은 문 안쪽으로 뒷걸음질치면서, 두 여자가 문을 지날 때 가운의 팔꿈치를 가볍게 잡아 주었다. 「냄새가 나겠지만, 너무 꺼림칙하게 생각지 마세요.」

사실 냄새는 참을 만했다. 그것은 죽음의 냄새가 아니라 산업의 냄새 — 솔벤트, 소독약, 세척제, 젖은 바닥에서 나는 쇳내 — 였다. 여기서 일하는 다섯 남자는 외과의사의 수술복 같은 가운을 걸치고 초록색 장갑을 끼고 두꺼운 고무 앞치마를 두르고 하얀 마스크와 보안경으로 얼굴을 가리고 있어서 꼭 로봇처럼 보였다. 그들은 각자 금속 홈통이 달린 대리석 탁자 위에 시체를 한 구씩 올려놓고 작업을 하고 있었다. 매장할 준비를 하는 것이다. 한 사람은 사후 경직을 풀기 위해 팔을 문지르고 있었다. 두 번째 사람은 소독약을 묻힌 솜으로 시체가 하얗게 될 만큼 부드럽게 닦고 있었다. 세 번째 시체에는 작은 구멍들이 뚫려 있고, 기술자는 그 구멍에서 체액을 뽑아 내기 위해 튜브를 꽂고 있었다. 네 번째 시체는 곱게 화장되고 있었다. 기술자는 분장용 화장품과 립스틱과 연지 따위로 시체에 난 상처와 딱지를 감추고 있었다. 죽은 듯이 보이는 사람을 매장하는 것은 옳지 않았다. 마지막 기술자는 시체를 영원히 침묵시키고 있었다. 이곳 최고의 재봉사가 고인의 입을 막기 위해 실과 바늘로 턱과 콧구멍을 꿰매고 있었다.

「저쪽은 보지 마세요.」 직원은 이렇게 말하고, 금속 냉동 저장고가 바닥부터 천장까지 꽉 차 있는 보관실로 앞장서서 들어갔다. 「자, 천천히 살펴보세요.」

직원은 문 뒤쪽에 있는 서랍부터 열기 시작했다. 서랍을 잡아당기면 마네킹 같은 시체들이 발부터 나타난다. 대부분의 시체는 발가락에 꼬리표가 매달려 있었고, 거기에는 고인의 이름과 죽은 날짜와 시간 및 사인이 적혀 있었다. 하지만 이틀이 없는 시체도 있었는데, 그러면 직원은 얼굴을 보여 주기 위해 종이 덮개를 젖혀야 했다. 「이분인가요? 아니면 그냥 고개만 저으세요.」 직원이 말했다. 그는 알고 있었다. 사람들은 자기처럼 냄새에 익숙하지 않다는 것을, 그리고 입을 벌리면 공기 맛을 보아야 하니까 가능하면 말을 하고 싶어하지 않는다는 것을.

조잡한 노래를 짓는 사람이 아닌 다음에야 세상에 어느 누가 죽음이 꽃잎처럼 달콤하고 부드럽게 찾아온다고, 죽음이 〈슬픈 기쁨의 향기에 싸여 있다〉고 생각할 수 있겠는가? 기술자들이 사용하는 향료는 오물을 제거하고 모공을 막기 위해 시체를 닦을 때 사용하는 라임과 알코올의 혼합물이나 소독약뿐이었다. 라임이나 알코올은 시체에서 달콤하고 부드러운 향기가 나게 할 만큼 강력하지 않았다. 구멍과 배출구 — 시체의 문과 창 — 는 죽으면 닫히지 않는다. 그래서 시체에서는 땀 냄새와 오이지 냄새, 베이컨 냄새, 달걀 냄새, 변기 냄새, 고무 냄새, 화약 냄새, 화산 냄새가 났다.

실비와 나이 든 여자가 발견했듯이, 시체는 죽어 가는 동안에 대변과 소변을 본다. 시체는 뼈밖에 남지 않을 때까지 계속 악취를 풍긴다. 장례식을 위해 시체를 집으로 가져가면 유족들은 항문이나 질에서 솜을 제거하는 경우가 많은데, 그래서는 안 된다고, 직원은 옷감 손질법을 자세히 일러 주는 친절한 점원 같은 말투로 설명했다. 그것은 하수구에서 마개를 빼내는 것이나 마찬가지다. 유족들은 시체의 성기 속에 들어 있는 것에도 손을 대서는 안 된다. 그것은 장난을 치기 위해서가 아니라 충분한 이유가 있어서 일부러 성기 속에 집어넣은 것이다. 직원은 제 말이 무슨 뜻인지를 실제로 보여 주려고 시체를 덮은 종이를 젖히려 하지는 않았지만, 두 여자도 충분히 짐작할 수 있을 거라고 그는 확신했다. 사람이 죽으면 성기는 코미디가 된다. 그러니 감추어 두는 게 상책이다. 「묘하게도 발기는 하지 않습니다.」 혈액 속에서 분해되고 있는 〈에덴〉과 실비의 야생적인 얼굴 때문에 직원은 당돌하게도 말이 많아져 있었다. 「하지만 ……」 직원은 신중한 면을 보여 주기 위해 목청을 낮추었다. 「노폐물을 배출하지요.」 직원은 혀를 깨물고 더 이상 말하지 않을 정도의 분별은 갖고 있었다. 여자들을 그의 남자 친구들만큼 쉽게 웃길 수 없었다. 하지만 시체 공시소에서 사용하는 작은 플라스틱 마개를 보여 주고 여자들의 반응을 살피고 싶은 마음이 굴뚝같았다. 그는 이렇게 말할 수 있을 것이다. 「그 목적을 위해 특별히 제작된 겁니다. 재활용이 가능하죠. 어떤 사이즈에도 들어맞으니까요.」 그러면 여자들도 흥분하리라.

그러나 여자들은 직원이 혼자 히죽거리고 있는 것을 알아차리지도 못했다. 여자들은 시체로 무거워진 서랍의 내용물과 철컥거리는 소리, 죽음의 다양한 방식과 형태에 완전히 압도되어 있었다. 이곳은 도시도 아니었고, 지금은 전염병이나 바이러스가 왕성하게 활동하는 계절도 아니었다. 공기에서는 찝찔한 바다 냄새가 났다. 하지만 그 토요일 오후에 두 고객은 시체 공시소에 보관되어 있는 남자와 여자들을 — 이제는 침묵 속에서 — 대충 훑어보고 시체의 발목에 매달린 꼬리표를 읽는 동안, 죽음에도 하나의 패턴이 있다는 것을 발견했을 것이다. 심장 마비는 살인 용의자 제1호였다. 이른 아침은 죽음이 가장 좋아하는 시간이었다. 그 다음은 한밤중과 폐렴. 세 번째 살인 용의자는 자동차였다. 그 다음이 암인데, 암의 원인은 대부분 술이나 담배, 또는 바람이 실어 온 소금 속에 함유된 바다 찌꺼기였다. 죽고 싶지 않으면 숨을 쉬지 말 것. 운전하지 말 것. 담배를 피우지 말 것. 길을 건너지 말 것. 술을 마시지 말 것. 레스토랑에 가지 말 것. 그 지역에서 많이 나는 특산물, 게와 수에트 캐서롤,[9] 돼지기름과 견과류로 만든 과자, 달걀을 넣은 리큐어, 푸른곰팡이 치즈 소스를 먹지 말 것.

마지막 — 67번째 — 서랍에서 그들은 마침내 여자의 언니를 찾았다. 발가락에는 꼬리표가 달려 있지 않았다. 하지만 여자는 언니가 너무 쇠약해 보이는 데 충격을 받긴 했지만 틀림없는 언니라고 확신했다. 「언니가 세상을 뜨기 직전에 만났었는데, 그때는 아주 건강해 보였어요.」

---

9 suet casserole. 쇠기름을 이용한 찜냄비 요리.

직원은 앞으로 나가서 두 여자의 등에 팔을 둘렀다. 여자들을 위로 하는 자는 기회주의자다. 그는 나이 든 여자의 흐느끼는 어깨에는 거의 손을 대지 않고 실비의 허리로 느릿느릿 손을 뻗었다. 그의 엄지손가락은 얇은 가운을 통해 실비의 몸과 셔츠를 느낄 수 있었다.
「정말 가슴 아픈 순간입니다.」 직원이 말했다. 그의 새끼손가락이 실비의 등을 눌렀다.
「이제 다 조사한 건가요?」 실비가 물었다. 그러고는 몸을 흔들어 직원의 손을 뿌리쳤다.
「다는 아닙니다.」 그는 여자들을 검시관의 조사실로 데려갔다. 거기에는 12개의 냉동 서랍이 있었다. 여기에는 살인 피해자 — 그날의 〈재고〉는 한 구뿐이었다 — 와 〈물고기〉의 축축한 포옹을 앞질러 자살한 이들의 시체가 수용되어 있었다. 자살한 사람은 11명이었다. 이만한 규모의 도시로는 많은 편이었다. 이곳에는 자기혐오가 유행병처럼 만연해 있었다. 죽기보다는 자신을 죽이는 게 낫다. 한 여자는 약을 잔뜩 먹었다. 두 사람은 가스 중독. 한 사람은 독극물. 사무용 건물 옥상에서 뛰어내려 자살을 기도한 사람도 있었다. 한 여학생은 밧줄에 목을 맸다. 이 여학생은 자기가 일으킨 온갖 문제를 후회하는 메시지를 카세트 테이프에 녹음해 놓았다. 그녀는 자신의 흔들리는 무릎과 같은 높이의 탁자 위에 카세트를 남겼고, 지금 그 카세트는 검시관이 갖고 있었다. 그녀 밑에 있는 서랍 — 얼마 전에 자연 과학부 학부장이 마지막 안식처로 가기 전에 잠시 누워 있었던 곳 — 에는 가게 물건을 슬쩍하다가 현장에서 들킨 경찰관이 누워 있었다. 바지 한 벌. 그런 위험을 무릅쓸 가치는 거의 없었다. 경찰관은 파면당하리라는 것을 알았다. 그것은 의심할 여지가 없었다. 비슷한 유혹을 받을지도 모르는 동료 경찰관들에 대한 본보기로 감옥에 갈 수도 있었다. 그는 직장만이 아니라 연금도 잃게 될 것이다. 그래서 그는 경찰이 퍼레이드를 벌일 때 입는 초록색 정복 차림으로 해군 기념탑에 올라가 산탄총으로 제 목숨을 끊었다. 총알은 그의 모자와 머리를 관통했다. 경찰이 오랫동안 찾고 있던 수배자가 그를 죽인 혐의로 체포되었다는 소문이 돌았다.

안락사한 시체도 두 구나 있었다. 그리고 자신들의 작은 방에 불을 지른 젊은 남자와 그 아내의 불타다 남은 잔해도 있었다.

　직원은 실비를 위해 남아 있는 마지막 서랍을 열었다. 이 사람은 피살자였다. 5년 전에 유행한 더부룩한 헤어스타일에 얄팍한 입술을 가진 돈 많은 젊은이였다. 실비는 고개를 저었다. 그녀의 부모와 비슷한 사람은 아무도 없었다.

　「그렇다면 살아 계신 겁니다.」 직원이 말했다. 「돌아가셨다면 지금쯤 여기 서랍 하나를 차지하고 있을 겁니다. 기운 내세요.」 직원은 여자들을 반출실로 데려가서, 나이 든 여자의 언니 시체를 담을 종이 관과 바퀴 침대를 가져오라고 스피커에 대고 말했다. 그러고는 시신 인도증을 작성하고, 관이 들어오자 업무용 승강기에 관을 밀어 넣고 두 여자와 함께 올라탔다. 그는 나이 든 여자가 마음껏 말을 하게 해주었다. 그가 승강기 문을 닫고, 통풍이 잘되는 승강기가 하역장으로 답답할 만큼 천천히 내려가기 시작하면, 유족들은 언제나 말을 하고 싶어 했다. 그는 그저 미소를 지으며 고개를 끄덕이기만 하면 되었다. 그들의 말을 귀담아들을 필요는 없었다.

　「언니는 나한테 하나뿐인 자매였어요.」 여자는 실비와 직원에게 말했지만, 그녀의 젖은 눈은 주로 실비를 향하고 있었다. 「언니는 컵에서 칫솔 하나를 들어 올렸을 뿐인데, 그게 납덩이처럼 무거웠던 모양이에요. 팔과 가슴 근육이 찢어져 버렸으니.」 언니가 아파서 울부짖는 소리가 들렸다고 여자는 설명했다. 그 통증이 언니를 쓰러뜨렸다. 언니는 쓰러지면서 세면대에 턱을 부딪쳤고, 혀를 깨무는 바람에 혀가 거의 잘려 버렸다. 고인의 조카딸이 바닥에 쓰러져 있는 이모를 발견했을 때, 이모의 입은 피투성이가 되어 있었다. 조카딸은 간호사였기 때문에 이모가 뇌출혈을 일으킨 모양이라고 짐작했다. 조카딸은 이모의 폐나 심장을 소생시키려고 애쓰지도 않았다. 어쨌든 손을 쓰기에는 너무 늦어 있었다. 고인의 손에서 칫솔을 빼낼 수도 없었다. 온통 피바다였다. 이어서 〈물고기〉의 끔찍한 냄새가 났다. 그리하여 그녀가 영원히 가버린 것을 모두 깨달았다. 「생각해 보면 언니는 평생 단 하루도 아프지 않은 날이 없었어요. 그러다가 결국 흑흑, 죽어 버린 거예요.」

 실비는 내려가는 승강기 안에서 여자가 흔들리지 않도록 팔을 잡았다. 직원은 지하층에 도착할 때까지 멀찌감치 떨어져 있었다. 지하층에 도착하자 직원은 다시 바퀴 침대를 맡았고, 바퀴 침대에서 관을 들어 올려 여자의 두 아들이 빌려 온 밴에 밀어 넣는 일을 도와주었다. 그들은 도와준 대가로 직원의 손에 돈을 쥐어 주었다. 「행운을 빕니다.」 직원이 중얼거렸다. 「성대한 장례식을 치러 드리세요.」 여자와 두 아들은 떠날 때 미소를 짓고 있었다. 장례식 전날 밤을 고인이 자기 집의 자기 침대에서 자기 물건에 둘러싸여 지낼 수 있게 되었기 때문에 모두 안심한 것이다.

「우리는 이제 어떡하죠?」 실비가 물었다.

 승강기 문간에 서 있던 직원은 어깨만 으쓱했다. 그녀의 가운을 가위로 잘라 내고, 시체 안치대 위에서 그녀의 따뜻한 알몸을 안고 싶었다. 「여기 있는 시체는 다 보았습니다. 더 이상 찾아볼 곳이 없어요. 경찰서에 가보세요. 병원도 전부 조사하시고.」

「그건 벌써 다 했어요.」

 그는 승강기의 아코디언식 문을 닫고, 문의 가로대를 통해 도로로 올라가는 경사로를 가리켰다. 「저기로 올라가세요.」 그러고는 — 그녀 같은 여자의 경우에는 무엇이 행운을 가져올지 모르는 법이다 — 얼른 덧붙였다. 「다시 찾아오세요!」

 실비가 경사로를 절반쯤 올라갔을 때, 직원은 이미 〈에덴〉이 든 작은 봉지를 손에 들고 있었다. 그는 〈에덴〉 두어 알을 혀 밑에 집어넣었다. 〈에덴〉은 설탕처럼 쉽게 흡수되었다. 그래서 여자의 시체를 등록 명부에서 지우기 위해 사무실에 도착했을 때쯤에는 새로 먹은 알약이 벌써 효력을 발휘하기 시작했다. 더 이상 아무것도 중요하지 않았다. 작은 알약은 죽음의 악취와 지루함을 모두 정복할 수 있었다. 알약은 오후 시간을 짧게 줄여 주었다.

「곧 오실 겁니다.」 직원은 조에게 말했다. 그 얼간이는 사슬에 묶인 개처럼 참을성 있게 대기실 벤치에 앉아 있었다. 너보다는 냉동실의 시체가 더 활기 차겠다고 시체 공시소 직원은 생각했다. 실비와 조가 마침내 서로를 찾아 그의 생활에서 떠날 때까지 — 그의 환상에서는 떠나지 않았다 해도 — 30분 동안 직원은 야비하고 행복한 시간을 보냈다.

그날 밤 실비는 다시 한 번 운전사와 함께 자는 방법으로 죽음을 이겨 냈다. 피곤한 하루였다. 저녁을 혼자 보낼 수는 없었다. 차라리 그녀를 소유물처럼 다루는 운전사의 섹스를 두 번째로 참아 내고, 지나치게 긴 운전사의 손톱과 미숙함과 진부함을 견디는 편이 나았다. 그것은 필요한 희생이었고, 금방 끝났다.

이번에는 — 끔찍하고 주제넘은 죄악이었지만 — 어머니의 침대를 차지했다. 마른 이불. 더 넓은 공간. 하지만 나룻배 사공이 그녀를 마음껏 탐하도록 몸을 내맡길 준비가 되었을 때, 복도에서 전화벨이 울렸다. 실비는 가슴이 옥죄는 듯한 기분을 느꼈다. 그녀는 숨을 쉬기 위해 헐떡거려야 했다. 가족에 대한 경멸감은 어디로 가버렸을까? 그녀는 층계참으로 달려 나갔다. 달빛이 비쳐 드는 집 안에서 알몸으로 덜덜 떨면서 수화기를 집어 들었을 때는 말이 제대로 나오지 않아서 뜻 모를 소리를 더듬거리는 게 고작이었다. 좋은 소식일까, 나쁜 소식일까? 부모님이 건 전화라면 얼마나 좋을까. 상대는 물론 경찰이었다. 시내에서 은행 주차장에 버려져 있는 자동차를 찾아냈다. 도둑이 라디오 카세트를 떼어 갔지만, 그 밖에는 아무 손상도 입지 않았다. 사고가 났거나 누군가가 강제로 차에 탄 흔적은 전혀 없다. 열쇠도 없다. 계기반 위에 주차료 영수증이 남아 있다. 시간과 날짜는 토요일 정오로 되어 있고, 주차장은 바리톤 만의 공항로 너머에 있는 관광 센터 옆 노천 주차장이다. 「부모님이 거기에 가실 이유라도 있습니까?」

19

정오

조지프가 셀리스에게 약속한 것처럼 편안하고 유쾌한 산책은 아니었다. 해안으로 내려가는 길은 평탄하고 도로 표지도 되어 있었지만, 연수원이 있었던 높은 배후지까지 가려면 확장된 공항로와 맞닿아 있는 인공 언덕을 올라가 최근에 생긴 건축용 골재 더미를 빙 돌아가야 했다. 발에 밟혀 다져진 관목 지대가 아니라 자갈투성이의 푸석푸석한 땅을 지나가야 했다. 거친 잔돌 부스러기를 좋아하는 덤불은 바지를 입은 그들의 다리를 할퀴었다. 30년 전, 음모를 꾸미는 이 모래 언덕 아래 어딘가에서 셀리스는 조지프를 처음 보았다. 조지프가 발을 헛디뎌 허리 근육을 다쳤다. 그래서 다른 남자들이 조지프의 여행 가방을 들어 주어야 했다. 우산살 같은 뼈대를 댄 고물 가방이었다. 그 가방은 불에 타버렸다. 당시 여섯 학생이 걸었던 오솔길은 물론 세월과 함께 사라졌다. 그 길은 더 이상 필요하지도 않았다. 연수원도 없고, 오솔길도 없었다.

셀리스는 숨이 가빴다. 그렇게 햇볕이 내리쬐는 날 언덕을 오르느라 힘이 들었기 때문이기도 했지만, 불안 때문이기도 했다. 과거의 검은 잔해가 너무나 가까이 있었다. 에어컨이 들어오는 쾌적한 자동차에서 6백 미터밖에 떨어지지 않은 곳에 있었다. 지금까지 그녀는 그곳으로 돌아갈 시간도 없었고, 돌아가고 싶은 충동을 느낀 적도 없었다. 겁이 나서가 아니라, 그저 조심했을 뿐이다. 괜히 위험을 무릅쓸 이유도 없었고, 나쁜 기억을 되살릴 까닭도 없었다. 살인자들이 피가 마르기 전에 범죄 현장으로 돌아간다는 말은 사실이 아니다. 살인자들은 세월이 그들을 강인하게 만들어 준 뒤에야 비로소 뻔뻔스럽게 범죄 현장으로 돌아간다.

셀리스는 바보가 아니었다. 30년 동안의 소심한 태도가 터무니없었다는 것은 그녀도 알고 있었다. 하지만 화재는 그녀의 과거를 태워 숯으로 만들었다. 그녀는 그것을 조금도 의심하지 않았다. 남편과의 첫 만남, 남편의 노랫소리, 톡토기, 남편과의 첫 섹스를 회상하는 것조차 참을 수가 없었다. 그것을 회상하면 당장에 연기를 내뿜고 있는 연수원이 눈앞에 떠올랐기 때문이다. 페스타의 검게 탄 얼굴, 노릇하게 구워진 머리카락, 그리고 녹아드는 것처럼 상냥한 페스타의 목소리도 함께 떠올랐다.

물론 셀리스는 실제 화재를 목격하지 못했다. 불길 하나도 보지 못했다. 그녀는…… 다른 곳에 있었다. 더없이 즐거웠고 생기에 넘쳐 있었다. 조지프와 바리톤 만에서 관계를 끝냈을 즈음, 불은 이미 연수원의 목재를 다 먹어 치우고 그것을 되새김질하는 연기만 내뿜고 있었다. 반쯤 발가벗은 조류학자가 검은 장화를 신고 파자마 바람으로 해변 오솔길을 달려오다가, 그들이 일을 끝낸 다음 팔짱을 끼고 모래 언덕에서 나오는 것을 — 그 현장을 — 발견했다. 「아이코, 고마워라.」 조류학자는 안도의 숨을 내쉬면서 그들을 거의 끌어안다시피 했다. 「페스타는 어디 있어?」

셀리스는 자기가 속 편하게 어깨를 으쓱한 것을 아직도 생생히 기억할 수 있었다. 페스타가 어디 있는지에는 전혀 관심이 없었다. 하지만 이윽고 — 그때부터 지금까지 줄곧 — 셀리스는 오직 그것만 생각했다. 페스타가 있는 곳. 죽은 채로 보낸 페스타의 30년. 페스타가 결코 살아 보지 못한 삶. 셀리스의 삶과 평행하는 삶. 마치지 못한 박사 과정. 시작하기도 전에 끝나 버린 경력. 해초를 의료용과 식용으로 이용하려는 독특한 연구에서 끝내 이루어지지 않은 진전. 찾지 못한 남편. 페스타가 낳아 보지 못한 아이들. 가정. 여유 있는 생활. 페스타가 겪지 못한 중년. 듣는 사람을 짜증 나게 하는 그 목소리와 스펀지 같은 흡인력을 가진 웃음소리. 풀어 내린 숱 많은 머리카락은 세월과 함께 차츰 숱이 줄어들었을 것이고, 몸은 점점 뚱뚱해졌을 것이다. 이따금 길거리나 해마다 열리는 해초 연구 학회에서 셀리스와 우연히 마주쳤을 것이다. 「너 페스타 맞지? 그래, 어떻게 지내니? 우리가 마지막으로 만난 게……」 커피 물을 끓이려고 불에 올려놓은 냄비나 쓰러진 담배 한 개비가 그것을 모두 죽여 버렸다.

연수원으로 돌아갔을 때의 자신을 상상하는 것조차 셀리스에게는 가혹한 일이었다. 연수원을 마지막으로 보았을 때, 그녀는 마음을 달래 주는 담배를 손에 들고 부들부들 떨면서 은빛으로 덮인 검은 폐허를 가로질러 연기로 더럽혀진 바다 쪽을 바라보며 서 있었다. 해안에서 비탈길을 달려 올라오느라 이미 스트레스를 받은 그녀의 허파는 연기와 재를 들이마시자 생채기가 난 것처럼 쓰라렸다. 셀리스는 목소리가 더 이상 나오지 않을 때까지 연수원과 그 주변의 시골을 향해 페스타의 이름을 목청껏 외쳤다. 하지만 아무도 대답하지 않았다. 앞으로도 영원히 대답하지 않을 것이다. 그녀의 동료이자 룸메이트는 연기를 내고 있는 목재 건물 밑에 묻혔다. 건물이 너무 뜨거운 탓에, 자세히 들여다보며 두개골이나 뼈의 흔적을 찾을 수도 없었고, 잿더미를 샅샅이 뒤져서 페스타가 견진 성사 때 받은 반지나 손목시계, 은팔찌와 이를 찾을 수도 없었다.

조지프가 앞으로 걸어 나와 셀리스의 허리에 팔을 두르려고 했다. 하지만 셀리스는 손짓으로 그를 내쳤다. 이 화재, 이 죽음은 그녀의 책임일 뿐만 아니라 그의 책임이기도 했다. 사랑이 잘못이었다. 열정이 잘못이었다. 그들의 열정은 비록 짧았지만, 자연계의 균형을 뒤흔들고 자연계의 동시성을 시험할 만큼 강렬했다. 섹스가 있는 곳에 죽음이 있다. 섹스와 죽음은 하나의 직선 위에 있는 검은 좌표다. 슬픔은 에로틱해진 죽음이다. 그리고 섹스는 성교 후의 여생으로 곧장 뛰어들기 위해 때가 되기 전에 서둘러 속세의 번거로움을 벗어 던질 뿐이다. 셀리스가 그렇게 아침 일찍 연수원을 뛰쳐나와 새로운 사랑을 잡기 위해 서두른 것이 화재의 원인이었다. 그것이 과학적인 견해다.

이런 경우 누가 책임을 져야 하는가? 자진해서 책임을 지는 사람이 있어야 한다. 공항의 소방차와 소방대원 드 명과 경찰관 한 명이 달려

와서 꺼져 가는 불에 물을 뿌리고 페스타의 잔해를 찾기 시작했을 때, 거기에 있던 두 남자 — 셀리스의 애인과 조류학자 — 는 불이 어떻게 시작되었는지 짐작조차 할 수 없다고 말했다. 도무지 알 수 없는 수수께끼였다. 그들은 어떤 가설도 세울 수 없었기 때문에 잘못을 전혀 인정할 수 없었다. 하지만 좀 더 사소한 문제에서는 별로 자기 희생적이 아닌 셀리스가 책임을 지고 싶어했다. 실제로 그녀는 책임을 인정했다. 셀리스는 진실만이 자신의 유일한 피난처라는 것을 알았다. 그녀는 경찰관에게 인정했다. 탁자 밑에 등잔이 놓여 있는 것을 본 기억이 어렴풋이 난다고. 하지만 아침에 일어나 서둘러 밖으로 나갈 때에도 아직 등잔불이 켜져 있었는지는 알 수 없다고 말했다.

「이 점을 분명히 하자고. 자네들은 밤새도록 등잔을 켜 두었어. 나무 탁자 밑에. 그렇지?」 경찰관의 편견이 재확인되었다. 대학을 졸업하고 세련된 말투에 돈 아까운 줄 모르는 과학자라는 작자들이 나무가 가연성 물질이고 불길이 뜨겁다는 것조차 알지 못하다니. 「정말 상 받을 만하군.」

하지만 그것만이 아니었다. 조지프가 허리를 쿡쿡 찌르며 말리는데도 셀리스는 고백을 멈추지 못했다. 셀리스는 제 허리를 찌르던 조지프의 손끝을 평생 동안 증오했다. 셀리스는 조지프처럼 아무것도 모른다고 주장하거나 편리한 거짓말 뒤에 숨으려 하지 않았다. 그녀는 커피 물을 끓이던 냄비와 연기를 내며 타오르다가 쓰러진 그녀의 담배꽁초에 대해서도 경찰관에게 털어놓았다. 나중에는 페스타의 부모에게 편지를 써서 그 중대한 진실을 모두 되풀이해서 고백했다. 법정에서도 판사에게 그것을 모두 인정했다.

이제 중년이 되어 젊은 시절의 절반밖에 무모하지 않은 셀리스는 손질이 되지 않아 무성하게 자란 관목숲을 헤치며 연수원 폐허의 서쪽 담장 옆으로 뚫고 나아가는 남편 뒤에 숨어 있었다. 잔돌 부스러기로 덮인 언덕을 넘을 때는 조지프가 그녀 뒤에 있었다. 하지만 푸석푸석한 땅을 걸을 때나 비탈길을 올라갈 때 조지프는 아내를 도울 기회가 있을 때마다 손을 뻗어 그녀의 엉덩이를 밀어 주었다. 그는 그녀를 강요하고, 순종하는 육체를 찾는 연인이었다. 그 도움의 손길은 결코 순수하지 않았다. 셀리스는 귀찮았다. 이 남자가 도대체 무슨 마음으로 이러는 것일까? 내가 얼마나 긴장해 있는지도 알아차리지 못하나? 그 오래전에 그가 진실을 말하지 않고, 또 내 허리를 쿡쿡 찌르면서 자백을 말린 것에 대해 내가 아직까지도 화가 나 있다는 것을 짐작도 못하나?

이따금 그녀는 그들의 관계에서 중요한 것은 이제 아무것도 없다는 생각이 들었다. 그의 노랫소리는 30년 동안 그녀의 사랑을 떠받쳐 준 커다란 파도였지만, 그 노래와의 첫 만남 이후로는 남편에 대한 헌신이나 존경심을 지켜 주는 것이 아무것도 없는 것 같았다. 그 후 열정은 어디로 갔을까? 우리의 공통된 기탄은 어디였을까? 그가 소금이라면 그녀는 후추가 되었다. 그들은 서로 다른 나무, 대립하는 나무의 열매였다.

그녀는 얼마나 자주 자문했는지 모른다. 우리의 사랑은 왜 이렇게 문제가 많은 것일까? 셀리스는 몇 가지 이유를 꼽을 수 있었다. 우선 그녀는 싸움을 두려워하지 않고 성급하게 주먹을 치켜드는 타고난 전사인 반면, 남편은 목청을 높이는 것조차 싫어하는 유화적인 사람이었다. 부부 싸움이 일어나면 남편은 굼뜬 인내심과 분통 터지는 임기응변으로 셀리스를 괴롭히고 좌절시켰다. 한번 말다툼을 하고 나면, 대개 그녀는 일주일 동안 화를 냈고, 남편은 보름 동안 불쾌감을 드러냈다. 둘째, 셀리스는 나이가 들수록 사람들과 어울리고 싶어했고 친구를 원한 반면, 조지프는 교제를 싫어하고 프라이버시를 추구했다. 셋째, 셀리스는 자기 생활에 불만을 느낀 반면, 조지프는 자기 생활을 걱정했을 뿐이다. 셀리스는 모든 것이 더 나아지기를 원했지만, 조지프는 힘들게 얻은 확실한 것들이 사라지지나 않을까 — 건강을, 직장을, 수도승 같은 마음의 평화를 잃지나 않을까 — 하는 걱정에만 사로잡혀 있었다. 셀리스는 죽음을 조금도 두려워하지 않았지만, 조지프는 늘 죽음에 겁을 먹고, 다가오는 추락 — 피가 섞인 오줌, 화장실 휴지에 묻은 검은 얼룩, 하루에도 스무 번씩 찾곤 하는 혹과 종기, 팔과 가슴의 날카로운 통증, 갑작스러운 발작 — 에 대비하여 내려가는 사다리의 맨 아래 가로대에 한 발을 올려놓은 채 중년을 보냈다. 그는 대칭에 집착하게 되었다. 두 다리가 아픈 것은 노화의 증거지만, 한쪽 다리만 아픈 것은 혈전이나 관절염이나 종양이 생겼다는 증거였다. 끝으로 조지프는 자신의 결혼이 성공적이라고 생각했지만, 셀리스는 결혼 생활에 만족하지 못했다. 젊은 시절의 가능성과 야망에도 불구하고, 그들은 셀리스가 기대했던 것만큼 많은 흔적을 세상에 남기지 못했다. 그들의 인생이 낳은 유일한 산물은 딸이었지만, 그 외동딸은 장래가 촉망되지도 않았고, 아무 계획도 없다고 주장했고, 끝내는 집이 감옥이라도 되는 것처럼 가출해 버렸다. 조지프와 함께 지낸 오랜 세월과 제 자신에 대한 셀리스의 결산 보고서는 희망적이 아니었다. 그들이 남길 유산은 그들이 물려받은 유산보다 적을 거라고 셀리스는 누구보다 먼저 인정할 터였다.

하지만 그래도 아직 사랑이 있었다. 시간만이 키울 수 있는 차분한 사랑, 버릇과 기억으로 유지되는 사랑이 있었다. 그들의 나무는 위로 올라가는 수액이 거의 없었지만, 깊고 오래된 뿌리가 나무를 단단히 받쳐 주었다. 오래 지속되는 사랑. 셀리스는 그것을 한 번도 의심해 본 적이 없었다. 그들의 결혼은 진취적인 힘을 갖고 있었다. 그들의 결혼 생활을 떠받치는 커다란 파도는 비록 오래되었지만, 대다수의 부부는 그렇게 큰 파도를 자랑하고 누리지 못한다. 남편은 이따금 그녀를 화나게 했다. 사실은 거의 줄곧 그녀를 화나게 했다. 남편은 너무 유약하고, 물에 물 탄 듯 술에 술 탄 듯 박력도 없고 재미도 없었다. 그리고 그녀는 자신에게도 실망했다. 하지만 그들의 시작은 강렬했고, 지울 수 없는 자국을 남겼다. 조지프는 아직도 — 드물긴 하지만 — 그 감상적인 코러스, 그 파괴적인 베이스, 길을 안내하는 별, 한밤중의 신부, 유령이 출몰하는 그 먼 곳에서 그녀의 몸과 노래를 절정으로 끌어올린 일을 셀리스에게 환기시킬 수 있었다. 그들이 젊었을 때.

그러나 이곳은 결국 유령이 출몰하는 곳이 아니었다. 연수원은 관목과 탄소를 좋아하는 식물한테는 비옥한 땅이었다. 숙박실과 휴게실은 이제 스토브위드와 파이로시아가 빽빽이 돋아난 직사각형 화단이었다. 종처럼 생긴 스토브위드의 초록색 꽃부리는 파이로시아의 높은 포엽(苞葉)과 거의 완벽한 조화를 이루고 있었다. 마지막까지 남은 벽돌과 석재와 담장에는 쐐기풀과 나무딸기, 취어초, 들장미가 정착하여 군락을 이루었다. 연수원은 잿더미가 되었지만, 식물들은 아직도 건축가의 청사진에 집착하고 있었다. 화재와 세월의 풍상을 이기고 살아남은 들보는 숯처럼 까맣게 탄 부분이 모두 떨어져 나가고 침식으로 가늘어져서 꼭 해골 같았지만, 목재에 붙어 사는 홍조류와 녹조류를 알록달록한 옷처럼 입고 있었다.

셀리스는 대리석 현관을 가로질러 휴게실 안으로 들어가, 거의 다 타버린 싱크대 옆으로 다가갔다. 베란다로 나가는 문은 이제 두 개의 잡초 무더기로 변해 있었다. 그쪽에는 건물이 있었던 흔적조차 남아 있지 않았다. 배후지의 왜소한 식물들, 줄기 속이 비어 있는 플루트 덤불과 가시나무가 길쭉한 네모꼴의 유리 베란다에 정착하여 무성하게 자라고 있었다. 셀리스는 자신과 페스타가 매트리스와 슬리핑백을 펴고 담배를 나누어 피운 지점까지 갈 수도 없었다. 그녀는 쪼그리고 앉아서 덤불 아래를 들여다보았다. 그녀는 무엇을 기대했을까? 뼈? 뱀? 침대에 앉아 있는 여자? 빨간 담뱃불? 바비큐 냄새? 비명소리? 연수원이 사면이라도 내려 준 것처럼 그녀의 죄책감이 갑자기 사라지기를 기대했을까?

냄새는 식물 냄새뿐이었고, 소리는 나뭇잎과 줄기가 바스락거리는 소리뿐이었다. 한때 여기에 집이 있었다는 것을 보여 주는 증거라고는 회색 유리 파편과 구멍이 숭숭 뚫린 주름진 쇳조각, 나선형의 녹슨 철사 — 매트리스 스프링일까 — 뿐이었다. 그녀는 페스타에게 말을 걸고 싶은 유혹을 느꼈지만 아무 말도 하지 않았다. 혼자였다면 페스타에게 말을 걸었을지도 모른다. 아마 미안하다고 사과했을 것이다. 위로의 말도 해주었을 것이다. 하지만 조지프가 그녀의 말이 들리는 거리에 있었다. 조지프는 이해하지 못할 것이다. 남자들한테는 그런 감정적 상상력이 전혀 없다는 것을 셀리스는 일찌감치 깨달았다. 조지프가 그녀처럼 죄책감을 느끼지 않은 것은 그 때문이다. 그가 페스타의 죽음을 그렇게 쉽사리 극복한 것도 그 때문이다. 남자들이 그녀가 아는 여자들보다 더 안정되어 있는 것도 아마 그 때문일 것이다.

남자들은 삶과 죽음의 섬뜩한 진실, 삶은 덧없이 지나가고 죽음은 종말이라는 사실을 받아들였다. 우리는 살고, 죽는다. 그것을 이해할 필요는 없다. 물리쳐야 할 유령 따위는 존재하지 않는다. 존재하는 것은 재와 기억뿐이다.

해안으로 내려가기 위해 대기에 노출된 휴게실을 가로질러 다시 남편과 합류했을 때, 셀리스는 아직도 부들부들 떨고 있었다. 구역질이 났다. 그녀는 숨을 깊이 들이마셨다. 기대가 어긋난 실망감은 충격적이었다. 그녀는 거의 아무런 감정도 느끼지 못했다. 눈물도 나지 않았다. 폐허는 말이 없었다.

「예상한 것과는 너무 다르군요. 여기에는 너무 많은 것이 자라났어요. 황량한 불모지일 줄 알았는데…….」 식물이 모든 과거를 묻어 버렸으리라는 것, 죽음은 흡수된다는 것을 동물학 박사인 그녀는 마땅히 알았어야 했다.

몬다지는 이런 글을 썼다. 〈우리《생명의 책》은 영원히 끝나지 않는다. 우리는 죽지만, 새로운 장(章)이 만들어진다. 우리의 페이지는 결코 끝나지 않는다. 하지만 세월이 가면 종이는 누레지고 다시 초록빛으로 변한다. 책 표지의 가죽은 나뭇잎이 된다.〉

20

 그 일요일 오후, 실비는 비에 젖은 하안 도시의 빈민가와 배후지를 지나는 동안 그녀가 징발한 운전사에게 아무 말도 하지 않았다. 주위에는 아무도 없었다. 때로는 스틸 사진 속을 여행하고 있는 듯한 기분이 들었다. 바로 그 시간에 그 자리에서 액자 속에 붙박인 것마냥 늘 똑같은 생활. 아무도 죽지 않았다. 또는 아무도 죽을 수 없었다.
 실비는 심술궂은 기분으로 뒷좌석에 앉아 있었다. 운전석의 연인은 자신의 처지를 정확히 알아야 한다. 그는 그녀의 어머니 침대에서 유치하게 그녀를 애무하고, 끊임없이 그녀의 팔을 만지작거리고, 느닷없이 청하지도 않은 키스를 했지만, 너무 허영심이 강하고 미숙해서 그것이 그녀에게 결코 고마운 위안이 되지 못한다는 것을 이해하지 못했다. 그런 애무와 키스는 택시 요금이었다. 실비는 손가락으로 무릎을 두드렸다. 하지만 조는 그녀가 아침에는 짜증을 내고 밤에는 놀랄 만한 성향을 드러내는 데 이미 익숙해져 있었다. 그는 이제껏 그런 잔인함과 대담함을 경험한 적이 없었고, 그것이 얼마나 자극적일 수 있는지 미처 짐작도 하지 못했다. 그는 백미러로 그녀를 살폈다. 그녀는 뒷좌석에 두 다리를 끌어올리고 앉아서, 머리를 차창에 대고 텅 빈 거리와 목재 하치장, 셔터가 내려진 술집, 이따금 〈솔트 파인스〉 건축 현장으로 가거나 거기서 돌아오는 벽돌 트럭을 내다보고 있었다. 그는 그녀가 말을 거는 것을 거부하고 있다는 것을 알았다. 다행히 조는 여자의 뜻을 존중해 주는 사람이었고, 너무 순진했다. 그는 끊임없이 짜증을 내면서 조용히 있고 싶어하는 실비의 마음을 이해한다고 생각했다. 그녀는 당연히 불안하고 걱정스러울 것이다. 슬프고 두려울 것이다. 그리고 저항할 수 없는 조명의 극적인 효과. 조는 그녀가 입을 꽉 다문 채 고개를 돌리고 있는 것을 자기 탓으로 돌릴 수는 없었다.

그들은 조지프와 셀리스가 닷새 전에 주차한 관광 센터에 차를 세웠다. 조지프와 셀리스의 차는 거기서 도둑맞은 게 거의 확실했다. 주차장은 거의 가득 차 있었다. 건물은 경찰이 본부로 쓰고 있었다. 지프형 순찰차들, 음식 조달업자의 트레일러 한 대, 무선 장비를 갖추고 안테나를 높이 세운 밴 한 대, 경찰 표시를 하지 않은 형사들의 차가 자갈밭에 즐비하게 늘어서 있었다. 관광 센터 출입구를 지키고 있는 제복 차림의 보조 경찰들이 지붕 없는 지프를 몰고 온 일요 낚시꾼 네 명을 되돌려 보내고 있었다. 해안이 폐쇄되었다. 비행기를 빼고는 아무도 해안에 들어가지 못한다. 막강한 경찰도 하늘을 폐쇄할 힘은 갖고 있지 않았다. 주말에 취미로 비행기를 타는 사람들이 조종하는 도커 두 대와 시끄러운 소리를 내는 118기 한 대가 모래톱 저편의 상승 기류 속에서 아슬아슬한 곡예 비행을 하고 있었다.

실비가 만족하고 있었던 것은 사실이다. 숨이 막힐 듯 침울한 분위기에서 조와 함께 여기까지 차를 타고 온 뒤, 갑자기 그렇게 정중한 관심을 한 몸에 받는 것은 예기치 못한 자극제였다. 보초를 서고 있는 경찰에게 〈내가 딸이에요〉 하고 말하자 당장 임시 장애물이 치워지고, 실비와 조는 죽음과 가깝다는 이유로 고귀한 위엄을 얻은 귀빈들처럼 정중한 안내를 받았다. 실비는 아무도 자기를 말똥말똥 쳐다보려 하지 않는 것이 마음에 들었다. 그녀가 지나가자 모두 고개를 숙여 구두코를 내려다보았다. 그녀는 감히 범접할 수 없는 일본 왕비였다. 그녀와 눈길이 마주치는 것은 신성 모독일 것이다.

실비는 제복 차림의 사람들이 보여 주는 경의에 익숙지 않았다. 그녀의 옷차림, 나이, 말투, 바싹 깎은 머리는 대개 경찰의 적개심을 유발했고, 그 적개심은 가방 수색으로 이어지는 게 보통이었다. 그런데 이번만은 경찰의 내리뜬 눈과 낮은 목소리를 마음껏 즐길 수 있었다. 경찰관들은 심각한 얼굴로 분주히 돌아다니고 절도 있는 동작으로 다급하게 움직였다. 그녀는 즐길 수 있었다. 그것은 죽음, 특히 이런 극적인 죽음이 갖는 조심스러운 이중성이다. 고인과 가장 가까운 유족인 상주들은 기묘하게 행복해 하고 흥분한다. 그들의 가슴 — 그리고 사회적 체면 — 은 절망으로 말미암은 광란 상태를 요구할지도 모른다. 목 놓아 울면서 간질 발작을 일으키고 허탈 상태에 빠져 쓰러지고 히스테리 발작을 일으킬 것을 요구할지도 모르지만, 그들의 머리는 충격과 분노에 맞서 자신을 강화하기 위해 행복감을 주는 화학 물질을 조제한다. 아드레날린은 상황을 분간하지 못한다. 흥분제와 진정제를 분비하는 펌프가 심장의 지휘권을 탈취한다. 흥분제와 진정제가 분비되면, 죽음은 기분을 돋우어 주고 에로틱해 보이게 된다. 실비는 — 묘하게도 — 울음보다 웃음에 더 가까운 기분을 느꼈다. 죽은 자들의 딸이라는 것, 조지프와 셀리스 때문에 그렇게 화를 내고 그들과 멀어진 것, 나룻배 사공에게 그렇게 심술궂고 무관심하게 군 것, 하지만 제복 차림의 사람들에게는 자기가 자식된 도리에 충실하고 유능하고 꿋꿋해 보인다는 것이 실비를 흥분시키고 거의 만족감까지 안겨 주었다. 그녀는 아직 무서운 진실을 이해하지 못했다. 죽음은 아직 현실이 아니었다. 오솔길을 50미터쯤 내려가 세상에서 가장 쓸쓸한 광경 — 밀물과 썰물 사이에 바람에 채찍질당하는 해변과 드넓은 바다 — 을 보았을 때에야 비로소 그녀는 동요하기 시작했다.

조가 그 자리에 없었던 게 다행이었다. 조가 실비를 안아 주었다면 사태가 더 악화되었을 것이다. 실비는 해안을 따라 시체를 확인하러 가면서, 자기를 따라오지 말라고 조를 설득했다. 오래 설득할 필요는 없었다. 조는 약간 실쭉한 표정을 지었지만, 실비가 혼자 가고 싶다고 말하자 그 마음을 이해했다. 실비가 차에서 빠져나올 때 조는 그 자리에서 당장 그녀에게 키스하고 싶었을 것이다. 그렇게 하면 경찰관들 눈에 그의 〈애인〉으로서의 지위가 확립될 것이다. 바싹 깎은 그녀의 머리가 그의 품 안에 묻히는 것을 보면 경찰관들은 얼마나 질투할까. 게다가 조는 실비의 사촌이나 이웃으로 오해받고 싶지도, 무면허 택시 영업으로 현장에서 벌금을 물고 싶지도 않을 것이다. 조는 입술을 모으고 머리를 그녀 쪽으로 기울였다. 하지만 그녀는 손으로 그의 가슴을 떠밀어 그의 얼굴이 다가오지 못하게 했다. 운동하러 나가지 못해 실망한 스패니얼 개처럼 상처 입은 표정을 짓고 있는 조를 주차장에 남겨 두고 떠나면서 실비는 안도의 숨을 내쉬었다. 그녀는 해안에 버려진 고아처럼 혼자 가고 싶었다. 하지만 관광 센터 안에 있던 경찰관 하나가 여경에게 실비와 동행하라고 지시했다. 바다를 보자마자 처음으로 눈물을 흘린 실비는 이제 혼자 있고 싶은 마음이 더욱 간절해졌다. 복받치는 감정이 그녀를 당혹스럽게 했다. 그녀는 여경에게 호위는 필요 없다고 말했다. 기껏해야 실비와 동갑이거나 한두 살 어려 보이는 여경은 그저 고개만 끄덕였다. 「하지만 우리는 어떤 범죄 현장에서나 반드시 지켜야 할 방침이 있어요.」

「방침은 나도 있어요.」 그게 무엇인지는 실비도 알지 못했다. 제 방침이 항상 제복과 대립한다는 것 말고는.

그래서 그들은 타협안에 합의했다. 여경은 20미터 뒤에서 따라오면서 호위 겸 조력자 역할을 맡되, 길동무 역할은 맡지 않기로 했다. 실비는 다시 일본 왕비가 되어 고독한 발자국을 남길 수 있었다.

해안으로 호출을 받은 것은 점심때였다. 실비는 그때까지도 어머니의 화장복을 입은 채 데크의 아버지 의자에 앉아서 하인이 케이크와 커피를 가져오기를 기다리고 있었다. 그때 전화벨 소리가 들렸다. 「당신이 좀 받아.」 실비가 소리쳤다. 조는 우둔한 웨이터처럼 메시지를 적어서 그녀에게 가져왔다. 경찰견이 바리톤 만의 소금기 많은 모래 언덕에서 시체 두 구를 발견했다. 근처에 차를 세워 둔 사람들인 듯하다. 당장 와서, 당신의 부모인지 확인해 줄 수 있는가?

실비는 어떻게 대처할까?

처음에는 조에게 온갖 투정을 쏟아 부었다. 「이것뿐이에요?」 경찰은 사인에 대해 아무 말도 안 했어? 조는 말없이 고개를 저었다. 평생 얼간이다. 「물어볼 생각도 안 했겠지. 중요한 내용은 하나도 없고 모두 사소한 것뿐이잖아요.」

사실 조가 물어볼 필요는 없었다. 실비는 알고 있었다. 실비는 항상 알고 있었다. 그날 오후 바다를 보자 눈물이 쏟아진 것도 그 때문이었다. 이것은 부모의 예정된 죽음이었다. 부모님은 결국 물에 빠져 죽은 것이다. 그들이 천수를 누리지 못하고 죽는다면, 있음직한 사인은 익사뿐이었다. 그들은 너무나 조심스럽게 운전을 해서, 꿈속에서가 아니면 교통사고를 낼 리가 없었다. 어머니는 담배를 끊었다. 부모님은 술도 거의 마시지 않았다. 그들은 하루에 열 번씩 허리를 굽혀 발가락을 만지는 체조를 했다. 그들은 과학자답게 음식을 먹었다. 그들이 섭취하는 탄수화물과 영양소, 비타민과 지방은 완벽한 균형을 이루고 있었다. 그들은 어떤 위험도 무릅쓰려 하지 않았다. 반짝이는 보석이나 시계를 차고 어두운 거리를 걷지도 않았고, 운을 하늘에 맡기고 밤중에 위험한 공원에 가지도 않았다. 계단을 내려갈 때는 반드시 난간을 잡았다. 그들은 고여 있는 물처럼 정체된 생활을 했다.

그러나 실비의 부모는 밀물과 해안의 얕은 여울을 쑤시고 다닐 기회가 있으면 절대 놓치지 않는 해안 동물학자였다. 그들이 희귀한 해초를 발견하거나 모래 속에 숨은 겁 많은 물고기 때문에 발 밑의 모래가 떨리는 것을 느낄 때마다 환성을 지르며 — 그 소리가 실비를 너무 괴롭혔다 — 물속을 샅샅이 뒤지는 동안, 실비는 해안에서 고독한 어린 시절을 보냈다. 피크닉과 책, 해변 사냥감을 위해 기도하기, 모래성 쌓기와 다른 여자애들한테도 금세 싫증이 났다.

묘하게도 그들은 해변을 헤매 다닌 그 오랜 세월 동안 한 번도 실비를 바리톤 해안에 데려간 적이 없었다. 실비의 어머니는 그 해안을 좋아하지 않았다. 하지만 그 밖의 모든 해안과 만 — 무어 해안, 호스맨 록스, 타이거 크랩 만, 숄 곳 — 은 익숙하고 무서웠다. 실비는 여덟 살 때 부모가 큰 파도에 휩쓸려 두 팔을 허우적거리며 도움을 청하는 모습을 처음 보았을 때의 일을 잊지 못했다. 해변에 혼자 버려진 실비에게 멀리 떠내려간 부모의 모습은 너무나 작아 보였다.

그들은 바다에 너무 오래 머물러서 바다의 미움을 사는 바람에 모래톱에 고립되어 오도 가도 못하게 되거나 파도에 쫓기거나 세찬 밀물에 붙잡힐 때가 너무 많았다. 그들이 거센 조류를 거슬러 가슴까지 차 오른 바닷물을 헤치고 나오거나 암초 사이에서 도리깨질을 하는 동안, 실비는 모래밭이나 자갈밭이나 바위 위에서 부모가 겪고 있는 격렬한 공포의 순간을 지켜봐야 했다. 언젠가 어머니와 함께 버려진 어선의 너덜너덜한 늑재(肋材) 사이에 앉아서, 아버지가 허리까지 올라오는 장화를 신고 바다로 들어가 모래를 〈체질〉하는 것을 바라보던 일은 실비의 기억에 생생하게 남아 있었다. 어머니가 말했다. 「너무 멀리 나갔어!」 그러고는 아버지의 이름을 소리쳐 부르기 시작했다. 「조지프! 조지프!」 조류가 방향을 바꾸었고, 사납게 밀려오는 파도와 넘실대는 썰물에 맞서 싸우던 아버지가 그만 균형을 잃고 넘어졌다. 어머니는 해변으로 달려 내려갔다. 바다를 증오하는 어린 소녀는 이미 비탄에 잠겨 울고 있었다. 어머니가 해변으로 절반쯤 내려갔을 때, 아버지가 다시 일어서려고 버둥대기 시작했다. 그때 아버지는 떠내려가고 있었다. 바다표범의 머리처럼 물 위에 떠 있는 아버지의 장화가 보였다. 아버지를 해안으로 끌어올리려면 장화를 파도에 넘겨줄 수밖에 없었다. 다행히 밀물이었다. 아버지는 흠뻑 젖은 채 해안으로 올라왔다. 아버지가 바닷물을 뱉어 내고 기침을 하는 동안 어머니는 소리를 질렀다. 「빠져 죽을 수도 있었어요. 그럼 어떻게 할 거예요?」

아버지가 죽었다면 친구들은 어떤 반응을 보였을까. 적어도 한 학기 동안은 관심의 초점이 될 거야. 한동안은 학교에 가지 않아도 될 거야. 모두 나를 병든 공주처럼 대하겠지. 아버지 장례식에 쓰고 갈 모자도 사야 할 거야. 텅 빈 우리 집은 친척과 이웃들로 북적거릴 거야. 삼촌도 미국에서 올지 몰라. 내가 늘 갈망했던 떠들썩한 소동과 야단법석이 벌어지겠지. 하지만 아버지 때문에 그런 소동이 벌어지는 건 싫어. 실비는 이런 생각을 하고 있는 자신이 부끄러워졌다.

이제 바리톤 만이 시야에 들어왔기 때문에, 부모의 죽음을 상상하기는 어렵지 않았다. 부모의 죽음은 30년 동안 여울에서 철벅거린 사람이 당연히 받아야 할 벌이었다. 실비는 아버지 이름이 무슨 구명대라도 되는 양 그 이름을 바다 쪽으로 던지면서 해변으로 달려 내려가는 어머니의 모습을 상상할 수 있었다. 「조지프! 조지프!」 이젠 나이도 더 들고 예전처럼 건강하지도 못한 아버지는 물속으로 사라졌다. 일단 물이 차면 납덩이처럼 무거워지는 장화가 아버지를 잡아당겼을 것이다. 전설적인 일곱 번째 파도가 아버지를 때렸을 때, 아버지는 더 이상 수면 위로 떠오르지 않았다. 어머니는 물가에 서서 — 실비는 어머니를 거기에 배치했다 — 바다를 뚫어지게 바라보며, 버둥거리는 남편의 흠뻑 젖은 그림자, 파도 사이에서 오르락내리락 하는 머리, 팔이나 장화가 나타나기를 기다렸다. 그러나 바다는 너무 오랫동안 아무 그림자도 보여 주지 않았다. 어머니는 무릎까지 올라오는 바닷물 속으로 뛰어들었을 것이다. 그러다가 해변에 부딪쳐 부서지는 파도 속에서 아버지의 몸뚱이가 통나무처럼 구르는 것을 보았거나, 아니면 점점 꺼져 드는 외침소리 — 갈매기 울음소리 같기도 하고 사람 목소리 같기도 한 — 를 들었을지도 모른다. 그래서 어머니는 바닷속으로 점점 더 깊이 들어갔다. 허벅지까지, 가슴까지, 턱까지 물이 차올랐다. 어머니도 너무 깊이 들어갔다. 어쩌면 손을 뻗어 아버지의 옷을 잡았을지도 모른다. 아버지의 팔을 잡고 해변으로 끌고 가려고 애썼을 수도 있다. 하지만 해초가 아버지와 어머니를 잡아당기고 있었고, 아버지는 물에 젖어 무거웠다. 아버지가 어머니를 물속으로 끌어당겼다. 어머니의 발이 모래에서 떨어졌다. 이번만은 어머니의 큰 키와 몸무게도 소용이 없었다. 해초는 어머니를 지탱해 주지 못했다. 아버지를 잡은 손을 놓고 혼자만 목숨을 구하려고 애쓸 수도 있었지만, 어머니는 그렇게 하지 않았다. 지금 해변에는 그들을 구해 줄 사람이 아무도 없었다. 어린 딸도 없었다. 이제 남은 일은 높은 파도가 친절하게도 그들을 해안으로 밀어 올릴 때까지 조류를 타고 난바다로 나갔다가 돌아오기를 한두 번 되풀이하는 것뿐이었다. 바다는 경찰견이 그들을 발견할 수 있도록 모래 언덕 기슭까지 그들을 밀어냈다. 바리톤 만까지 가면 바닷물에 퉁퉁 불은 채 해초에 싸인 부모의 시체를 보게 될 거라고 실비는 예상했다. 부모의 손과 얼굴은 모래에 긁히고 바다에 난타당하여 멍이 들어 있을 것이다.

사실 실비는 산책에 어울리는 차림을 하고 있지 않았다. 너무 급히 오느라 어제 시체 공시소에 갈 때 입었던 옷을 그대로 주워 입었기 때문이다. 음악회에 갈 때 입는 셔츠, 몸에 찰싹 달라붙는 검정색 승마용 바지, 간편하게 신고 벗을 수 있는 쇼핑용 구두. 차를 타고 올 때는 너무 더워서 불쾌했다. 바리톤 만까지는 아직도 2, 3킬로미터를 더 걸어야 한다. 집을 나오기 전에 잠시 여유를 갖고 어머니의 재킷과 좀 더 튼튼한 신발을 찾아봤어야 하는 건데. 바닷바람이 오싹할 만큼 차가워서 몸이 걷잡을 수 없이 떨리고 있었다. 실비는 양쪽 팔꿈치를 두 손으로 움켜잡아 제 팔로 몸을 감싸안고, 해변 오솔길을 서둘러 걸었다. 그녀는 빵을 구하러 방금 집에서 뛰쳐나온 것처럼 보였다.

설령 겨울옷을 입고 있었다 해도, 날씨가 화창했다 해도, 조심스럽게 멀찌감치서 따라오고 있는 여경이 자기가 호위를 맡은 묘한 아가씨에게 제복 상의를 빌려주고 싶은 마음이 들어 옷을 벗어 주었다 해도, 어쨌든 실비는 몸을 떨었을지 모른다. 뭐니뭐니 해도 실비는 죽음과 대면하러 가는 길이었고, 죽음은 차갑고 축축하기 때문이다. 부모가 발견된 현장에 다가갈수록 기온은 점점 더 떨어질 거라고 예상해야 할 것이다. 교회가 그렇게 추운 것은 그 때문이다. 묘지에 쌓인 눈이 거리에 쌓인 눈보다 훨씬 오랫동안 녹지 않는 것도 그 때문이다. 북부의 침엽수가 묘지에서 그렇게 잘 자라는 것도 그 때문이다. 여름에도 장례식에 갈 때는 검은 옷을 입고 코트를 걸쳐야 하는 것도 그 때문이다. 무덤은 북극의 공기를 내뿜는다.

조금 전에 여경이 〈우리는 어떤 범죄 현장에서나 반드시 지켜야 할 방침이 있다〉고 말했을 때, 실비는 별로 주의를 기울이지 않았다. 하지만 이제 해안의 〈솔트 파이스〉 단지와 끝없이 펼쳐진 하늘, 축축한 그늘 속에서 모래와 공모하고 있는 바다를 애써 외면하면서 오솔길에 정신을 집중하고 걷다 보니, 여경의 그 말이 다시금 마음에 걸렸다. 〈범죄 현장〉이라고? 무슨 범죄? 실비는 택시 요금을 낼 수 없는 미련하고 기회주의적인 십대 소년이 부모님의 차를 훔쳐 간 것과 카라디오를 훔쳐 간 것 말고는 범죄가 있었다고 생각지 않았다. 범죄는 꿈에도 생각지 않았고 걱정하지도 않았다. 실비가 두려워한 것은 범죄가 아니라 바다의 논리였다. 실비는 바다의 논리를 실행하는 전통적인 집행자는 〈물고기〉라고 생각했다.

해변 오솔길을 떠나 모래 언덕으로 들어가는 샛길에 이르자, 실비를 호위하는 여경이 간격을 좁혀 그녀와 합류했다. 경찰은 막대기와 종이 깃발로 길을 표시해 두었다. 두 여자는 그 길을 정확히 따라가야 했다. 그들은 모래 언덕 바깥쪽을 돌아서 바다 쪽으로 돌출한 곳의 바위밭을 가로지른 다음 왼쪽의 내륙 방향으로 홱 구부러져 나무판자가 깔린 길로 들어섰다.

거기에 경찰관이 그렇게 많이 있을 줄은 미처 몰랐다. 텔레비전에서 본 폭동 장면이나 퍼레이드를 제외하고는 그렇게 많은 경찰관이 한곳에 모여 있는 것을 본 적이 없었다. 제복 차림의 경찰관들이 모래 언덕 전체에 흩어져서 모든 풀숲을 샅샅이 뒤지고, 표류물을 일일이 뒤집어 보고 있었다. 휴대폰으로 통화하고 있는 사복 차림의 조사관들도 있었고, 면직 방호복으로 온몸을 감싸고 장갑까지 낀 감식반원들도 있었다.

거기에 텐트가 있는 것도 실비에게는 뜻밖이었다. 사실은 텐트라기보다 야유회용 천막이었다. 옆에 시의 로고가 찍혀 있는 두꺼운 초록색 캔버스 천. 처음엔 그것이 경찰관들에게 음식을 제공하는 천막일 거라고 생각했다. 장날이나 운동회나 축제 때 그런 천막을 본 적이 있었다. 하지만 그것이 시체를 보호하기 위한, 그리고 〈범죄 현장〉을 보존하기 위한 천막이라는 것을 곧 깨달았다. 실비는 팔꿈치를 더 힘껏 끌어안았다. 거기에 살아 있는 여자라고는 실비와 그녀를 호위해 온 여경뿐이었다.

「어디 있죠?」 실비는 확인하고 싶어서 여경에게 물었다.

「이제 곧 올 거예요.」

「우리 부모님 말이에요!」

「저기 천막 안에 있어요. 하지만 좀 기다려야 해요. 보기 흉하지 않게 만드는 작업을 하고 있으니까요.」 여경의 대답에 실비는 뼛속까지 얼어붙었다.

실비는 별안간 눈앞이 아찔해지고 숨을 쉴 수가 없어서, 천막에 등을 돌리고 부드러운 풀밭에 털썩 주저앉았다. 그녀는 모래 언덕에서 위안을 찾았지만, 위안을 주는 것은 하나도 없었다. 경찰 사진사가 가시덤불 가지에 깃발처럼 펼쳐져 있는 찢어진 하얀 셔츠를 찍고 있었다. 실비는 가능한 한 꼼짝도 않고 앉아 있었다. 너무 가만히 있어서 발가락의 맥박을 느낄 수 있을 정도였다.

마침내 아버지 나이쯤 되어 보이는 남자가 자주색 배낭과 골판지 상자를 들고 천막에서 나왔다. 「이걸 알아보겠소?」 그가 물었다. 자기 소개도 하지 않았고, 형식적인 인사말도 늘어놓지 않았다. 실비는 어깨끈에 묻어 있는 핏자국을 보면서 고개를 저었다. 「이건?」 여자용 구두였다. 이번에도 실비는 고개를 저었다. 「휴대폰은?」 그는 검은 휴대폰이 들어 있는 투명한 비닐 봉지를 들어 올렸다.

 실비는 자세히 들여다보았다. 「잘 모르겠어요. 휴대폰은 모두 똑같잖아요.」

 「이게 부모님의 휴대폰 번호인가요?」 그는 비닐 봉지를 팽팽히 잡아당겨, 꼬리표에 적힌 숫자를 가리켰다.

 「기억이 안 나요. 하지만 필적은 아버지 거예요. 아버지는 항상 5를 그렇게 써요.」

 「이건?」 비에 흠뻑 젖고 핏자국이 묻어 있는 『곤충학』 잡지 한 권.

 「부모님이 정기 구독하던 잡지예요.」

 남자는 경찰이 발견한 화강암 덩어리를 실비에게 보여 주고 싶은 유혹을 느꼈지만 보여 주지 않았다. 그 돌멩이는 게와 파리들이 거기에 묻어 있던 인간의 피와 살점을 깨끗이 발라 먹은 상태로 풀밭에 나뒹굴고 있었다. 남자는 사람들 앞에서 슬픔과 충격을 표정에 솔직히 드러내는 데 반대하지 않았다. 감정을 표현하는 것은 마음에 위안을 주는 적절한 일이었다. 그는 비탄과 오열을 자위 행위나 마찬가지로 생각하는 새로운 학파에 속하지 않았다. 이런 상황에 놓인 딸은 당연히 히스테리 발작을 일으켜야 한다. 〈내〉 딸이라면 아마 그럴 거라고 생각했다. 그것은 딸의 권리, 또한 의무이기도 했다. 하지만 이 여자는 너무 지나치게 분별 있고 이성적이다. 지나치게 남의 이목을 의식하고 억제되어 있다. 지나치게 학생 티가 나고 머리를 짧게 잘랐다. 이런 엄숙한 일을 하기에는 지나치게 간편한 복장을 하고 있다.

 「좋아요. 천막 안을 한번 들여다봅시다.」 그는 실비의 팔을 잡으면서 말했다. 「나를 잡으세요.」

 「괜찮습니다.」 실비는 웨이트리스 생활을 통해 그런 남자에게 익숙해져 있었다. 그녀는 팔을 빼고 한 걸음 물러섰다. 남자가 그녀에게 등을 돌리자, 그녀는 그를 따라 천막 안으로 들어갔다. 흔히 캔버스 천에서 나는 냄새는 나지 않았다. 헝겊이나 방수제 냄새는 전혀 없었다. 축축한 풀 냄새, 요오드 냄새, 포름알데히드 냄새, 그리고 땀내가 날 뿐이었다. 캔버스 천을 뚫고 들어온 햇빛이 초록빛으로 유령처럼 희미하게 감돌고 있었다.

천막 안은 따뜻했다. 바람도 없었다. 거기에는 젊은 남자 넷이 이미 들어와 있었다. 구릿빛 얼굴에 척척 일을 처리하는 솜씨가 능률적이다. 그녀를 데리고 들어온 나이 든 남자는 〈딸이야〉 하고 말했을 뿐이다. 그러고는 〈불〉 하고 말했다. 천장에 매달린 형광등 두 개가 잠시 깜박거리다가 천막 안의 비탈진 풀밭에 강렬한 빛을 던졌다. 바로 실비의 발치에 비현실적일 만큼 기다란 흰색 시트가 깔려 있었다. 기계적인 불빛이 희미한 초록색 햇빛을 대신하자, 비탈진 풀밭은 흐리멍덩해 보였다.

「얼굴뿐입니다.」 형사가 말했다. 「빨리 끝냅시다. 그냥 고개만 끄덕이세요. 아니면 고개를 젓든가. 우선 여자부터 보겠습니다.」 그는 허리를 굽혀 시트 위쪽과 냉각용 담요를 젖혔다. 냉각용 담요는 시체를 차고 신선하게 유지하기 위해 덮어 둔 것이었다. 셀리스였다.

실비는 잠깐밖에 보지 못했다. 어머니였다. 변형이 심했지만 틀림없었다. 어머니는 얼굴을 옆으로 돌려 뺨을 아래로 하고, 풀을 베개처럼 베고 누워 있었다. 입은 부어오르고 두개골이 함몰되어 있었다. 드러난 앞니는 뿌리부터 끝까지 쪼개져 있었다. 피부는 푸르뎅뎅한 남색이었다. 머리카락은 죽은 피로 얼룩져 있었다.

「고개를 끄덕이거나 저으세요.」 형사가 다시 말했다.

「어머니예요.」

「이번엔 남자를 보겠습니다. 준비됐나요?」 형사는 시트 아래쪽 풀밭에 무릎을 꿇고 실비를 쳐다보며, 그녀가 마음을 가라앉히기를 기다렸다. 어쩌면 좀 더 격렬한 반응을 기대하고 있었는지도 모른다.

실비는 침착했다. 사실은 안도감을 느끼고 있었다. 중압감이 줄어들었다. 어떤 것도 이보다 더 나쁠 수는 없다. 그래서 이제는 아무것도 두려울 게 없었다. 「전부 다 보고 싶어요.」 실비가 말했다. 「얼굴만이 아니라 전부 다요. 시트를 완전히 치워 주세요.」 형사는 당장 그렇게 했다. 시트와 냉각용 담요를 자기 쪽으로 잡아당겨 가슴에 그러모았다. 실비는 두 번 고개를 끄덕였다. 그러고는 믿을 수 없다는 듯 고개를 저었다. 동물학 박사들. 사라진 수수께끼의 부부, 조지프와 셸리스. 유예 기간 엿새째. 마침내 수수께끼가 풀렸다. 마침내 세상에서 가장 나쁜 일이 위안이 되었다.

파열된 조직의 파편과 고름, 림프액이 새어 나오는 찢어진 박막(薄膜), 살해된 세포의 킬링필드에 익숙한 장의사나 병리학자라면 조지프와 셸리스의 시체에서 분해와 부패를 알려 주는 징후를 수천 가지나 찾아낼 수 있을 것이다. 그들의 눈알은 이미 액화하고 있었고, 얼굴은 퉁퉁 부어 있었다. 아래쪽 피부에는 물집이 생겼다. 내장은 부패의 부산물 — 메탄과 에티움 — 로 너무 심하게 팽창하여, 콧구멍과 귓구멍과 벌어진 상처들은 거기서 새어 나오는 가스로 거품투성이가 되어 있었다.

그러나 조금 떨어진 거리에서, 게다가 그 과장된 불빛 속에서 바라보는 딸에게는 그들이 그날 아침 자연광 속에서 발견되었을 때보다 덜 고통스러워 보였다. 소장에 생긴 전형적인 청록색 멍을 제외하면 검푸른 납빛은 많이 가라앉아서 자줏빛이라기보다 푸른색, 초록색이라기보다 회색에 더 가까운 빛을 띠고 있었다. 햇볕에 그을려 조금 검어지기까지 했다. 그리고 사후 경직이 일어나는 시간은 이미 지난 지 오래였다. 그들의 팔다리는 이제 더 이상 마네킹처럼 뻣뻣하게 튀어나오지 않았다. 조지프의 야생적 징후 — 죽음의 심줄굿은 발기 — 는 줄어들었다. 그들의 시체는 긴장을 풀고 푹신한 침대에 쓰러져 자고 있는 사람들처럼 풀밭의 우묵한 곳에 누워 있었다. 둥글게 구부린 그들의 몸은 그 우묵한 곳에 딱 들어맞았다.

게들은 떠나 버렸다. 셸리스와 조지프는 게들이 먹을 수 있을 만큼 신선하지 않았다. 늪파리는 부부의 구멍에 더 많은 알을 깠지만, 대부분의 파리는 이제 떠나 버렸다. 처음에는 바람에 날아온 모래가 그들을 뒤덮어 방부제 역할을 했기 때문에, 그리고 이제는 분주히 움직이는 경찰관들 때문에 파리가 접근하지 못했다. 감식반원들은 딸이 오기 전에 구더기들을 청소기로 빨아들여 〈보기 흉하지 않게〉 해놓았다.

실비는 부모의 부드러운 알몸과 자세에 너무 감동하여 오열하지 않을 수 없었다. 어렸을 때 바닷가에서 부모가 너무 멀리까지 나갔을 때 수없이 울었던 것처럼, 지금도 그녀는 바닷가에서 부모를 바라보며 울고 있었다. 형사가 밖에 서 있는 여경을 불러들였다. 마침내 힘든 일이 끝났다. 여경은 실비의 어깨에 제 코트를 걸쳐 주고, 실비의 등에 팔을 올려놓았다. 그 팔이 너무 무거웠다.

시트는 실비가 모르는 사이에 다시 덮였지만, 실비의 마음속에는 부모의 모습이 스냅 사진으로 찍혔다. 모든 상처, 갈매기들이 만든 손상, 검게 말라붙은 피를 다 기억하지는 못할 것이다. 그녀의 머릿속에 끊임없이 떠올라 그녀를 기쁘게 해준 것은 어머니의 발목을 감싸쥐고 있는 아버지의 손이었다. 그 다리와 팔이 어머니와 아버지를 계속 땅에 붙잡아 놓고 있는 듯이 보였다.

「물에 빠져 죽은 게 아니군요?」

「그렇습니다. 익사가 아닙니다.」 형사가 말했다. 「누군가가 돌멩이로 쳐서 죽였습니다.」

「살인이란 말인가요?」

형사가 고개를 끄덕였다.

「누구죠?」

형사가 어깨를 으쓱했다. 〈어쩌면 영원히 모를 수도 있다〉는 뜻이었다.

「전혀 모르세요?」 실비는 고집스럽게 물었다. 「말씀해 주세요!」

「몬다지의 물고기.」 형사가 말했다. 예로부터 〈운명〉을 뜻하는 말. 흔히 쓰이는 허튼소리.

「마지막으로 한 번만 더 얼굴을 보여 주세요. 전 괜찮아요.」

반쯤 감은 눈을 통해 두 번째로 부모를 보았을 때, 부모는 묘하게도 젊고 건강해 보였다. 피부는 팽팽하게 당겨져 있었다. 아버지의 이마에는 주름살이 없었다. 어머니의 아래턱은 단단했다. 하지만 부모를 젊어 보이게 하는 것은 그뿐만이 아니라는 것을 실비는 깨달았다. 부모가 죽은 방식 그 자체. 변사는 대개 젊은이들의 영역이기 때문이다. 느린 소모는 노인의 속성이다. 그런데 그들에게는 그게 전혀 없었다. 급속히 파괴된 부모는 정말 아름다웠다. 손상과 상처에도 불구하고 그들은 자신의 본질과 특성을 조금도 잃지 않았다. 그들은 개성을 빼앗기지 않았다. 나름대로 고양되어 있었고, 묘하게 침착했다. 이것은 일종의 자살이었다. 그들은 자궁에서부터 줄곧 사람들을 따라다니는 그 최후의 노인성 경련 ─ 발작은 지나치게 강한 표현이다 ─ 을 면했기 때문이다. 하지만 이것은 자살보다 더 행복한 죽음이기도 했다. 분노나 슬픔이나 절망의 징후는 전혀 없었다. 작별 인사도 없었다. 자해한 상처도 없었다. 유산으로 남긴 원한도 없었다. 마지막 회한도 없었다. 그들은 아직 희망찬 노년을 기대할 수 있고 아름다움을 유지할 수 있을 만큼 건강할 때 세상을 떠났다. 실비는 부모가 이번만은 자기를 정말로 놀라게 했다고 인정했다. 적어도 그것만은 인정할 수밖에 없었다. 실비를 놀라게 한 것은 부모가 살해된 사실만이 아니었다. 부모가 알몸이라는 사실만도 아니었다. 부모가 죽으면서 실비의 가슴에 ─ 뒤늦게나마 ─ 사랑을 가득 채울 힘을 갖고 있었다는 사실이 놀라웠다. 그것은 어머니의 발목에 가볍게 닿아 있는 아버지의 손가락이었다.

「우리 아버지의 손을 치우지 마세요.」 실비가 말했다.

실비는 당장 장례식을 치르고 해안에서 달아나고 싶었겠지만 그럴 수는 없었다. 형사는 시체를 월요일까지 천막 안에 놓아두어야 할 거라고 말했다. 감식반이 일을 끝내야 하고, 경찰은 단서를 찾기 위해 모든 모래알과 풀잎을 샅샅이 뒤질 때까지 시체를 현장에 놔두고 싶어했다. 그 일이 끝나면 하급 법원 판사가 와서 〈사체 이동 증명서〉를 발부해야 할 것이다. 그러려면 시간이 걸렸다. 게다가 하급 법원 판사들은 일요일에는 근무하지 않는다. 그래서 실비는 조에게, 도시 한복판의 항구에 있는 미션 교회로 자기를 데려다 달라고 부탁했다. 나를 기다릴 필요는 없다, 교회에 얼마나 오래 있게 될지 모르겠다, 집에는 혼자 알아서 가겠다고 실비는 말했다. 조를 떼어 버리기 위한 구차한 핑계였다. 실비의 부모는 그 교회에서 결혼했고, 어머니는 언제나 그 교회를 마지막 안식처로 삼고 싶다고 말했다. 실비는 혼자 있는 시간이 필요했다. 촛불을 밝히고 어스름 속에 앉아서 부모의 죽음이 무엇을 의미하는지를 곰곰 생각하고 싶었다.

그녀가 도착했을 때, 미션 교회는 예배자들로 북적거리고 있었다. 그래서 실비는 교회 마당의 기념 벤치 ― 난파선 목재로 만든 이 벤치에는 실종 선원들의 이름이 새겨져 있었다 ― 에 앉아서 신자들이 떠나기를 기다렸다. 세상은 계속 돌아가고 있었다. 궤도를 따라 우주 공간을 선회하고 있었다. 여느 때와 마찬가지로 평범한 일상이 있었다. 가라앉은 하늘. 자동차소리. 일요일이라서 약해진 항구의 소음. 그리고 사람들의 찬송가 소리. 그들의 목소리는 높이 올라가, 물처럼 묽으면서도 자양분이 많은 우주와 충돌했다.

그 찬송가 소리를 반주 삼아 부모의 모습을 되살리는 것은 어렵지 않았다. 풀밭에서 살해되어 나란히 누워 있는 아버지와 어머니. 어머니의 발목을 움켜잡고 있는 아버지의 손. 실비는 찬송가 소리가 모래 언덕에서 시체를 들어 올려, 찬송가 가사에 나오는 왕국으로, 천국과 영원으로, 영원한 평화 속으로 데려가게 하려고 애썼다. 하지만 그것은 목소리에 지나지 않았고, 죄인들을 천국으로 데려가기는커녕 나뭇잎 하나 옮길 근육도 갖지 못한 노래 가사에 불과했다. 그보다는 차라리 아버지의 노래가 ― 역겨울 만큼 감상적이긴 하지만 ― 훨씬 강력했다. 사랑의 노래는 한계를 초월한다. 세상에는 사랑 같은 것이 존재하기 때문이다. 하지만 신은 존재하지 않기 때문에 찬송가와 기도는 무력하다.

예배자들이 나올 무렵, 실비는 촛불을 밝히고 혼자 시간을 보내고 싶은 욕구를 잃어버렸다. 실비는 행복과 환멸을 동시에 느끼면서, 떠나는 신자들 틈에 섞여 교회를 나왔다. 그녀는 다만 자신의 인생에도 부모의 인생만큼 많은 사랑이 있기를 기도했다.

실비는 더 중요한 질문을 아직 자신에게 던져 본 적이 없었다. 그녀는 신이 없는 우주, 계속 팽창하는 우주, 시시각각 분산되는 우주의 중력, 가없이 넓어지는 우주 공간, 어두워지는 우주 물질 속에서 죽음을 거부하는 삶의 비결을 필요로 하기에는 너무 젊었다. 생명이 존재한다. 생명이 사라진다. 그것은 중요하지 않다. 그것은 자명한 진리다. 자라서 어른이 되고 늙어 가면 누구나 그 진리를 깨닫고 당황하게 된다. 실비는 앞으로도 한동안은 죽음을 걱정할 필요가 없다.

그러나 실비는 그보다 하찮은 질문에 대해서는 적어도 한 가지 대답을 갖고 있었다. 자신에게 할당된 짧은 인생이 나날이 줄어들 때, 죽어 가는 사람은 남은 시간을 어떻게 보내야 하는가? 실비는 그 일요일 오후에 죽음을 면할 수 없는 운명을 보기 위해 해변을 걸었고, 부모가 구원받을 가망이 없다는 것을 알았다. 그녀에게 유전자를 공급해 준 이들은 이제 가게문을 닫아 버렸다. 그들의 딸은 다음 차례였다. 차례를 기다리는 행렬에서 빠져나올 수는 없다. 따라서 이 어두운 우주에서 주어진 시간을 낭비해서는 안 된다. 이 세상에서 숨 쉬고 있는 하찮은 거류자들, 덜덜 떨면서 예배를 보는 이들과 별을 바라보는 이들은 천국에 대한 기대나 지옥에 대한 두려움 때문에 불꽃처럼 타올랐다 스러지는 자신의 짧은 인생을 희생하는 바보들이었다. 아무도 초월할 수 없다. 미래도 과거도 존재하지 않는다. 죽음 — 또는 탄생 — 의 구제책도 존재하지 않는다. 우리가 할 수 있는 일은 그저 탄생과 죽음 사이의 공간을 끌어안는 것뿐이다. 열심히 살아라. 넓게 살아라. 높게 살아라.

실비는 부모의 삶을 흉내 낼 수는 없었다. 그녀는 관이 덜거덕거리며 지나가는 거리에 등을 돌리고 방 안의 하찮은 것들 — 네모를 타원형으로 만드는 불빛, 반쯤 기록된 채 펼쳐진 일주일치 일기장, 스테레오에서 흘러나오는 음악, 난로 위에서 데워지고 있는 주전자, 거울과 액자 사이로 튀어나온 사진, 춤추는 책장, 의자에서 숨 쉬고 있는 다른 사람, 정물 — 에만 관심을 쏟지는 않을 것이다. 그녀는 세상의 따뜻한 흥분을 기꺼이 받아들일 것이다. 부모의 죽음은 그녀의 시작이었다.

실비는 빈 집 — 그녀의 집 — 을 향해 걸어가면서 지난 며칠은 별난 날들이었다고 생각했다. 그녀는 양쪽에 개오동나무가 심어져 있는 도심의 넓은 길을 지나 황량하고 덜 자극적인 교외의 도로를 걸어갔다. 나는 단번에(열두 차례의 타격) 부모를 잃고 해방되었다. 이제 내가 할 수 없는 일은 아무것도 없어. 내가 생각할 수 없거나 말할 수 없는 것은 아무것도 없어.

실비는 계획을 세울 것이다. 화려한 날들이 그녀를 기다리고 있다.

21

오전 7시 5분

조지프는 그날 아침에 일찍 침대를 빠져나왔다. 그는 늘 아내보다 먼저 일어났다. 그는 목재의 백목질이 회색으로 변해 가고 있는 집 뒤의 데크로 아침 식사를 가져갔다. 그날의 첫 햇살이 널빤지를 가로질러 길게 뻗어 있었다. 조지프는 그 빛의 사다리꼴 속에서 제 의자가 충분히 들어갈 만한 공간을 찾아냈다. 이곳은 20년 전에 똑같은 햇빛 속에 앉아 있던 그의 아버지가 뇌졸중으로 숨을 거둔 곳이었고, 딸이 어렸을 때 수천 번이나 아버지의 무릎 위로 기어올라 깡마른 엉덩이를 아버지의 깡마른 무릎에 올려놓고 아버지의 접시에 놓인 아침 식사를 달라고 졸라 대거나 노래를 불러 달라고 칭얼댄 곳이기도 했다. 실비는 아버지가 노래로 말하는 것을 좋아했다. 아버지가 실생활에서는 결코 말할 수 없는 것들을 유쾌하고 익살스러운 저음으로 노래하는 것을 듣기를 좋아했다. 아버지가 실비를 웃기는 것은 그때뿐이었다.

사형 선고를 받은 사람은 많이 먹지 않는다. 그는 아침이 아니라 저녁을 많이 먹는 사람이었다. 그날 아침에는 바닐라 커피와 망고와 치즈 빵을 먹었지만, 치즈 빵은 말라 비틀어져서 도저히 다 먹을 수가 없었다. 그는 음식을 ― 과도와 강심제, 일기장, 펜과 함께 ― 나무 쟁반에 비행기의 기내식처럼 깔끔하게 늘어놓았다. 마치 그의 빈약한 절제와 통찰력, 커피를 아무리 많이 마셔도 거의 떨어지지 않는 높은 혈압, 점점 심해지는 고독을 자신에게 일깨워 줄 필요라도 있는 것처럼. 그는 손가락을 쥐락펴락 움직여 관절 운동을 하고, 아침이면 으레 그를 괴롭히는 기침과 싸우면서 머리가 맑아지기를 기다렸다. 늘 그렇듯이 그는 지쳐 있었다.

 하지만 그런 조지프도 햇빛을 받자 기분이 좋아지지 않을 수 없었다. 라디오는 기분 전환에 좋은 날씨를 약속했다. 그는 그 좋은 날씨를 최대한 활용할 작정이었다. 그날은 많은 시민들이 좋은 날씨를 활용할 것이다. 사람들은 하루나 이틀쯤 일을 쉬고 오랜만에 찾아온 화창한 날씨를 즐기기 위해 허리를 다쳤다거나, 독감에 걸렸다거나, 빠질 수 없는 갑작스러운 장례식이 있다거나 하는, 책상이나 일터에서 멀리 떨어진 곳에서 봐야 할 긴급한 용무를 거짓으로 꾸며 낼 것이다. 공원과 잔디밭이 그들의 사무실이 될 수 있다. 레스토랑은 손님으로 가득 찰 것이다.

 우리는 조지프가 한 일을 정확히 알고 있다. 그는 아침 7시 25분에 연구소로 전화를 걸어, 비서에게 보내는 메시지를 자동 응답기에 남겼다. 마무리해야 할 야외 연구가 있어서 이틀 동안 사무실에 못 나간다. 목요일 아침 일찍 출근하겠다. 연락할 일이 있으면 휴대폰으로 전화해도 좋지만, 〈긴급한 일〉이 있을 때에만 전화해라. 이것이 세상과의 마지막 접촉이었고, 누군가가 그의 목소리를 들은 마지막이었다. 그는 그날 하루를 거짓말로 시작했다. 그는 초조감과 흥분이 뒤섞인 기분을 느끼고 있었다. 그는 일기장에 낙천적인 문장을 한 줄 적어 넣고, 햇볕에 몸을 덥히면서 아내와 함께 하루를 어떻게 보낼 것인가를 상상했다.

 조지프는 옷을 입고 샤워를 하고 두 잔째 커피를 마신 다음, 찻잔과 과일 접시를 침대에 누워 있는 아내에게 가져갔다. 다정한 봉사? 햇볕을 즐기자는 단순한 제의? 아니, 그는 아침 식사보다 더한 것을 아내에게 주고 싶었다. 그의 호흡은 벌써 아내에 대한 욕망으로 종잇장처럼 얇아졌다. 가벼운 거짓말, 약간의 햇빛, 망고 몇 조각, 알약, 지나치게 많은 카페인, 예기치 않은 휴일. 한 남자를 호색적인 기분으로 만드는 데에는 그것만으로도 충분했다.

 부부는 방을 따로 썼다. 실비가 태어나 밤마다 엄마와 함께 자겠다고 요구한 이래 20년이 넘도록 각방을 썼다. 실비가 청소년이 된 뒤에도 조지프는 아내의 침대로 돌아가지 않았다. 그는 아내의 담배 냄새가 싫지만 아내가 아침 식사 때 담배를 피우면서 얻는 즐거움을 망치고 싶지 않기 때문이라고 말했다. 그러나 넉 달 전에 아내가 담배를 끊은 뒤에도 조지프는 아내의 침실로 돌아가지 않았다. 부부는 상대의 수면 패턴을 배려하거나 삐걱거리는 침대를 참거나 이불을 같이 덮기에는 너무 이기적이고 수줍어졌다는 것을 둘 다 인정했다.

이제는 실비가 (뭔지 알 수 없는 일을 하면서 인생을 보내기, 아니 낭비하기 위해) 집을 떠났기 때문에 이따금 조지프는 저녁에 아내 방으로 들어가 아내 침대에 누웠지만, 아내가 잠들면 어김없이 제 방으로 돌아갔다. 셀리스는 밤마다 여덟 시간은 자야 했다. 젊었을 때 못 잔 잠을 모두 벌충하고 있었다. 잠이 조금만 모자라도 온종일 짜증을 내곤 했다. 조지프는 아직도 하루에 대여섯 시간만 자면 충분했다. 게다가 그는 침대를 삐걱거리고, 개처럼 숨을 쉬고, 기지개를 켜고, 하룻밤에도 네댓 번씩 일어나 달빛에 의지하여 비틀거리며 화장실에 가곤 했다. 때로는 새벽 2시나 3시까지 일어나 앉아서 책을 읽었다. 안개 속에서 쓸데없이 돌아다니는 연락선이 뱃고동을 울리거나 비가 내리면 그는 결코 잠을 이루지 못했다. 때로는 아예 잠자리에 들어가지도 않고 부엌 찬장에 감춰 둔 〈네그리타〉를 마시면서 혼자 카드놀이를 하고, 헤드폰으로 라디오를 들으면서 밤을 지새기도 했다. 강연, 뉴스, 토론. 감상적인 노래가 아니면 음악은 듣지 않았다. 아내와는 달리 그는 오케스트라에 열중하지 않았다. 실비의 부모는 침대나 연주회장에서 사이좋게 공존할 수가 없었다. 셀리스는 혼자 연주회장에 가고, 혼자 침대에 들어갔다.

아내의 침대 옆에 서서 잠자고 있는 아내를 보았을 때 조지프는 망설였을 게 분명하다. 아내의 귀는 아직 솜뭉치로 틀어 막혀 있었고, 눈은 스펀지 같은 잠의 파편으로 덮여 있었고, 머리카락은 더부룩한 덤불을 이루고 있었다. 아내는 아직도 피곤해 보였다. 그녀는 아직도 그가 상상하는 아내 — 기민하고, 달콤한 냄새가 나고, 파삭파삭 소리가 나는 옷을 입고, 쓸모 있는 아내 — 가 아니었다. 그는 아내가 화요일과 수요일에는 수업이 없다는 것을 알고 있었다. 그리고 수업이 없는 날에는 정오까지 잠을 자고, 남편이 출근한 다음에 깨어나 독신 여성 같은 하루를 보내기를 좋아한다는 것도 알고 있었다. 하지만 손을 뻗어 아내를 만지고 싶은 유혹, 아니면 자기도 옷을 벗고 아내 곁으로 기어들고 싶은 유혹이 너무 강했다. 하지만 물론 그는 분별 있는 사람이었다. 그는 동물학 박사였고 쉰 살이 넘었다. 그는 아내가 잠을 계속 자게 내버려 두고 발소리를 죽여 방에서 나가야 한다는 것을 알았다. 아내는 끝내 모를 것이다. 아내는 남편이 평상시처럼 출근했다고 생각할 것이다. 그는 무엇이든 자기가 원하는 일을 할 수 있을 것이다. 그가 원하는 일은 — 잠깐뿐이었지만 — 햇빛에 자극받은 환상이었다. 술집에 가기. 쇼를 보러 가기. 매춘부한테 가기. 죽기 전에 딱 한 번만이라도 돈으로 섹스를 사고 싶었다. 올머낵 광장의 나무 그늘에 앉아 있으면 젊은 여자가 생선과 채소를 갖다 주겠지. 젊은 여자의 몸이 손닿는 곳에 있겠지. 기분 전환으로 바보가 되어 볼 수도 있어. 딱 한 번만 젊은 시절로 되돌아갈 수도 있어.

그럴 가망성은 희박하다.

그는 아내를 깨우고 자신을 다시 깨우기 위해 기침을 했다. 그러고는 침대 옆 탁자에 아내의 찻잔과 아침 식사를 내려놓았다. 아내가 펼쳐 놓은 책에 서표를 끼웠다. 구겨진 화장지를 집어 들어 아내의 베개 밑에 다시 밀어 넣었다. 마룻바닥에서 아내의 손목시계를 집어 들어 화장대 위에 올려놓았다. 거기에 놓으면 안전하고 금세 눈에 띄어서 아내가 쉽게 찾을 수 있을 것이다. 이것은 너무 많은 남자들이 너무 뒤늦게 발견하는 훌륭한 진리였지만, 그는 오래전부터 알고 있었다. 남자는 아내와 함께 있을 때만 젊을 수 있고 어리석을 수 있다.

조지프는 아내가 9시까지 자도록 내버려 두는 게 좋을지도 모른다고 생각했다. 그러면 아내도 불평하지 않을 것이다. 아니면 햇살이 아내를 깨우게 할 수도 있다. 그는 블라인드에 달린 줄을 잡아당겨 2~3센티미터쯤 블라인드를 열었다. 블라인드 때문에 얇은 조각으로 잘린 미늘창 같은 햇살이 흘러 들어와 아내의 이불 위에 물결 모양의 띠무늬로 펼쳐졌다. 아내는 깨지 않았다. 조지프가 블라인드를 몇 센티미터 더 열어서 햇살이 아내의 눈에 떨어지게 했는데도 아내는 여전히 눈을 뜨지 않았다. 아내는 입을 벌렸고, 씨근거리던 코는 잠잠해졌지만, 여전히 자고 있었다.

그는 이제 불안하고 초조해졌다. 아내의 차는 차갑게 식어 버릴 것이다. 좋은 날씨는 오래가지 않을 것이다. 이런 행운은 언제나 덧없이 지나가게 마련이다. 구름과 안개가 버릇없는 사내아이들처럼 언제든지 불쑥 뛰어들 준비를 하고 있을 것이다. 셀리스가 자는 동안 이 좋은 날씨가 나빠질지도 모른다. 그것은 낭비였다(아내는 낭비라는 말을 싫어했다). 이런 날 아내를 계속 잠만 자게 내버려 두면, 아내는 고마워하지 않을 것이다.

그에게는 계획이 있었다. 부끄러워해서는 안 된다. 그들은 해안에서 할 일이 있었다. 신문과 텔레비전에서 공항과 바리톤 만 사이의 해안이 휴양촌과 고급 주택 단지 개발 계획을 갖고 있는 사업가 협의체에 팔렸다는 보도를 보았을 때, 그들은 가슴이 덜컹 내려앉았다. 부자들은 호화 주택 단지의 높은 담장 뒤에 숨어서 대문 위에 철조망을 칠 것이다. 은행가와 사업가들은 리무진에 블라인드를 치고, 경비원들이 지키는 단지를 드나들 것이다. 그런 개발이 야생 동물 서식지에 미치는 피해를 생각해 보라고 그들은 말했다. 해변과 모래 언덕이 사라질 것이다.

그러나 사실상 그들의 불쾌감은 주로 기억 — 좋은 기억과 나쁜 기억 — 으로 가득 찬 곳이 사라진다는 것 때문이었다. 셀리스는 그곳을 두려워했다. 그곳의 쌀쌀한 바람, 끊임없는 파도, 항상 연기로 가득 찬 것처럼 흐린 하늘을 두려워했다. 조지프는 셀리스와 결혼한 뒤 여러 번 그곳에 갔지만, 최근에는 가지 않았다. 아니, 사실은 19년 동안 가지 않았다. 하지만 그가 더 젊었던 시절, 그가 그곳을 잘 알아야 했던 시절이 있었다. 어쩌다 오후에 시간이 비면 은밀한 약속이라도 있는 것처럼 남의 눈을 피해서 아무도 모르게 혼자 차를 몰고 해안에 간 적도 있었다. 그럴 때면 쌍안경을 들고 오솔길을 걸으면서 해안을 조사했지만, 마지막에는 항상 모래 언덕에 가서 아내가 그를 유혹했던 일을 기억하고, 그 유혹을 상상 속에서 다시 체험하곤 했다. 그 놀라운 날. 그때 〈단 한 번〉. 해변에서의 그 변신.

그는 언제나 아내와 함께 해안으로 돌아가고 싶었다. 당연하다. 첫 만남이 최고다. 「바리톤 만에 갑시다. 옛 추억을 위해서. 죽기 전에.」 그는 수천 번이나 제의하곤 했다. 그러나 셀리스는 단 한 번도 동의하지 않았다. 조지프를 만난 그 주일과 그들의 첫 섹스를 회상하는 것조차 좋아하지 않았다. 그 주일을 생각하면 페스타와 화재가 생각났기 때문이다. 열정이 어떻게 사람을 죽일 수 있는지, 사랑이 어떻게 불을 지를 수 있는지를 새삼 기억하게 되었기 때문이다. 셀리스는 거의 30년 동안이나 자신을 책망했다. 조지프가 〈합리적으로 생각해라. 지난 일은 잊어버려라. 당신의 잘못 못지않게 내 잘못도 크다. 화재가 일어날 수 있는 원인은 수백 가지나 된다〉고 아무리 말해도 소용이 없었다. 셀리스는 앞으로도 영원히 그곳에 돌아갈 필요가 없기를 바라고 있었다.

하지만 〈솔트 파인스〉 건설 계획이 신문에 보도되자, 그리고 학부장이 자살했다는 소식을 듣고 나자, 〈영원히〉라는 말이 그녀에게 너무나 현실적인 낱말이 되었다. 그때까지는 그녀가 그곳에 가까이 가지 않을 선택권을 갖고 있었지만, 일단 〈솔트 파인스〉가 건설되어 경비원들이 단지 입구를 지키게 되면 그 선택권은 사라질 것이다. 이제 그녀가 죄책감의 지배에서 벗어나 죄책감을 통제할 때가 왔다. 하루는 출근할 때, 남편이 뭐라고 훈계하지도 못할 만큼 쾌활하게 그녀가 말했다. 「아무래도 거기에 가야 할 것 같아요. 그래야 한다고 생각해요. 공사가 시작되기 전에.」 셀리스는 다만 페스타가 죽은 자리를 불도저가 밀어 버리기 전에 그녀의 망령을 편히 쉬게 해야 한다는 뜻으로 말했을 뿐이다. 아내의 속내를 조지프도 알고 있었다. 모래 언덕에서 옛 추억을 되살리는 것은 그녀의 계획에 들어 있지 않았다.

그러나 조지프는 이번만은 아내의 말에 동정적으로 귀를 기울였다. 아내가 코트를 입는 동안, 조지프는 말했다. 물론 당신은 그곳으로 돌아가 과거와 직면해야 한다고. 그는 벌써 몇 년 동안 줄곧 그렇게 말해 왔다. 하지만 그 일을 상상하면 — 그는 그 후 몇 주일 동안 하루에도 수십 번씩 그것을 상상하곤 했다 — 셀리스와 함께 걷게 그

올린 담장 위에 서서 한때 길쭉한 베란다가 있었고 페스타가 잠자고 있었던 곳에 꽃을 던지고 있는 광경은 머리에 떠오르지 않았다. 그의 머리에 떠오른 광경은 젊은 자신과 셀리스가 알몸으로 모래 언덕에 함께 있고, 셀리스의 충격적인 손가락이 그의 옷을 잡아당기고 있는 광경이었다. 보기 드물게 화창한 이 화요일이야말로 아내를 다시 연수원에서 끌어내어 해안에 숨어 있는 밀실로 데려갈 절호의 기회일 것이다. 물론 그는 아주 신중하게 행동해야 할 것이다. 연수원의 불탄 폐허로 돌아가는 계획만 확정될 수도 있다. 하지만 그 일이 끝나면, 톡토기를 잡으러 가자고 제의할 수도 있을 것이다. 그 다음에는 피크닉을 즐기자고 제의할 수도 있을 것이다. 부드러운 풀밭에서, 바람 없는 아늑하고 은밀한 곳에서.

그는 아내의 손을 잡고 손가락을 꼬옥 쥐었다. 아내를 깨우는 것은 아내와 섹스하는 것. 「여보, 날씨가 따뜻해. 그냥 보내기에는 너무 좋은 날씨야. 잠이 깼소? 여보, 이 좋은 날씨를 최대한 활용합시다.」 그는 아내를 흔들어 깨울 만큼 바보는 아니었다. 아내는 벌써 그를 귀찮아하고 있을 것이다. 이곳은 아내의 방이었다. 오늘은 아내의 날이었다. 아내를 다시 만지거나 흔들면, 아내는 그의 팔의 얇은 피부를 꼬집을 권리가 있었다. 아내는 잠과 관현악단을 찬미하는 사람이었다.

마침내 아내가 한쪽 눈을 가늘게 뜨고 그를 곁눈질했다. 남편은 후광으로 둘러싸인 빛나는 실루엣이었다. 남편의 몸이 햇빛을 반쯤 가리고 있었다.

「무슨 일이에요?」 그녀의 목소리는 지난 30년 동안 거의 달라지지 않았다.

「이 좋은 날씨를 최대한 활용합시다. 그냥 보내는 건 터무니없는 낭비요.」 조지프는 자신의 말을 아내가 아직 못 듣기라도 한 것처럼 되풀이했다. 「일어나요. 차를 가져왔어. 밖은 따뜻해.」

「여기도 따뜻해요.」

이 말이 침대로 들어오라는 권유가 아니라는 것은 조지프도 알고 있었다. 그는 아내가 침대에 일어나 앉기를 원했다. 아내가 일어나 앉으면, 십자가에 매달린 것처럼 어깨에서 수평으로 팔을 뻗어 기지개를 켜고 목이 졸리는 듯한 소리 ― 갈매기의 하품소리 ― 를 내어 잠을 깨고 목소리를 가다듬을지도 모른다고 기대했다. 아내의 잠옷 소매는 항상 헐렁했고(셀리스는 몸에 꼭 끼는 옷의 답답함을 좋아하지 않았다), 아내가 팔을 뻗으면 그 헐렁한 소매가 팔 아래로 늘어져 그 열린 곳을 통해 누구나 숨을 죽이고 그녀의 뭉툭한 젖가슴을 바라보곤 한다는 것을 조지프는 알고 있었다. 그는 아내가 그렇게 하는 것을 지금까지 수없이 보았다. 그는 아내의 아침 식사를 가지고 아내의 침실 문간에서 기다리다가 아내의 이름을 부르는 요령을 터득했다. 섹스는 그렇게 음흉하고 교활했다. 햇빛을 받으려면 어디에 서야 하는지, 그는 정확히 알고 있었다. 아내가 잠에서 깨면 아무런 의심도 하지 않고 남편에게 팔을 뻗곤 했다. 지금도 아내는 그를 실망시키지 않았다. 제 아내를 훔쳐보기.

그래서 그 죽음의 날 아침에 조지프는 아침 햇살 때문에 이미 흥분한 데다, 무명 잠옷과 팔의 맨살을 지나 아내의 우묵한 겨드랑이와 등대 같은 젖가슴을 내려다보고, 아내의 결점과 사마귀, 나이가 들어 여윈 갈비뼈, 아내의 냄새 ― 이부자리 냄새와 땀 냄새 ― 와 쟁반에 놓여 있는 아침 식사 냄새, 블라인드를 통해 들어오는 햇살에 빛과 그림자의 들쭉날쭉한 띠무늬로 조각난 아내의 몸을 내려다보면서, 아내와 함께 외출할 생각에 잔뜩 들떠 있었다. 그는 그 자리에서 당장 아내의 소매 속으로 손을 집어넣고 아내의 그림자와 실루엣에 입술을 눌러 대고 싶었을 것이다. 하지만 좀 더 기다려야 할 터였다.

22

 바리톤 만과 그 후미의 모래 언덕은 도시인들에게 전혀 인기가 없었다. 〈솔트 파인스〉 건설을 막자는 운동이 실패할 수밖에 없었던 것도 그 때문이다. 이 야릇하고 매력 없는 해안에 누가 관심을 갖겠는가? 그곳에서 헤엄을 치는 것은 위험했다. 삼각 파도와 역류 때문이다. 바람은 예측할 수 없었다. 바다에서 소금기를 머금은 불쾌하고 눅눅하고 차가운 바람이 느닷없이 불어오는가 하면, 해안의 윤곽과 함께 회전하면서 해변에서 소풍을 즐기거나 스웨터를 벗을 만큼 정신 나간 이들에게 모래를 흩뿌리기도 했다. 산책하는 사람들조차 이곳을 멀리했다. 단단하게 다져진 해변 오솔길이 더 곧고 아름다운데, 무엇 때문에 굳이 먼 길을 돌아서 자갈과 모래 언덕을 지나겠는가? 가족과 해수욕객들은 도시 반대편에 있는 해변으로 차를 몰고 가는 쪽을 택했다. 거기에는 물결 모양의 후미진 만과 부드러운 백사장, 인명구조원, 통나무 레스토랑, 시원한 솔숲이 늘어서 있었다. 솔숲에는 차를 세워 놓을 수 있고, 자전거나 말을 탈 수도 있고, 텐트를 세울 수도 있고, 바비큐를 즐길 수도 있었다. 그리고 거기서 들리는 소리는 즐거워하는 사람들의 소리뿐이었다.
 바리톤 만의 평화와 정적 — 누구나 인정하는 바리톤 만의 매력 — 조차 몇 해 전부터 공항 확장으로 파괴되었다. 이제는 날마다 점보 여객기가 미친 듯한 굉음을 내며 해안선을 따라 이착륙하고 있었다. 사업가와 아마추어 조종사들을 위한 사설 비행장이 문을 열었다. 주말에는 비행을 레저로 즐기는 사람들이 바다와 모래밭에 겁 없이 덤벼들어 남에게 폐를 끼쳤다. 〈솔트 파인스〉의 버릇없고 부유한 주민들은 나무를 심어서 차폐막을 만들거나 방음창을 설치해야 할 것이다. 그렇지 않으면 강철 같은 신경을 가질 필요가 있을 것이다. 경비원을 세우고 단지 입구에 수위실을 설치하고 높은 담장으로 단지를 둘러싸도 비행기의 소음을 막을 수는 없을 것이다.

그러나 1990년대 초에 활주로를 연장하기 전만 해도 이곳에 들어올 수 있는 여객기는 〈스톨〉과 〈트라이랜더〉뿐이었다. 이것들은 2백 미터의 활주로만 있으면 이륙할 수 있고, 착륙하는 데 필요한 활주로는 그보다 더 짧은 경비행기다. 그때는 허안이 훨씬 조용했다.

그래도 조지프와 셀리스가 30년 전에 첫 만남을 위해 연수원을 몰래 빠져나온 그날 아침에 들을 수 있었던 우르릉 소리는 비행기 소리가 분명하다고 그들은 생각했다. 그것은 낮고 음울하게 울리는 소리였다. 그들은 해안을 가로질러 바다 쪽으로 걸어 나갔다. 발치에서는 톡토기가 튀어 오르고, 그들이 남긴 발자국은 가스와 물을 분출하고 있었다. 비행기는 그들과 너무 가까이 떠 있어서, 엔진의 굉음이 마치 모래 언덕에서 나는 것 같았다. 그들은 구름 속에서 움직임을 찾으려고 애썼다. 잠들지 않는 비행기의 빨간 눈이 비밀을 폭로하듯 깜박거리지 않을까. 직선 자처럼 곧게 뻗은 회색 날개가 보이지 않을까. 그들은 소리의 좌표를 확인하고, 그 낮은 소리가 나는 곳을 찾기 위해 모래톱에서 고개를 돌리고 몸을 빙빙 돌렸다.

비행기는 머리 위를 지나가지 않았다. 비행기는 모래 언덕 속에 머물면서 우르릉거리는 소리를 냈다. 엔진은 헛돌다가 바람이 조금이라도 불면 다시 요란한 소리를 내며 돌아가기 시작했다. 셀리스와 조지프가 바다 쪽으로 돌출한 곳 쪽으로 가까이 갈수록 소리는 점점 커졌다. 물론 그들은 소리의 정체를 곧 깨달았다. 그것은 비행기가 아니었다. 그것은 바로 저 유명한 바리톤, 모두가 불운을 가져올 수 있다고 말하는 그 목소리였다. 그 소리가 나면 누군가가 죽는다. 한 달 동안 강풍이 휘몰아치고 폭우가 내린다. 유령이 나타난다.

수백 가지의 소리가 셀리스와 조지프를 공격했다. 모래 언덕 속으로 깊이 들어갈수록 굉음은 비행기 엔진 소리와는 달라졌고, 불길이나 찬송가나 우레소리와 비슷해졌다. 한 걸음 내디딜 때마다 새로운 장면이 펼쳐졌다. 처음에는 난로 속에서 일어나는 돌풍 같은 소리, 다음에는 좌초한 선박의 무적(霧笛) 소리, 초음속 제트기의 음속 폭음, 한 쌍의 구름이 서로 싸우는 소리가 차례로 들렸다. 마지막에는 기류가 속도를 높여, 이 만에 〈바리톤〉이라는 이름을 부여한 소리가 자리를 잡을 만큼 오랫동안 그 속도를 유지했다. 교회에서 남자들이 푸가(둔주곡)를 웅얼거리는 소리, 장례식이 시작되기 전에 남자들이 발성 연습을 하거나 악기를 조율하는 소리, 오르간이 놓여 있는 교회 위층에서 성가대가 연습하는 소리. 셀리스와 조지프는 바다가 웅웅거리고 있다고, 그 바리톤은 조류에서 나오는 것이라고 생각했지만, 주위를 살펴보려고 모래 언덕을 올라가 보니 바다는 잔잔하고 조용했다. 하지만 모래 언덕을 올라갈수록 소리는 점점 커졌고, 바람이 기세를 얻을 때마다 노래의 음역은 낮아졌다. 이것은 비탄의 바리톤, 음울하고 구슬프고 깊게 울리는 색소혼의 바리톤이었다. 그들이 조금이라도 분별이 있었다면, 덜 과학적이었다면, 제 일에만 그렇게 몰두해 있지 않았다면, 그들은 달아났을 것이다. 어린애라면 누구나 달아날 것이다. 탁 트인 해안을 가로질러 맞바람을 안고 달려간 다음, 슬리핑백으로 귀를 감싸기 위해 안전한 연수원을 향해 비탈을 뛰어 올라갔을 것이다.

그러나 조지프와 셀리스는 사랑에 빠진 과학자였다. 그들은 미신에 쫓겨 부리나케 달아나려 하지 않았다. 그들의 가슴은 더 사소한 일에 몰두해 있었다. 동물학 〈예비〉 박사들은 〈우리가 듣는 소리는 자연 현상으로 설명할 수 있다. 자연계에는 불온 따위가 존재하지 않는다〉 — 또다시 위안을 주는 말 — 고 말해야 한다는 의무감을 느끼겠지만, 단지 그렇게 말하는 것은 낮은 소리로 감상적인 노래를 부르는 풍경에 대한 반응으로는 그다지 만족스럽지 않으리라는 것을 그들은 알고 있었다. 하지만 그들도 똑같은 생각을 하고 있었다. 바리톤 만은 과학 연구의 적절한 주제가 될 수는 있지만, 자연에 어긋나는 것은 아니었다. 그들은 기분이 고조되어 있는 지금도 불길한 징후를 읽는 점쟁이나 현상학자들의 말에 영향을 받거나 겁먹을 타입이 아니었다. 혼돈에서 그릇된 패턴을 만들어 낸 점쟁이나 현상학자들은

〈오늘 밤 이슬이 많이 맺히면 내일 아침은 날씨가 좋을 것〉이라든가, 〈호두나무에 열매가 많이 달리면 다가오는 겨울이 매섭고 폭풍우가 오래 지속되고 서리가 많이 내린다는 듯〉이라고 말했다. 또는 달의 얼굴 표정이 그날 밤에 태어난 아기의 운명을 예언한다고 말하기도 했다. 예를 들면 얼굴을 찡그린 달은 우울한 아이를 낳는다고 한다. 또는 바리톤이 죽음이나 강풍이나 유령을 의미한다고 말하기도 했다.

이슬과 호두나무와 달의 얼굴은 이미 일어난 상황을 보여 줄 수 있을 뿐이다. 그것은 무미건조한 진리다. 우리의 동물학 박사들만이 아니라 세상의 세속적인 방식, 그 엄밀하고 연속적인 프로토콜을 이해하는 사람이라면 누구나 그 밋밋한 진리를 들이대며 점쟁이나 현상학자들의 말을 반박할 것이다. 지구는 환상을 보는 몽상가가 아니며, 앞으로 일어날 일을 지구 탓으로 돌릴 수는 없다. 지구는 미래가 아니라 과거를 되돌아본다. 연인들이 곧잘 과거를 회상하며 추억에 잠기는 것과 마찬가지다. 그 연인들 가운데 두 사람도 이곳에서 죽기 전에, 추억 때문에 값비싼 대가를 치르기 전에, 오랜 과거를 회상했다. 세상을 형성하는 것은 과거다. 미래는 세상에서 찾아볼 수 없다. 따라서 많은 이슬은 그날 날씨가 맑았고 이슬이 맺히기에 알맞은 조건이었다는 사실을 보여 줄 뿐이다. 풍성한 열매는 지난 봄과 여름이 호두나무의 생장에 알맞았다는 증거일 뿐이다. 노래하는 모래 언덕도 마찬가지다. 모래 언덕은 갑자기 닥쳐오는 불운을 예언하지 않는다. 다만 〈조건이 노래하기에 알맞다〉고 말할 뿐이다.

그래서 그날 아침 조지프와 셀리스도 그렇게 생각했다. 조건이 노래하기에 알맞았을 뿐이다. 모래는 바다에서 날아온 물보라 때문에 조금 축축해서 모래 먼지가 날리지 않았다. 전날의 좋은 날씨와 아침 햇살로 모래가 따뜻해져서 모래 온도가 벌써 16도를 넘었다. 모래 언덕 비탈의 모래알은 알맞게 동글동글했고, 이산화규소 층으로 덮여 있었다. 그렇지 않다면 이곳은 조화롭고 음향적인, 노래하는 파도를 만들어 내는 바리톤 만이 아니라, 주파수의 불협화음을 내는 〈음치 만〉으로 불렸을 것이다. 풍향과 풍속도 적당했다. 게다가 소금기를 머금은 모래를 움직여 유명한 바리톤이 감상적으로 노래할 수 있게 해주는 촉매도 있었다. 촉매는 사람일 수도 있고, 덧없이 지나가는 어떤 사물일 수도 있고, 갈매기나 여우나 모래 언덕에서 흘러내리는 모래일 수도 있었다. 노래한다는 것은 단지 과학적인 현재와 과거를 나타낼 뿐이었다.

그러나 조지프와 셀리스는 시시각각 비과학적으로 변해 가고 있었다. 그들은 바리톤을 불운의 징후가 아니라 축복의 조짐으로 받아들일 마음이 생겼다. 지구가 자신들을 위해 움직였다고 말하지는 않겠지만, 풍경이 별안간 노래를 부르기 시작하여 그들을 흥분시키고 껴안았다고 주장할 수는 있을 것이다.

사실 그날 아침에 그들은 그때까지 서로에게 손가락 하나 대지 않았다. 조지프는 베란다 창문을 통해 거의 벌거벗은 셀리스를 보고 겁을 먹었다. 셀리스는 잠옷을 머리 위로 높이 끌어올렸다. 그러자 털이 돋아나 있는 삼각형 세 개가 느닷없이 드러났다. 양쪽 겨드랑이와 가랑이였다. 이어서 잠옷 셔츠의 좁은 깃이 그녀의 이마를 통과하자, 머리카락이 흘러내려 다시 원래 자리로 돌아갔다. 셀리스는 조지프가 자신의 젖가슴을 볼 기회를 갖기 전에 돌아섰다. 조지프는 그녀의 가는 허리와 완벽한 18세기풍의 등을 잠깐 보았을 뿐이다. 18세기는 풍만한 살과 보조개의 시대였다. 셀리스는 서랍에서 옷을 꺼내려고 허리를 굽혔다. 이어서 그녀의 몸은 다시 수수한 작업복 속으로 사라졌고, 그녀는 팬티와 양말, 청바지, 검은 점퍼를 입고 산책용 등산화를 신고 외다리로 서 있는 두루미가 되었다. 그녀는 돌아서서 그에게 손을 흔들었다. 그가 그렇게 놀라고 두려웠던 것은 난생처음이었다. 그는 청룡 열차를 타고 눈이 어지러워지는 꼭대기까지 올라가 자제심을 잃기 직전의 한계점에서 간신히 균형을 유지하고 있는 어린 소년이었다. 위가 입까지 올라왔지만, 후퇴할 수도 없었다.

바리톤 만으로 내려갈 때, 조지프는 감히 그녀의 손을 잡지 못했다. 손가락 하나만 대도, 슬쩍 건드리기만 해도 그녀가 사라져 버릴 것만 같았다. 그리고 그녀도 그에게 손을 대려 하지 않았다. 접촉은 속이 너무 빤히 들여다보인다. 그녀는 앞장서서 걸었다. 몸을 흔들면서. 조지프에게 제 몸을 찬찬히 뜯어보게 했다. 그녀는 자기가 그의 우주의 중심이라는 것을 알았다. 할 수만 있다면 이 작달막한 남자를 잔뜩 달뜬 상태로 내버려 두고 싶었다. 그는 심장 마비를 일으킬 것이다. 땅이 그를 삼킬 것이다. 그는 발작을 일으켜 혀를 두 쪽이 나도록 물어뜯을 것이다. 그녀가 그와 관계를 끊어도 그는 아무 말도 못할 것이다.

셀리스는 늑대처럼 울부짖는 모래의 오케스트라를 듣기 위해 바깥쪽 모래 언덕 마루로 올라갔을 때 비로소 그를 만졌다. 그의 신경과민과 미숙함을 극복하기 위해서는 그녀가 주도권을 잡아야 할 터였다. 그녀는 조지프 뒤에 서서, 발밑에서 구르는 모래가 그들을 함께 쓰러뜨리도록 내버려 두었다. 그러고는 쓰러질 듯 앞으로 거꾸러지면서 몸을 안정시키려고 애쓰는 것처럼 그의 엉덩이를 두 손으로 움켜잡았다. 지극히 순수하게. 마치 누나처럼. 하지만 곧이어 그녀는 조지프의 머리에 턱과 입을 눌러 대고 그의 두피에서 나는 퀴퀴한 버섯 냄새를 맡았다. 이 갑작스러운 압력은 그의 허파에서 산소를 빼앗아 버린 것 같았다. 그는 숨을 헐떡이며 뼈가 하나밖에 없는 남자처럼 그녀 밑에서 무너졌다. 그녀는 조지프가 넘어지지 않도록 그의 허리를 감싸 안아야 했다. 그녀의 손가락이 그의 옷 속으로 파고들었다. 처음에는 옆구리, 다음에는 배. 그녀는 $T=\frac{(50n-40)}{4}$ 이라는 공식이 적혀 있는 조지프의 셔츠를 걷어 올리고, 그의 허리띠와 배꼽 사이에서 공간을 찾았다. 그녀의 가느다란 손목이 충분히 들어갈 수 있는 공간이었다.

그가 움찔하며 부들부들 떨었다. 그러고는 몸을 둘로 꺾었다.

「손이 차가워요.」 그가 말했다.

「맛있는 파이.」 그녀가 대꾸했다.

조지프는 정말로 흥분했다. 그가 등으로 셀리스의 가슴을 눌러 댔다. 그리고 그녀 쪽으로 고개를 돌렸다. 어색한 각도였다. 그가 입을 들어 올렸다. 벌어진 분홍빛 입. 그는 탐욕스러운 작은 새였다. 그녀는 혀로 통통하게 살찐 벌레를 그에게 먹였다. 그와 입을 마주치기 위해서는 무릎을 구부리고 고개를 숙여야 했다.

부드러운 풀은 저항할 수 없을 만큼 매력적이었다. 벨벳처럼 부드럽고 감각적인 완벽한 담요였다. 셀리스와 조지프는 함께 무릎을 꿇고 서로의 바지를 끌어내렸다. 섹스할 때 셀리스는 제 발가락을 조지프의 발가락 너머로 쭉 뻗었다. 자기보다 키가 작아서 조지프가 더욱 마음에 들었다. 그녀는 안기기보다 껴안는 쪽이 되고 싶었다. 조지프도 그녀가 자신을 뒤덮고, 위에서 내려온 그녀의 형체가 햇빛을 가려 그에게 그늘을 던지고, 숨통이 막히고, 귀가 그녀의 입 속으로 빨려 들고, 마침내 용기를 내어 그녀의 샅을 만졌을 때 그녀가 그의 손가락 끝에 축축하고 기분좋은 뽀뽀를 해준 것에 더없는 만족감을 느꼈다.

그들의 사랑이 조심스러웠다고는 말할 수 없을 것이다. 그날의 사랑은 대담했다. 조지프는 셀리스가 기대한 것만큼 무모하지는 않았다. 하지만 셀리스는 그의 떨리는 열정을 즐겼고, 그가 일단 목소리를 되찾자 그녀의 신체 가운데 마음에 드는 부위를 찬미한 것도 그녀를 즐겁게 해주었다. 그는 용수철처럼 탄력 있는 그녀의 머리카락, 소녀처럼 아담한 젖가슴, 목과 겨드랑이, 젖가슴 아래, 몸통, 사타구니의 피부가 등고선을 그린 것처럼 꼭대기는 하얗고 골짜기는 짙은 색을 띠고 있는 것을 찬미했다. 그녀는 시간을 오래 끌어야 하는 곳은 어디고 그냥 내버려 두어야 하는 곳은 어디인지를 그에게 알려 주었다. 그는 그녀의 등과 목을 문지르고, 그녀가 요구하는 대로 그녀의 모든 등뼈에 입을 맞추기까지 했다. 하지만 그는 역시 척추 연주의 대가는 아니었다. 그리고 그녀를 완전히 지배하지도 못했다. 그가 욕망으로 떨고 있었고, 시간 감각과 균형 감각과 방향 감각이 모두 사라져 버린 것도 도움이 되었을 리가 없다. 팬티와 청바지가 족쇄처럼 그를 얽어매고 있는 상태에서 섹스를 시도한 것도 도움이 되지 않았을 것이다. 그가 얼마나 풋내기인지, 얼마나 경험이 없는지, 얼마나 솜씨가 서툰지를 셀리스는 미리 짐작했어야 했다. 그는 그녀가 꿈꾸는 카사노바가 아니었다. 하지만 그가 밤마다 애인이 되면, 그래서 자신의 에너지를 좀 더 정확한 방향에다 쏟는 법을 배우게 되면 얼마나 멋지게 해낼 수 있을지를 상상하자 가슴이 두근거렸다. 그러나 이번은 처음이니까 그를 위해 최선을 다할 터였다. 자신을 희생할 것이다.

셀리스의 배려에도 불구하고 조지프가 도달한 절정은 별로 격렬하지 않았고, 그녀의 절정은 묘하게도 짧고 공허해서 그림자처럼 다가왔다가 금세 떠나 버렸지만, 그것은 중요하지 않다고 조지프는 말했다. 떨림과 전율. 그들은 기진맥진했다. 하지만 만족했나? 물론 전적으로 만족했다. 에로스는 아마 나타나지 않았을 것이다. 오르가슴에 따른 극치감은 죽음의 절대 망각과 비슷하다고 시인들이 주장하는 — 그것은 사실이 아니지만 — 기억 상실의 소용돌이 속으로 그들을 몰아넣지는 않았다. 하지만 그들은 손가락 끝까지 만족했다. 그리고 평온했다. 그리고 활기에 넘쳤다. 그리고 섹스를 하기 전보다 더 사랑했다. 결국 중요한 것은 사랑뿐이다.

바리톤이 노래를 그만둔 순간이 분명 있었을 것이다. 소금기 많은 모래 언덕은 아침 내내 음향적인 파도를 만들어 내지는 않았다. 주위 상황이 바뀌었다. 바람이 방향과 속도를 바꾸었고, 결국 잠잠해졌다. 완벽한 각도가 사라졌다. 모래는 말라 버렸다. 하지만 연인들은 상관하지 않았다. 아니, 그것을 알아차리지도 못했다. 그들은 땅의 메아리가 아니라 자신들에게 귀를 기울이고 있었다.

셀리스는 조지프를 감싸안았다. 그들은 모래 언덕으로 너무 깊이 들어가 있어서, 멀리 내륙 쪽에서 피어오르는 연기도 보지 못했고, 조류학자가 전속력으로 달려오면서 〈조지프! 셀리스! 페스타!〉를 외치는 소리도 듣지 못했다. 모래 언덕은 세상을 차단했다. 그들은 부드러운 풀밭에 누워 정답게 끌어안고 있었다. 바리톤 만이 그들을 위해 무엇을 준비해 놓았는지도 까맣게 모른 채, 바다에서 보이지 않는 곳에 숨어, 햇볕이 잘 드는 평평하고 우묵한 풀밭에 누워 있는 그들은 참으로 기묘한 한 쌍이었다.

23

실비는 당연히 기진맥진했다. 온종일 걸어다녔다. 처음에는 해안을 따라 걸어갔다가 되돌아왔다. 다음에는 미션 교회에서 집까지 걸어갔다. 어린 시절에도 그 길을 자주 걸어다녔지만, 그녀가 기억하고 있는 것보다 훨씬 먼 거리였다. 그래도 아픈 마음을 달래는 데에는 도움이 되었다.

도시는 해 질 녘에 가장 아름답고 냄새도 좋았다. 더러움과 마모는 눈에 띄지 않았다. 인공 조명은 거리의 좋은 부분만 보여 주었다. 술집이 불을 밝혔다. 초록부터 빨강까지 — 파랑은 없었다 — 온갖 무르익은 빛깔의 전구들은 줄기에 매달린 망고 열매처럼 보였다. 이 도시에 전기가 들어오기 전의 유물인 등잔 불빛이 노점에 진열된 물건들을 비추고 있었다. 노점에서는 벌써 일요일에 먹는 특별한 음식을 팔고 있었다. 아몬드 튀김, 코코아 시럽, 과일 설탕 절임, 도넛. 꼬치구이를 파는 이들은 화덕 속의 숯불을 갈퀴로 긁었다. 불길의 율동적인 진동은 손님을 부르는 외침소리였다. 하지만 해 질 녘의 거리를 비추는 조명은 대부분 등댓불처럼 흔들리는 자동차의 헤드라이트였다. 통로처럼 길게 뻗은 자동차 불빛이 사람을 놀리듯 오므라들었다 늘어났다 하면서 행인들의 다리와 얼굴을 스치고 지나갔다. 잠자고 있던 일요일의 도시는 저녁에 되살아났다. 일요일 저녁은 가족과 연인들을 위한 시간이었다.

평소 같으면 실비는 술집에 들어가거나 치즈와 돼지고기 꼬치 구이를 사 먹었을 것이다. 그러나 그날은 아무것도 먹지 않았다. 나룻배 사공이 아침 식사로 커피와 케이크를 갖다 주겠다는 약속을 지키기 전에 그녀는 바리톤 만으로 떠나야 했다. 그리고 그녀는 추웠다. 아직도 셔츠 한 장밖에 입고 있지 않았다. 코트도 점퍼도 입지 않았다. 그녀에게 필요한 것은 따뜻한 실내, 약간의 음식, 맥주 한 잔, 그리고 말동무였다. 꼬치 구이 화덕의 미지근한 온기라도 아쉬운 대로 도움이 될 것이다. 아니면 택시를 타고 집으로 빨리 돌아갈 수도 있다. 하지만 집을 나올 때 돈을 한 푼도 가져오지 않았고, 즈한테 돈을 빌릴 만큼 뻔뻔스럽지도 못했다. 결국 굶을 수밖에 없었다 걸을 수밖에 없었다. 그리고 집까지 가는 동안 내내 온몸을 벌벌 떨 수밖에 없었다. 추위와 굶주림을 견디면서 밤길을 걸어간다는 생각은 사실 유쾌하고 낭만적이었다. 그것은 실비가 생각하는 자화상 — 고아가 되어 빈 주머니에 주린 배를 안고 추위에 떨면서 인파 가득한 화려한 거리를 친구도 없이 홀로 쓸쓸히 지나가는 독립적인 젊은 여성 — 과 잘 어울렸다.

오래지 않아 실비는 군중과 불빛으로 가득 찬 일요일의 축제장을 떠났다. 그녀는 강에 걸린 순환 다리를 건너, 관광 센터에서 뻗어 나온 대로를 따라 예술가와 학자들이 살고 있는, 그녀의 부모가 살았던 언덕 마루를 향해 걸어갔다. 처음에는 관공서와 붉은 벽돌로 지은 막사, 연대 본부, 뱅크사이드 지구의 호텔들, 〈기하학적 정원〉이 늘어서 있었다. 실비는 이곳을 서둘러 지나쳤다. 하지만 그곳을 지나자 거리는 다시 활기를 찾았고, 실비는 막다른 골목이나 허무 건물들을 들여다볼 수 있었다. 그곳에서는 대학생과 병사와 독신 남자들이 오토바이를 재빨리 피하면서, 매음굴과 비좁은 술집과 커튼이 쳐진 문 밖에서 머뭇거리며 마치 그곳에 사는 사람인 체하고 있었다.

실비가 딜리버런스 공원에 이르렀을 때쯤에는 날이 완전히 어두워져 있었다. 그녀는 공원 울타리를 따라 먼 길을 돌아서 집 앞 비포장 샛길로 들어가거나, 아니면 어릴 적부터 부모가 강요한 규칙을 깨고 야간의 불법 침입을 감행하여 공원의 숲을 가로질러야 했다. 이날 오후에 그녀는 미션 교회 밖에서 중얼거렸다. 「이제 내가 할 수 없는 일은 아무것도 없어. 내가 생각할 수 없거나 말할 수 없는 것은 이제 아무것도 없어.」 그래서 그녀는 공원 울타리를 타고 넘어 비에 흠뻑 젖은 화단으로 뛰어내린 다음, 어둠 속으로 달려나갔다. 그것은 그녀가 늘 하고 싶었던 일이었다. 아무한테도 간섭받지 않고 행복감에 들떠서 전속력으로 달렸다. 그녀는 안전한 잔디밭을 질러간 다음, 소나무가 방패처럼 양쪽을 지키고 있는 오솔길로 들어섰다. 밤보다 더 어둡고 더 열에 들뜬 듯한 오솔길, 올빼미 눈처럼 냉담하게 그녀를 노려보는 오솔길을 달리면서 그녀는 해방감과 승리감에 환성을 질렀다. 그녀를 받아 줄 수밖에 없는 부모의 집을 향해 달려가는 것이다.

현관문은 여느 때보다 더 뻑뻑했다. 문틈에 끼워진 조문 편지와 카드가 문이 열리는 것을 방해하고 있었다. 그것들은 모두 그날 사람들이 직접 가져온 것이었다. 벌써 소문이 퍼진 것이다. 살인 사건은 공표되었다. 실비는 그것들을 부엌으로 가져갔다. 그러고는 여느 때처럼 식료품 저장실에 걸려 있는 요리 당번의 카디건을 입고, 저녁거리를 찾기 시작했다. 집에는 아침 식사로 준비한 케이크 말고는 먹을 게 없었다 — 빌어 먹을 놈의 법칙. 아직도 접시에 담겨 있는 케이크는 온종일 방치되어 바싹 말라 버렸다. 술도 없었다. 실비는 부엌 찬장을 다시 뒤지고, 아버지 방도 뒤져 보았지만, 그녀가 찾아낸 것은 찬장의 높은 선반에 안전하게 감추어진 네모난 병에 담겨 있는 약간의 〈글리워터〉와 술잔뿐이었다. 그런 것은 손을 뻗을 가치도 없었다. 케이크로 참을 수밖에 없다. 실비는 케이크를 네 조각으로 잘라 놓고 우편물을 읽기 시작했다. 우선 카드부터 살펴보았다. 대부분 그녀의 부모를 잘 모르는 이웃들이 보낸 것들이었다. 구름 사진과 판화로 찍은 꽃그림을 배경으로 아름다운 시구와 성경 구절이 장식적인 서체로 쓰여 있었다. 죽음을 기화로 눈부시게 빛나는 구절들. 〈삶은 사막이다.〉 금빛과 은빛 물감으로 쓰인 이탤릭체 글씨는 실비에게 그렇게 말했다. 〈죽음은 친구들과의 재회다.〉 〈죽음은 언제나 우리를 따라오는 그림자다.〉 〈죽음은 제2의 집이다. 죽음의 식탁에는 진수성찬이 차려져 있다. 주인이 문간에서 기다리고 계신다.〉 〈죽음은 살아 있는 자들이 《삶》이라고 부르는 베일이다. 그들이 잠들면 베일이 벗겨진다.〉 또는 (밀라노에 있는 건축가 클라우디오 부시의 무덤에 새겨져 있는 글귀) 〈죽음은 아무것도 아니다. 나는 어느새 다른 방으로 들어갔다. 만사가 다 좋다.〉 다만 그 방에서 다시 나올 수 없다는 게 문제라고 실비는 생각했다.

편지는 모두 연구소와 대학에서 부모와 함께 일한 동료와 비서들이 손으로 쓴 것이었다. 〈실비에게〉, 〈사랑하는 실비아에게〉, 〈셀리스와 조지프의 딸에게〉(〈미안하지만 우리는 당신의 이름을 몰라요〉). 〈실〉의 철자는 갖가지였다. 〈Syl〉이라고 제대로 쓴 사람도 있었지만, 〈Sil〉이나 〈Cyl〉로 쓴 사람도 있었다. 그들은 모두 살아 있을 때의 동물학 박사보다 죽은 동물학 박사를 더 좋아하는 것 같았다. 〈우리는 모두 당신의 부모님을 존경했답니다.〉 〈당신의 부모님은 헌신적이었습니다. 그것은 누구나 알 수 있었지요. 우리는 두 분을 그리워할 겁니다. 두 분이 서로의 품안에서 죽었다는 것은 커다란 축복입니다.〉 〈두 분을 대신할 수 있는 사람은 아무도 없습니다.〉

조명을 거의 받지 못해 비밀스럽고 창백해 보였던 부모의 삶, 기껏해야 실루엣에 불과했던 부모의 삶이 열정과 색깔을 띠는 데 필요한 것은 죽음의 현란한 횃불뿐인 것 같았다. 이제 죽음의 눈부신 빛이 부모를 포착하여 고정시켰다. 그들의 이력은 확정되었다. 앞으로 일어날 일은 아무것도 없다. 덧붙일 것도 없다. 그들이 죽은 날짜는 기록되었고, 그것은 결코 지울 수 없다. 아무것도 바뀌거나 수정될 수 없다. 그것을 바꿀 수 있는 것은 죽지 않은 이들의 심정이나 그들이 지어내는 신화뿐이다. 그것이 세상에 존재하는 유일한 〈최후의 심판일〉이다. 뒷궁리가 주는 이익. 죽은 사람들 자신은 추억을 박탈당한다. 그들은 자신의 죽음을 이해할 필요가 없다.

실비는 편지와 카드를 휴지통에 버렸다. 답장은 쓰지 않을 것이다. 인생은 너무 짧다. 그들도 이해할 것이다. 실비는 손가락에 침을 묻혀 식탁에 떨어진 케이크 부스러기를 주워 먹었다. 그리고 부엌 창문으로 어둡고 텅 빈 데크를 내다보았다. 그녀는 세상이 제대로 돌아가고 있는지를 확인하기 위해 수도꼭지를 틀었다가 다시 잠갔다. 피곤하고 여전히 배가 고팠다. 벌써 집에 싫증이 났다. 아직 10시도 안 되었지만, 잠자리에 들어야 할 것이다. 자는 것 말고 할 일이 뭐가 있겠는가?

그녀는 어머니 침대에 누웠다. 널찍한 공간과 두툼한 이불이 마음에 들었다. 하지만 셀리스의 몸무게로 매트리스 스프링이 약해져서 우묵하게 꺼진 곳에 몸을 묻고 어머니의 무수한 밤에 영향을 받은 베개에 머리를 얹고 있으려니까 신경이 곤두섰다. 그래서 그녀는 자기 방으로 자리를 옮겼다. 제 방에 들어간 것은 조와 함께 보낸 그 금요일 밤 이후 처음이었고, 지난 2년 동안 겨우 두 번째였다. 이 침대도 우묵하게 꺼져 있었지만, 그것은 그녀 자신이 만든 것이었다. 조문 카드에 적힌 소박한 묘비명과 비슷했다. 〈나는 어느새 다른 방으로 들어갔다. 만사가 다 좋다.〉 정말 그렇다. 만사가 다 잘될 것이다. 장례식 때까지는 여기 머물러야겠지. 성가대와 군중, 거짓된 악수와 소음의 날. 그러고 나면 아버지와 어머니는 조용히 죽을 수 있을 거야. 그리고 나는 집을 팔 수 있겠지. 그 돈을 갖고 외국으로 가자. 어렸을 때 지도에 밑줄을 그어 놓은 곳에 모두 가보자. 고아Goa, 시드니, 리우데자네이루, 로마, 베를린.

그녀는 곧 깊이 잠들었다. 하지만 오래 자지는 못했다. 11시도 되기 전에 어떤 소리가 그녀를 깨웠다. 요 전날 밤에 침대에서 그녀가 기다렸던 바로 그 소리, 부모의 자동차에서 나는 엔진 소리와 브레이크 소리, 그녀의 침실 벽에서 너울거리는 전조등 불빛, 현관문으로 서둘러 걸어오는 발소리, 열쇠가 짤그락거리는 소리, 자물쇠가 돌아가는 소리, 냉랭한 재회. 오늘 밤에는 그 소리가 모두 들렸다. 다만 자물쇠 돌아가는 소리가 들리지 않았을 뿐이다. 누군가가 헤드라이트를 완전히 켜는 바람에 집 앞이 환하게 밝아졌다. 누군가가 금속 열쇠로 문을 두드리고 있었다. 실비는 창문의 블라인드 틈새를 벌리고 현관 입구를 내려다보았다. 나룻배 사공이었다.

실비는 다시 침대로 돌아가, 조가 우편함을 통해 자기를 부르는 소리를 들었다. 귀여운 소리라고 생각했다. 실비, 실비, 실비, 실비. 고양이를 쓰다듬고 있을 때 낼 만한 소리였다. 하지만 끝내 아래층으로 내려갈 마음은 나지 않았다. 그의 고양이가 되고 싶지는 않았다. 조와는 벌써 세 차례나 동침했으니까. 택시 요금은 치르고도 남았다. 조가 처음에는 머뭇거리듯 조심스럽더니, 점점 대담해지면서 주먹으로 탕탕 두드렸다. 그의 분노가 집을 뒤흔들었지만, 그럴수록 그녀는 점점 더 완고해졌다. 조는 그녀가 집 안에 있으며 그 소리를 듣고 있다고 확신할 것이다. 그가 화를 내는 것도 무리는 아니라고 생각했다. 실비는 조가 창문에 자갈을 던질지도 모른다고, 쪽지에 돌멩이를 싸서 던질지도 모른다고 생각했다. 아니면 애처로운 얼굴을 유리창에 눌러 댈지도 모른다고 생각했다. 하지만 조는 너무 빨리 포기하고 가버렸다.

 실비는 다시 리우데자네이루로 돌아가 잠이 들었다. 밤 12시 10분에 전화벨이 울렸다. 부모한테서 온 전화는 아니었다. 부모가 살아 있다는 것은 꿈도 꿀 수 없었다. 이번에도 물론 조였다. 전화벨 소리조차 애처롭게 들렸다. 그가 차를 몰고 떠난 뒤 한 시간을 어떻게 보냈는지, 짐작하기는 어렵지 않았다. 그는 술집 구석에서 보답받지 못한 갈망과 술에 격분하여 고래고래 고함을 질렀을 것이다. 섹스는 항아리 속에 갇힌 말벌이다. 아니면 자기 집으로 돌아갔을까. 그가 어디에 사는지는 물어보지도 않았지만, 아직 부모와 함께 살고 있는 게 분명했다. 그리고 어두운 복도에 앉아 맨 정신으로 그녀를 원망하면서, 그녀가 수화기를 들면 호되게 비난하고 애걸할 준비를 하고 있었을 것이다. 「나는 당신 기분을 풀어 줄 수 있을 거라고 생각했어.」 그러고는 그녀를 욕할 것이다. 「배은망덕한 계집.」 그녀는 전화벨이 울리게 내버려 두었다. 조도 마찬가지였다. 마침내 그녀는 아래층으로 내려가 그의 전화와 접속을 끊을 수밖에 없었다. 그녀는 수화기를 늘어뜨려 놓았다. 그녀의 전화는 밤새도록 통화 중일 것이다.

 실비는 다시 잠을 자려고 애쓰지 않았다. 그 정도면 충분했다. 그녀는 어머니의 가운을 어깨에 두르고 집 안을 돌아다니면서 위층과 아래층의 불을 모조리 켜놓았다. 불을 켜놓으면 부모를 여의었다는 사실 및 자신의 죄책감과 맞서는 데 도움이 될 것이다. 실비는 자주 부모가 죽는 공상에 잠기곤 했었다. 그런데 이제 정말로 부모가 죽었다. 실비는 아직도 부모의 죽음에서 만족감을 얻었다. 부모의 죽음은 그녀가 그토록 동경했던 고아가 되었음을, 또한 그토록 가고 싶었던 베를린에 갈 수 있게 되었음을 의미했기 때문이다. 그녀는 부모가 죽기를 원했으며, 부모를 거의 사랑하지 않았으며, 부모가 바라는 딸이 되지 못했으며, 부모의 은혜를 모른 채 게으르고 무정했다. 그녀는 비난받아 마땅했다.

그녀는 다시 어머니 방으로 들어가 이불을 젖히고 침대를 뚫어지게 바라보면서 눈물샘을 자극할 만한 무언가를 찾았다. 벽장과 서랍을 모두 열고, 어머니의 속옷을 한 손으로 쓸어 보고, 속옷 밑에서 찾아낸 뜯지 않은 담뱃갑을 조사하고, 어머니의 머리빗과 목걸이를 집어 들어 브러시에 남아 있는 머리카락에 코를 대고 거기에서 나는 화약 냄새를 맡고, 부모의 결혼 사진을 뚫어지게 바라보기도 했다. 하지만 아무것도 느낄 수가 없었다. 모든 것이 너무나 친숙했다. 그녀는 칼비노의 『반의어』를 펼쳤다. 책에 끼워져 있는 서표는 장례식 초대장이었다. 실비가 모르는 이름이었다. 대학의 학부장. 초대장에는 〈기뻐하라, 그는 괴로운 꿈에서 깨어났으니〉라고 적혀 있었다. 이것도 미련한 말이다. 그녀는 조문 편지와 카드를 버렸듯이 그 초대장도 휴지통에 버렸다.

아버지의 방은 어머니 방의 절반 크기였고 어수선했다. 여기서도 그녀는 침대 이불을 젖혔다. 무늬 있는 양말 한 켤레. 그리고 매트리스와 침대 발치의 발 막음판 사이에 양질의 아트지를 사용한 『프로보』라는 사진 잡지가 끼여 있고, 두 페이지에 걸쳐 밝게 웃고 있는 자연계가 찍혀 있었다. 실비는 허리를 굽혀 침대 밑을 들여다보았다. 아버지의 구두. 과학 잡지 몇 권. 커피잔 하나. 사탕 과자 한 접시. 아버지의 쌍안경. 그녀는 아버지의 책장에 꽂혀 있는 책을 손으로 쓸어 보았다.

그녀는 아래층으로 내려가 부엌으로 들어갔다. 집에서 가장 개성이 없는 방이다. 여전히 냉장고에는 먹을 것도 마실 것도 없었다. 아침이 되면 또 이웃집에 가서 빵과 치즈를 구걸해야 할 것이다. 지금은 높은 선반의 네모난 병에 담겨 있는 몇 모금의 〈글리워터〉라도 손을 뻗을 가치가 있었다. 그녀는 아버지와 키가 비슷했고 어머니보다 작았다. 그래서 술병을 내리려면 의자를 갖다 놓고 그 위에 올라서야 했다. 그녀는 술병의 견장에서 먼지를 쓸어 내고, 의자에서 내려오지도 않은 채 마개를 열고 1백 밀리리터 정도를 단숨에 들이켰다. 너무 달았다. 하지만 기운이 나는 듯했다. 선반 뒤쪽에 금빛 나사 뚜껑이 달린 작고 둥근 유리병이 술잔 뒤에 숨겨져 있었다. 유리병은 겨우 오렌지만 했다. 그 안에 들어 있는 것은 작고 노란 돌멩이나 조가비처럼 보였다. 그녀는 유리병을 내려서 천장 불빛에 비추어 보았다. 작은 설치류의 뼈일까. 어쩌면 기형이 된 진주일지도 모른다. 어머니의 연구실에서 가져온 것인지도 모른다. 어머니와 아버지가 해변에서 주워서 유리병에 넣어 감추어 두었을지도 모른다.

실비는 마개를 열고 내용물을 손바닥에 쏟았다. 무게는 1그램도 되지 않았고, 오렌지 씨처럼 촉촉하고 부드러운 감촉이었다. 그것들은 모두 이빨이었다. 어떤 것은 작고 쌀알처럼 광택이 났다. 나머지는 더 크고 등고선이 표시되어 있었다. 덧씌운 금관에는 곰보 자국처럼 구멍이 뚫려 톱니처럼 들쭉날쭉했고, 뿌리에 피가 섞인 끈적끈적한 섬유질의 치수(齒髓)가 남아 있었다. 젖니 즉 〈요정의 주사위〉였다. 소녀의 귀여운 앞니, 송곳니, 그리고 어금니.

실비는 이를 손바닥에 올려놓고 손가락으로 하나씩 밀어내면서 개수를 세어 보았다. 모두 열아홉 개였다. 한 개가 모자란다. 모자란 이는 그녀가 열한 살 때쯤 학교에서 잃어버린 바로 그 이일 거라고 생각했다. 실비는 온종일 혀와 엄지로 이를 집적거렸기 때문에, 음악 시간에는 거의 다 빠져 있었다. 선생님은 세면대에 이를 뱉고 수돗물로 입을 헹궈 내라고 말했다. 그 이는 보관되지 않았다. 하지만 나머지 것들은 부모님이 잘 간수해 두었다. 그것은 딸의 성장을 말해 주는 첫 번째 증표였다.

실비는 이를 다시 유리병에 넣었다. 그러고는 유리병을 움켜쥐고 부엌 의자에서 내려와 정원 작업실로 들어가서 소파에 웅크리고 앉았다. 월요일이 선언적으로 빠르게 다가오고 있었다. 월요일은 가족을 떼어 놓는다. 월요일은 가족을 일터로 보낸다. 월요일은 가족을 버스와 열차와 비행기에 태운다. 실비는 한 손으로 이가 든 유리병을 감싸쥐고 다른 손으로는 발목을 감싸쥐었다. 다섯 손가락을 펴서 종아리에 대고 손가락 끝만으로 그 자세를 유지하면서, 날카로운 손톱을 살에 깊이 박아 넣었다. 그리고 새벽빛이 눈에 들어오지 않도록 눈을 감았다. 사랑받는 것과 죽는 것이 어떤 느낌인지를 알아내기 위해.

24

 〈솔트 파인스〉를 운영하는 형제들은 사막용 지프를 기꺼이 경찰 측에 빌려 주었다. 그들은 아직 집 한 채도 착공하지 않았지만, 열흘 안에 판촉 활동을 시작할 예정이었다. 벌써 인쇄가 끝난 팸플릿에는 이 지역의 이름이 〈자장가 해안〉으로 바뀌어 있었다. 안전하고 한적하며 마음을 달래 주는 바다가 가까이에 있다는 것을 암시하는 이름이었다. 개발 지역 주변에서 존경할 만한 동물학 박사 두 명이 살해된 사건은 그와는 정반대로 이곳이 유쾌한 해안이 아니라는 것을 암시할 수도 있었다. 살인 사건은 음모를 암시할 수도 있었다. 박사들은 건설 계획에 공공연히 반대했기 때문이다. 그들의 이름은 개발 반대 청원서에 적혀 있었다. 그래서 형제들은, 되도록 빨리 시체를 모래 언덕에서 치우고, 살인 〈용의자들〉을 눈에 띄지 않게 조용히 찾아내는 것이 모든 사람에게 최상의 결과를 가져올 거라고 경찰서장을 설득하기 위해 최선을 다할 터였다.
 그들의 회사 운전사는 사막용 지프를 몰고 해변 오솔길을 달리다가 주차장 아래의 작은 석조 방파제를 내려가 썰물로 생긴 얕은 여울로 들어갔다. 그곳은 모래가 가장 단단했고, 경사가 너무 가파르지도 않았다. 그는 액셀러레이터를 밟아 타이어로 물보라를 날리고 싶었을 것이다. 자동차로 파도타기. 하지만 이것은 비공식적이지만 장례식의 첫 순서니까 지프를 영구차처럼 몰아야 한다는 경고를 받고 있었다. 지프에는 빈 관이 두 개 실려 있었다. 그래서 그는 속도계 바늘을 시속 10킬로미터 언저리를 맴돌게 한 채, 바리톤 만의 첫 번째 암초에 도착하여 내륙의 모래 언덕 쪽으로 방향을 틀어야 할 때까지 되도록 깊은 물속에서 파도를 가르며 자동차 파도타기를 즐길 수 있는 모처럼의 기회를 최대한 활용했다.

두 경찰관이 어디로 후진하여 차를 세워야 하는지를 그에게 알려 주었다. 또 다른 경찰관 두 명이 모래 언덕 사이의 골짜기에 목재 건널판을 깔고 있었다. 제복도 정신 상태도 엉성하고 우둔한 보조 경찰이었다. 양복 차림의 세 사람이 모두 담배를 입에 물고 천막 아래 풀밭에 사이좋은 골프 친구들처럼 서 있었다. 헬사. 하급 법원 판사. 〈솔트 파인스〉를 경영하는 형제 중의 하나. 그들은 누군가가 음료수 쟁반을 들고 천막에서 나오기를 기다리고 있는 것처럼 보였다. 두꺼운 초록색 캔버스 천으로 만든 천막이 말뚝에서 풀려 나고 낭창낭창한 금속 프레임이 떼어져 그동안 햇볕을 차단당했던 천막 아래의 직사각형 풀밭이 드러나자 그들의 대화가 중단되었다. 천막은 일요일 아침에 세워졌을 뿐이다. 꼬박 하루, 그것뿐이다. 하지만 벌써 광합성이 지연되었다. 부드러운 풀은 반창고를 붙여 놓은 피부처럼 약간 창백해져 있었다.

셀리스와 조지프는 아직 시트와 냉각용 담요에 가려져 있었지만, 냄새를 감출 수 있는 것은 아무것도 없었다. 베이컨, 해초, 발굽과 뿔, 눌어붙은 마멀레이드의 달콤한 죽음의 냄새. 엿새 동안의 유예는 누구도 참기 어렵다. 나이 많은 세 남자는 멀찌감치 자리를 옮겨 새 담배에 불을 붙였다. 흡연은 허용되지 않지만, 이런 더러운 일에 익숙해져 있는 경찰관 한 명이 세 동료와 지프 운전사에게 박하사탕이 든 통을 돌렸다. 그들은 우선 천막을 둘둘 말고, 그 위에서 몇 번 뛰어올라 속에 갇힌 공기를 빼냈다. 그런 다음 전원을 끊고, 텐트 천장의 버팀목에서 두 개의 형광등을 떼어 냈다. 이어서 12개의 기다란 프레임을 해체했다. 캔버스 천을 사막용 지프까지 끌어내리는 데에는 두 사람이 필요했다. 또 한 사람은 천막 기둥을 날랐다. 네 번째 사람은 조명용 배터리를 날랐다. 그리고 목재처럼 보이도록 나뭇결 무늬를 새긴 빈 종이 관 두 개를 어깨에 메고 건널판을 따라 돌아왔다. 관은 시립 시체 공시소가 제공한 것인데, 하나는 표준 규격품인 남자용이었고 또 하나는 그보다 짧은 여자용이었다. 운전사는 관 뚜껑을 들고 그 뒤를 따랐다.

시트가 시체를 덮고 있을 뿐 아니라 시체 밑에도 깔려 있었다면, 시체를 관에 넣는 것은 간단했을 것이다. 그랬다면 경찰관들은 밑에 깔린 시트를 들어 올려 그물 침대처럼 흔들어서 피해자들을 관 속에 쉽게 넣을 수 있었을 것이다. 하지만 조지프와 셀리스는 죽은 뒤 옮겨지지 않았다. 그들을 건드린 것은 살인자와 갈매기들뿐이었다. 경찰관들은 시체 위에 덮인 시트를 벗겨 길쭉하게 접은 다음 그 위로 시체를 굴려야 할 것이다. 그들은 비닐 장갑을 끼었다. 죽은 사람을 만지고 싶지 않았다.

마침내 모습을 드러낸 셀리스는 아직도 땅에 가슴을 대고 부드러운 풀에 왼뺨을 눌러 댄 채 엎드려 있었다. 그녀의 두 다리는 남편의 얼굴과 같은 높이였고, 발가락과 무릎을 땅에 대고 힘껏 버티고 있었다. 상체는 검은 재킷과 더러워진 흰색 티셔츠를 입고 있어서 남편보다 더 커 보였고, 죽었다는 느낌이 조금 덜했다. 허리 아래는 은둔자의 물 주머니처럼 홀쭉하고 가죽처럼 질겨 보였다. 경찰관들은 그녀의 알몸을 외면하려고, 조각조각 벗겨져서 떨어져 나가고 있는 선홍색 발톱 매니큐어를 보지 않으려고 애썼지만 실패했다.

남편의 자세는 우스꽝스러워 보였다. 그를 존경할 만한 사람으로 보이게 해줄 옷은 하나도 입고 있지 않았다. 그는 짐승만큼 수수했다. 그는 두 다리를 쭉 뻗은 채 반듯이 누워 있었다. 성기와 불알은 밀가루 반죽에서 자라나는 검푸른 버섯 같았다. 왼쪽 손목은 팔이 꺾인 각도와 반대쪽으로 뒤틀려 있었다. 아내의 종아리 쪽으로 뻗은 손은 아직도 실 같은 섬유질의 힘줄과 주름을 감싸쥐고 있었다. 그렇다면 아직도 그는 아내에게 헌신적이다. 아직도 아내를 만지고 있다. 하지만 전적으로 순수한 것은 아니다.

살해된 부부는 앞으로 몇 주 동안 신문에서, 심지어 장례식 때에도 살해된 책임의 일부를 제 어깨에 짊어져야 할 것이다. 그들의 시체는 너무 유순해서 항의 한마디 하지 않았고, 지나치게 극적으로 각색되었다. 그들의 죽음은 — 추하고 불필요한 것이었지만 — 모래 언덕에 모인 경찰관들한테도 어느 정도는 자업자득으로 여겨졌다. 심지어는 의도적인 것으로 여겨지기까지 했다. 왜 오솔길을 벗어났을까? 악마와 괴물들을 모래 언덕으로 끌어들이기 위해서가 아니라면, 그런 나이에 그런 곳에서 왜 옷을 벗었단 말인가? 이 피해자들은 자초한 재난의 공범자였다. 인생이 출발역에서 종착역까지 고속으로 달리는 급행 열차라면, 종착역에 닿기 전에 움직이는 열차에서 뛰어내려, 쏜살같이 날아가는 것처럼 보이지만 정지해 있는 땅바닥에 부딪친 것은 그들의 선택이었다. 그들은 죽음을 유혹했다. 그리고 죽음은 그 유혹에 넘어갔다. 그들은 죽음을 원했고, 그래서 죽음이 찾아왔다. 친절한 손에 화강암을 쥐고. 이웃들과 동료들도 모두 그렇겠지만, 네 명의 젊은 경찰관도 피해자들의 행동을 좋지 않게 생각했다. 〈행복한 죽음〉을 그렇게 쉽사리 강탈당하는 결과를 자초한 것은 너무 무책임했다. 고통과 노년의 유동적인 세계에 도달할 때까지 기를 쓰고 나아갔어야 했다. 꿋꿋하게 참고 견뎌서, 침대에서의 편안한 죽음이라는 정당한 보상을 받으려고 애썼어야 했다.

네 명의 젊은 경찰관은 이제 심한 고통을 주는 죽음의 냄새와 모습에 너무나 가까이 다가가 있어서, 육체에 대한 소름 끼치는 불쾌감 외에는 어떤 것에도 정신을 집중할 수 없었다. 모래 언덕에서 셀리스와 조지프를 들어 올릴 준비를 하는 동안, 그들은 구역질이 나서 기침을 하고 왝왝거렸다. 풀밭에 침을 뱉고, 호흡을 멈추었다. 그 맛을 입에서 씻어 내기 위해서는 어떤 방법도 마다하지 않았다. 그만한 봉급을 받고 이런 일을 하는 것은 수지가 맞지 않았다. 차라리 교통 정리를 하는 편이 훨씬 낫다. 하지만 그들은 두 장의 시트를 하나는 조지프의 왼쪽에, 또 하나는 셀리스의 오른쪽에 놓고, 그 가장자리를 시체 밑으로 쑤셔 넣을 수밖에 없었다. 그들은 고개를 돌려 허파 가득 공기를 넣고, 시체 한 구에 두 사람씩 달라붙었다. 그들은 풀밭에 무릎을 꿇고 두 손을 벌려서, 땅 위로 노출된 바위 같은 시체의 두개골과 어깨와 엉덩이와 무릎에 대고, 세상에 있을 법하지 않은 이들 두 연인을 떼어 놓아야 했다. 시체를 시트 위로 굴린다. 이어서 관에 넣는다. 하나는 너무 길고, 하나는 너무 짧다. 관 뚜껑을 덮는다. 시체가 시야에서 사라진다. 이제 경찰관들은 일어나서 달콤한 바다 공기를 들이마실 수 있었다.

〈그의 손을 그녀의 몸에서 치우지 않게 해달라〉는 우리의 유일한 기도는 어떻게 되었나? 기도의 힘은 기껏해야 잠시밖에 지속되지 않는다. 그의 손이 아내의 다리를 쥐고 있었기 때문에 잠시 그의 팔이 팽팽하게 당겨졌다. 그의 피부가 아내의 다리에 달라붙어 있었다. 하지만 그의 손은 곧 아내를 떠나 복사뼈에서 미끄러졌다. 아내의 다리에 얽혀 있던 그의 손가락이 무거운 공기 속에서 풀려 버렸다. 그들 사이의 공간은 점점 넓어졌다. 그의 손가락 관절이 땅바닥을 훑었다. 아내의 종아리에 남은 것은 남편의 손가락 자국뿐이었다. 입맞춤하듯 살짝 닿은 그의 손가락 끝이 종아리에 박혀 오목한 새김눈을 남겼다. 조지프의 시체는 서쪽으로 굴러갔다. 그의 아내는 동쪽으로 갔다. 그들은 풀밭을 떠나 무명 시트 위에 눕혀졌고, 나무를 흉내 낸 종이 관에 담긴 다음, 다시 사막용 지프의 평평한 바닥에 실려 해변을 따라 달리다가 교외를 지나, 시체 공시소의 얼음처럼 차가운 서랍 속으로 들어가 자살자들 틈에 끼였다. 마침내 바람이, 시간이, 우연이 그들의 시체를 휩쓸어 갔다. 대륙은 다시 흐르기 시작했고, 하늘에는 별똥별이 지나갈 공간이 있었다.

세상에 정의라는 것이 있다면, 이제 우리의 유일한 기도가 배반당했으니까, 이제 시간의 빛이 소리와 재회했으니까, 소리가 더 빠른 짝꿍인 빛을 다시 만났으니까, 이제 우레도 올 것이다. 아니면 적어도 바리톤이 노래를 부를 것이다. 땅의 양심이여, 목청을 높여라. 소리쳐 항의하라. 네 슬픔의 아리아를 우리에게 들려다오. 하지만 마구잡이인 데다 습관적인 죽음의 세력권에는 어떤 정의도 존재하지 않는다. 땅은 양심이 없다. 땅은 격식을 차리지 않는다. 장례식이 거행되면 사람들은 일어나야 하지만, 땅은 일어날 수 없다. 땅이 할 수 있는 일은 많은 물을 해안으로 밀어붙이고, 조지프와 셀리스가 죽은 모래 언덕을 회색 바람으로 휘젓고, 햇빛이 그들보다 작은 생명들로 가득 차서 펑하고 터지거나 갈라지게 하는 것뿐이다.

그들의 마지막 유산은 무엇이었을까? 색 바랜 직사각형 풀밭, 그리고 시체가 엿새의 유예 기간 동안 부패한 곳에 남긴 얼룩, 시간과 밤이 부드러운 풀의 초록빛을 빼앗은 곳에 남은 얼룩, 찌그러져서 뚜렷한 형체도 없는 거의 하얀색의 얼룩 하나.

25

오전 6시 10분

 따라서 조지프와 셀리스에게는 이것이 일종의 〈흔들기〉였다. 미래에서 과거로 거슬러 가는 방법으로 그들이 그 후에 살았던 마지막 하루가 복원되었다. 죽은 이들은 되살아나 침대에 누워 있다. 새벽은 밤으로 뒷걸음질쳐, 완벽한 여름날의 첫 햇살이 희미해지면서 태양은 하늘에서 다시 동쪽으로 떨어진다. 그들 앞에는 30년 간의 결혼 생활과 그들이 만나기 전에 지나간 20여 년 세월이 가로놓여 있다. 수축하고 후퇴하는 우주는 그들의 죽음을 뒤에 남겼다. 그들은 이제 더 이상 죽음을 면할 수 없는 운명이 아니다.
 셀리스는 덧문을 닫고 널찍한 침대에 누워 있다. 정적을 깨뜨리는 것은 휘파람 같은 소리를 내는 그녀의 코뿐이다. 그녀는 화요일이 온다는 즐거운 확신을 품고 곤히 잠들어 있다. 이틀 동안 일하러 갈 필요도 없고, 그녀의 잠을 깨우는 자명종도 없고, 스테레오로 음악을 듣고 전지 가위를 들고 정원을 순찰하고 날씨가 좋으면 공원을 가로질러 상점가로 내려갔다가 다시 집에 돌아와 정자에서 커피와 케이크를 먹고 새들에게 부스러기를 던져 주는 것 말고는 꼭 해야 할 일도 없이 혼자 자유롭게 지낼 수 있다.
 그녀는 조금도 불안하지 않고, 꿈도 꾸지 않는다. 자신의 씨근거리는 숨소리도 그녀를 깨우지 않고, 옆으로 돌아누워야 할 만큼 그녀를 성가시게 하지도 않는다. 그녀는 펼쳐 놓은 책이 전날 밤 어디쯤에 떨어졌는가를 잠재의식 속에서 정확히 기억하고, 손목시계가 마룻바닥으로 미끄러져 떨어진 것도 기억한다. 그녀는 술이 달린 서표 쪽으로 몸을 굴려 거기에 접힌 자국을 내지 않을 것이다. 그녀는 서표가 제 어깨 옆에 떨어져 베개에 거의 가려져 있다는 것을 알고 있다. 원하기만 하면 그녀는 잠을 자면서도 손을 뻗어 침대보 속으로 밀려 들어간 구겨진 화장지를 당장 찾아서 코를 풀거나 입을 닦거나, 아니면 마음의 위안거리 삼아 그냥 손에 쥐고 있을 수도 있었다.

이불이 턱까지 끌어올려진다. 그녀의 눈꺼풀이 얼굴 그늘에 자리 잡고 파르르 떨린다. 쉬고 있는 창백한 나방들 같다. 머리카락은 옛날에 그녀가 딸과 남편과 함께 베었던, 그리고 〈흔들기〉가 다시 그들과 함께 베게 해줄 베개 전체에 활짝 퍼져 있다. 고민거리가 있거나 슬픈 일이 있어도, 죄책감을 느끼거나 짜증 나는 일이 있어도, 등과 어깨가 아파도, 자고 있는 동안은 그것이 겉으로 드러나지 않는다. 그녀는 너무 깊이 있다. 너무 멀리 떨어져 있다.

조지프는 자신의 어질러진 방에 있는 좁은 침대에서 자고 있다. 그는 침착하지 못하고 조바심을 치면서 늘 안달복달하는 사람이다. 그는 내일도 온종일 일을 해야 한다. 두 번의 회의와 한 번의 세미나. 준비해야 할 논문 두 편. 교무 보고서. 그는 그날 어디가 아플지 벌써 알고 있다. 무릎은 잠을 자고 있을 때에도 골칫거리다. 결장도 아프다. 그는 방광 꿈을 꾸고 있다. 그는 다가오는 날을 위해 거의 기도를 드리고 있다. 그러면 통증을 오줌과 함께 배출할 수 있고, 새벽 4시 25분에 마지막으로 화장실에 다녀온 이후 줄곧 그를 괴롭히고 있는 악몽을 끝낼 수 있다.

그는 꿈속에서 통증에 시달리며 빈민 수용소에 알몸으로 누워 있는 노인이다. 그의 손가락 끝은 감각을 잃어버렸다. 그가 아픈 부위를 만져 통증을 달래기 위해 있는 힘을 다 짜내어 이불 속으로 간신히 손을 밀어 넣었을 때 느낄 수 있는 것은 비늘처럼 벗겨지는 피부뿐이다. 그는 파이 껍질이 되어 버렸다. 그렇게 늙는 것, 그리고 그런 고통을 강요받는 것은 따분하다. 하지만 그가 늘 원한 것은 바로 그것 — 나이듦 — 이다. 따라서 그는 꿈속에서 가장 음울한 소망을 실현한 셈이다.

꿈은 그를 노인 병동으로 데려갔다. 담요와 칸막이. 사람들이 그에게 플러그를 꽂는다. 모니터, 도뇨관, 링거 주사. 복도를 지나가는 바퀴 침대 소리, 정해진 길을 따라 수천 개나 되는 죽음의 문들 가운데 하나를 향해 그르렁거리며 나아가는 영구차 소리.「늙은이는 죽게 내버려 둡시다. 그렇지 않으면 세상이 곰팡내가 나요.」의사의 말소리가 들린다.

그는 아내의 이름을 부른다. 셀리스. 그는 혼자 죽고 싶지 않다. 따뜻한 빛의 축복과 가족의 다정한 손길을 받고 싶다. 블라인드를 올리고 촛불을 켜주었으면 좋겠다. 그는 사람들의 그림자가 자기 침대에 떨어지기를 원한다. 문간에 모인 가족들이 속삭이는 소리를 듣고 싶다. 딸과 아내가 흐느끼는 소리를 듣고 싶고, 그들의 손이 그의 정강이를 감싸쥐는 것을 느끼고 싶다. 그는 속으로 외친다. 제발 그들을 들여보내 달라고, 내 호흡이 도중에 멈추는 소리를 듣고 내가 꿈이 없는 달콤한 혼수 상태로 빠져드는 것을 볼 때까지 잠자게 내버려 둬 달라고.

활기 차게 밀려오는 어스름한 회색의 첫 새벽빛 속에서 집이 삐걱거리는 소리를 내며 기지개를 켜고 있다. 태양의 이마가 하루를 몰래 들여다보고 있다. 태양의 얼굴은 아직 잠에서 덜 깨어 남빛이고, 구름에 덮인 머리는 빗질도 하지 않아 부스스하고, 바다의 수평선을 향해 안개 같은 고수머리를 흐트러뜨리고 있다. 새들은 이제 정원의 나무 꼭대기에서 긴 그림자를 던지고 있다. 시내의 첫 전차가 사랑을 찾아 거리를 지나가고 있다. 수천 채의 집에서 첫 자명종이 울리고 있다. 수도꼭지가 열리고, 가스불이 켜진다. 커피와 빵과 수프 냄새가 난다. 게잡이 배 한 척이 해안을 따라 힘겹게 나아가고 있다. 도중까지 태양을 배웅하기 위해, 또는 태양이 온 곳으로 다시 쫓아 보내기 위해. 조지프와 셀리스는 그들의 방에 있다. 그들의 침대에 팔다리를 벌리고 누워 있다. 그들이 아무리 몸을 뒤척여도, 그들이 무슨 꿈을 꾸어도, 불투명한 어둠이 그들의 귀에 뭐라고 속삭여도, 어둠이 뭐라고 약속하고 협박하고 장담해도, 그들은 유예 기간이 왔다가 물러가는 것을 피할 수 없다.

26

 새벽 하늘은 호랑이 같았다. 오렌지빛 태양이 서서히 이동하는 진회색 줄무늬로 위장하고 안개 속에 숨어 있었다. 구름이 바람에 갈기갈기 찢겼다. 오늘은 비가 내리고, 밀물과 썰물은 보통이고, 기온도 보통일 것이다. 음산하고 따분한 날이다. 하지만 오후에 잠깐 폭풍우가 몰아치면, 하늘은 번개의 요정으로 가득 찰 테고 바다는 잠시 짙은 청회색으로 바뀔 것이다.
 경찰이 거기서 일을 했다는 것은 아무도 알 수 없을 것이다. 지난주에 거기서 어떤 드라마가 벌어졌는지도 알 수 없을 것이다. 날씨와 바다가 사막용 지프와 건널판과 경찰관들의 발자국을 하룻밤 사이에 모두 지워 버렸다. 인류의 흔적은 전혀 없었다. 바리톤 만은 〈솔트 파인스〉가 건설되기 전의 마지막 몇 달 동안 버림받았다.
 경찰견들이 인간의 시체 냄새를 맡고, 쓸데없이 참견하기 좋아하는 주인들을 모래 언덕으로 데려간 것은 물론 유감스러운 일이다. 그들은 〈제대로 매장하기〉 위해 시체를 치웠지만, 죽은 이들은 무덤에 묻히면 빛이 바랠 수 있다. 모래 언덕이 스스로 조지프와 셀리스를 처리할 수도 있었을 것이다. 도움 따위는 필요 없었다. 흙은 노련한 매장 기술을 가지고 있다. 흙은 시체 주변에 모인다. 흙은 죽은 이를 껴안고 기꺼이 받아들인다. 시간만 주어졌다면, 조지프와 셀리스는 풍경으로 변했을 것이다. 이미 죽음으로 조각된 풍경 속에서 그들의 시체는 덤으로 덧붙여진 또 하나의 죽음에 불과했을 것이다. 그들은 전혀 특별한 존재가 되지 않을 것이다. 갈매기도 죽는다. 파리도 죽고 게도 죽는다. 바다표범도 죽는다. 별들조차 분해되고 폭발하여 하늘에 물집을 만든다.

모든 것이 사라지기 위해서 태어났다. 우주는 죽음에 대처하는 법을 배웠다.

따라서 개들이 아니었다면, 조지프와 셀리스의 생명이 남긴 찌꺼기는 모래 언덕에서 내던져지고 구르면서 땅을 비옥하게 만들고 다른 형태로 부활했을 것이다. 그들은 모래 속에서 짧은 영원을 찾았을지도 모른다. 처음에는 아직 몸을 맞댄 채 둘이 함께 있었겠지만, 곧 헤어져 해안을 누비듯이 나아가 무심한 바닷속으로 들어가거나 지상의 흙덩어리와 자갈 속으로 가라앉아야 할 것이다. 영구차보다 느린, 빙하보다도 더 느린 여행이다.

그런데 그들은, 그들이 사랑하고 죽은 곳에 흰색과 노란색으로 변한 부드러운 풀밭(또는 천사의 침대, 가느다란 혀, 모래빛 머리카락, 휴식)을 남겼을 뿐이다. 천막 때문에 초록색이 옅어진 직사각형 풀밭이 그 지점을 테두리처럼 둘러싸고 있었다. 시체는 햇빛을 차단했고, 그 밑에 깔린 부드러운 땅을 짓눌러 움푹 들어가게 했다. 거의 엿새 동안 풀은 뿌리에만 의지하여 살아야 했다. 풀잎이 어둠 속에서 표백되고 있는 동안, 실처럼 가는 뿌리로 양분과 미네랄을 찾아 흙 속을 뒤져야 했다. 셀리스와 조지프의 길고 무거운 형체는 풀의 자유 에너지를 빼앗고, 식물성 유령으로 만들었다. 누군가가 배에서 쓰는 방수포를 던지거나, 해초 다발을 비료로 쓰기 위해 모래 언덕 속으로 끌고 간 다음 며칠 뒤에야 그것을 다시 가지러 오는 바람에 해초 다발에 깔려 있던 풀이 며칠 동안 햇빛을 받지 못한 것 같았다. 풀잎은 모두 덩굴손처럼 부드러웠고, 돋아난 지 하루밖에 안 된 어린잎처럼 색깔이 연하고 연약한 데다 잘린 지푸라기처럼 가늘고 굽떴다. 어떤 잎은 구부러지고 상처가 났고 찢어진 것도 있었다. 또 어떤 잎은 모래흙 속에 짓눌려, 마치 땅속으로 굴을 파고 들어가고 싶어서 아래쪽으로 자라고 있는 것처럼 보였다. 햇빛을 싫어하는 땅벌레들이 기분 전환을 하러 땅 위로 올라왔다가, 이 희한한 동굴 속으로 기어 들어가 어설픈 굴과 똥을 지상에 장식품으로 남겼다. 냄새는 적포도주와 비슷해서, 술이 발효하는 듯한 냄새와 흙내가 섞여 있었다.

그러나 천막과 시체가 치워지고, 생명 활동이 정지되는 밤이 지나자, 상처 입은 부드러운 풀잎은 다시 기운을 되찾았다. 자연계에서는 희망이 화수분처럼 솟아난다. 풀잎은 다시 꼿꼿하게 일어섰다. 아침을 맞기 위해 끈적끈적한 모래에서 몸을 일으켰다. 단백질을 함유한 눈으로 햇빛을 꽉 붙잡았다. 광합성을 했다. 풀이 저장해 놓은 물과 이산화탄소가 그 안개 끼고 흐린 날의 희미한 햇빛과 공모하여 탄수화물을 만들고, 부산물인 산소를 세상에 돌려주었다. 짓눌렸던 엽록체가 마침내 햇빛의 에너지를 포착하여 자기 일을 시작할 수 있게 되었다. 엽록체는 엽록소로 마술을 부리는 풀의 숙련공이었다. 새벽빛이 짙어지고, 낮이 나태해져서 나른한 오후 내내 꾸벅꾸벅 조는 동안, 식물성 상처에 색소가 되돌아왔다. 풀밭에 길게 드러누워 있던 식물의 시체가 되살아났다. 해 질 녘에는 천막 때문에 창백해진 풀밭의 직사각형 무늬가 어느새 사라졌다. 이튿날 해 질 녘에는 유령이 풀잎 끝에서 활기를 되찾았고, 줄기와 가장 가까운 잎새 아래쪽만 노란색을 띠고 있었다. 그 후 부드러운 풀은 나날이 색깔이 짙어졌다. 봄의 새싹 같은 색깔에서 풋사과 같은 황록색으로, 암록색으로, 다시 진록색으로, 그리고 마침내 풀 같은 초록색으로 바뀌었다.

 살인 사건이 일어난 지 아흐레째 되는 날 해 질 녘에는 그곳에 뿌려진 생명과 사랑의 흔적들은 모두 사라졌다. 자연계가 홍수처럼 되돌아왔다. 우주의 화려함이 되돌아왔다. 모래 언덕에 잠시 머문 조지프와 셀리스의 몸에서 흘러나온 피가 흙 속에 남아 있다 해도, 그것은 풀의 활기 찬 속삭임을 북돋워 줄 뿐이다.

 아직도 모래 언덕은 날마다 높아져 산더미처럼 쌓이고 허물어진다. 산마루는 바람과 함께 이동하고 다시 모인다. 모래 언덕은 날씨와 바다에 대항하여 등성이를 높이고, 바람에 실려 오는 세상의 슬픔을 막으려고 애쓴다. 바리톤 만의 해안만이 아니라 그 너머의 모든 해안에는 파도가 밀려올 때마다 물고기와 새, 조개삿갓과 쥐, 연체 동물, 포유류, 홍합과 게의 시체와 깨지고 얇아진 잔해가 올라오고, 파도에 휩쓸리고 분류된다. 그리고 조지프와 셀리스는 경험을 뛰어넘어, 사랑으로 충만한 무의식적인 종말을 누린다.
 이것은 죽어 있는 상태가 끊임없이 되풀이하여 끝나는 날들이다.

죽음, 혹은 인간과 자연의 둔주곡

1

짐 크레이스는 1946년 3월 1일 영국의 하트퍼드셔 주에서 태어나 런던 북부의 엔필드에서 자랐다. 아버지는 보험 회사에 다니는 샐러리맨이었다. 크레이스는 부모에게 무신론과 사회주의 사상을 배우며 성장했다. 1965년부터 1968년까지 버밍엄 상대에서 상학(商學)을 전공했고, 문학으로도 학사 학위를 받았다. 대학을 졸업한 뒤에는 해외 협력단에 참가하여 아프리카 수단에서 텔레비전 프로그램을 제작하거나 보츠와나에서 영어 교사로 일했다. 같은 시기에 비핵무장 운동 및 식민지 해방 운동에 참여하기도 했다. 1970년 영국으로 귀국한 뒤에는 프리랜스 저널리스트가 되어 「선데이 타임스」와 「선데이 텔레그래프」를 비롯한 여러 매체에 특집 기사를 썼고, 틈틈이 단편 소설을 발표하기도 했다.

청소년 시절에 가브리엘 가르시아 마르케스의 작품을 읽고 작가가 되고 싶다는 막연한 꿈을 갖고 있었지만, 1970년대 말에 잡지에 실린 단편이 주목을 받고 출판사에서 청탁이 오기 시작한 무렵에도 저널리즘을 버릴 마음은 나지 않았다고 한다. 〈문예 따위는 부르주아의 사치품〉으로밖에 생각지 않고, 정치 저널리스트가 더 가치 있는 직업이라고 생각했기 때문이다. 그래도 단행본 데뷔작인 『대륙』이 성공을 거두자, 마침내 크레이스도 주위 사람들의 권유에 못 이겨 전업 작가의 길을 택했다. 다음의 작품 목록을 보면 그 후 펼쳐진 그의 작가 활동이 얼마나 눈부신 것이었는지를 알 수 있다.

『대륙』(1986): 횟브레드 문학상(처녀작 부문), 데이비드 하이엄 문학상, 가디언 문학상, E. M. 포스터상 수상.
『돌의 선물』(1988): GAP 국제 문학상 수상.
『아르카디아』(1992): 작가 협회로부터 여행 경비를 지원받음.
『조난 신호』(1994): 영국 왕립 문학협회 위니프레드 홀트비 기념상 수상.
『40일』(1997): 부커상 최종 후보, 횟브레드 문학상, E. M. 포스터상 수상.
『그리고 죽음』(1999): 횟브레드 문학상 및 부커상 최종 후보, 「뉴욕 타임스」 선정 〈올해의 최우수 소설〉, 미국 비평가 협회상 수상.

데뷔작인 『대륙』은 가공의 대륙을 무대로 하는 일곱 편의 연작 단편으로 이루어져 있다. 대부분 개발도상국의 한촌을 무대로 한 작품이다. 여기에 수록된 작품들 중에는 나중에 장편 소설에서 영근 크레이스의 관심사가 엿보이기도 한다. 예컨대 「말하는 해골」에서 미신을 팔아서 부를 얻는 남자는, 훗날 『40일』에서 유대교의 가르침에 빠져든 갈리로 이어지고, 「발정」에 등장하는 문화인류학자는 『그리고 죽음』에 나오는 동물학자를 연상시킨다.

두 번째 작품 『돌의 선물』에서는 시대가 단번에 석기 시대와 청동기 시대 경계까지 거슬러 올라간다. 부싯돌 가공 기술로 전성기를 구가하고 있던 어느 마을에 어느 날 갑자기 청동제 무기가 도래한다. 긍지가 무너지고 시대에 뒤떨어진 마을 사람들은 우왕좌왕한다. 윌리엄 골딩의 『후계자들』과 통하는 시대의 전환기를 주제로 한 소설이고, 크레이스의 초기 걸작이다.

현대 영국을 무대로 한 세 번째 작품 『아르카디아』에 관해서는 비평가의 의견이 갈렸다. 달걀 노점상에서 입신출세한 청과물 유통업계의 거물 빅터는 80세가 된 기념으로 너저분한 시장에서 청과물 노점을 없애고, 유리로 덮인 거대한 온실 같은 청과물 쇼핑 아케이드인 〈아르카디아(목가적인 이상향)〉 건립을 계획한다. 도시의 활기 속에 인공적인 목가적 세계가 출현한다. 이 아케이드와 빅터가 틀어박히는 고층 건물 〈빅 빅〉의 꼭대기 층은 플라스틱 조화로 장식되고, 에어컨에서 나오는 산들바람 속에서 들새들의 지저귐 소리가 스피커로 흘러나온다. 문명과 목가, 전통과 진보라는 흔한 대립 구조가 너무 뻔해서 진부하다고 비판하는 서평이 적지 않았다.

1994년에 발표된 『조난 신호』는 크레이스가 명예를 회복한 작품이 되었다. 19세기 전반의 영국을 무대로, 주인공 에이머 스미스는 박애주의자를 독선적으로 자처하는 중년 남자다. 비누 회사를 공동 경영하는 동생이 원료를 값싼 화학제품으로 바꾸고 도급으로 해조류를 채취하는 어부들을 해고하려 하자, 에이머는 그것은 인도에 어긋나는 행위라면서 항구 도시 웰리타운까지 사정을 설명하러 간다. 하지만 에이머의 〈인도주의〉는 겉돌고 마을 사람들의 반감을 살 뿐이다. 또한 미국 선박이 태풍을 피해 항구에 정박했을 때, 에이머는 사슬에 묶인 흑인 노예를 보고 의분에 사로잡혀 그 노예를 몰래 도망치게 해 준다. 한동안 기쁨에 들떠 있던 에이머는 자기가 옷도 식량도 없는 노예를 눈 내리는 한데로 쫓아냈음을 깨닫는다. 뜻은 가상하지만 인간적인 약점 때문에 원하는 결과를 얻지 못한 것이다. 에이머Aymer는 결국 〈목표만 세우는 사람aimer〉에서 벗어나지 못한다.

1997년에 나온 『40일』은 17세기에 밀턴이 쓴 『복낙원』과 마찬가지로, 예수가 요르단 강에서 성 요한에게 세례를 받은 뒤 유다의 광야에서 40일 동안 단식을 하면서 사탄의 유혹이라는 시련을 겪었다는 일화에서 착상한 작품이다. 하지만 이 소설은, 기독교 신자가 보기에는, 『복낙원』과 달리 시작부터 발칙하다. 어느 의학서에서 따왔다는 〈권두사〉가 책머리를 장식하고 있는데, 이 글에 따르면 건강한 남자가 40일 동안 금식을 견디는 것은 절대 불가능하다고 한다. 실제로 소설은 이 예고를 실현하면서 끝난다. 즉, 예수는 40일간의 단식을 견디지 못하고 31일째 새벽에 죽음을 맞게 된다. 이리하여 크레이스는 『신약 성서』에 나와 있는 그 후의 예수의 언행들 — 치유의 기적도, 최후의 만찬도, 십자가 처형도, 사흘 뒤의 부활도 모두 백지 상태로 되돌린다. 작가 자신의 말을 빌리면 『40일』은 〈기독교가 쌓아올린 2천 년을 허무는 소설〉이고, 〈새천년의 들뜬 분위기를 깨는〉 새로운 유형의 복음서라고 할 수 있을지 모른다.

그리고 2년 뒤인 1999년에 『그리고 죽음』이 발표되었다. 이 소설은 『40일』에서 예수를 인간으로 〈타락〉시킨 무신론자가, 그 인간의 종말, 즉 죽음이라는 주제와 맞붙어 일궈 낸 또 하나의 소중한, 그러나 고통스러운 결실이다.

2

처음부터 죽어 있다. 동물학자인 50대 중반의 부부가. 인적이 드문 바닷가 모래 언덕에서. 남편(조지프)은 알몸이고, 아내(셀리스)는 아랫도리만 벗은 반라의 모습으로.

둘은 동반 자살한 것도 아니고, 싸운 흔적도 없다. 그렇다고 변태적인 섹스를 나누다 급사한 것도 아니다. 그야말로 재수 없게도 우연히 지나가던 강도의 눈길에 먹잇감으로 붙잡혔고, 그가 몰래 다가와 내리친 돌멩이에 두개골이 깨져 죽은 것이다.

죽음은 그렇게 어느 순간 갑자기 찾아올 수도 있다. 아니, 우리는 애써 외면하려 하지만 죽음처럼 일상적인 것도 실은 없다. 그렇다면, 죽음이란 무엇인가. 아니, 문학과 철학과 종교 같은 인류의 문화사 자체가 이 물음에 대한 탐구와 해답의 기록이 아닐까. 그런데 새삼스럽게, 〈죽음이란 무엇인가〉라니?

하지만 작품 첫머리에 이미 죽어 있는 두 사람은 죽음의 의미를 물을 수 없다. 또한 그들에게 물어볼 수도 없다. 그래서 작가는 시간을 거슬러 올라가, 그들이 죽어 널브러진 바로 그 해변에서 그들이 처음 만나 사랑을 나눈 날에 대해 이야기한다. 그것은 30년 뒤의 죽음으로 이어지는 완만한 시간의 흐름을 두 사람이 함께 걷기 시작한 첫날이다. 물론 본인들은 알아차리지 못하지만, 거기에는 이미 죽음의 조짐이 수없이 뿌려져 있다. 삶이란 그 자체가 온만한 죽음이고, 죽음은 살아온 시간의 집적이라는 사실이 조금씩 분명해진다.

소설은 그렇게 종말을 출발점으로 삼아 시작된다. 이 불가역의 시간을 되짚기 위해서 크레이스는 〈셀리스와 조지프의 부부생활이라는 모래시계를 거꾸로 뒤집어 놓는다.〉 그는 부부가 살해당한 시점에서 과거로 거슬러 올라가면서, 죽음으로 직접 이어진 그날 하루의 과정을 역순으로 추적한다(아침에 일어난 남편의 느닷없는 성욕, 아내에게 던지는 섹스의 프러포즈, 추억의 장소로 떠나는 피크닉……). 그와 동시에 그들이 처음 만난 순간부터 죽을 때까지의 인생을 반대 방향으로 재구성한다(막판에 이르러 모래 언덕에 얽힌 과거의 비밀이 드러난다). 이 두 갈래의 스토리는 그들의 변사체가 경찰에 의해 발견될 때까지 엿새 동안 외동딸(실비)의 반응을 다룬 세 번째 갈래와 얽히면서 서사적 둔주곡을 이룬다(가출하듯 부모의 집을 나와 제멋대로 살고 있는 딸에게 부모의 존재는 살아 있을 때보다 죽은 뒤에 더욱 커진다).

그러나 이 둔주곡에는 네 번째 갈래가 있다. 그것은 자연 자체가 연주하는 오스티나토. 조지프가 학생들한테 즐겨 말했듯이 〈우리가 자신에 대해 어떤 철학적 주장을 하든지 간에 인류는 주변적인 존재에 불과하다. 동물계의 자연 질서에서 우리 인류는 별로 중요한 존재가 아니다.〉 이 생각을 염두에 두고 크레이스는 자연력이 최종 결정권을 갖는 엿새 동안 조지프와 셀리스가 겪는 순수한 생물학적 변화를 묘사한다.

서서히 썩어 가는 육체에 대한 생생하고 육감적인 묘사는 인간적인 드라마와는 무관하게 존재하는 죽음의 현실을 냉혹하게 보여 준다. 온갖 상념을 담은 채 죽음을 향해 걸어가던 육체와, 이제 차가운 피와 살의 구성물에 불과해진 육체. 그 대비에서 생겨나는 문체는 차라리 블랙 유머에 가깝다.

(비가 멎자,) 게와 쥐들은 어두워지기 전에 다시 일하러 가서 조지프와 셀리스를 무례하게 훑어보고, 그들의 몸 위를 신나게 돌아다니며 수분과 먹이를 찾고, 한바탕 잔치를 벌이기 위해 그들의 동굴과 우묵한 곳으로 파고들었다…….(p. 74)

이 나흘째 되는 날 늪파리 구더기들이 꼬투리 모양의 알주머니에서 나오기 시작했다. 늪파리가 조지프와 셀리스의 내장 속에 깐 알들이 창자가 부패할 때 생기는 열기로 부화한 것이다. 죽은 지 오래인데도 아직 에너지를 만들어 내고 있다니! 구더기만큼 크고 구더기보다 쉰 배나 무거운 빗방울들이 운석처럼 떨어져 구더기가 우글거리는 동굴과 골짜기를 때리고 뒤흔들자, 구더기들은 썩은 살 속에서 이리저리 뒹굴면서도 게걸스럽게 먹어 댔다. 죽음은 우리를 포식하기 위해 살찌운다. 구더기들은 죽음의 잔치에 참석한 음유 시인이다.(p. 112)

비위가 약한 독자들은 여기서 몇 단락을 건너뛰고 싶을지도 모른다. 하지만 이 소설에서 가장 흥미로운 측면은 크레이스의 기묘한 추도사를 이루는 이 마지막 요소라고 할 수 있다. 조지프와 셀리스의 지루한 삶과 역겨운 죽음을 부패와 재생이라는 더 큰 자연의 과정 속에 놓음으로써 작가는 그들을 구원해 주고 있을 뿐만 아니라, 평범하기 이를 데 없는 그들에게 상당한 품위마저 부여하고 있기 때문이다. 침대에서 죽음을 맞고 장례가 치러지는 현대의 인간 사회에서 보면 두 사람의 죽음은 부자연스럽기 이를 데 없지만, 생태계의 사이클이라는 관점에서 보면 그 얼마나 자연스러운 죽음의 모습인가.

그리고 마침내 두 사람의 시체가 발견되었을 때, 아내의 다리 위에 살며시 놓여 있는 남편의 손. 그것은 이 소름끼치게 야수적인 장면에 주어진, 축복과도 같은 인간적 숨결이다. 죽음의 순간에도 아내의 몸과 접촉을 유지하려는 남편의 〈의지와 아드레날린〉은, 죽음의 무자비함 앞에서 무너진 사랑의 덧없음을 제시하지만, 그럼에도 불구하고 사랑의 성취를 감동적으로 상징하고 있기 때문이다. (이 소설이 그저 시체와 부패만 묘사했다면, 그렇고 그런 누보로망 또는 포스트모던 소설로 끝나고 말았을 것이다.)

또 하나의 감동적인 장면은 실비가 아버지의 서재를 뒤지다가, 아버지가 기념으로 간직해 둔 딸의 젖니를 발견하는 장면이다. 수준 낮은 작품이라면 감상적으로 읽힐 수도 있는 이 장면이 이 작품에서 강력한 감정적·지적 울림을 자아내는 까닭은, 이 소설이 성장과 소멸,

삶과 죽음, 그리고 그것이 자연과 인간에게 무엇을 의미하는지를 곰곰 생각해 보도록 요구하고 있기 때문이다.

이처럼 크레이스는 매력이 없는 다양한 부분들을 결합하여 하나의 아름다운 전체를 이룩해 내고 있다. 그 마법의 요체는 바로 문체에 있다. 기본적으로 크레이스는 단문 사용자다. 거의 퉁명스럽게 여겨질 만큼 메마른 단문을 밀어붙이듯 장면이 매듭지어진다. 글에 묻히는 하나하나의 어휘를 선택하는 수법은 〈적확〉하다고 표현할 수밖에 없다. 『돌의 선물』에는 부싯돌 가공의 달인이 돌의 결을 간파하고 한 번 내리쳐서 원하는 형태를 얻어 내는 장면이 묘사되어 있는데, 크레이스도 바로 그런 명인 같은 솜씨를 보여 준다. 『40일』에서 〈분노는 가래나 오줌 같은 것이어서 빨리 밖으로 내보내 버리는 게 상책이다〉, 〈공포와 치욕이 손을 잡으면 혀는 움직이지 않게 된다〉 등 단문이 경구 같은 성질을 띠는 것은 저널리스틱한 문체가 좋은 결실을 본 성과일 것이다.

또한 이 단문은 독창적이고 설득력 있는 비유를 포함하는 경우가 많다. 마술적 리얼리즘적인 의외성을 내포하면서도 어딘가 인간에게 공통된 원체험에 호소하는 비유가 곳곳에 박혀 있다. 그리고 꽤 긴 정경 묘사가 이따금 삽입되기도 하는데, 이것이 또 색채가 풍부하고 사실적이면서도 현실 세계 저편을 엿보게 해주는 리듬과 시정이 풍부한 깊이를 자아낸다. 『그리고 죽음』에서도 이 문체를 충분히 감상할 수 있다. 실제로 크레이스를 읽는 즐거움의 절반은 이 문체를 맛보는 데 있다고 해도 과언이 아니다.

이탈로 칼비노는 21세기에 전하고 싶은 문학의 가치 있는 요소를 다섯 개 들었다. 존재의 견딜 수 없는 무게에서 도약하는 〈가벼움〉, 어떤 사념에서 다음 사념으로 옮아가는 정신적 〈재빠름〉, 명확한 작품 구도나 정밀한 언어 사용 같은 〈정확성〉, 독자에게 확실하게 시상(視像)을 맺게 하는 〈시각성〉 또는 〈환상력〉, 그리고 열린 백과사전 같은 〈다양성〉이 그것이다. 크레이스의 문체는 칼비노가 말하는 요소를 모두 충족시킨다고 말할 수는 없지만, 상당 부분을 훌륭하게 실천

하고 있다. 크레이스는 이 문체에 무진장한 이야깃거리를 더하여 최고의 〈이야기꾼〉이 되었다.

이 책을 집필하게 된 배경을 크레이스는 이렇게 토로하고 있다.

1979년에 무신론자였던 아버지를 간암으로 여의였을 때, 당신의 유언에 따라 시신을 화장터에서 처리하고 장례식 같은 의식은 일절 거행하지 않았다. 이때 나는 철저한 무신론자인데도 견딜 수 없는 공허감을 느꼈다. 그 체험 때문에 자신의 무신론을 재고할 수밖에 없었다.

사람이 죽음에 직면했을 때, 기독교는 구원의 내러티브를 제공한다. 천사, 영원한 생명, 영원한 사랑 같은 허위를 늘어놓는다. 하지만 그것은 죽음의 현실, 육체와 의식의 종극성(終極性)에 직면하지는 않는다. 죽으면 우리의 세계는 거기서 끝나고, 희망이나 미래는 죽음과 함께 소멸하고, 영원도 없고 신도 없다. 하지만 무신론자는 자신의 가혹한 견해와 타협하려고 종교보다 의미 있는 구원의 내러티브를 얻으려 할 것이다. 그것을 어떻게 찾아내면 좋은가. 어디에서 구원을 얻을까.

죽음의 진실은 받아들이기 어려울 만큼 가혹하다. 그 가혹한 진실에서 우리가 얻을 수 있는 구원은 무엇인가? 인생 자체는 아름답고 사랑에 넘치고 초월적인 순간으로 가득 차 있다는 데에서 우리는 구원을 얻는다. 존재하지 않는 영원에 자신을 파묻지 않고, 인생을 최대한 살아간다. 영원은 없어도 우리는 사랑과 기억과 경험을 세상에 남기고 죽어간다. 그것은 날마다 빛이 바래 가지만, 짧은 동안이나마 우리는 사람들의 기억 속에 남고 사랑을 받는다.

이 작품은 또 하나의 거짓된 구원일지도 모른다. 종교의 내러티브가 하고 있는 것과 똑같은 게임을 하고 있다고 말할 수 있을지도 모른다. 하지만 이것은 탄생으로 시작하여 죽음으로 끝나는 자족적인 세계, 신이 존재하지 않는 세계의 규칙을 뒤에서 시험해 보는 것이다. 무신론자가 과학과 자연계에서 초월성을 추구하면 새로운 세기로 가는 새로운 타입의 신비주의자가 될 수 있다.

주제의 성질상, 집필하는 데 무척 고생했다. 때로는 불쾌하고 다루기

어려운 길동무 같았다. 하지만 완전히 자전적인 작품은 아니라 해도 지금까지 쓴 작품 가운데 가장 진정성이 넘치는 작품이라고 감히 말할 수 있다.

죽음에 대한 경멸은 『그리고 죽음』에 일관되게 흐르는 주제지만, 죽은 자들의 무력한 공포는 그 무의미함을 강조하기 위해 우리에게 주어질 뿐이다. 작가의 메시지는 궁극적으로 갈라질 수 없는 짝 ― 삶과 죽음 ― 의 성질과 관련되어 있다. 많은 차원에서 삶과 죽음은 서로의 결과이자 원인이다. 우리의 삶은 죽음에 대한 두려움으로 규정되고, 죽음은 삶에 대한 대답이다. 아무리 조심스러운 삶이라 해도 그 대답은 변할 수 없다. 종교는 요인의 일부가 아니다. 가장 중요한 것은 사는 것이다. 아무리 평범하고 세속적인 삶도, 삶은 그 자체로서 아름답다.

작가는 처음부터 끝까지 죽음을 말하고 시체를 묘사하지만, 그 풍경은 조금도 우리의 의식을 혼탁시키지 않는다. 오히려 읽은 뒤에는 청징한 감각이 남아 있고, 맑은 행복감마저 느껴진다. 물론 현실에서 사랑하는 사람이나 자신의 죽음에 직면하게 되면 그 느낌이 어떻게 변할지, 그것은 모른다. 하지만 이 소설에서 크레이스가 제시한 구원의 내러티브는 작고 따뜻한 빛을 은은히 발산하면서 계속 흔들릴 것이다.

김석희

짐 크레이스 연보

1946년 출생 3월 1일. 영국 하드퍼드셔 주에서 태어남. 런던 북부의 엔필드에서 어린 시절을 보냄.

1965년 19세 버밍엄 대학에 입학하여 상학(商學)을 전공.

1968년 22세 대학을 졸업한 후 해외 자원 봉사 협력단에 참가(1969년까지). 아프리카 수단으로 건너가 교육 방송국에서 일하며 TV 프로그램을 제작하고, 아이들에게 영어를 가르침. 핵무기 무장 해제 운동과 식민지 독립 운동에도 참여함.

1970년 24세 영국으로 귀국. BBC에서 일하며 교육 방송 프로그램의 작가로 일함.

1974년 28세 첫 단편 소설 「애니 캘리포니아 플레이츠Annie, California Plates」가 문예 잡지 「더 뉴 리뷰」에 실리며 문단에 데뷔. 이후 라디오 방송 대본을 집필하고 「선데이 타임스」 등에 프리랜스 저널리스트로 글을 기고하면서 틈틈이 단편 소설을 발표함.

1986년 40세 첫 번째 단행본 소설 『대륙Continent』 출간. 횟브레드상(처녀작 부문), 데이비드 하이엄 문학상, 가디언 문학상, E. M. 포스터 문학상 등을 수상. 이후 전업 작가의 길로 들어섬.

1988년 42세 『돌의 선물The Gift of Stones』 출간. GAP 국제 문학상 수상. 『대륙』으로 이탈리아에서 안티코 파토레상 수상.

1992년 46세 『아르카디아Arcadia』 출간.

1994년 48세 『조난 신호Signals of Distress』 출간. 영국 왕립 문학협회 위

니프레드 홀트비 기념상 수상.

1997년 51세 『40일*Quarantine*』 출간. 쿠커상 최종 후보, 휫브레드상 수상, E. M. 포스터상 수상. 작가 협회 최우수 도서 선정.

1999년 53세 『그리고 죽음*Being Dead*』 출간. 휫브레드상 및 부커상 최종 후보. 미국 비평가 협회상 수상.「뉴욕 타임스」선정 〈올해의 최우수 소설〉.

2001년 55세 『악마의 찬장*The Devil's Larder*』 출간.

2003년 57세 『창세의 6일*Six*』 출간(미국판 제목은 『창세기*Genesis*』).

2007년 61세 『전염병 격리 병원*The Pesthouse*』 출간.

열린책들 세계문학 049 그리고 죽음

옮긴이 김석희 서울대학교 인문대 불문학과를 졸업하고 동 대학원 국문학과를 중퇴했으며, 1988년 한국일보 신춘문예에 소설이 당선되어 작가로 데뷔했다. 영어·프랑스어·일본어를 넘나들면서 데스먼드 모리스의 『털 없는 원숭이』, 존 러스킨의 『나중에 온 이 사람에게도』, 폴 오스터의 『빵 굽는 타자기』, 로라 잉걸스 와일더의 『초원의 집』 시리즈, 쥘 베른 걸작선집, 시오노 나나미의 『로마인 이야기』 시리즈, 홋타 요시에의 『고야』 등 200여 권을 번역했고, 역자 후기 모음집 『번역가의 서재』 등을 펴냈으며, 제1회 한국번역상 대상을 수상했다.

지은이 짐 크레이스 **옮긴이** 김석희 **발행인** 홍지웅·홍예빈
발행처 주식회사 열린책들 **주소** 경기도 파주시 문발로 253 파주출판도시
전화 031-955-4000 **팩스** 031-955-4004 **홈페이지** www.openbooks.co.kr
Copyright (C) 주식회사 열린책들, 2002, 2009, *Printed in Korea*.
ISBN 978-89-329-0966-0 04840   **ISBN** 978-89-329-1499-2 (세트)
발행일 2002년 9월 20일 초판 1쇄 2003년 1월 10일 초판 2쇄 2006년 2월 25일 보급판 1쇄 2007년 3월 10일 보급판 3쇄 2009년 11월 30일 세계문학판 1쇄 2019년 5월 20일 세계문학판 3쇄

이 도서의 국립중앙도서관 출판예정도서목록(CIP)은 서지정보유통지원시스템 홈페이지(http://seoji.nl.go.kr)와 국가자료공동목록시스템(http://www.nl.go.kr/kolisnet)에서 이용하실 수 있습니다.(CIP제어번호 : CIP2009003364)

열린책들 세계문학
Open Books World Literature

001 **죄와 벌** 표도르 도스또예프스끼 장편소설 | 홍대화 옮김 | 전2권 | 각 408, 504면

003 **최초의 인간** 알베르 카뮈 장편소설 | 김화영 옮김 | 392면

004 **소설** 제임스 미치너 장편소설 | 윤희기 옮김 | 전2권 | 각 280, 368면

006 **개를 데리고 다니는 부인** 안똔 체호프 소설선집 | 오종우 옮김 | 368면

007 **우주 만화** 이탈로 칼비노 장편소설 | 김운찬 옮김 | 416면

008 **댈러웨이 부인** 버지니아 울프 장편소설 | 최애리 옮김 | 296면

009 **어머니** 막심 고리끼 장편소설 | 최윤락 옮김 | 544면

010 **변신** 프란츠 카프카 중단편집 | 홍성광 옮김 | 464면

011 **전도서에 바치는 장미** 로저 젤라즈니 중단편집 | 김상훈 옮김 | 432면

012 **대위의 딸** 알렉산드르 뿌쉬낀 장편소설 | 석영중 옮김 | 240면

013 **바다의 침묵** 베르코르 소설선집 | 이상해 옮김 | 256면

014 **원수들, 사랑 이야기** 아이작 싱어 장편소설 | 김진준 옮김 | 320면

015 **백치** 표도르 도스또예프스끼 장편소설 | 김근식 옮김 | 전2권 | 각 500, 528면

017 **1984년** 조지 오웰 장편소설 | 박경서 옮김 | 392면

018 **수용소군도** 알렉산드르 솔제니찐 기록문학 | 김학수 옮김 | 480면

019 **이상한 나라의 앨리스** 루이스 캐럴 환상동화 | 머빈 피크 그림 | 최용준 옮김 | 336면

020 **베네치아에서의 죽음** 토마스 만 중단편집 | 홍성광 옮김 | 432면

021 **그리스인 조르바** 니코스 카잔차키스 장편소설 | 이윤기 옮김 | 488면

022 **벚꽃 동산** 안똔 체호프 희곡선집 | 오종우 옮김 | 336면

023 **연애 소설 읽는 노인** 루이스 세풀베다 장편소설 | 정창 옮김 | 192면

024 **젊은 사자들** 어윈 쇼 장편소설 | 정영문 옮김 | 전2권 | 각 416, 408면

026 **젊은 베르테르의 슬픔** 요한 볼프강 폰 괴테 장편소설 | 김인순 옮김 | 240면

027 **시라노** 에드몽 로스탕 희곡 | 이상해 옮김 | 256면

028 **전망 좋은 방** E. M. 포스터 장편소설 | 고정아 옮김 | 352면

029 **까라마조프 씨네 형제들** 표도르 도스또예프스끼 장편소설 | 이대우 옮김 | 전3권 | 각 496, 496, 460면

032 **프랑스 중위의 여자** 존 파울즈 장편소설 | 김석희 옮김 | 전2권 | 각 344면

034 **소립자** 미셸 우엘벡 장편소설 | 이세욱 옮김 | 448면

035 **영혼의 자서전** 니코스 카잔차키스 자서전 | 안정효 옮김 | 전2권 | 각 352, 408면

037 **우리들** 예브게니 자먀찐 장편소설 | 석영중 옮김 | 320면
038 **뉴욕 3부작** 폴 오스터 장편소설 | 황보석 옮김 | 480면
039 **닥터 지바고** 보리스 빠스쩨르나끄 장편소설 | 박형규 옮김 | 전2권 | 각 400, 512면
041 **고리오 영감** 오노레 드 발자크 장편소설 | 임희근 옮김 | 456면
042 **뿌리** 알렉스 헤일리 장편소설 | 안정효 옮김 | 전2권 | 각 400, 448면
044 **백년보다 긴 하루** 친기즈 아이뜨마또프 장편소설 | 황보석 옮김 | 560면
045 **최후의 세계** 크리스토프 란스마이어 장편소설 | 장희권 옮김 | 264면
046 **추운 나라에서 돌아온 스파이** 존 르카레 장편소설 | 김석희 옮김 | 368면
047 **산도칸 ─ 몸프라쳄의 호랑이** 에밀리오 살가리 장편소설 | 유향란 옮김 | 428면
048 **기적의 시대** 보리슬라프 페키치 장편소설 | 이윤기 옮김 | 560면
049 **그리고 죽음** 짐 크레이스 장편소설 | 김석희 옮김 | 224면
050 **세설** 다니자키 준이치로 장편소설 | 송태욱 옮김 | 전2권 | 각 480면
052 **세상이 끝날 때까지 아직 10억 년** 스뜨루가츠끼 형제 장편소설 | 석영중 옮김 | 224면
053 **동물 농장** 조지 오웰 장편소설 | 박경서 옮김 | 208면
054 **캉디드 혹은 낙관주의** 볼테르 장편소설 | 이봉지 옮김 | 232면
055 **도적 떼** 프리드리히 폰 실러 희곡 | 김인순 옮김 | 264면
056 **플로베르의 앵무새** 줄리언 반스 장편소설 | 신재실 옮김 | 320면
057 **악령** 표도르 도스또예프스끼 장편소설 | 김연경 옮김 | 전3권 | 각 324, 396, 496면
060 **의심스러운 싸움** 존 스타인벡 장편소설 | 윤희기 옮김 | 340면
061 **몽유병자들** 헤르만 브로흐 장편소설 | 김경연 옮김 | 전2권 | 각 568, 544면
063 **몰타의 매** 대실 해밋 장편소설 | 고정아 옮김 | 304면
064 **마야꼬프스끼 선집** 블라지미르 마야꼬프스끼 선집 | 석영중 옮김 | 320면
065 **드라큘라** 브램 스토커 장편소설 | 이세욱 옮김 | 전2권 | 각 340, 344면
067 **서부 전선 이상 없다** 에리히 마리아 레마르크 장편소설 | 홍성광 옮김 | 336면
068 **적과 흑** 스탕달 장편소설 | 임미경 옮김 | 전2권 | 각 376, 368면
070 **지상에서 영원으로** 제임스 존스 장편소설 | 이종인 옮김 | 전3권 | 각 396, 380, 388면
073 **파우스트** 요한 볼프강 폰 괴테 희곡 | 김인순 옮김 | 568면
074 **쾌걸 조로** 존스턴 매컬리 장편소설 | 김훈 옮김 | 316면
075 **거장과 마르가리따** 미하일 불가꼬프 장편소설 | 홍대화 옮김 | 전2권 | 각 364, 328면
077 **순수의 시대** 이디스 워튼 장편소설 | 고정아 옮김 | 448면
078 **검의 대가** 아르투로 페레스 레베르테 장편소설 | 김수진 옮김 | 376면
079 **예브게니 오네긴** 알렉산드르 뿌쉬낀 운문소설 | 석영중 옮김 | 328면

080 **장미의 이름** 움베르토 에코 장편소설 | 이윤기 옮김 | 전2권 | 각 440, 448면

082 **향수** 파트리크 쥐스킨트 장편소설 | 강명순 옮김 | 364면

083 **여자를 안다는 것** 아모스 오즈 장편소설 | 최창모 옮김 | 280면

084 **나는 고양이로소이다** 나쓰메 소세키 장편소설 | 김난주 옮김 | 544면

085 **웃는 남자** 빅토르 위고 장편소설 | 이형식 옮김 | 전2권 | 각 472, 496면

087 **아웃 오브 아프리카** 카렌 블릭센 장편소설 | 민승남 옮김 | 480면

088 **무엇을 할 것인가** 니꼴라이 체르니셰프스끼 장편소설 | 서정록 옮김 | 전2권 | 각 360, 404면

090 **도나 플로르와 그녀의 두 남편** 조르지 아마두 장편소설 | 오숙은 옮김 | 전2권 | 각 328, 308면

092 **미사고의 숲** 로버트 홀드스톡 장편소설 | 김상훈 옮김 | 416면

093 **신곡** 단테 알리기에리 장편서사시 | 김운찬 옮김 | 전3권 | 각 292, 296, 328면

096 **교수** 샬럿 브론테 장편소설 | 배미영 옮김 | 368면

097 **노름꾼** 표도르 도스또예프스끼 장편소설 | 이재필 옮김 | 320면

098 **하워즈 엔드** E. M. 포스터 장편소설 | 고정아 옮김 | 508면

099 **최후의 유혹** 니코스 카잔차키스 장편소설 | 안정효 옮김 | 전2권 | 각 408면

101 **키리냐가** 마이크 레스닉 장편소설 | 최용준 옮김 | 464면

102 **바스커빌가의 개** 아서 코넌 도일 장편소설 | 조영학 옮김 | 264면

103 **버마 시절** 조지 오웰 장편소설 | 박경서 옮김 | 400면

104 **10 1/2장으로 쓴 세계 역사** 줄리언 반스 장편소설 | 신재실 옮김 | 464면

105 **죽음의 집의 기록** 표도르 도스또예프스끼 장편소설 | 이덕형 옮김 | 528면

106 **소유** 앤토니어 수전 바이어트 장편소설 | 윤희기 옮김 | 전2권 | 각 440, 480면

108 **미성년** 표도르 도스또예프스끼 장편소설 | 이상룡 옮김 | 전2권 | 각 512, 544면

110 **성 앙투안느의 유혹** 귀스타브 플로베르 희곡소설 | 김용은 옮김 | 584면

111 **밤으로의 긴 여로** 유진 오닐 희곡 | 강유나 옮김 | 240면

112 **마법사** 존 파울즈 장편소설 | 정영문 옮김 | 전2권 | 각 512 552면

114 **스쩨빤치꼬보 마을 사람들** 표도르 도스또예프스끼 장편소설 | 변현태 옮김 | 416면

115 **플랑드르 거장의 그림** 아르투로 페레스 레베르테 장편소설 | 정창 옮김 | 512면

116 **분신** 표도르 도스또예프스끼 장편소설 | 석영중 옮김 | 288면

117 **가난한 사람들** 표도르 도스또예프스끼 장편소설 | 석영중 옮김 | 256면

118 **인형의 집** 헨리크 입센 희곡 | 김창화 옮김 | 272면

119 **영원한 남편** 표도르 도스또예프스끼 장편소설 | 정명자 외 옮김 | 448면

120 **알코올** 기욤 아폴리네르 시집 | 황현산 옮김 | 352면

121 **지하로부터의 수기** 표도르 도스또예프스끼 장편소설 | 계동준 옮김 | 256면

122 **어느 작가의 오후** 페터 한트케 중편소설 | 홍성광 옮김 | 160면
123 **아저씨의 꿈** 표도르 도스또예프스끼 장편소설 | 박종소 옮김 | 304면
124 **네또츠까 네즈바노바** 표도르 도스또예프스끼 장편소설 | 박재만 옮김 | 316면
125 **곤두박질** 마이클 프레인 장편소설 | 최용준 옮김 | 528면
126 **백야 외** 표도르 도스또예프스끼 소설선집 | 석영중 외 옮김 | 408면
127 **살라미나의 병사들** 하비에르 세르카스 장편소설 | 김창민 옮김 | 296면
128 **뻬쩨르부르그 연대기 외** 표도르 도스또예프스끼 소설선집 | 이항재 옮김 | 296면
129 **상처받은 사람들** 표도르 도스또예프스끼 장편소설 | 윤우섭 옮김 | 전2권 | 각 296, 392면
131 **악어 외** 표도르 도스또예프스끼 소설선집 | 박혜경 외 옮김 | 312면
132 **허클베리 핀의 모험** 마크 트웨인 장편소설 | 윤교찬 옮김 | 416면
133 **부활** 레프 똘스또이 장편소설 | 이대우 옮김 | 전2권 | 각 308, 416면
135 **보물섬** 로버트 루이스 스티븐슨 장편소설 | 머빈 피크 그림 | 최용준 옮김 | 360면
136 **천일야화** 앙투안 갈랑 엮음 | 임호경 옮김 | 전6권 | 각 336, 328, 372, 392, 344, 320면
142 **아버지와 아들** 이반 뚜르게네프 장편소설 | 이상원 옮김 | 328면
143 **오만과 편견** 제인 오스틴 장편소설 | 원유경 옮김 | 480면
144 **천로 역정** 존 버니언 우화소설 | 이동일 옮김 | 432면
145 **대주교에게 죽음이 오다** 윌라 캐더 장편소설 | 윤명옥 옮김 | 352면
146 **권력과 영광** 그레이엄 그린 장편소설 | 김연수 옮김 | 384면
147 **80일간의 세계 일주** 쥘 베른 장편소설 | 고정아 옮김 | 352면
148 **바람과 함께 사라지다** 마거릿 미첼 장편소설 | 안정효 옮김 | 전3권 | 각 616, 640, 640면
151 **기탄잘리** 라빈드라나트 타고르 시집 | 장경렬 옮김 | 224면
152 **도리언 그레이의 초상** 오스카 와일드 장편소설 | 윤희기 옮김 | 384면
153 **레우코와의 대화** 체사레 파베세 희곡소설 | 김운찬 옮김 | 280면
154 **햄릿** 윌리엄 셰익스피어 희곡 | 박우수 옮김 | 256면
155 **맥베스** 윌리엄 셰익스피어 희곡 | 권오숙 옮김 | 176면
156 **아들과 연인** 데이비드 허버트 로런스 장편소설 | 최희섭 옮김 | 전2권 | 464, 432면
158 **그리고 아무 말도 하지 않았다** 하인리히 뵐 장편소설 | 홍성광 옮김 | 272면
159 **미덕의 불운** 싸드 장편소설 | 이형식 옮김 | 248면
160 **프랑켄슈타인** 메리 W. 셸리 장편소설 | 오숙은 옮김 | 320면
161 **위대한 개츠비** 프랜시스 스콧 피츠제럴드 장편소설 | 한애경 옮김 | 280면
162 **아Q정전** 루쉰 중단편집 | 김태성 옮김 | 320면
163 **로빈슨 크루소** 대니얼 디포 장편소설 | 류경희 옮김 | 456면

164 **타임머신** 허버트 조지 웰스 소설선집 │ 김석희 옮김 │ 304면
165 **제인 에어** 샬럿 브론테 장편소설 │ 이미선 옮김 │ 전2권 │ 각 392, 384면
167 **풀잎** 월트 휘트먼 시집 │ 허현숙 옮김 │ 280면
168 **표류자들의 집** 기예르모 로살레스 장편소설 │ 최유정 옮김 │ 216면
169 **배빗** 싱클레어 루이스 장편소설 │ 이종인 옮김 │ 520면
170 **이토록 긴 편지** 마리아마 바 장편소설 │ 백선희 옮김 │ 192면
171 **느릅나무 아래 욕망** 유진 오닐 희곡 │ 손동호 옮김 │ 168면
172 **이방인** 알베르 카뮈 장편소설 │ 김예령 옮김 │ 208면
173 **미라마르** 나기브 마푸즈 장편소설 │ 허진 옮김 │ 288면
174 **지킬 박사와 하이드 씨** 로버트 루이스 스티븐슨 소설선집 │ 조영학 옮김 │ 320면
175 **루진** 이반 뚜르게네프 장편소설 │ 이항재 옮김 │ 264면
176 **피그말리온** 조지 버나드 쇼 희곡 │ 김소임 옮김 │ 256면
177 **목로주점** 에밀 졸라 장편소설 │ 유기환 옮김 │ 전2권 │ 각 336면
179 **엠마** 제인 오스틴 장편소설 │ 이미애 옮김 │ 전2권 │ 각 336, 360면
181 **비숍 살인 사건** S. S. 밴 다인 장편소설 │ 최인자 옮김 │ 464면
182 **우신예찬** 에라스무스 풍자문 │ 김남우 옮김 │ 296면
183 **하자르 사전** 밀로라드 파비치 장편소설 │ 신현철 옮김 │ 488면
184 **테스** 토머스 하디 장편소설 │ 김문숙 옮김 │ 전2권 │ 각 392, 336면
186 **투명 인간** 허버트 조지 웰스 장편소설 │ 김석희 옮김 │ 288면
187 **93년** 빅토르 위고 장편소설 │ 이형식 옮김 │ 전2권 │ 각 288, 360면
189 **젊은 예술가의 초상** 제임스 조이스 장편소설 │ 성은애 옮김 │ 384면
190 **소네트집** 윌리엄 셰익스피어 연작시집 │ 박우수 옮김 │ 200면
191 **메뚜기의 날** 너새니얼 웨스트 장편소설 │ 김진준 옮김 │ 260면
192 **나사의 회전** 헨리 제임스 중편소설 │ 이승은 옮김 │ 256면
193 **오셀로** 윌리엄 셰익스피어 희곡 │ 권오숙 옮김 │ 216면
194 **소송** 프란츠 카프카 장편소설 │ 김재혁 옮김 │ 376면
195 **나의 안토니아** 윌라 캐더 장편소설 │ 전경자 옮김 │ 368면
196 **자성록** 마르쿠스 아우렐리우스 명상록 │ 박민수 옮김 │ 240면
197 **오레스테이아** 아이스킬로스 비극 │ 두행숙 옮김 │ 336면
198 **노인과 바다** 어니스트 헤밍웨이 소설선집 │ 이종인 옮김 │ 320면
199 **무기여 잘 있거라** 어니스트 헤밍웨이 장편소설 │ 이종인 옮김 │ 464면
200 **서푼짜리 오페라** 베르톨트 브레히트 희곡선집 │ 이은희 옮김 │ 320면

201 **리어 왕** 윌리엄 셰익스피어 희곡 | 박우수 옮김 | 224면
202 **주홍 글자** 너대니얼 호손 장편소설 | 곽영미 옮김 | 360면
203 **모히칸족의 최후** 제임스 페니모어 쿠퍼 장편소설 | 이나경 옮김 | 512면
204 **곤충 극장** 카렐 차페크 희곡선집 | 김선형 옮김 | 360면
205 **누구를 위하여 종은 울리나** 어니스트 헤밍웨이 장편소설 | 이종인 옮김 | 전2권 | 각 416, 400면
207 **타르튀프** 몰리에르 희곡선집 | 신은영 옮김 | 416면
208 **유토피아** 토머스 모어 소설 | 전경자 옮김 | 288면
209 **인간과 초인** 조지 버나드 쇼 희곡 | 이후지 옮김 | 320면
210 **페드르와 이폴리트** 장 라신 희곡 | 신정아 옮김 | 200면
211 **말테의 수기** 라이너 마리아 릴케 장편소설 | 안문영 옮김 | 320면
212 **등대로** 버지니아 울프 장편소설 | 최애리 옮김 | 328면
213 **개의 심장** 미하일 불가꼬프 중편소설집 | 정연호 옮김 | 352면
214 **모비 딕** 허먼 멜빌 장편소설 | 강수정 옮김 | 전2권 | 각 464, 488면
216 **더블린 사람들** 제임스 조이스 단편소설집 | 이강훈 옮김 | 336면
217 **마의 산** 토마스 만 장편소설 | 윤순식 옮김 | 전3권 | 각 496, 488, 512면
220 **비극의 탄생** 프리드리히 니체 | 김남우 옮김 | 304면
221 **위대한 유산** 찰스 디킨스 장편소설 | 류경희 옮김 | 전2권 | 각 432, 448면
223 **사람은 무엇으로 사는가** 레프 똘스또이 소설선집 | 윤새라 옮김 | 464면
224 **자살 클럽** 로버트 루이스 스티븐슨 소설선집 | 임종기 옮김 | 272면
225 **채털리 부인의 연인** 데이비드 허버트 로런스 장편소설 | 이미선 옮김 | 전2권 | 각 336, 328면
227 **데미안** 헤르만 헤세 장편소설 | 김인순 옮김 | 272면
228 **두이노의 비가** 라이너 마리아 릴케 시 선집 | 손재준 옮김 | 504면
229 **페스트** 알베르 카뮈 장편소설 | 최윤주 옮김 | 432면
230 **여인의 초상** 헨리 제임스 장편소설 | 정상준 옮김 | 전2권 | 각 520, 544면
232 **성** 프란츠 카프카 장편소설 | 이재황 옮김 | 560면
233 **차라투스트라는 이렇게 말했다** 프리드리히 니체 산문시 | 김인순 옮김 | 464면
234 **노래의 책** 하인리히 하이네 시집 | 이재영 옮김 | 384면
235 **변신 이야기** 오비디우스 서사시 | 이종인 옮김 | 632면
236 **안나 까레니나** 레프 똘스또이 장편소설 | 이명현 옮김 | 전2권 | 각 800, 736면
238 **이반 일리치의 죽음 · 광인의 수기** 레프 똘스또이 중단편집 | 석영중 · 정지원 옮김 | 232면

각 권 8,800~15,800원